ANDREAS SCHMIDT

FördeGrauen

ANDREAS SCHMIDT

FördeGrauen

KÜSTENKRIMI

GMEINER

Bei Fragen zur Produktsicherheit gemäß der Verordnung über die allgemeine Produktsicherheit (GPSR) wenden Sie sich bitte an den Verlag.

FSC www.fsc.org MIX Papier | Fördert gute Waldnutzung FSC® C014496

Besuchen Sie uns im Internet:
www.gmeiner-verlag.de

Im Ehnried 5, 88605 Meßkirch
Telefon 07575/2095-0
info@gmeiner-verlag.de

1. Auflage 2025

Lektorat: Claudia Senghaas, Kirchardt
Satz: Mirjam Hecht
Umschlaggestaltung: U.O.R.G. Lutz Eberle, Stuttgart
unter Verwendung eines Fotos von: © Lars Gieger / stock.adobe.com
Druck: GGP Media GmbH, Pößneck
Printed in Germany
ISBN 978-3-8392-0758-1

Personen und Handlung sind frei erfunden.
Ähnlichkeiten mit lebenden oder toten Personen
sind rein zufällig und nicht beabsichtigt.

KAPITEL 1

Prolog

Die Sonne blendete ihn, als er vor die hohen Mauern der Justizvollzugsanstalt Lübeck trat. Diese Freiheit, von der er in den letzten Jahren geträumt hatte, fühlte sich plötzlich eigenartig an. Die Mauern, die ihn eingesperrt hatten, gab es nicht mehr. Die Türen, die sich hinter ihm geschlossen hatten, sobald er einen Raum betreten hatte, waren weg. Der Gedanke daran, dass er jetzt wieder selbst für sein Leben verantwortlich war, ängstigte ihn. Doch davon ließ er sich nichts anmerken, als er sich von den beiden Schließern, die ihn zur Pforte begleitet hatten, verabschiedete.

»Tschüs«, sagte der ältere der beiden uniformierten Justizvollzugsbeamten und tippte sich an den Rand der Mütze. »Auf Wiedersehen sagen wir lieber nicht.«

»Nee.« Er schüttelte den Kopf und setzte sich die Sonnenbrille auf. Es war einer der ersten warmen Frühlingstage im März, und er schwitzte in seinem Kapuzenshirt. Die Reisetasche mit seinen wenigen Habseligkeiten hielt er am langen Arm. Gern hätte er sich ein Taxi rufen lassen, doch dafür fehlte ihm das Geld. Und jemanden, der ihn abholte, gab es nicht. Es sei denn …

Bevor er den Gedanken zu Ende gedacht hatte, röhrte der Motor eines Sportwagens auf. Ein Porsche 993 Cabriolet in Rivierablau bog mit quietschenden Reifen in die Zufahrt ein. Hinter dem Steuer saß eine blonde zierliche Frau mit einer modischen Sonnenbrille. »Moin«, rief sie gut gelaunt durch das offene Verdeck und winkte, nachdem sie den Boliden neben ihm zum Stillstand gebracht hatte. »Sorry, bin spät dran.« Sie sprang aus dem Sportwagen und umrundete die flach abfallende Haube, dann stand sie vor ihm. Von einer Sekunde zur anderen fühlte er sich nicht mehr so einsam. Als er sich umwandte, waren die JVA-Beamten bereits wieder im Eingangsbereich verschwunden.

Sie warf sich an seine Brust, er ließ die Tasche fallen und zog sie an sich, um sie leidenschaftlich zu küssen. Fast hatte er vergessen, wie gut sie sich anfühlte, wie gut sie schmeckte. Viel zu lange schon hatte er auf die Nähe einer Frau verzichten müssen. Nicht im Traum hatte er damit gerechnet, dass sie ihn abholen würde. Nicht nach allem, was geschehen war. So etwas wie der Lauerhof passte nicht in ihr Leben. Ihrem Vater gehörte eine Fabrik für große Windkraftanlagen. Als feststand, dass er in den Knast sollte, hatte ihr Vater ihr nahegelegt, sich von ihm zu trennen. Doch das war nie eine Option für sie gewesen.

Dass sie ihn jetzt mit dem Porsche ihres Vaters abholte, grenzte an ein Wunder. Vermutlich wusste ihr alter Herr nicht, was sie mit seinem Wagen vorhatte.

»Schön, dass du da bist«, sagte er, nachdem sie sich voneinander gelöst hatten. Er spürte die Sehnsucht in sich aufsteigen, als er sich nach der Reisetasche bückte und sie lässig auf die kleine Rückbank warf.

»Kann dich doch nicht hängen lassen.« Sie hauchte ihm einen Kuss auf die Wange und schwang sich hinter das Lenkrad. Der Boxermotor im Heck röhrte auf. Bevor er in den Porsche stieg, wandte er sich ein letztes Mal zum Lauerhof um. Die hohen Backsteinmauern der Justizvollzugsanstalt reckten sich wie eine uneinnehmbare Festung in den fast wolkenlosen Himmel über Lübeck. Massive Gitter, das Schlagen der knallgelben Stahltüren und hohe Mauern mit Stacheldraht, die nicht enden wollenden Rufe der Inhaftierten an ihren Zellenfenstern, heimliche Geschäfte beim täglichen Hofgang – das alles gehörte für ihn jetzt der Vergangenheit an.

Er war der Erste, der raus durfte, nach dem, was sie auf dem Kerbholz hatten. Doch dabei würde es nicht bleiben, denn sein Mentor fehlte ihm schon jetzt. Er würde ihn herausholen, koste es, was es wolle.

Es war nicht das erste Mal, dass jemand einen Entlassungsbrief erpresste. Ihm fehlte noch der richtige Plan, doch auch das war eine Frage der Zeit. Er würde seine Vaterfigur nicht hängen lassen. Und mit jedem Kilometer, den sie sich vom Lauerhof entfernten, festigte sich sein Entschluss.

»Was guckst du mich so komisch an?«, fragte sie. Der Wagen schnurrte die Zufahrt hinunter, sie zirkelte den Porsche gekonnt durch die Straßen von Sankt Gertrud. Nachdem sie Lübeck hinter sich gelassen hatten, folgte sie der Beschilderung nach Bad Segeberg, dann würde es bei Bad Bramstedt auf die Autobahn in Richtung Norden gehen. Er schätzte, dass die Fahrt bis Husum anderthalb, vielleicht sogar zwei Stunden dauern würde, bis sie in seinem neuen, alten Leben angekommen waren. Tausend Gedanken gingen ihm durch den Kopf. Als er sie von der Seite betrachtete, fühlte er sich ertappt. Ein seltsamer Ausdruck lag auf ihrem hübschen Gesicht.

»Ich freue mich, dich zu haben«, sagte er wahrheitsgemäß. Als sie stumm nickte, lehnte er sich in den ledernen Sportsitzen zurück und schloss die Augen. In ihm reifte bereits ein Plan. Doch noch war es nicht so weit.

KAPITEL 2

Eckernförde, 23.55 Uhr:

Er ist da.

Als sie am späten Abend erwachte, musste sie nicht aufstehen, um sich zu vergewissern, dass er da war. Sie *wusste*, dass er da war, fast konnte sie seine Anwesenheit spüren. Mit einem Blick auf den Receiver des Fernsehers stellte sie fest, dass sie mehr als zwei Stunden auf dem Sofa der kleinen Stube geschlafen haben musste. Das Gerät war in den Standby-Modus gegangen und schwieg. Die leuchtenden Ziffern in der Front zeigten ihr an, dass es kurz vor Mitternacht war. Sie fragte sich, ob er niemals schlief.

Er ist wieder da.

Bei dem Gedanken daran raste ihr Herz. Sie hielt die Luft an und lauschte in die Dunkelheit, die sich längst über die kleine Stadt gesenkt hatte. Kein einziges Geräusch war zu vernehmen, und trotzdem wusste sie, dass sie nicht alleine war. Lange Schatten schienen über den Dielenboden ihrer Wohnung zu kriechen. Ihr Herz klopfte wie verrückt, und wenn sie die Luft anhielt, hörte sie das Blut in ihren Ohren rauschen. Obwohl sie nicht geheizt hatte, perlte kalter Schweiß auf ihrer Stirn. Sie zitterte am ganzen Leib, als sie die Wolldecke auf die Sofalehne warf. Das Blut rauschte in ihren Ohren.

Er ist gekommen, um mich zu quälen.

Von der Wut getrieben, setzte sie sich aufrecht hin. Ihr Blick glitt zu den beiden Fenstern der Stube. Die bodenlangen Gardinen hatte sie vorhin zugezogen, nachdem sie sich beobachtet gefühlt hatte. Jetzt krochen lange Schatten wie Wesen aus einer fremden Welt über den Boden des dunklen Zimmers. Sie fröstelte und starrte wie gebannt zu den Fenstern. Ihre Füße tasteten nach den kuscheligen Pantoffeln, die vor dem Sofa standen, und schlüpfte hinein. Ruckartig sprang sie auf. Die erst kürzlich frisch versiegelten Dielen knarrten leise unter ihrem Gewicht, als sie die Stube durchquerte, um ans Fenster zu treten.

Er ist da.

Sie streckte die Hand nach den Vorhängen aus, dann zögerte sie. Kurz verließ sie der Mut, doch sie wollte sich Gewissheit verschaffen, dass ihre Sinne sie nicht getrogen hatten.

Der Gedanke daran, dass er nicht von ihr ablassen konnte, ließ ihr keine Ruhe. Sie verharrte in der Bewegung, um ins Nichts zu lauschen. In der Küche sprang der Kühlschrank an. Wie erstarrt hielt sie einen Augenblick inne, dann schalt sie sich eine hysterische Närrin und versuchte, ihren Puls zu normalisieren.

Die orangefarbenen Vorhänge klafften einen winzigen Spalt breit auseinander. Das genügte schon. Sie atmete ein paar Mal tief durch.

Er macht mich fertig.

Einen Moment lang rührte sie sich nicht. Es kostete sie Überwindung, den Vorhang etwas weiter zur Seite zu ziehen. War es die Angst davor, das zu sehen, was sie spürte, ja, was sie wusste, seitdem sie erwacht war?

Fürchtete sie die Realität?

Es war mehr als ein dumpfes Gefühl, dass er ihr wieder auflauerte, es war *gewiss*. Angst lähmte ihren Körper. Seit Tagen schon verfolgte er sie auf Schritt und Tritt, er lungerte nachts vor ihrem Haus herum und observierte sie. In letzter Zeit schreckte er auch vor makaberen Scherzen nicht zurück, um sie aus der Reserve zu locken.

Bei der Polizei hatte man sie nicht ernst genommen, als sie sich über den Stalker beschwert hatte. Sie fühlte sich von den Behörden im Stich gelassen und war auf sich alleine gestellt.

Und jetzt war er wieder da.

Mit einem Blick sah sie zu der kleinen Kommode, auf der das Telefon in der Basis steckte. Sollte sie die Polizei rufen und um Hilfe bitten?

Wahrscheinlich würden die Beamten sie für verrückt halten.

Was, wenn er sie abhörte? Konnte er ihre Telefonate mithören? Oft genug hatte er damit geprahlt, technisch so versiert zu sein, um aus ihr einen gläsernen Menschen machen zu können. Gab es Hoffnung, wenn sie die Polizei jetzt anrief, oder würde sie ihn damit erst recht auf den Plan rufen?

Helfen würde man ihr sowieso nicht, dachte sie resigniert. Wut keimte in ihr auf, als ihr klar wurde, dass sie auf sich selbst gestellt war. Es galt zu handeln. Auch wenn er sie noch nicht bedroht hatte, war gewiss, dass er nichts Gutes im Schilde führte. Dabei war ihre Zeit längst vorbei. Was wollte er noch von ihr? Wollte er sich rächen? Wollte er sie für sich zurückgewinnen?

Sie spürte, wie sich die Härchen auf ihren Unterarmen aufrichteten und ein Schauer ihren Rücken herunterrieselte. Es dauerte einen Augenblick, dann nahm sie allen Mut zusammen und riss den blickdichten Vorhang mit einem Ruck auf. Verlassen lag die Straße da, kein Mensch und kein Auto waren um diese Zeit noch unterwegs. Doch er war da. Sein alter Pickup stand mit beschlagenen Scheiben am gegenüberliegenden Straßenrand. Die Gestalt hinter dem Steuer des schweren Fahrzeuges konnte sie nur schemenhaft erkennen.

Auf ihn ist Verlass, dachte sie in einem Anflug von Galgenhumor, doch das Lachen blieb ihr im Halse stecken.

Er wartet auf mich.

Kaum, dass sie den Gedanken zu Ende geführt hatte, glitt das Fenster auf der Fahrerseite herunter. Es war, als hätte er sie durch die beschlagenen Autoscheiben gesehen, um jetzt den direkten Blickkontakt zu suchen, als hätte er gespürt, dass sie an das Fenster getreten war, um nach ihm zu sehen. Sein Blick war nach oben gerichtet, direkt auf ihr Fenster. Seine Miene regungslos, starr wie eine Maske.

Ihr Herzschlag setzte einen Moment lang aus, dann wich sie zurück.

Er ist da und er sieht mich an, schrie alles in ihr.

Hört das denn nie auf?

Panisch wich sie zurück, presste die Hände vor das Gesicht und ordnete ihre Gedanken. Tränen schossen ihr in die Augen. Dann gab sie sich einen Ruck und griff zum Telefon. Erst jetzt sah sie, dass jemand angerufen hatte. Das Blinken verriet ihr, dass er bereits versucht hatte, sie zu erreichen. Doch sie hatte das Telefon auf lautlos gestellt, um nicht gestört zu werden.

Mit zitternden Händen wählte sie die Nummer des Polizei-Notrufes. Bereits nach dem zweiten Freizeichen wurde ihr Gespräch angenommen. »Er ist wieder da«, flüsterte sie in den Hörer, bevor sie schluchzend auf das Sofa sank.

*

Auf diesen Moment hatte er lange warten müssen. Als im Haus das Treppenhauslicht aufflammte, wusste er, dass sich das Warten gelohnt hatte.

»Na bitte«, grinste er, richtete sich eilig im Fahrersitz auf und erwartete ihre Ankunft. Gleich würde sie bei ihm sein. Der Gedanke daran, ihr in wenigen Augenblicken gegenüberzustehen, versetzte ihn in eine Art Trance. Hastig stieß er die Fahrertür auf und stieg aus. Mit betont lässig vor der Brust verschränkten Armen lehnte er sich an den Wagen. Ein triumphierendes Grinsen legte sich auf seine Lippen, als die Haustür aufflog und sie die Straße überquerte. Sie war sichtlich aufgebracht, sogar im Widerschein der Straßenlaternen sah er, dass ihr Gesicht eine tiefrote Färbung angenommen hatte.

Mit einer zufriedenen Miene sah er ihr entgegen. Sie trug eine ausgebeulte Jogginghose, in der sie für ihn äußerst anziehend wirkte, und ein T-Shirt mit einem albernen Mickymaus-Aufdruck. Früher hatte er es geliebt, dass sie sich ihre kindliche Art bewahrt hatte. Und er sah sofort, dass sie keinen BH trug. Ihre Füße steckten in pinkfarbenen *Crocs*.

»Was soll der Scheiß?«, schrie sie ihn schon von Weitem an. »Hast du noch immer nicht die Schnauze voll? Die Bullen wissen schon Bescheid und dürften gleich hier sein, weit haben sie es ja nicht.«

Sie ist so süß, wenn sie wütend ist.

Er stieß sich ohne Eile vom Wagen ab, um ihr entgegenzugehen.

»Bleib stehen!«, gellte ihre Stimme durch die verlassene Straße.

»So wütend?« Sein Lächeln wurde eine Spur breiter.

»Ja – so wütend. Du bist einfach nur krank, mir hier Tag und Nacht aufzulauern. Hast du keine Hobbys?«

»Nee.« Langsam schüttelte er den Kopf. Forschend suchte er die Fenster der umliegenden Häuser ab. Noch schien sie mit ihrem Lärm niemanden geweckt zu haben, alles war dunkel. »Jetzt beruhige dich, du weißt, warum ich hier bin.«

»Weil du krank bist, Alter!« Sie griff in die Hosentasche.

Kurz fürchtete er, dass sie eine Waffe oder eine Dose Tränengas ziehen würde, um ihn auf Distanz zu halten. Erleichtert stellte er fest, dass es sich um einen zerknitterten Zeitungsausschnitt der *Eckernförder Zeitung* handelte.

Sie hat es also entdeckt, dachte er. *Schön.*

Jetzt wusste er, was sie so auf die Palme brachte.

»Ach das«, sagte er und winkte ab. »Das war ein kleiner Weckruf, nicht mehr und nicht weniger.«

»Du hast nicht alle Latten am Zaun«, rief sie aufgebracht, während sie die Zeitungsseite auseinanderfaltete. Er bemerkte, dass ihre Hände zitterten. Als sie gefunden hatte, wonach sie gesucht hatte, präsentierte sie ihm den Papierfetzen. »Du lässt eine Todesanzeige mit meinem Namen schalten?« Sie tippte sich an die Stirn. »Das ist wirklich nicht normal.« Den letzten Satz hatte sie leise gesprochen, gefährlich leise, denn wenn sie die Stimme trotz Wut senkte, wurde sie gefährlich.

Er wich einen Schritt zurück. Nicht, weil er Angst hatte, aber er wollte zur späten Stunde kein Aufsehen erregen.

»Seitdem der Mist in der Zeitung war, steht mein Telefon nicht mehr still.«

»Und?« Er hatte seine Selbstsicherheit zurückgewonnen. »Freu dich doch – deine Community sorgt sich um dich. Sonst würde niemand auf die bescheuerte Idee kommen, eine Tote anzurufen.« Er kicherte und freute sich über seinen ausgefallenen Geniestreich. Ihm war es gelungen, ihre Aufmerksamkeit auf sich zu lenken. Jetzt musste er sie nur noch von sich überzeugen. Dann gehörte sie wieder ihm.

»Sei nicht sauer«, bat er sie in einem versöhnlichen Tonfall. »Das war nur ein Spaß.« Mit dem Kinn deutete er auf die Zeitung in ihrer Hand. »Hat doch funktioniert.«

»Du bist echt nicht ganz dicht.« Sie warf ihm die Zeitungsseite vor die Füße. Das Papier sog sich innerhalb weniger Sekunden mit dem Wasser des nassen Asphalts voll und verwandelte sich in eine graue unansehnliche Masse. Bevor er sich versehen konnte, schnellten ihre Hände hoch. Wie besessen prügelte sie auf seinen Oberkörper ein, so schnell, dass er kaum reagieren konnte. Insgeheim wunderte er sich über die Kraft, die sein zierliches Gegenüber aufbrachte. Gerade, als ihre rechte Faust sein Kinn traf und er zurücktaumelte, setzte sie nach. Seine Arme schnellten hoch, er griff zu und bekam ihre Handgelenke zu packen. Hastig drückte er sie von sich, um ihr einen Tritt zu verpassen.

»Lass mich los«, presste sie hervor, doch er lachte nur.

»Ist es das, was du wolltest?«

»Du sollst mich verdammt noch mal loslassen!« Sie zerrte an ihm, doch er war stärker und dachte nicht im Traum daran, seinen Griff zu lockern. Es fühlte sich gut an, sie in seiner Gewalt zu haben, denn jetzt konnte sie ihm nicht mehr weglaufen. Sie gehörte ihm, und das Machtgefühl, das in ihm aufbrandete, war mit nichts zu vergleichen.

Als er sie rückwärts zum Auto ziehen wollte, mobilisierte sie sämtliche Kräfte. Sie zog ein Knie an und rammte es ihm in den Schoß.

Ihm blieb die Luft weg. Blitze tanzten vor seinen Augen, und im falschen Moment lockerte er seinen Griff. Er keuchte, rang nach Atem, stolperte vor, als er bemerkte, dass sie ihm entkommen war, griff zu und zog sie mit einer ruckartigen Bewegung zu sich, genau in dem Moment, als ihn die Kräfte verließen und er zu Boden sackte. Er ließ los, sie stürzte rückwärts, ruderte wild mit den Armen, um unter einem spitzen Schrei auf den Lippen auf den harten Asphalt zu stürzen. Dabei schlug sie unsanft mit dem Hinterkopf auf der Bordsteinkante auf. Ein dumpfer Laut entrang sich ihrer Kehle, dann kehrte Stille ein.

Unter Schmerzen rappelte er sich wieder auf. Fassungslos betrachtete er ihr Gesicht, sah in die panisch aufgerissenen Augen, starrte auf den Mund, der wie zu einem lautlosen Schrei geöffnet war, und fühlte sich machtlos. Er holte tief Luft und versuchte, das Ziehen in seinen Lenden zu ignorieren, so gut es ging. Als er sich über sie beugen wollte, sah er die Blutlache, die sich unter ihrem Kopf ausbreitete. Der Schock ließ seinen eigenen Schmerz in den Hintergrund rücken.

Hektisch blickte er sich um. Niemand außer ihm war auf der Straße zu sehen, auch in den Fenstern der umliegenden Häuser brannte längst kein Licht. Zitternd ging er neben ihr in die Hocke. »Geht es dir gut?«, fragte er und hoffte vergeblich auf ein Lebenszeichen. Im Nu waren die Knie seiner Jeans durchnässt. »Sag was!« Panisch schüttelte er sie, tätschelte ihre Wangen und bereute, dass der letzte Besuch bei einem Erste-Hilfe-Kurs schon viel zu lange zurücklag. Er war nicht einmal in der Lage, die stabile Seitenlage herzustellen. Mit zitternden Händen tastete er nach ihrem Puls, ohne die richtige Stelle an ihrem Handgelenk zu finden – oder es gab keinen Puls mehr.

Panik ergriff ihn. Was, wenn sie tot war?

Hektisch sah er sich um. Weit und breit war niemand zu sehen. *Ich bin doch kein Mörder*, schrie alles in ihm, während er sie mit panisch aufgerissenen Augen betrachtete. *Sie ist tot!*, hörte er eine innere Stimme rufen. *Du hast sie auf dem Gewissen!*

Wieder blickte er sich um. Es gab keine Zeugen. Er war sich darüber im Klaren, dass er im Knast landen würde, wenn sie ihn erwischten. Hastig sprang er in die Höhe, kämpfte einen Augenblick gegen den Schwindel an, dann atmete er ein paarmal tief durch, bevor er zu seinem Wagen rannte. Aufgebracht ließ er sich auf den Fahrersitz fallen, tastete mit zitternden Fingern nach dem Zündschlüssel und startete den Motor. Wie ein wildes Tier brüllte der Achtzylinder auf, als er den Fuß auf das Gaspedal stellte. Mit durchdrehenden Reifen trat er die Flucht in die Nacht an. Der Gedanke daran, dass er sie auf dem Gewissen hatte, trieb ihn an den Rand des Wahnsinns. Doch jetzt gab es kein Zurück mehr. Er musste verschwinden, sonst würden ihn die Bullen in den Knast stecken.

KAPITEL 3

Flensburg, 23.55 Uhr:

Zufrieden blickte sich Kristin Voss in ihrer kleinen Wohnung um. Der Arbeitstag im Ersten Kommissariat der Flensburger Bezirkskriminalinspektion war ruhig verlaufen, und so stand nach einem pünktlichen Feierabend einem ausgiebigen Putztag ihrer Wohnung in der Angelburger Straße nichts mehr im Wege. Jetzt stand alles an seinem Platz, die Kissen auf dem Sofa waren frisch aufgeschlagen, die Fenster geputzt, das Bad blitzte und glänzte, auch die Bücher im Regal standen der Größe nach aufgereiht auf den Brettern. Die Fernbedienungen auf dem flachen Wohnzimmertisch bildeten eine Flucht mit der linken Tischkante und waren auf den imposanten Fernseher ausgerichtet. Die beiden Wolldecken am Fußende des Sofas lagen ordentlich zusammengelegt und gefaltet übereinander. Ein frischer Duft hing in den Räumen. Sie liebte es sauber und aufgeräumt. Kurz dachte sie an ihren Ex-Freund Felix, der sie immer als »Monk« bezeichnet hatte, weil es sie wahnsinnig machte, wenn nicht alles an seinem Platz stand.

Früher hatte sie nach der Arbeit immer eine Zigarette geraucht und sich an der frisch geputzten und aufgeräumten Wohnung erfreut, doch das Rauchen hatte sie sich kurz nach ihrem Umzug an die Förde abgewöhnt. Wobei sie in bestimmten Situationen noch immer das Verlangen nach Nikotin verspürte. Doch bisher war sie nicht schwach geworden, und das erfüllte sie mit Stolz. Zufrieden ging sie in die Küche, um sich einen Tee aufzusetzen, den sie sich aus ihrer ostfriesischen

Heimatstadt Leer mitgebracht hatte, als sie nach Flensburg gezogen war. Kristin gab Wasser in den Wasserkocher und setzte das Gerät in Gang. Währenddessen trat sie an den Hängeschrank, in dem sich die Teebox aus Bambusholz befand. Sie entschied sich aufgrund der späten Stunde für einen Ingwer-Limettentee aus dem Beutel, den sie in ihre Lieblingstasse fallen ließ. Als der Wasserkocher mit einem vernehmlichen Knacken abschaltete, gab sie Wasser in die Tasse. Aus dem Bluetooth-Lautsprecher auf dem Küchenregal erklang leise Musik. Wie immer hörte sie *RSH*, den Privatsender für Schleswig-Holstein.

Kristin war angekommen in ihrer neuen Heimat, hatte sogar am Neujahrstag beim traditionellen Anbaden in Sandwig teilgenommen und sich, wenn auch nur für ein paar Minuten, in das eiskalte Wasser der Ostsee gestürzt. Den heißen Tee danach hatte sie sich mehr als verdient. Das Gefühl, zu den Menschen, die an der Flensburger Förde lebten, zu gehören, war unbezahlbar gewesen, denn ihre Freunde im ostfriesischen Leer vermisste sie immer noch.

Kristin zuckte zusammen, als es an der Wohnungstür klingelte. Sie fragte sich nach einem Blick auf die Armbanduhr, wer das zu dieser späten Stunde noch sein mochte. Als sie auf das Handy sah, entdeckte sie dort eine Textnachricht von Birthe Jensen, ihrer Kollegin aus dem Sechsten. »Bist du zu Hause?«, fragte sie. »Wir müssen reden.« Die Nachricht hatte Birthe vor 20 Minuten geschickt.

Kristin legte das Smartphone auf die Arbeitsplatte und begab sich in den Flur, um den Türöffner zu betätigen. Das Summen im Treppenhaus malträtierte ihre Ohren. Unten schnappte die schwere Haustür im Schloss, im nächsten Augenblick flammte das Licht auf. Kristin trat an das hölzerne Geländer des Altbaus und warf einen Blick nach unten. Tatsächlich erkannte sie den blonden Haarschopf ihrer Kollegin, die wenig später außer Puste das Obergeschoss erreichte. »Moin«, sagte sie mit einem spitzbübischen Schmunzeln. »Danke, dass du aufgemacht hast.«

»Sorry, ich habe deine Nachricht eben erst gesehen. Ich habe aufgeräumt und … was rede ich? Komm doch erst mal rein.« Kristin umarmte Birthe und musste sich dabei auf die Zehenspitzen stellen, da ihre Kollegin einen guten Kopf größer war als sie. Birthe trug eine cremefarbene Bluse, eine hölzerne Perlenkette und ein buntes Halstuch unter der Jacke. Ihre schlanken Beine steckten in modischen Jeans, dazu leichte Schuhe. Wann auch immer sie auftauchte – Birthe war stets angemessen gekleidet, sie zelebrierte ihren eigenen Stil, ohne dabei arrogant zu wirken. Schmunzelnd dachte Kristin an den Spitznamen, den sie der Kollegin am ersten Tag ihrer Zusammenarbeit heimlich gegeben hatte – Birthe war für sie »die nordische Schönheit«, denn sie strahlte eine gewisse Coolness und eine gute Portion Stolz aus.

»Danke noch mal.« Birthe sah ihr zu, wie sie die Wohnungstür ins Schloss drückte.

Kristin betrachtete ihre Kollegin mit einem prüfenden Blick. »Ist etwas passiert?« Sie warf einen Blick auf die Uhr im Flur. »Ich meine, es ist unüblich, dass du um diese Zeit…«

»Richtig, du hast es erraten.« Birthe nickte mit geröteten Wangen. Nachdem sie die Schuhe abgestreift hatte, folgte sie Kristin auf Socken in die Küche, wo es verführerisch nach frisch aufgesetztem Tee duftete.

»Auch einen?«

»Gerne.«

Kristin nahm eine zweite Tasse, goss Wasser ein und zog einen weiteren Teebeutel aus dem Teekästchen. Kurze Zeit später saßen sie nebeneinander auf dem gemütlichen Sofa in Kristins Stube. »Also schieß los«, forderte Kristin voller Ungeduld. »Was brennt dir unter den Nägeln?«

»Thomas«, kam es wie aus der Pistole geschossen. Birthe hielt die Teetasse mit beiden Händen und trank in kleinen Schlucken. »Er hat mir immer noch nicht die Sache mit Uwe verziehen.«

»Oha.«

»Jo.« Birthe nickte. »Erst heute Abend hat er mich gefragt, ob ich über die Sache von damals hinweg bin.«

»Bist du nicht.« Eine Frage, keine Feststellung.

Birthe blickte sie an und deutete ein Kopfschütteln an. »Und es wird mir langsam etwas unheimlich, denn ich habe heute im Intranet gelesen, dass die *Cold-Case-Unit* im LKA verkleinert wird. Sie bauen Stellen ab und versetzen die Ermittler zurück in ihre alten Dienststellen, die sich permanent über Personalmangel beklagen.«

»Und im Fall von Uwe heißt es, dass er zurück nach Flensburg kommt.« Kristin nahm einen Schluck Tee und spürte das fruchtige Aroma auf der Zunge.

»Richtig. Noch habe ich nichts von ihm gehört, aber so wie es aussieht, wird er in die Bezirkskriminalinspektion und damit zum K1 zurückkehren.«

»Aber du bist im Sechsten«, erinnerte Kristin die Kollegin.

»Eben, du weißt ja, dass wir oft während der Ermittlungen zu einem Fall mit euch zusammenarbeiten.«

»Und du möchtest Uwe am liebsten nicht begegnen?«

Birthe wich sekundenlang Kristins Blick aus. »Ich mag seine Gegenwart und ich arbeite gern mit ihm zusammen, aber ich habe Angst, dass wir wieder Dinge tun, die nicht in Ordnung sind.«

Kristin dachte fieberhaft nach. Die künftige Konstellation war wirklich nicht förderlich, wenn sich zwei Menschen aus dem Weg gehen wollten. Und es war sicher leichter gesagt, es bei den Kontakten auf dienstlicher Ebene zu belassen, als getan. »Wie steht es um deine Ehe mit Thomas?«

Birthe zuckte die Schultern. »Es herrscht Flaute. Wir reden

miteinander, wir sitzen zum Essen gemeinsam am Tisch und wir teilen das Bett. Wir kennen uns seit dem Studium, und ich denke, jetzt ist die Luft raus. Nachdem Thomas hinter meine Affäre kam, sowieso.«

»Irgendwie verständlich«, murmelte Kristin.

»Natürlich. Ich glaube, dass ein Seitensprung für mich sogar ein Scheidungsgrund wäre.«

»Aber Scheidung ist keine Option?«

»Nein – Thomas ist Pfarrer. Stell dir mal das Gerede der Leute in der Gemeinde vor!« Birthe winkte entrüstet ab.

»Also macht ihr alles, um den Schein nach außen zu wahren.« Kristin nickte verstehend.

»So schwer es uns auch an manchen Tagen fällt – ja. Wobei ich glaube, dass Thomas sich nach einer heilen Welt sehnt. Einer Welt, die ich ihm aber nicht bieten kann. Ich liebe ihn, weiß aber nicht, ob es nicht nur Freundschaft ist, die uns verbindet. Eine Freundschaft, die ich aus purer Verbundenheit am Leben halte.«

»Und dabei zu viele Kompromisse eingehst«, dachte Kristin weiter. »Du steckst zurück, lebst in einer unglücklichen Beziehung, um dem Ruf deines Mannes nicht zu schaden. Natürlich wäre es für die Gemeinde fatal, wenn dem Pfarrer die Frau davonläuft. Aber denk mal an dich, Birthe. Du bist schlau und hübsch, sicherlich hast du ganz andere Chancen, mit einem Mann vom Glück begünstigt zu werden.«

»Mit Uwe?« Birthe trank Tee, stellte die Tasse auf den niedrigen Tisch und sah ihre Gastgeberin an.

»Wenn du mit ihm glücklich wirst?«

»Er ist verheiratet.«

Kristin beobachtete ihre Freundin mit den elegant geschwungenen Augenbrauen, die sie jetzt in gespielter Empörung hochzog. »Ist er denn glücklich in seiner Ehe?«

»Wäre es dann zum Seitensprung gekommen?«, antwortete Birthe mit einer Gegenfrage.

»Wahrscheinlich nicht«, musste Kristin ihr recht geben. »Und wie willst du jetzt mit der Situation umgehen?«

»Ich weiß es offen gestanden nicht.« Birthe seufzte, und es war für Kristin offensichtlich, dass sie sich einen Ratschlag erhofft hatte, mit dem sie erleichtert nach Hause fahren konnte. Doch aus der Erfahrung heraus wusste Kristin, dass es keine allgemeinverträgliche Lösung gab.

»Ich würde sagen, dass du die Dinge einfach auf dich zukommen lässt«, empfahl sie ihr nach einer kleinen Schweigepause. »Sieh, wie es Uwe damit geht, wieder in Flensburg zu arbeiten, beobachte, wie er sich dir gegenüber verhält und ob da noch das Feuer der Leidenschaft in euch brennt.« Kristin zwinkerte Birthe verschwörerisch zu. »Und dann reflektiere dich und deine Ehe. Wäge ab, ob eine Scheidung von Thomas nicht doch eine Option sein könnte, um den Rest deines Lebens eine glückliche Frau zu sein.«

»Danke«, sagte Birthe erleichtert. Auch wenn sie keine Lösung von Kristin bekommen hatte, schien sie doch froh darüber zu sein, dass sie sich ihr anvertrauen konnte.

»Sprich ganz offen mit Thomas über deine Gefühle«, riet Kristin ihr. »Und wenn du nichts als Freundschaft empfindest, dann solltest du ihm das sagen.«

»Stimmt.« Birthe leerte ihre Tasse und erhob sich. »Ich kann dir aber nicht versprechen, dass ich den Mut dazu habe, offen mit ihm zu sprechen. Natürlich weiß ich, dass er es verdient hat, ehrlich zu ihm zu sein. Auf der anderen Seite habe ich Angst vor seiner Reaktion. Er ist verletzlich, auch wenn er das nach außen nicht oft zeigt. Und eines steht für mich schon fest: Sobald ich ihm sage, dass ich ihn verlasse, wird für Thomas eine Welt zusammenbrechen.«

*

Er wusste nicht, wie lange er durch die verlassenen Straßen gefahren war. Ziellos steuerte er den Wagen durch das nächtliche Eckernförde, lauschte der leisen Musik aus dem Radio und hing seinen Gedanken nach. Die Nacht war feuchtkalt, und der Frühling in der Bucht ließ auf sich warten. Die Uhr im Armaturenbrett sagte ihm, dass der neue Tag bereits vor einer knappen Stunde begonnen hatte, eigentlich hätte er längst schlafen sollen. Eine innere Unruhe, die ihn seit Tagen umtrieb, hielt ihn davon ab.

Jetzt galt es, keine unnötige Zeit mehr zu verlieren.

Mit 30 Stundenkilometern ließ er den Wagen über die Reeperbahn rollen, wohl wissend, dass die Polizei ihren gefürchteten Radaranhänger vor einigen Tagen hier aufgestellt hatte. Er hatte keine Lust auf Ärger mit den Bullen und hielt sich an die Regeln. Ein Foto wegen einer Geschwindigkeitsübertretung könnte fatale Folgen für ihn haben.

Am ZOB drosselte er das Tempo und hielt nach einem brauchbaren Opfer Ausschau, doch auch dort befand sich um diese Zeit niemand, der für seine Mission infrage kam. Außer einem Busfahrer, der im Licht der Innenraumbeleuchtung hinter dem Lenkrad seine Pause verbrachte, war der Platz vor dem Bahnhof menschenleer. Busse waren videoüberwacht. Wenn er sich die Mühe machen würde, den Mann am Steuer zu überwältigen und ihn aus seinem Fahrzeug zu ziehen, würde er sich verraten. Nein, der eignete sich nicht für sein Vorhaben. Mit einem frustrierten Seufzer auf den Lippen beschleunigte er den Wagen, bog links in die Preußerstraße ab und hielt Ausschau nach Passanten, die um diese Zeit noch unterwegs waren.

Ein Obdachloser, der irgendwo in einem Hauseingang seinen Rausch ausschlief, war sicher ein leichtes Opfer für sein Vorhaben. Doch keiner der Landstreicher tat ihm den Gefallen. Weit und breit war niemand zu sehen.

Er spürte, wie Wut in ihm aufstieg. Wenn er in Eckernförde nicht fündig wurde, dann musste er in einen größeren Ort fahren. Nach Flensburg oder Kiel vielleicht. Doch noch gab er nicht auf, denn weite Wege waren ihm zuwider.

Eines stand fest: Er würde nicht unverrichteter Dinge heimkehren. Es war an der Zeit, ein Zeichen zu setzen und seine Mission zu beginnen.

*

Das Gespräch mit Birthe verfolgte Kristin bis in den Schlaf. Als sie später im Bett lag und in der Dunkelheit an die Dachschräge ihres Schlafzimmers blickte, gingen ihr die Worte nicht aus dem Kopf. Lange hatte sie damals mit sich gehadert, Felix mit ihrem Wunsch zu konfrontieren, die Beziehung zu beenden. Er hatte die Nachricht nach außen hin gelassen zur Kenntnis genommen, doch sie kannte ihn lange und gut genug, um zu sehen, dass es ihm das Herz zerriss. So war es Kristin nicht leichtgefallen, die Trennung zu vollziehen. In aller Konsequenz, denn anschließend war ihr in Leer die Decke auf den Kopf gefallen. Sie hatte Glück gehabt, als in Schleswig-Holstein die Planstelle bei der Bezirkskriminalinspektion Flensburg frei wurde, hatte sich darauf beworben und war angenommen worden. Ihr Einstellungsgespräch mit Jens Beck hatte sie damals per Videocall geführt. Jetzt lebte sie seit einem halben Jahr im Norden und fühlte sich wohl in Flensburg. Angekommen zu sein, behauptete Kristin jedoch nicht. Es fehlte ihr an Freunden, mit denen sie die knappe Freizeit verbringen konnte. Außer Birthe hatte sie niemanden, mit dem sie sich austauschen konnte. Und Heike, ihre alte Freundin, lebte in Husum an der Westküste.

Was Kristin aber viel mehr vermisste, war Zweisamkeit. Sie sehnte sich nach einem Partner, der für sie da war und für den sie da sein konnte, nach einer starken Schulter, an die sie sich in schwachen Momenten anlehnen konnte, an ein gemeinsames Leben, und sie sehnte sich nach einem Freund, der Verständnis für ihren Job als Polizistin hatte. Doch diesen Mann schien es einfach nicht zu geben. Über diesen trüben Gedanken fiel Kristin irgendwann in den frühen Morgenstunden in einen unruhigen Schlaf.

*

Kai Wiesemann liebte seinen Job. Als leidenschaftlicher Frühaufsteher war er einer der Ersten auf den noch leeren Straßen von Eckernförde. Im Morgengrauen, Stunden, bevor der Berufsverkehr einsetzte und die Urlauber die Straßen bevölkerten, sorgte er mit seiner orangefarbenen Kehrmaschine für Sauberkeit. Der Job war nicht allzu anspruchsvoll, gleichwohl krisensicher und einigermaßen gut bezahlt. Dinge, die nicht selbstverständlich waren. Sein Kumpel Holger fuhr bei einer Spedition in Kappeln und war mit seinem Vierzigtonner die ganze Woche unterwegs. Sonntagabends rollte er mit dem Ende des Lkw-Sonntagsfahrverbotes vom Hof, um nach Dänemark, Schweden und Norwegen aufzubrechen und freitags, manchmal sogar erst am Samstag, heimzukehren zu seiner Frau und den Kindern. Holger verpasste eine Menge, war an sämtlichen Geburtstagen seiner Lina und den Lütten unterwegs, er sah sie kaum aufwachsen und ahnte mit einem mulmigen Gefühl, dass seine Frau sich in unregelmäßigen Abständen mit einem Geliebten traf, wenn sie sich nach zwischenmenschlicher Nähe und Zärtlichkeit sehnte. Doch das alles hielt Holger nicht davon ab, sein Geld als Fernfahrer zu verdienen.

Für Kai wäre das nichts gewesen. Da hatte er es schon besser. Er schlief jede Nacht in seinem Bett anstatt in der engen

Schlafkabine des Lkw, er sah seine Kinder aufwachsen und konnte die Abende mit seiner geliebten Leonie verbringen. Kai Wiesemann war zufrieden mit sich und seinem Leben. Alles verlief in geordneten Bahnen, und während Leonie sich halbtags im Büro der *Eckernförder Tourist- und Marketing-GmbH* etwas dazuverdiente, sicherte er mit seinem Einkommen den Unterhalt der Familie. Längst waren das kleine Haus in Borby nicht abbezahlt und ein ausgiebiger Auslandsurlaub nur selten möglich, doch sie hatten alles, was sie brauchten, um ein sorgenfreies Leben zu führen.

So drehte er auch heute seine Runden durch das noch verschlafene Eckernförde, betrachtete den Widerschein der orangefarbenen Rundumkennleuchte auf dem Führerhaus und summte ein Lied, da die Kehrmaschine nicht über ein Radio verfügte. Nachdem er die Hauptstraßen gereinigt hatte, rollte er im Schritttempo durch die engeren Nebenstraßen. Hier musste er sich konzentrieren, denn einige Zeitgenossen parkten ihre Autos so, dass er mit seinem schweren Arbeitsgerät kaum an ihnen vorbeikam. Doch heute war es eine ruhige Schicht. Nun bog er in ein Wohngebiet ein, das aus alten Mehrparteienhäusern bestand. Die Klinkerfassaden der Mietshäuser waren nachgedunkelt und wirkten unansehnlich. Nein, hier würde er nicht wohnen wollen. Doch auch in einer Kleinstadt wie Eckernförde musste es bezahlbaren Wohnraum geben. So wie hier.

Als Kai den Blick durch die große Windschutzscheibe nach vorn richtete, ging er kurz vom Gas. Zwei Gegenstände fielen ihm auf. Eine zerknüllte Zeitung flatterte im aufkommenden Wind, gleich daneben lag ein verwaister Schuh auf der Straße.

»Wer zum Geier verliert denn einen Schuh?«, fragte er sich halblaut und erkannte im Schein seines Arbeitsscheinwerfers einen dieser modernen Gummilatschen, die es in allen möglichen Farben gab. Dieses Exemplar war knallig pink und hatte offenbar einem Mädchen oder einer Frau gehört. Bevor Kai sich weitere Gedanken machen konnte, wurden Schuh und Zeitung von der großen rotierenden Bürste erfasst und landeten eine Sekunde später im Sammelbehälter der Kehrmaschine.

»Komische Sachen gibt's«, murmelte Kai noch, dann hatte er den Zwischenfall schon wieder vergessen.

KAPITEL 4

Als sie zu sich kam, spürte sie jeden Knochen. Sie spannte die Muskeln an und stöhnte unter den Schmerzen auf, die ihren Körper fast lähmten. Ihre Mundhöhle war wie ausgedörrt, und es dauerte einen Augenblick, bis sie registrierte, dass sie geknebelt war. Ihr Schädel dröhnte entsetzlich. Es schien, als würde ihr Kopf gleich explodieren. Jede noch so kleine Bewegung erzeugte höllische Qualen, also versuchte sie, sich ruhig zu verhalten.

Als sie die Augen öffnete, konnte sie nichts von ihrer Umgebung erkennen. Tiefe Dunkelheit umfing sie. Nur der muffige Geruch ließ sie vermuten, dass sie sich in einer Art Keller befand. Wieder spannte sie die Muskeln an, um sich aus ihrer unbequemen Lage zu befreien. Diesmal bereiteten ihr die höllischen Schmerzen Übelkeit. Erst jetzt realisierte sie, dass man sie gefesselt hatte. Hand- und Fußgelenke waren mit Stricken fixiert. Feuchte Kälte durchströmte ihren Körper. Langsam begriff sie, dass sie auf dem Steinboden lag. Das erklärte ihre Schmerzen, denn die unbequeme Haltung auf dem harten Untergrund ließ sie jeden Knochen spüren. Sie fühlte sich ausgemergelt und kraftlos, wusste nicht, wie lange sie geschlafen hatte.

Sie erschrak, als ein Schatten durch die Dunkelheit huschte, keine dreißig Zentimeter von ihrem Gesicht entfernt. Ein schrilles Piepsen drang an ihre Ohren.

Ratten, durchzuckte es sie panisch, *man hat mich in ein verdammtes Rattenloch gesperrt.*

Das Blut rauschte in ihren Ohren, ihr Herz raste. Übelkeit und Schmerzen vermischten sich zu einem dumpfen Gefühl der Ohnmacht. Panik ergriff von ihr Besitz, als ihr bewusst wurde, dass sie nicht nur die Orientierung, sondern auch die Erinnerung an die letzten Stunden verloren hatte. Lag das an dem höllischen Schmerz im Hinterkopf? Sie wusste weder, wer sie hierher gebracht hatte, noch, wo sie sich befand. Unter Schmerzen versuchte sie sich aufzurichten, denn man hatte sie auf den Bauch gelegt. Schnell gab sie den Versuch auf, nicht einmal eine halbe Drehung war drin. Zäh löste sich der Nebel ihrer Gedanken auf. Schimmelpilz an den Wänden verstärkte das Gefühl von Übelkeit, und so versuchte sie, möglichst flach zu atmen. In Todesangst richtete sie den Blick auf ihn.

Ich muss weg von hier, rief ihre innere Stimme immer wieder. *Ich muss weg von hier!*

Gleichwohl hatte sie keine Vorstellung, wie ihr eine Flucht gelingen sollte, denn wer auch immer sie verschleppt hatte, er würde sie eingesperrt haben in ihrem Versteck. Vergeblich versuchte sie, sich an ihren Peiniger zu erinnern, doch in ihrem Kopf war nichts als eine unendliche Leere. Vermutlich hatte man sie mit Drogen außer Gefecht gesetzt, ihr irgendetwas eingeflößt, um sie wehrlos zu machen. Als sie den Kopf halb zur Seite wandte, bemerkte sie einen pulsierenden roten Punkt, der in der Luft zu schweben schien.

Eine Kamera, durchzuckte es sie. *Man beobachtet mich mit einer verdammten Kamera.* Sie fühlte sich nackt und ausgeliefert. Wer war so krank, ihr so etwas anzutun? Krampfhaft versuchte sie sich daran zu erinnern, wie sie hierher gelangt war. Doch in ihrem Kopf waberte ein großes Nichts, ein Nebel der Leere, der sie um den Verstand brachte. Wieder streifte ihr Blick das monoton blinkende Licht der Kamera. Noch während sie sich fragte, wer sie wohl beobachtete, hörte sie Schritte, die sich rasch näherten.

Jemand kommt, schrie alles in ihr. Das Herz schlug ihr bis zum Hals, das Blut rauschte in ihren Ohren, während die

Ohnmacht sie in den Wahnsinn zu treiben drohte. Obwohl sie klar bei Verstand war, fühlte es sich an, als würden die Gedanken zäh wie Kaugummi durch ihren Kopf fließen. Die Schritte näherten sich schnell, dann wurde ein Schlüssel in ein Schloss geschoben und gedreht. Knarrend öffnete sich eine Tür. Ein Licht schien aus dem Nichts heranzuschweben. Nach der Dunkelheit der letzten Stunden blinzelte sie in den Lichtschein, der jetzt direkt vor ihrem Gesicht herumgeisterte. Erst langsam begriff sie, dass es sich bei der Lichtquelle um eine alte Stalllaterne oder eine Sturmlampe handeln musste. Die Person, die sie trug, hielt das Licht an seinem Tragegriff in die Höhe. Leise quietschten die rostigen Scharniere des Griffes. Mit einem panischen Blick betrachtete sie die hoch gewachsene Gestalt hinter der Laterne, die sich nur als Umriss abzeichnete. Der Statur nach handelte es sich um einen Mann, er war groß und breitschultrig. Jetzt hielt er die Lampe so, dass sie einen Blick auf sein Gesicht werfen konnte. Eine schrecklich verzerrte Miene in einem totenbleichen, wächsernen Antlitz ließ sie erschaudern. Die Augen lagen in tiefen Höhlen, der leblose Mund war zu einem kalten Grinsen verzogen. Sein Atem ging rasselnd. Seine regungslose Miene hatte etwas Bedrohliches an sich. Wie ein Monster stand er da, um sie zu betrachten.

Nachdem sie den ersten Schrecken verarbeitet hatte, fiel ihr auf, dass der Unheimliche eine Plastikmaske trug, um seine Identität zu verbergen. Fieberhaft überlegte sie, wo sie eine derartige Maske schon einmal gesehen hatte.

Ich bin total hysterisch, schrie alles in ihr. *Der feige Typ trägt eine verdammte Maske*.

»Oh«, sagte er jetzt. »Habe ich dich erschreckt?« Seine Stimme klang hinter der Maske hohl und unheimlich. »Das wollte ich nicht.« Er lachte überheblich und ließ die Lampe sinken. Dabei fiel ihr auf, dass er schwarze Handschuhe trug.

Jetzt konnte sie etwas von ihrer Umgebung erkennen. Sie befand sich in einem elenden Loch, das die Bezeichnung Keller nicht verdiente. Es gab kein Licht, die nackte Glühbirne an der niedrigen Decke schien nicht zu funktionieren. Jetzt sah sie auch die Kamera in der Ecke des Gewölbes. Sie stand auf einem Stativ. Das kleine Objektiv war auf sie gerichtet.

Da sie am Boden lag, erkannte sie nur seine schweren Stiefel und Beine, die in einer schwarzen Hose steckten.

»Du bist wach«, stellte der Mann mit tiefer Stimme fest. »Wie schön.« Seine Worte trieften von Spott.

»Dann können wir beginnen.« Er ging neben ihr in die Hocke, stellte die Laterne auf den Boden, griff sie an den Stricken, mit denen man sie verschnürt hatte wie ein Paket, und drehte sie brutal auf den Rücken. So gut es ging, versuchte sie ihn zu beobachten. Hinter ihr hantierte er mit einem Werkzeug herum, das sie an einen Lötkolben erinnerte.

Was zum Teufel hat er vor?, schrie alles in ihr.

Ein Lötkolben, dachte sie in Todesangst. *Er hat einen verdammten Lötkolben*. Sie hatte keine Vorstellung, was er vorhatte, und beobachtete gebannt, wie er das kleine Gerät einschaltete.

Der Typ ist krank.

»Einen Moment dauert es noch«, erklärte er wie ein Vater, der sein Kind um Geduld bittet. »Und dann machen wir dich schön.«

Sie schüttelte den Kopf, presste unartikulierte Laute in den Knebel und sah mit weit aufgerissenen Augen zu ihm auf. Verzweifelt zerrte sie an ihren Fesseln, doch die Stricke hatten tiefe Wunden an Fuß- und Handgelenken hinterlassen. Der Schmerz war unerträglich, und schon nach wenigen Sekunden sackte sie erschöpft und geschunden in sich zusammen, musste wehrlos zusehen, wie er sein teuflisches Werk begann.

Inzwischen hatte der Lötkolben – oder was immer das Ding auch war – seine Betriebstemperatur erreicht, denn die kleine Spitze glühte tiefrot.

»Es kann beginnen.« Während er in der einen Hand das Gerät hielt, drehte er sie mit der freien Hand wieder auf den Bauch. Sie spannte die Muskeln an, versuchte vergeblich, sich zu wehren, und resignierte, als sie bemerkte, dass sie keine Chance hatte, ihm zu entkommen. Indessen zerrte er an ihrem T-Shirt herum, sie spürte seine Hände auf ihrer Haut und kämpfte gegen das Gefühl an, sich übergeben zu müssen. Brutal riss er das Oberteil hoch. Es war ihr nicht peinlich, dass sie keinen BH trug – sie hatte andere Sorgen.

Der Stoff des Shirts riss mit einem hässlichen Geräusch. Kurz schien er zu zögern, dann kniete er sich erbarmungslos auf ihren Rücken. »Jetzt solltest du dich nicht gegen das, was kommt, wehren«, empfahl er ihr. Im Augenwinkel sah sie, dass er den Lötkolben – oder was immer es auch war – auf ihren Körper senkte. Ein brennender Schmerz durchfuhr ihren geschwächten Leib, als er mit dem Folterwerkzeug ihre Haut berührte. Sie schrie in den Knebel, sah Lichtblitze vor ihren Augen aufleuchten, konnte sich aber nicht gegen ihn wehren. Brutal trieb er die glühende Spitze in ihren Rücken. Es schien, als wolle er sie mit dem Gerät aufschlitzen. Ein leises Zischen ertönte. Schweißperlen traten auf ihre Stirn.

Sie wimmerte, presste Laute in den Knebel, versuchte erneut, sich zu wehren, und gab auf, denn er war ihr überlegen.

Der Schmerz breitete sich höllisch schnell aus, fraß sich in ihre Haut und schien sie zu zerreißen. Etwas zischte, dann kroch der Geruch von verbranntem Fleisch in ihre Nase. Es war ihr eigenes Fleisch, das verbrannte. Sie fand nicht die Zeit, sich zu fragen, was er tat, und gab sich der Qual hin. Unablässig trieb er das glühende Werkzeug in ihr Fleisch. Tränen schossen in ihre Augen und rannen auf den staubigen Boden, sie wand sich unter ihm und spürte, wie die Kraft sie verließ.

»Nicht wackeln«, zischte er und erhöhte den Druck. »Es soll doch schön werden.« Ihr blieb die Luft weg, wieder blitzten Lichtpunkte vor ihren Augen. »Wenn es schnell geht, fahren wir gleich noch ans Meer, also halte durch, ich will den Sonnenaufgang mit dir erleben.«

Ihr gesamter Körper schien ein einziger Schmerz zu sein, dann wurde sie von einer alles verschlingenden Ohnmacht umfangen. Die Dunkelheit, die sie umgab, empfand sie als unendliche Erleichterung. Der Druck auf ihrem Rücken ließ nach, ihr Körper fühlte sich federleicht an. Geräusche drangen wie durch Watte an ihre Ohren. Der Schmerz verwandelte sich in eine wohlige Wärme. Das Letzte, was sie hörte, war sein erleichterter Seufzer, als er von ihr abließ.

Der Spuk war vorbei.

War sie gestorben?

KAPITEL 5

Campingplatz Steinberghaff, 6.35 Uhr:

»Geht schon mal raus zum Spielplatz«, brummte Jacob Köpper verschlafen, als er im vorderen Bereich des alten Wohnwagens leises Getuschel und kindliches Kichern vernahm. Jana und Julia, seine acht- und zehnjährigen Töchter, waren eben erwacht, während sich Janina schlafend an ihn schmiegte. Ihre Atemzüge waren gleichmäßig, er legte liebevoll einen Arm um sie und betrachtete sie. Im Schlaf wirkte ihr Gesicht sanft wie das eines Engels. Es war der erste Urlaub seit einigen Jahren, denn nachdem sie das Reihenhaus im holsteinischen Nahe, nördlich von Hamburg, gekauft hatten, war für ausgiebige Ferien kein Geld mehr vorhanden. Jacob, der seit seiner Kindheit seine Schulferien auf Campingplätzen verbracht hatte, war es bisher nicht gelungen, seine Frau vom einfachen Leben in einem Wohnwagen zu überzeugen.

Während Janina es liebte, sich rund um die Uhr in Hotels verwöhnen zu lassen, so genügte ihm das minimalistische Leben auf einem Campingplatz irgendwo im Norden. Er brauchte weder Wellness- noch Spa-Anwendungen, um sich entspannen zu können. Ihm reichte der stundenlange Ausblick über die Weite der See, um glücklich zu sein. Wenn es dann abends ein kühles Bier und eine heiße Wurst vom Grill gab, umso besser.

Janina sah das anders: Obwohl sie einen finanziellen Engpass durchlebten und sie sich eine teure Reise nicht leisten konnten, war ein verlängertes Wochenende auf dem Campingplatz kein Urlaub für sie. Irgendwann hatte sie dem Drängen ihres Mannes und dem Betteln der Kinder nachgegeben und schweren Herzens zugestimmt.

Jacobs Vater hatte ihnen seinen alten Wohnwagen geliehen, und so waren sie an die Ostsee gefahren, um hier ihr Lager aufzuschlagen.

»Es sind ja nur ein paar Tage«, hatte Jacob ihr vor Reiseantritt Mut zugesprochen. »Und ich kümmere mich jeden Tag um das Frühstück.« Die anfallenden Arbeiten wie das Leeren der Campingtoilette und den Wechsel von Gasflaschen sowie das Befüllen des Wassertanks waren ebenfalls seine Aufgaben, doch das machte ihm nichts aus. »Hauptsache, wir kommen mal raus«, hatte er noch gesagt. »Und für die Mädchen ist es auch schön auf dem Campingplatz.«

Zähneknirschend hatte Janina mit einem »Ich werd's überleben« zugestimmt und von ihm im Gegenzug ein verlängertes kinderfreies Wochenende im Herbst in einem Wellness-Hotel eingefordert. Obwohl er sich nichts aus Sauna, Massagen und anderen Spa-Anwendungen machte, hatte Jacob eingewilligt.

Die Mädchen schoben gerade tuschelnd die Trennwände zum Schlafbereich der Eltern einen Spalt auseinander und lugten in das Heck des Wohnwagens. Ihre Haare waren strubbelig, die Schlafanzüge ein paar Nummern zu groß.

»Lasst Mama noch schlafen«, bat Jacob flüsternd und legte den Zeigefinger der rechten Hand auf die Lippen. »Wenn ihr mögt, könnt ihr zum Spielplatz, aber haltet euch vom Wasser fern.«

»Dürfen wir so raus?«, fragte Jana und zupfte an ihrem Pyjama herum.

»Auf gar keinen Fall«, entgegnete Jacob. »Ihr könnt die Jogginganzüge drüberziehen – und die Gummistiefel.«

»Ist gut«, nickte die zehnjährige Julia und gab ihrer jüngeren Schwester ein Zeichen. Die beiden zogen sich zurück, kicherten und waren wenig später verschwunden. Als sie die Wohnwagentür ins Schloss drückten, erwachte Janina.

»Was ist los?«, murmelte sie mit geschlossenen Augen.

»Nichts ist los«, versicherte Jacob und hauchte ihr einen Kuss auf die Stirn. »Wir sind alleine.«

»Wie praktisch.« Jetzt blinzelte Janina zu ihm auf. Als er sich über sie beugte, erwiderte sie seine leidenschaftlichen Küsse, zog ihn dichter an sich heran und gab sich seinen Zärtlichkeiten hin. Schnell gewann Jacob den Eindruck, dass seine Frau zum ersten Mal in diesen Ferien völlig entspannt war.

KAPITEL 6

Glücksburg, 7.10 Uhr:

Verschlafen blinzelte Jens Beck auf die Ziffern seines Weckers. Brummend wie eine wütende Hummel schob sich das Mobiltelefon über den Nachtschrank. »Nee, oder?«, murmelte er, als er sah, dass es sich um einen Notruf handelte. Der Leiter des Flensburger Kriminalkommissariates 1 schüttelte unwillig den Kopf, als er die Nummer der Dienststelle im Display sah. »Nicht heute.« Er hatte frei und warf seiner noch schlafenden Frau einen raschen Seitenblick zu, bevor er nach dem Telefon angelte, die Bettdecke fortstieß und barfuß und in Boxershorts das verdunkelte Schlafzimmer verließ.

Hannah hatte einen leichten Schlaf, und er wollte sie nicht wecken. Mit einem letzten Blick vergewisserte er sich, dass sie schlief. Seine Frau lag in embryonaler Haltung im Bett und hatte offenbar von dem Anruf nichts mitbekommen. So leise wie möglich zog Beck die Tür hinter sich zu und erklomm einen der Barhocker in der kleinen Küche, bevor er das Gespräch annahm.

»Ich weiß, du hast frei heute, aber es hat einen Leichenfund am Steinberghaff gegeben.«

Beck erkannte die Stimme von Max Paulsen. »Du hast Notdienst und schaffst das sicher alleine«, brummte er. »Informier das K6 und fahr hin, ich schicke dir Kristin.«

»Muss das sein?«

Beck stöhnte und fuhr sich mit der freien Hand durch die kurz geschorenen blonden Haare. Zu früher Stunde hatte er keine Lust auf die Machtspiele seines Mitarbeiters. Als Erster Kriminalhauptkommissar teilte er sein Team ein. Und er setzte große Hoffnungen auf die junge Kollegin aus Ostfriesland, die seit einiger Zeit beim K1 in Flensburg ihren Dienst zu seiner vollsten Zufriedenheit verrichtete. Kristin Voss verfügte über eine außergewöhnliche Auffassungs- und Kombinationsgabe. Beck klemmte sich das Telefon zwischen Wange und Schulter und schaltete das kleine Licht über der Arbeitsplatte ein, um die Kaffeemaschine in Gang zu setzen. Er machte sich nichts vor – mit dem Anruf des Kollegen war sein freier Tag gestrichen. Zwar wusste er noch nicht, wie er das Hannah beibringen konnte, doch sie war lange genug mit ihm verheiratet, um zu wissen, dass er immer losmusste, wenn es ein Gewaltverbrechen gab.

»Versteh mich nicht falsch, Max, aber ich werde Kristin mit der Leitung der Ermittlungen beauftragen. Punkt.«

Paulsen stöhnte auf. »Versteh mich nicht falsch«, äffte er den Ton seines Vorgesetzten nach, »aber ich werde den Verdacht nicht los, dass du das nur tust, weil sie Titten hat.«

»Das reicht jetzt«, antwortete Beck lauter, als es beabsichtigt war, während er seine Lieblingstasse aus dem Regal nahm und unter den Auslauf der Padmaschine schob. »Fahr hin und mach den ersten Angriff, ich denke, dass Kristin kurz nach dir in Steinberghaff sein wird.« Ohne die Antwort abzuwarten, unterbrach Beck die Verbindung. Während er seine Gedanken ordnete, sah er der Kaffeemaschine bei der Arbeit zu. Plätschernd rann der braune Wachmacher in die Tontasse.

»Du musst los?«

Geräuschlos war Hannah auf der Bildfläche erschienen. Mit einem mitfühlenden Lächeln lehnte sie mit verschränkten Armen im Türrahmen. Ihre langen blonden Haare wirkten vom Schlaf zerzaust, doch ihre blauen Augen leuchteten. Beck betrachtete seine Frau mit einem verliebten Blick. Hannah hatte dänische Wurzeln und gehörte auch der dänischen Minderheit in Flensburg an. Jens Beck erinnerte sich daran, wie er sie kennengelernt hatte, irgendwann in den 1990er-Jahren.

Wie sie so dastand und ihn anlächelte, hätte er sie am liebsten umarmt, geküsst und ins Schlafzimmer entführt – so, wie es heute eigentlich geplant gewesen war. »Ja«, seufzte er stattdessen, »es gibt eine Tote am Steinberghaff.«

»Hm.« Hannah nickte. »Wenn die Pflicht ruft, dann ruft die Pflicht.«

»Aber es ist mein freier Tag. Unser freier Tag, Hannah.«

»Nächstes Jahr haben wir wieder Hochzeitstag«, erwiderte sie mit einem sanften Lächeln auf den Lippen.

Seufzend nahm Beck seine Tasse aus der Maschine, holte Hannahs Kaffeepott aus dem Regal und betrachtete sie mit einem fragenden Blick. Als sie stumm nickte, bereitete er ihr ebenfalls einen Kaffee. Er liebte seine verständnisvolle Frau, wusste, dass sie ihm keine Vorwürfe machte, wenn er an seinem freien Tag zum Dienst musste, schließlich war er Polizist mit Leib und Seele. Trotzdem verfluchte er an Tagen wie diesen seinen Beruf. »Wir holen das nach«, flüsterte er ihr sanft ins Ohr, während Hannah sich liebevoll an ihn schmiegte. »Schon gut«, sagte sie leise. »Schon gut, Jens.«

*

Es hatte ihn Überwindung gekostet, nicht am Ort des Geschehens zu bleiben, bis man sie fand. Lange konnte es nicht mehr dauern, denn der Morgen erwachte bereits. Zu gern hätte er ihr Entsetzen gesehen, ihre panischen Hilferufe, wenn sie sein Opfer tot auffanden. Die Verzweiflung und die Angst in ihren Augen, die Trauer. All das würde er nicht miterleben können.

Ein Jammer.

Obwohl sein Körper das Adrenalin in groben Stößen ausschüttete, zwang er sich zur Ruhe. Der erste Schritt war getan, und nun musste er abwarten, wie sie auf das Geschehene reagierten.

Aktion und Reaktion. So geht das Spiel, nicht anders, hämmerte es unablässig in seinem Kopf, während er versuchte, sich mit den Schönheiten der Landschaft abzulenken. Eben war die Sonne aufgegangen und tauchte die sanften Hügel in ihr goldenes Licht. Wenn man von einzelnen Traktoren absah, die im Schneckentempo auf dem Weg zu den ausgedehnten Feldern waren, herrschte kaum Betrieb auf den Straßen. Die weiten Rapsfelder in ihrem kräftigen Gelb, der strahlend blaue Himmel und die saftig grünen Wiesen und Wälder bildeten einen traumhaften Kontrast, doch er nahm sich nicht die Zeit, die Schönheit der Natur im Frühjahr zu bewundern. Sie wartete bereits auf ihn.

Als er die Kolonne von Einsatzfahrzeugen erblickte, die ihm mit zuckenden Blaulichtern entgegenkam, grinste er. Jetzt war es so weit.

Mögen die Spiele beginnen.

Drei Streifenwagen, ein Rettungswagen und zwei zivile Fahrzeuge rollten auf Steinberghaff zu. Im Vorbeifahren erblickte er die versteinerten Mienen der Einsatzkräfte.

Man hat sie gefunden. Ein teuflisches Grinsen legte sich auf seine Lippen. *Es kann also losgehen.*

Nach einer guten Stunde stellte er fest, dass er im Kreis fuhr. Immer, wenn er den Abzweig nach Steinberghaff passierte, schlug sein Herz ein paar Takte schneller vor Aufregung, dann war er versucht, zum Ort des Geschehens zu fahren, um sich dort umzusehen. Wenn man ihn fragte, konnte er sich immer noch als neugieriger Passant ausgeben, der sich sorgte. Nur sein Verstand hielt ihn davon ab. Es war zu früh für ihn, sich schon zu outen. So blieb ihm nichts anderes übrig, als sich in Geduld zu üben. Nicht gerade seine Stärke.

KAPITEL 7

Steinberghaff, 7.50 Uhr:

»Der Herbst ist der Frühling des Winters«, hieß es in einem Zitat des französischen Malers Henri de Toulouse-Lautrec. Daran musste Kristin denken, als sie ihr Ziel in Steinberghaff erreichte. Doch jetzt war es wirklich Frühjahrszeit, denn ihr Weg hierher war von üppig blühenden Rapsfeldern gesäumt gewesen, die sich in sanften Hügeln über die Landschaft ergossen hatten. Schmunzelnd fragte sich Kristin, ob dieser Frühling auch der Frühling des Sommers sein würde. Für sie war es das erste Frühjahr in ihrer neuen Heimat, und sie freute sich, dass alles in Blüte stand und die Temperaturen nach einem langen und nasskalten Winter endlich milder wurden. Erst gestern hatte sie mit ihrer Freundin Heike telefoniert, die ihr von der Krokusblüte im Husumer Schlosspark vorgeschwärmt hatte. Doch den Besuch in der Grauen Stadt am Meer musste Kristin wohl verschieben.

Das satte Blau des Himmels lag wie ein Zeltdach über dem saftigen Grün der Wiesen und Wälder entlang der sanften Hügel. Dazwischen betteten sich auf den weichen Hügeln immer wieder leuchtend gelbe Rapsfelder. Durch das offene Seitenfenster wehte ein leichter Wind den süßlichen Rapsduft in Kristins Nase. Er erinnerte sie immer an den Geruch von Strand und Sonnenschutzmilch. Damals, als sie mit ihren Eltern an den Wochenenden an die Nordsee gefahren war, nach Norddeich oder nach Dornum. Doch das war Jahrzehnte her, und so konzentrierte sich Kristin auf die Gegenwart.

Das Navi führte sie in eine Sackgasse, die vor dem Parkplatz eines Campingplatzes und eines kleinen Gasthauses mit dem stimmungsvollen Namen *Fischerkrog* endete. Kristin parkte den Wagen vor dem Gasthof auf der linken Seite. Zahlreiche Einsatzfahrzeuge versperrten ihr die weitere Durchfahrt und die Sicht auf die Ostsee. Als sie ausstieg, atmete sie tief durch und genoss die würzige Seeluft, die auch die letzte Müdigkeit aus ihren lahmen Gliedern vertrieb. Das gleichmäßige Rauschen der Wellen mischte sich unter das Kreischen der Möwen, die, nach Beute suchend, über dem schmalen Küstenstreifen im Wind taumelten. Nachdem Kristin sich orientiert hatte, nahm sie die enge Straße, die zum Strand hinabführte. Schon zu Beginn des Weges ratterte das blau-weiß schraffierte Absperrband im Wind, das von zwei Beamtinnen des Streifendienstes bewacht wurde. »Moin«, grüßte Kristin die jungen Frauen, die sie nur vom Sehen kannte. Nachdem sie sich bei den uniformierten Kolleginnen an der Absperrlinie ausgewiesen hatte, ließ man sie passieren. Der Weg war von mannshohen Hecken gesäumt. Er führte leicht abwärts und mündete ins Meer. Links befand sich ein Wohnhaus mit einst weißen Klinkern, rechts lag das Gelände der *Seglergemeinschaft Steinberghaff* verlassen da. An den Apfelbäumen auf der Wiese des Segelvereins hatten sich bereits erste strahlend weiße Knospen gebildet. Die kleinen Boote der Vereinsmitglieder waren mit von Moos überzogenen Planen abgedeckt worden, um sie vor den Stürmen des letzten Winters zu schützen. Die Anlage befand sich noch im Winterschlaf.

Auch hier waren uniformierte Kollegen damit beschäftigt, eine aufgescheuchte Schar, wahrscheinlich Frauen und Männer des angrenzenden Campingplatzes, auf Distanz zu halten. Einige filmten und fotografierten mit ihren Smartphones. Die Ermahnungen der Streifenpolizisten wurden ignoriert, bis erste Platzverweise ausgesprochen worden waren. Unten am

Strand war die Tatortarbeit in vollem Gang. Der graue Kastenwagen der KTU stand am Wegesrand, über dem Fundort der Leiche hatte man einen Pavillon errichtet. Kollegen in weißen Einmalanzügen waren mit der Spurensicherung beschäftigt, während Max Paulsen vom K1 der Bezirkskriminalinspektion Flensburg ungeduldig auf und ab marschierte. Als er seine Kollegin erblickte, stapfte er mit energischen Schritten auf sie zu. »Na endlich«, rief er von Weitem, »da bist du ja!«

Kristin sah ihm an, dass er schlecht gelaunt war. »Moin«, grüßte sie betont freundlich und nahm sich vor, seine miese Laune zu ignorieren. Sie warf einen Blick auf das Geschehen. »Was ist passiert?«

»Ziemliche Sauerei ist passiert«, erwiderte Max Paulsen und winkte ab. Lässig schob er sich die Hände in die Taschen seiner Designerjeans. An den Sohlenrändern seiner Sneaker hatten sich Sandränder gebildet. Der senffarbene Windbreaker klaffte auseinander und erlaubte Kristin einen Blick auf sein marineblaues T-Shirt mit der Aufschrift »Bitte keine Fotos, ich bin krankgeschrieben«. Als der Wind drehte, verspürte Kristin eine feine Duftnote von *Sauvage Elixir*, die von Paulsen ausging. *Geschmack hat er wenigstens*, dachte sie, dann besann sie sich auf den Grund ihres Aufenthaltes in Steinberghaff.

»Geht das etwas präziser?«, fragte Kristin ungeduldig.

»Zwei Kinder vom Campingplatz haben die Leiche entdeckt«, berichtete Paulsen. Er grinste anzüglich, als er fortfuhr: »Die Eltern haben sie zum Spielen geschickt. Sie wollten wohl ungestört im Wohnwagen sein, um zu vög…«

»Danke, das reicht«, unterbrach Kristin ihn energisch. »Und weiter?«

»Die Kinder sind schockiert zu ihren Eltern zurückgerannt und haben den Vater geholt, der hat die Tote dann auch gesehen und sofort die Streifenhörnchen gerufen.«

»Wo sind die Kinder jetzt?«

»Bei den Eltern. Wir warten auf die Polizei-Seelsorge.«

»Danke.« Kristin ließ Paulsen stehen und näherte sich der Stelle, an der die Tote lag. Die Kollegen der Kriminaltechnik hatten die Arbeit bereits aufgenommen.

»Moin«, rief Kristin von Weitem. »Kann mir mal jemand ein Update geben?« Sie blieb mit in den Hosentaschen versenkten Händen stehen, als sie die Stecknummern der KTU im Sand erblickte. Eine alte Angewohnheit, um an einem Tatort nicht versehentlich Gegenstände zu berühren und falsche Spuren zu legen. »Ich will euch nicht in der Arbeit rumtrampeln«, erklärte sie.

Eine schlanke hochgewachsene Gestalt im weißen Overall blickte auf. Mit einem matten Lächeln auf den Lippen kam Birthe ihr entgegen. Sie schlug die Kapuze zurück. Darunter kam ihr blonder Pferdeschwanz zum Vorschein. »Moin, Kristin, so sieht man sich also wieder. Stichwort: Zusammenarbeit zwischen dem Ersten und dem Sechsten.« Sie machte eine säuerliche Miene.

»Wohl wahr.« Kristin nickte. »Und?«

»Weiblich, Anfang 30, offensichtlich Einwirkung durch einen stumpfen Gegenstand am Hinterkopf.«

»Das meine ich nicht«, entgegnete Kristin kopfschüttelnd. »Die Sache mit Thomas.«

»Frag nicht, er redet nicht mehr mit mir.«

»Kein Wunder.«

»Allerdings.« Birthe seufzte. »Ich hab es verbockt und muss jetzt mit den Konsequenzen leben.«

»Also habt ihr gestern Abend noch geredet?«

»Reden wäre zu viel gesagt. Ich habe Andeutungen gemacht, auf die er leider überhaupt nicht eingegangen ist. Kristin, ich fürchte, er versteht meine Zeichen nicht. Und jetzt ist er beleidigt und hat sich zurückgezogen.« Birthe flüsterte, um die anderen nicht mithören zu lassen.

»Dann musst du deutlicher werden.«

»Ich weiß.« Birthe nickte.

Kristin lächelte ihr aufmunternd zu. »Wenn ich was tun kann …«

»Danke.« Birthe atmete tief durch. »Das Reden gestern tat gut.« Sie schmunzelte dankbar.

»Da nich' für.« Kristin winkte ab und wechselte das Thema. »Wisst ihr schon mehr?« Sie deutete mit dem Kinn auf die tote Frau unter dem Stoffdach des Pavillons, die auf dem Rücken im Sand lag. Sie war von stämmiger Statur, ihre Beine steckten in einer grauen eng anliegenden Jogginghose, einen ihrer beiden pinkfarbenen *Crocs* schien sie verloren zu haben. Die Tote trug ein weißes durchnässtes T-Shirt mit einem mädchenhaften Mickymaus-Aufdruck. Ihre schweren Brüste zeichneten sich überdeutlich durch den dünnen Stoff ab, da sie keinen BH trug. Das dunkelblonde Haar umgab ihren Kopf wie eine Gloriole, Strähnen hingen ihr ins Gesicht. Die Lippen waren blutleer, während die Augen der Frau weit aufgerissen in den Himmel zu starren schienen.

»Nee, leider wissen wir nichts von ihr.« Birthe schüttelte den Kopf. »Ihre Identität ist unklar, weder Papiere noch ein Handy hat sie dabei.« Birthe hielt einen transparenten Asservatenbeutel in die Höhe. »Nur diese drei Schlüssel, die uns aber keinen Aufschluss geben.« Sie lächelte, als ihr das unbeabsichtigte Wortspiel auffiel.

Kristin betrachtete den kleinen Schlüsselbund, der durch einen einfachen silbernen Ring zusammengehalten wurde. »Sieht aus wie ein Wohnungs-, ein Haustür- und ein Briefkastenschlüssel.« Die Formen und die Hersteller gab es millionenfach, ansonsten fand sie keinerlei Auffälligkeiten. Die Schlüssel gaben keine Auskunft über den Wohnsitz der toten Frau am Strand.

Schweigend gesellte sich Paulsen zu den Kolleginnen.

»Du findest sicher heraus, zu welchem Haus die Schlüssel gehören«, bemerkte er mit spöttischem Unterton in der Stimme. »Du bist doch unsere Spitzenermittlerin.«

Kristin ging nicht auf die sarkastische Bemerkung des Kollegen ein. Sie wandte sich an Birthe. »Warum ist ihre Kleidung durchnässt?« Kristin warf einen Blick zum Himmel und fragte sich, ob es hier vor Kurzem geregnet hatte oder ob die Tote von einer hohen Ostsee-Welle überrollt worden war. Doch die See lag ruhig in der Geltinger Bucht, nichts deutete auf kräftigen Wellengang hin.

»Unter Umständen hat es hier in den frühen Morgenstunden geregnet«, brummte Paulsen und schien nun um Sachlichkeit bemüht zu sein. »Wir checken das gerade.«

»Also liegt sie schon länger hier?«

Benno Thierse, der Abteilungsleiter des K6, näherte sich ihnen. Bei ihm handelte es sich um einen großen und etwas schlaksig wirkenden Mittfünfziger mit wachsamem Blick. Thierse nahm die dunkelblaue Pudelmütze mit der eingestickten »Polizei«-Aufschrift vom Kopf und fuhr sich durch das dichte schwarze Haar. Schweigend zog er den Totenschein aus der Jackentasche, den er vom Notarzt erhalten hatte, und überflog die Einträge. »Die Rigor Mortis ist nicht ganz ausgeprägt, aber Kiefer, Kopf und Arme sind schon von der Totenstarre betroffen, auch die Leichenflecken lassen sich noch wegdrücken«, berichtete er. »Aufgrund der partiellen Ausprägung der Leichenstarre schätzt er, dass die Frau etwa vor fünf, sechs Stunden gestorben ist.«

»Der Notarzt hat übrigens schon sein Kreuz bei ›Todesursache ungeklärt‹ im Totenschein gemacht und die Obduktion in der Rechtsmedizin angeordnet«, fügte Birthe hinzu.

»Und jetzt sind wir an der Reihe.« Kristin sah sich um. Der befestigte Weg, über den sie gekommen war, endete am Küstenstreifen, halb rechts gab es einen Bootsanleger aus Beton, ein gut drei Meter breiter Kiesweg führte parallel am Strand entlang. Am oberen Ende des Weges waren große Steine zu einer Art Friesenwall aufgeschichtet. Der Campingplatz lag im Schutz eines Deiches hinter einer Hecke. Als Kristin den Blick über das Wasser schweifen ließ, erkannte sie im Dunst die Bucht von Wackerballig. Sah man vom benachbarten Campingplatz und einzelnen Ferienhäusern ab, eine verlassene Gegend. Tagsüber sicherlich ein Anziehungspunkt für Wassersportler und Spaziergänger, herrschte um diese Zeit kaum Betrieb – von den Schaulustigen abgesehen, die sich an der Absperrlinie weiter oben drängelten.

»Was wisst ihr über die Todesursache?«, fragte Kristin.

»Außer der Wunde am Hinterkopf nichts«, antwortete Birthe.

»Möglicherweise todesursächlich«, mischte sich ein junger schlanker Kollege mit dichtem Haar und einer modischen Brille ein, den Kristin noch nicht kannte. »Aber dem Blutfleck nach zu urteilen, ist Auffindeort nicht gleich Tatort.«

»Und Sie sind?«, fragte Kristin.

»Lange, Lukas Lange, Kommissaranwärter beim Sechsten«, erwiderte der Kollege und rückte sich die Brille zurecht. Er grinste schief. »Ich bin neu im Verein.«

Jetzt bemerkte Kristin, dass seine behandschuhten Hände zitterten. Auch sein Gesicht war blass, fast wächsern. Offensichtlich war dies sein erster Einsatz und der erste Kontakt zu einem Gewaltopfer. »Na dann – willkommen.«

»Danke.« Der junge Kollege nickte.

»Lange?« Paulsen musterte den Neuen von Kopf bis zum Fuß. »Passt, dein Name ist Programm.«

Lukas Lange betrachtete ihn und ersparte sich eine Antwort. Max Paulsen war kahlköpfig und von stämmiger Natur, dabei einen Kopf kleiner als der Kommissaranwärter. Er musterte den jungen Kollegen aus braunen Augen und strich sich über den fein gestutzten Kinnbart.

»Kann ja nicht jeder durchtrainiert wie ein Kampfzwerg sein«, entfuhr es Lange dann doch.

»Also wurde unser Opfer erschlagen?«, nahm Kristin den Faden auf, bevor zwischen den Männern ein wildes Wortgefecht entstand.

Birthe fühlte sich berufen, Kristins Frage zu beantworten. »Ob die Wunde am Hinterkopf tatsächlich todesursächlich war, wird die Obduktion ergeben. Möglicherweise kann auch ein Sturz vorangegangen sein.«

»Zuerst müssen wir die Datenbanken durchgehen, allen voran die Vermi/To«, sagte Kristin, an Paulsen gewandt. Mithilfe der Liste konnten unbekannte Leichen identifiziert und nach vermissten Personen gefahndet werden. »Das kann Gunnar übernehmen.« Sie blickte sich suchend um. »Wo steckt er überhaupt?« Es war selten, dass Paulsens Partner durch Abwesenheit glänzte.

»Kommt nach«, erwiderte Paulsen. »Sein Auto ist in der Werkstatt, und er muss sich erst einen Dienstwagen aus der Fahrbereitschaft holen.«

»Und wir sollten uns auf dem Campingplatz umsehen«, ordnete Kristin an. »Der Kleidung nach zu urteilen, stammt die Tote möglicherweise von dort – auch der Verbleib des fehlenden Schuhs wirft Fragen auf.«

»Was ist, wenn sie gar nicht am Strand starb?«, gab Birthe zu bedenken. »Ich meine, wenn sie an einem anderen Ort ums Leben kam und hier abgelegt wurde, um Spuren zu verwischen?«

»Apropos Spuren.« Kristin sah den schmalen Weg hinauf. »Wir brauchen alle Fuß- und Reifenspuren, Benno.«

Thierse warf seinen Mitarbeitern einen vielsagenden Blick zu und seufzte. »Ich hab es befürchtet.«

»Warum?«

»Weil der Weg sandig ist und ein leichter Wind weht, der

sicher alle Spuren unbrauchbar gemacht hat.« Benno Thierses Blick glitt zum Wasser. »Was, wenn der oder die Täter das Opfer mit dem Boot hergebracht haben?« Er deutete zum verlassen daliegenden Steg, »wenn sie dort angelegt und die Frau an den Strand getragen haben?«

»Wir werden nichts außer Acht lassen«, versprach Kristin ihm. Sollte Thierse mit seiner Äußerung recht behalten, würde sich die Suche nach den Tätern als schwierig erweisen. Mit einem Boot war es von Dänemark hierher ein Katzensprung. Womöglich würden sie die Kollegen aus dem Nachbarland involvieren müssen. Einem Bauchgefühl folgend beschloss sie, die Suche zunächst auf das nähere Umfeld des Auffindeorts zu begrenzen. »Wir müssen etwas über die Herkunft des Schlüssels in Erfahrung bringen.« Kristin wandte sich an Paulsen. »Kümmerst du dich um den Campingplatz?«

Gerade, als Paulsen etwas erwidern wollte, mischte sich Lukas Lange ein. »Der Platz hat 220 Stellplätze, dazu noch eine Zeltwiese, das könnte Zeit in Anspruch nehmen«, eröffnete er Kristin. »Das wird sicher eine Sisyphusarbeit. Sie sollten Verstärkung anfordern.«

»Mach dir mal nicht meine Sorgen, Kleiner«, entgegnete Paulsen. »Um diese Jahreszeit dürfte da noch nicht allzu viel los sein.«

»Es sind Osterferien in Schleswig-Holstein und …«

»Ich regle das schon, danke für die Belehrung«, giftete Paulsen und warf Kristin einen Blick zu. »Kannst du Verstärkung anfordern?«

»Sicher.« Im Augenwinkel sah Kristin, dass die Kollegen des Streifendienstes am oberen Ende des Weges gerade das Absperrband einrollten, um den eintreffenden Wagen eines örtlichen Bestatters passieren zu lassen.

»Was wollen die denn schon hier?«, fragte ein verwunderter Benno Thierse. »Wir sind noch gar nicht fertig mit der Arbeit.«

Kristin sprintete los. »Nein«, rief sie im Laufen und ruderte wild mit den Armen. »Stehen bleiben! Er darf hier nicht durch!« Atemlos erreichte sie den Fahrer des schwarzen Mercedes Vito. Sie trommelte auf die Haube und bewegte den Mann zum Anhalten. »Hier dürfen Sie noch nicht durch!«

Der Fahrer, ein strohblonder hochgewachsener Mann um die 40, trat auf die Bremse und ließ das Seitenfenster herunter. »Aber die Kolleginnen oben haben gesagt, dass ich passieren darf«, verteidigte er sich schulterzuckend.

»Leider nein«, bedauerte Kristin kopfschüttelnd. Der Mann am Lenkrad wirkte übernächtigt, der Bartschatten und die dunklen Ringe unter den Augen ließen ihn älter erscheinen, als er vermutlich war. Der Mann machte keinen sonderlich gepflegten Eindruck auf Kristin. Sie fragte sich, was mit ihm nicht stimmte. »Ich wäre Ihnen dankbar, wenn Sie Ihr Fahrzeug oberhalb der Sperrlinie parken würden.«

Der Fahrer wechselte einen Blick mit seinem Kollegen, der mit einem Handy vor der Nase auf dem Beifahrersitz herumlümmelte, und zuckte die Schultern.

»Muss das sein?«, lamentierte der Fahrer. »Ich bin schon die ganze Nacht unterwegs gewesen und ich …«

»Wir ermitteln hier in einem Tötungsdelikt«, erklärte Kristin in sachlichem Tonfall. »Da müssen Sie sich noch gedulden, bis die Kollegen von der Kriminaltechnik ihre Arbeit abgeschlossen haben und den Leichnam zum Abtransport freigeben.«

»Was ist hier los?«

Als Kristin sich umwandte, blickte sie in die wichtig dreinschauende Miene von Lukas Lange, der sich zu ihnen gesellte. »Das frage ich mich auch gerade«, murmelte sie.

»Mensch Peer«, rief Lange, ohne auf Kristins Bemerkung einzugehen. »Was machst du denn hier?«

»Arbeiten«, erwiderte der Mann am Lenkrad. »Aber deine Chefin hält den Betrieb auf.«

Bevor Kristin etwas sagen konnte, hob der Fahrer des Bestattungswagens beschwichtigend die Hände »Nichts für ungut, Frau Wachtmeisterin.«

»Kriminalkommissarin«, verbesserte Kristin ihn mit mahnendem Unterton in der Stimme.

»Allens kloor«, grinste Peer. »Sagt uns einfach Bescheid, wenn wir die Leiche übernehmen können.«

»Geht klar.« Für Lukas Lange war der Fall damit erledigt. Er gab Kristin ein Zeichen, ihm zu folgen. »Wir haben da noch etwas sehr Interessantes entdeckt.«

»Ist das so?«

»Das ist so.« Der junge Mitarbeiter nickte. »Kommen Sie.«

»Wo steckst du denn?«, rief Paulsen ungeduldig. Er hatte sich mit den Kollegen des K6 um die Leiche versammelt. Der Wind frischte auf und erzeugte ein Rascheln in der Plane des Pavillons. »Da ist noch etwas, über das ich mit dir sprechen wollte, als der Fahrer des Bestatters unsere Runde gesprengt hat.«

»Der junge Kollege sagte es bereits.« Kristin gesellte sich zu den anderen.

Gemeinsam mit Birthe ging Thierse neben dem Opfer in die Hocke. Sie drehten die Tote auf die Seite und zogen das T-Shirt hoch. Ein eigenartiges Tattoo kam zum Vorschein.

»Wenn das mal kein Arschgeweih ist«, grinste Paulsen abfällig. »Aber was ist das für eine Botschaft?«

Kristin schwieg. Das, was Paulsen offenbar für ein Tattoo hielt, wirkte eigenartig. In geschwungenen Lettern standen dort die Worte »Free JP«. Kristin streifte die dünnen Einmalhandschuhe über und ließ die Fingerkuppen über die Nachricht gleiten. Die Buchstaben waren zu spüren. »Leute«, sagte sie, »das ist kein normales Tattoo.«

»Die Frau Neunmalklug hat eine Idee«, stöhnte Paulsen und fing sich die missbilligenden Blicke der Anwesenden ein. »Was soll es denn sonst sein?«

»Bei einem Tattoo wird Tinte unter die Haut gespritzt, und Tattoos sind in der Regel nicht zu spüren. Hier verhält es sich anders.« Wieder strich sie mit den Fingerspitzen über den Schriftzug. Die Vernarbung war durch die dünne Haut des Handschuhs zu spüren. »Leute«, murmelte sie, ohne den Blick von der Kennzeichnung abzuwenden, »das ist ein Brandmal.«

KAPITEL 8

Er liebte die Kühle in dem kleinen fensterlosen Raum. Die einzige Lichtquelle war das Display des Tablets, das auf seinem Schoß ruhte. In den sozialen Netzwerken überschlugen sich die Meldungen vom Leichenfund in Steinberghaff. Fotos von schlechter Qualität, verwackeltes Filmmaterial, offensichtlich mit Smartphones aufgenommen, und abenteuerliche Behauptungen trugen dazu bei, dass die Gerüchteküche brodelte. *Fake News*, ging es ihm verächtlich durch den Kopf. Bedauerlicherweise fand er nirgendwo ein Foto von ihr. Auch von der Botschaft war an keiner Stelle etwas zu lesen.

Dabei hatte sie im Tod so schön ausgesehen. Fast wie eine Puppe hatte er sie liebevoll am Strand drapiert, ihre Haare sorgsam glatt gestrichen, Arme und Beine ausgestreckt. Ein Jammer, dass niemand dieser Amateure ein Bild von ihr hochgeladen hatte. Nun, dachte er, man kann nicht alles haben. Vom Selbstmord bis hin zum Ritualmord reichten die Behauptungen im Netz.

Kalt, dachte er mit einem teuflischen Grinsen, *ganz kalt. Ihr habt ja alle keine Ahnung, was ihr Tod zu bedeuten hat*. Er lehnte sich entspannt zurück und beschloss, der Öffentlichkeit noch etwas Zeit zum Nachdenken zu geben. Die Menschheit war schrecklich dumm, geradezu verblödet. Manchmal glaubte er, dass sich die Gesellschaft in der Pandemie vor einigen Jahren sehr zu ihrem Nachteil verändert hatte. Die Menschen waren nur noch auf sich selbst fixiert, sie waren rücksichtslos, engstirnig und kurzsichtig geworden. Er musste den Leuten Zeit geben, um das Rätsel zu lösen.

Und die Bullen würden ihm auch nicht so schnell auf die Schliche kommen.

Zufrieden versetzte er das Tablet in den Ruhezustand, legte es beiseite und räkelte sich mit einem wohligen Seufzer auf dem alten durchgesessenen Sofa, das er irgendwann vor dem Sperrmüll hierher in seinen Unterschlupf gerettet hatte. Müde nach der kurzen und schlaflosen Nacht rollte er sich in die Wolldecke ein und schloss die Augen. Während er in den Schlaf hinüberdämmerte, sah er immer wieder ihr Gesicht vor seinem geistigen Auge auftauchten. *Ja*, dachte er, *ich habe alles richtig gemacht.*

*

Als Kristin nach Flensburg gekommen war, hatte sie sich das Rauchen abgewöhnt. Als jahrelange Raucherin war ihr der Verzicht auf Nikotin nicht leichtgefallen, doch jetzt war sie stolz auf sich, die Sucht endlich besiegt zu haben. In Momenten wie diesem aber sehnte sie sich nach einer Zigarette. Schnell verdrängte sie die Gedanken und versuchte, sich auf die tote Frau zu konzentrieren. Als sie zu den Kollegen aufsah, blickte sie in betroffene Gesichter.

»Und?«, fragte Paulsen, der als Erster die Stimme wiedergefunden hatte. »Was willst du uns damit sagen?« Er grinste Beifall heischend in die Runde. »Meinst du, sie trägt ein Brandmal wie ein Stück Vieh?«

Kristin nickte nachdenklich. »Es sieht ganz danach aus.«

»Aber was bedeuten die Worte?«, Lukas Lange beugte sich über den in die Haut der Toten eingebrannten Schriftzug.

»Wenn wir das wüssten, dann wären wir einen Schritt weiter«, entgegnete Paulsen. »Aber du kannst dir ja mal Gedanken darüber machen, Junge.«

»Das werde ich.«

Kristin wandte sich an Thierse und Birthe. »Könnt ihr die Vorgehensweise und die Art der Brandnarben analysieren?«

Birthe tauschte einen Blick mit ihren Vorgesetzten, bevor sie antwortete. »Es gibt wohl eine Branding-Szene, die oft im Sadomaso-Bereich angesiedelt ist. Ob wir es hier damit zu tun haben, ist schwer zu sagen, aber vielleicht finden wir etwas heraus.«

»Free JP …«

Nachdenklich betrachtete Kristin die Worte, die man der Frau in die Haut gebrannt hatte. Sie konnte sich gut vorstellen, dass ein solches Brandmal höllische Schmerzen verursachte. Unwillkürlich stellte sie sich die Frage, wer so etwas freiwillig über sich ergehen ließ. »Wenn wir ihre Identität kennen, können wir vielleicht herausfinden, ob sie in der SM-Szene aktiv war – oder ob die Brandmarke etwas mit ihrem Tod zu tun hat.«

»Ich frage mich, warum das erst unsere Starermittlerin herausgefunden hat«, pöbelte Paulsen. »Das Ding hätte dem Notarzt bei der Leichenschau doch aufgefallen sein müssen.«

»Das ist es, Max«, nickte Thierse. »Er hat das Branding aber wohl nicht mit dem Tod unseres Opfers in Verbindung gebracht.«

»Fataler Fehler«, brummte Paulsen kopfschüttelnd.

»Es ist nicht die Aufgabe des Notarztes, überschnelle Schlüsse zu ziehen«, fand Kristin.

Paulsen rollte mit den Augen, ersparte den anderen aber eine bissige Antwort und hüllte sich in beleidigtes Schweigen.

»Ich werde mit der Rechtsmedizin telefonieren«, bot Birthe an. »Dann sollen die sich das Brandmal ansehen. Vielleicht kann man uns etwas dazu sagen.«

»Sehr gut«, fand Kristin und erhob sich. Lange und Thierse betteten die Tote wieder auf dem Rücken. »Wir wären dann durch, von mir aus kann der Bestatter sie übernehmen«, bemerkte Benno Thierse.

»Soll ich Peer Bescheid sagen?«, bot Lange diensteifrig an.

»Von mir aus«, stimmte Kristin zu. Sie zückte das Smartphone und machte noch ein paar Bilder von der Auffindesituation der Toten, während Lange den Weg zum Fahrzeug des Bestatters antrat, um dem Fahrer ein Zeichen zu geben. Der schwarze Kastenwagen setzte sich in Bewegung. Im Schritttempo rollte das Gefährt den Weg zum Strand hinunter.

»Was ist mit Reifenspuren?«, fragte Paulsen beiläufig. »Du hast den Weg gerade für die Durchfahrt gesperrt.«

»Der junge Kollege hat das im Griff«, versicherte Kristin ihm, ohne auf seine spöttischen Bemerkungen einzugehen. Dennoch ging seine Art ihr gegen den Strich.

KAPITEL 9

»Ich kenn die.« Der junge Mitarbeiter im schlecht sitzenden schwarzen Anzug, der vorhin auf dem Beifahrersitz des Bestatterfahrzeugs herumgelümmelt hatte, bis Kristin den Männern grünes Licht gegeben hatte, lief tiefrot an. Seine blassblauen Augen waren wie im Wahn geweitet, als er die tote Frau zu seinen Füßen betrachtete. Ihm war der schwarze Leichensack, den er hergetragen hatte, aus den Händen geglitten.

Paulsen, der gerade damit beschäftigt war, Kristin zu belehren, fuhr herum. »Was heißt das?«, fragte er den Mitarbeiter des Bestattungsinstitutes. »Du kennst die?«

»Jo.« Der Junge nickte und schien ernsthaft betroffen zu sein. »Das ist die Julia.«

»Und Sie sind …?« Kristin näherte sich dem jungen Mann. Sie gab seinem Kollegen ein Zeichen. »Sekunde bitte.«

Peer, der Fahrer des Bestattungsfahrzeuges, wandte sich nickend ab und blickte auf die Ostsee hinaus. Wäre da nicht sein schwarzer Anzug, hätte man ihn für einen Touristen halten können, der die Bucht von Steinberghaff zum ersten Mal erblickte und fasziniert war von der Küste.

»Ich bin Finn, Finn Abdecker.«

Bevor Kristin etwas erwidern konnte, brach Paulsen neben ihr in wieherndes Gelächter aus. »Abdecker? Wie passend in deinem Job!«

Kristin bedachte den Kollegen mit einem vernichtenden Blick, dann führte sie Finn Abdecker ein paar Meter vom Geschehen weg. »Wie gut kannten Sie Julia?«

»Geht so.« Abdecker zuckte mit den schmalen Schultern. »Sie war halt 'ne Bekannte, nicht mehr und nicht weniger.«

»Aber Sie können mir etwas über die Tote erzählen, nehme ich an?«

»Über die Tote …« Abdecker schüttelte betroffen den Kopf. »Wie das klingt – irgendwie cringe.«

Kristin hoffte inständig, dass Paulsen sich nicht wieder zu einem unpassenden und pietätlosen Kommentar hinreißen ließ, doch er schwieg ausnahmsweise.

»War … war es denn Mord?«, fragte Finn Abdecker mit tonloser Stimme. Ihm war anzusehen, wie tief der Schreck saß. Offensichtlich war es auch für einen Bestatter ungewohnt, jemanden aus dem Bekanntenkreis zu transportieren. »Ich meine«, fuhr er fort und blickte sich zu den anwesenden Polizisten um, »ich meine, sonst wären Sie ja nicht hier.«

»So wie es aussieht, handelt es sich um ein Tötungsdelikt«, erklärte Kristin vorsichtig. »Es ist noch zu früh, um etwas sagen zu können. Deshalb ist es wichtig, dass Sie mir möglichst viel Informationen über … Julia mit auf den Weg geben würden.«

Abdecker nickte. »Verstehe.« Er seufzte schwer, warf einen Blick zu seinem Kollegen, der ihnen den Rücken zuwandte und wieder aufs Meer blickte.

»Julia – und weiter?«, fragte Kristin.

»Julia Böhm, sie ist, sie war 28 Jahre alt.«

»Und in welchem Verhältnis standen Sie zu ihr?«

»Sie war eine Zeit lang mit Ole, einem alten Schulfreund, zusammen«, berichtete Abdecker stockend. Kristin sah ihm an, dass er immer noch unter dem Schrecken litt. »Ole Christensen hat mich irgendwann mit zum Klub genommen, und so habe ich seine Freundin Julia kennengelernt.«

Kristin unterbrach ihn nicht und schrieb alles in ihr Notizheft. Sie überlegte, ihm das Brandmal am Rücken des Opfers zu zeigen, verzichtete aber darauf. »Wie war sie so?«, fragte sie, als Abdecker schwieg.

»Nett.« Er rang sich ein Grinsen ab. »Lebensfroh trifft es, glaube ich, gut. Ansonsten lag ihr der Küstenschutz am Herzen, sie hat sich jedes Jahr am *Beach Clean* beteiligt und den Strand vom Unrat befreit, den die Touristen hinterlassen.«

»Was hat sie beruflich gemacht?«

»Die Julia hat in der Bücherei gearbeitet.«

»Hier in Steinberghaff?«

»Nee.« Kopfschütteln. »In Eckernförde, wo sie wohnt.« Er schluckte. »Gewohnt hat«, fügte er dann hinzu.

Kristin horchte auf, als Abdecker Eckernförde erwähnte. Demnach hatte das Opfer nicht im Zuständigkeitsbereich der Flensburger Kripo gelebt. Ihr Herz klopfte für einen Augenblick ein paar Takte schneller, bevor sie sich wieder auf den Fall konzentrierte.

»Was für eine Art von Klub war das?« Kristin spürte, wie ihre Ungeduld wuchs. Doch sie war sich darüber im Klaren, dass sie dem jungen Mann Zeit geben musste. Wenn er unter Schock stand, würde sie den Arzt bitten, sich um Abdecker zu kümmern.

»Linedance«, antwortete Abdecker mit brüchiger Stimme. »Wir waren im selben Linedance-Klub und haben uns da alle einmal die Woche gesehen.«

Kristin horchte auf. »Linedance?«, fragte sie, »das hat doch etwas mit dem Wilden Westen zu tun, oder?«

»Jo.«

»Gibt es Angehörige, die eigene Pferde besitzen?«

»Ganz sicher sogar.«

»Und Hufschmiede? Wissen Sie, ob es einen Hufschmied unter den Mitgliedern gibt?« Kristins Neugier wuchs.

»Keine Ahnung, ist aber möglich.«

»Wie heißt der Klub und wo trifft man sich?«

»*The Baltic Eagles.* Wir treffen uns in Eckernförde.«

Kristin schrieb mit. »Danke«, sagte sie schließlich. Sie nahm eine Visitenkarte und reichte sie Finn Abdecker. »Wenn Ihnen noch etwas über Julia einfällt, rufen Sie mich jederzeit an.« Der junge Mann betrachtete sie nachdenklich, drehte das Kärtchen in den Händen und ließ es in der Sakkotasche verschwinden. Kristin deutete auf einen jungen Streifenpolizisten, der etwas abseits stand. »Der Kollege notiert noch Ihre Personalien. Fürs Erste war es das – herzlichen Dank und …« Als ein Auto den Weg herunterrollte, brach sie mitten im Satz ab und blickte an Abdecker vorbei.

»Na endlich«, rief Paulsen, der sich während des Gespräches ungewöhnlich dezent im Hintergrund aufgehalten hatte. »Der Chef gibt sich die Ehre.«

»Haben Sie eine Minute?«, fragte Kristin, an Abdecker gewandt. »Ich bin gleich wieder da.« Als der junge Mann nickte, ließ sie ihn stehen, um Beck entgegenzugehen. Kaum, dass der Wagen zum Stillstand gekommen war, stieg der Erste Kriminalhauptkommissar aus. Er zog den Reißverschluss seiner Windjacke zu und schlug den Kragen hoch. »Moin«, grinste er, als er Kristin erblickte. »Hast du die Lage im Griff?«

»Die Lage schon – Paulsen leider nicht.«

»Ich kann mit ihm reden, wenn du …«

»Nein, lass mal«, unterbrach Kristin ihn schnell. »Ich kläre das selber mit ihm.« Bevor ihr Vorgesetzter widersprechen konnte, gab sie ihm einen knappen Lagebericht.

»Manchmal ist die Welt im schönsten Bundesland ziemlich klein, und man kennt sich«, bemerkte Beck mit einem Seitenblick auf Finn Abdecker, der betroffen am Fundort seiner Bekannten stand und ins Leere stierte. »Dann haben wir ja unseren ersten Zeugen.«

»Ja.«

»Was macht Paulsen?«

»Ich habe ihn beauftragt, sich auf dem Campingplatz umzuhören, da die Frau wie eine typische Camperin gekleidet ist.«

Beck lachte. »Wie ist denn eine typische Camperin gekleidet?«

»Jogginghose, T-Shirt, *Crocs*.« Kristin fuchtelte mit den Händen in der Luft herum. »So halt.«

Beck nickte verstehend. »Offen gestanden – so laufe ich zu Hause auch herum, wenn ich es mir bequem machen möchte.«

»Wie dem auch sei«, sagte Kristin und winkte ab. »Nachdem wir wissen, um wen es sich bei dem Opfer handelt, können wir den Campingplatz wohl vernachlässigen.«

Beck schüttelte den Kopf. »Wir sollten nichts außer Acht lassen«, fand er. »Womöglich kannte man sie dort. Wenn das der Fall ist, sieht die Sache wieder anders aus.«

Kristin hatte keine Einwände. »Wie sollen wir es also machen?«

»Du übernimmst die Informationen, die du von dem Bestatter hast, und prüfst das uns bekannte Umfeld der Toten, fahr nach Eckernförde und sprich mit den Kollegen vor Ort, und Max hört sich auf dem Campingplatz um.« Beck warf einen Blick zu der Stelle, wo Abdecker stand. »Wir sollten seinen Arbeitgeber informieren und dafür sorgen, dass er seine Bekannte nicht in die Rechtsmedizin nach Kiel bringen muss.«

»Ich werde das veranlassen«, versprach Kristin.

Paulsen näherte sich den beiden. »Und jetzt?«, fragte er. »Wie machen wir weiter?«

»Du übernimmst den Campingplatz, Kristin das soziale Umfeld des Opfers.«

»Alleine?« Paulsen machte große Augen. »Das wird Tage dauern, Gunnar ist immer noch nicht da.«

»Ich weiß«, stöhnte Beck. »Wir brauchen dringend Personal. Drei Planstellen sind unbesetzt, ich werde mich darum kümmern.«

»Das wäre dann der Tropfen auf den heißen Stein«, fand Paulsen.

»Besser als nichts«, entgegnete Beck und ließ Kristin und Paulsen stehen, um Benno Thierse zu bitten, ihm Birthe zu überlassen. »Na dann«, rief Kristin und rieb sich die Hände. »Nichts wie los – worauf warten wir?«

»Ja.« Paulsen machte eine Grimasse. »Worauf warten wir? Arbeit gibt es ja bis zum Abwinken.«

*

Landeskriminalamt Kiel, 9.05 Uhr:

Er fühlte sich wie in einem dieser schlechten amerikanischen Filme, als er seine persönlichen Habseligkeiten in einem Pappkarton verstaute und sich schweren Herzens zum Abschied in seinem Büro umsah. Jetzt, wo seine geliebte Polizeitasse, die Korkpinnwand mit den Ansichtskarten seiner letzten Reiseziele, das gerahmte Bild seiner Frau und der selbst gebastelte kleine Polizeiwagen, den sein Sohn ihm zum 50. Geburtstag geschenkt hatte, verschwunden waren, fühlte er sich fremd an diesem Ort. Die nüchterne Sachlichkeit, die der Raum jetzt ausstrahlte, wirkte befremdlich auf ihn.

Ein spärlich eingerichtetes Büro in einem Betonverwaltungsgebäude mitten in Kiel, ein leerer Schreibtisch, ein Monitor, eine Tastatur und eine Maus, ein einfacher Bürostuhl und in der Ecke ein vertrockneter Ficus, den er schon von seinem Vorgänger übernommen hatte und dem er niemals eine besondere Pflege hatte zukommen lassen. Und der Kaffeefleck auf dem grauen Teppich vor dem Schreibtisch, den eine Kollegin dort hinterlassen hatte und den bisher keine Putzfrau hatte beseitigen können. Als er ans Fenster trat, um ein letztes Mal hinunter in den Innenhof des Landeskriminalamtes zu schauen, fühlte er sich fremd an diesem Ort. Flensburg war seine Heimat, und trotzdem hatte er sich ins LKA versetzen lassen, als sie die damals neue *Cold-Case-Unit* ins Leben gerufen hatten. Das war nun vorbei. Man baute Planstellen ab, er wurde zurückversetzt nach Flensburg, wo er wieder den Dienst beim Sechsten aufnehmen würde. Dies war also sein letzter Arbeitstag beim Landeskriminalamt, und es war an der Zeit zu gehen.

Mit gemischten Gefühlen streifte er die graue Übergangsjacke über, klemmte sich den Karton unter den Arm und trat an die Tür. Es war nie seins gewesen, kartonweise Aktenberge zu wälzen, um längst vergessene Verbrechen neu zu hinterfragen und Licht ins Dunkel zu bringen. Er liebte die Ermittlungen vor Ort, es war seine Leidenschaft, Ganoven zu jagen. Tag und Nacht, wenn es sein musste, an sieben Tagen in der Woche – Hauptsache, die Täter wurden gefasst und ihrer gerechten Strafe zugeführt. Das war sein Ding. Trotzdem hatte es damals gute Gründe für ihn gegeben, sich nach Kiel versetzen zu lassen.

Ein Seufzer kam über seine Lippen, als er an Birthe dachte. Sieben Jahre war das nun schon her, und noch immer fühlte er sich zu ihr hingezogen. Doch das durfte nicht sein, denn sie waren verheiratet – sehr zu seinem Bedauern nicht miteinander.

Jetzt war es an der Zeit, zu seinen Wurzeln zurückzukehren. Er öffnete die Tür, trat hinaus in den kahlen Gang der Behörde, warf einen letzten Blick in das Büro, dann zog er die Tür für immer hinter sich zu. Mit jedem Schritt, mit dem er sich dem Ausgang näherte, fühlte er sich freier. Es konnte nur besser werden, sagte er sich. Und der Gedanke daran, wieder nach Flensburg zu kommen, hatte durchaus seinen Reiz.

KAPITEL 10

Eckernförde, 9.50 Uhr:

Der kleine Ort erinnerte Kristin an ihre ostfriesische Heimatstadt Leer. Immer, wenn sie durch die malerischen Gassen an den liebevoll restaurierten Fischerhäuschen und den historischen Fachwerkbauten vorbeischlenderte, fühlte sie sich wie zu Hause. Im Frühjahr erwachte das Städtchen zum Leben. Die ersten Urlauber des Jahres bevölkerten die Innenstadt und die kleinen Gassen, die Boutiquen stellten ihre Waren nach draußen, um die Kundschaft anzulocken, und das Kreischen der Möwen hing ständig in der Luft. Kristin konnte sich gut vorstellen, hier zu leben. Doch dann würde sie täglich mit dem Auto zum Dienst nach Flensburg fahren müssen.

Das tiefrote Kopfsteinpflaster schimmerte vom letzten Regen noch feucht, als Kristin ihr Ziel erreichte. Bevor sie klingelte, trat sie zwei Schritte zurück, um das Haus ihres Kollegen in Augenschein zu nehmen. Lars Reimers hatte sich das alte Fischerhaus am Kattsund liebevoll saniert und modernisiert. Alles schien mit viel Liebe hergerichtet worden zu sein, wahrscheinlich sogar in Eigenarbeit. Als sie die Klingel neben der Tür betätigte, fragte sie sich, warum er als alleinstehender Mann ein ganzes Haus bewohnte. Viel Zeit zum Überlegen fand sie nicht, denn im Inneren näherten sich Schritte. Als die Tür geöffnet wurde, langte Kristin in die Zeitungsrolle unterhalb des Briefkastens und hielt ihm eines der regionalen Anzeigenblätter unter die Nase. »Post«, rief sie fröhlich, als sie das unrasierte Gesicht ihres Kollegen sah, der sie überrascht musterte. Sehr zu ihrer Verwunderung war er barfuß und trug nur Boxershorts und ein weites blassblaues T-Shirt mit dem Aufdruck »Meerweh«. Kristin fand, dass er trotzdem einen äußerst attraktiven Anblick bot. »Störe ich?«

»Natürlich nicht«, entgegnete er überrascht und schüttelte den Kopf. Seine blauen Augen strahlten sie an, er zeigte ihr seine blendend weißen Zähne. »Kristin«, sagte er und fuhr sich durch das ungekämmte Haar, »was führt dich zu mir?« Er grinste jungenhaft, während er sie mit einer Geste hereinbat. »Sehnsucht?«

»Leider nein.« Im Flur empfing Kristin eine angenehme Kühle. »Es gibt Arbeit.«

»Ach so.« Reimers nahm ihr die Wochenzeitung aus der Hand und ging voran. »Dann mal mir nach.« Er führte sie in die Küche, die sich im hinteren Teil des kleinen Hauses befand, und bot ihr einen Platz an. Nachdem sie sich auf die Eckbank am Fenster gesetzt hatte, sah sie sich um. Die Einrichtung war modern, die Küche wirkte wertig und bot dennoch keinen Stilbruch zum traditionellen Fischerhaus, in dem sie aufgebaut worden war.

Reimers setzte Wasser auf. Dazu nutzte er nicht den Wasserkocher, sondern einen Kessel, den er auf das Induktionsfeld des Herdes schob. Anschließend nahm er zwei Steinguttassen aus dem Regal und gab jeweils zwei Teebeutel hinein, dazu stellte er ein Schälchen Kluntje und ein kleines Kännchen Milch. Kristin nutzte die Gelegenheit, seine Kehrseite zu betrachten, während er hantierte. Sie war zufrieden mit dem Anblick ihres Kollegen und senkte schnell den Blick, als er sich zu ihr umwandte. Rücklings lehnte er an der Küchenzeile und betrachtete sie mit einem jungenhaften Grinsen. »Also«, sagte er, »schieß los – was führt dich zu mir?«

»Ich brauche deine Hilfe.«

»Ich habe Urlaub.« Er grinste breiter und verschränkte die Arme vor der muskulösen Brust.

»Das haben mir die Kollegen in deiner Dienststelle schon mitgeteilt. Deshalb bin ich hier.«

»Weil dir die Kollegen nicht weiterhelfen konnten?«

Kristin schüttelte den Kopf und spürte prompt, wie sie errötete. »Nicht ganz«, murmelte sie. »Aber wir haben schon mal gemeinsam erfolgreich an einem Fall gearbeitet, deshalb dachte ich, wir …«

»Könnten das auch ein zweites Mal schaffen?« Der Kessel auf dem Herd stieß ein ohrenbetäubendes Pfeifen aus. Lars Reimers nahm ihn von der Flamme und gab das Wasser in die Tassen. Offensichtlich wollte er ihr mit der improvisierten Teezeremonie eine Freude machen. Unwillkürlich fragte sie sich, ob Lars etwas für sie empfand. Schnell verdrängte sie den Gedanken. »Ganz bestimmt«, beantwortete Kristin seine Frage ein wenig kleinlaut. Sie fühlte sich ertappt.

»So«, sagte er mit feierlicher Miene, während er das Geschirr zum Tisch brachte und sich zu ihr setzte. »Eine kleine Hommage an deine ostfriesische Heimat.«

Also doch, dachte sie zufrieden. *Er tut das extra.*

Kristin wusste nicht recht, was sie antworten sollte, und lächelte ihm sanft zu. »Danke.« Im Stillen freute sie sich, dass Reimers sich gemerkt hatte, dass sie nicht aus der Gegend kam.

»Und was kann ich jetzt für dich tun?« Er gab Milch in den Tee und wollte gerade zum Löffel greifen, als er sich darauf besann, dass es eine Unart war, das Wölkchen zu zerstören, und ließ die Hand sinken.

»Wir haben eine Tote am Strand von Steinberghaff«, begann Kristin.

»Das ist dein Zuständigkeitsbereich«, stellte er klar. »Oder gibt es einen Verbindungspunkt zu meiner Behörde?«

Kristin lächelte ihn über den Rand der Tasse an, während

sie in kleinen Schlucken trank. »Julia Böhm stammt von hier. Und ihr Ex-Freund wohl auch.«

»Ist der auch tot?«

»Nee.« Kristin lachte. Sie liebte seinen trockenen, mitunter schwarzen Humor. Mit wenigen Sätzen berichtete sie ihm, was sich am Morgen in Steinberghaff ereignet hatte. Zuletzt zog sie ihr Smartphone heraus und öffnete das Bild des Brandmals. Sie schob Reimers das Handy hin, er warf einen Blick darauf. »Was ist das?«

»Ich dachte, du hättest eine Idee. Ein Tattoo ist es offenbar nicht, es sieht aus wie ein Brandmal.«

»Ein letzter Gruß des Mörders?«

Kristin zuckte die Schultern und berichtete ihm von dem Linedance-Klub. »Möglicherweise besteht eine Verbindung.«

»Also führt uns der Weg in die Bücherei, wo sie angestellt war, zum Linedance-Klub und zu ihrem Ex-Freund?«

»Würde ich sagen, ja.« Reimers nickte.

»Dann sollten wir keine Zeit verlieren.«

»Gut.« Reimers leerte seine Teetasse in einem Schluck und sprang von seinem Stuhl auf. »Entschuldige mich kurz, dann mache ich mich tageslichttauglich.« Ohne ihre Antwort abzuwarten, stürmte er aus der Küche und polterte die alte Holztreppe ins Obergeschoss des Altstadthauses hinauf. Als Kristin ihn im Bad singen hörte, legte sich ein warmes Schmunzeln auf ihre Lippen.

*

Inzwischen stand auch ihre Identität fest. Er grinste zufrieden, als er sich am Vormittag einen aktuellen Überblick in den sozialen Netzwerken verschaffte. Nachdem er zwei Stunden auf dem alten Sofa tief und fest geschlafen hatte, fühlte er sich frisch und ausgeruht. Sein Opfer war innerhalb kürzester Zeit zu einer bekannten Person an der Ostküste und in ganz Schleswig-Holstein geworden. Das alles war sein Verdienst. Er war stolz auf das, was er erreicht hatte. Nun mussten sie nur noch sein Rätsel lösen, und er würde seinem Ziel einen großen Schritt näher sein. Doch noch war es nicht so weit, und er konnte nur hoffen, dass sie nicht alle auf den Kopf gefallen waren. Er würde den Bullen ein paar Stunden Zeit lassen müssen. Schließlich hatte er es ihnen nicht allzu leicht gemacht.

Die Jagd war eröffnet.

Es bereitete ihm eine nahezu diebische Freude, ihre Bemühungen im Internet zu verfolgen. Nur dass sein Magen knurrte, behagte ihm nicht sonderlich. Er musste sein Versteck verlassen, um etwas zu essen. Doch was sollte ihm schon passieren? Niemand kannte ihn, keiner ahnte, dass er hinter dem Tod der Frau in Steinberghaff steckte. Also hatte er nichts zu befürchten. Nachdem er das Tablet abgelegt hatte, sprang er in die Höhe, trat an das kleine Waschbecken und warf sich eine Handvoll eiskaltes Wasser ins Gesicht. Mit nassen gespreizten Fingern fuhr er sich durch das Haar, betrachtete sich in dem blinden Spiegel und grinste. »Auf geht's«, murmelte er und bleckte seine Zähne. »Höchste Zeit für eine Stärkung, und dann geht es weiter.« Er streifte sich die Jacke über, die am Fußende des Sofas lag, und verließ sein Versteck. Draußen blieb er, von der hoch stehenden Mittagssonne geblendet, stehen und schirmte die Augen mit einer Hand ab. Ein leichter Wind strich durch die Wipfel der alten Bäume, er duftete nach Salz und der Weite der nahen Ostsee. Nachdem er sich an das grelle Licht gewöhnt hatte, setzte er sich in Bewegung. Es gab viel zu tun, wollte er seinem Ziel heute einen Schritt näherkommen.

*

Eckernförde, 10.15 Uhr:

Direkt vor dem Küchenfenster, im Schutz eines Treppenaufgangs zu einem der Nachbarhäuser, bauten sich Amseln ein Nest. Ein altes Herrenfahrrad lehnte an einer Hauswand, daneben befanden sich die Mülltonnen. *Hinterhofidylle*, dachte Kristin und verlor sich für den Augenblick in ihren Gedanken. Fast hätte sie den Anlass ihres Besuches bei Lars Reimers von der Kripo Eckernförde vergessen.

»So«, sagte er, als er plötzlich im Türrahmen stand. Jetzt trug er ein modisches Poloshirt und Jeans zu weißen Sneakers. »Wir können los.«

Kristin erhob sich und stellte die Teetassen in die Spüle. »Was unternehmen wir zuerst?«

»Wir statten diesem Westernklub einen Besuch ab«, schlug Reimers vor. »Der liegt nur einen Steinwurf von hier entfernt.«

»Einverstanden.« Kristin warf einen letzten verträumten Blick aus dem Küchenfenster, dann konzentrierte sie sich wieder auf den Fall. Sie war froh, dass sie Lars Reimers überreden konnte, seinen Urlaub für die Ermittlungen zu unterbrechen. Manchmal funktionieren Dinge auf dem kleinen Dienstweg immer noch am besten, dachte sie zufrieden, als sie an der Seite des sympathischen Kollegen vor das kleine Fischerhaus am Kattsund trat.

KAPITEL 11

Bezirkskriminalinspektion Flensburg, 10.30 Uhr:

»Ich melde mich zum Dienst.« Uwe Sattler hatte nach einem zackigen »Herein« von Jens Beck das Büro des Ersten Kriminalhauptkommissars betreten. Es fühlte sich eigenartig an, wieder hier zu sein. »Man munkelt, ihr sucht Leute?«

»Fängst du nicht erst morgen an?« Beck grinste schief. »Komm ran hier.« Er machte eine einladende Geste und deutete mit dem kantigen Kinn auf einen der beiden Besucherstühle vor seinem Schreibtisch. »Willkommen zu Hause.«

Sattler sog die Luft tief ein und kam der Aufforderung nach. Seine Blicke strichen über die Wände des Büros. »Viel hat sich hier nicht verändert«, stellte er zufrieden fest.

»Also freust du dich, wieder hier zu sein?« Beck lehnte sich zurück und legte die Füße auf die Schreibtischkante.

»Logisch.« Sattler setzte ein schiefes Grinsen auf.

»Wie … wie geht es Britta damit, dass du wieder in Flensburg bist?« Beck klang besorgt. Er kannte die Geschichte und ahnte, dass Britta Sattler nicht gerade begeistert gewesen war, als sie von der Rückkehr ihres Mannes in seine alte Dienststelle gehört hatte. Mehr zufällig hatte sie den wahren Grund von Sattlers Versetzung nach Kiel erfahren, seitdem hing der Haussegen zwischen ihnen schief. Zu einer Scheidung hatten sie sich jedoch nicht durchringen können, irgendwie hingen sie trotz seines Fehltrittes noch aneinander.

»Begeistert ist sie nicht gerade«, murmelte Sattler und wedelte mit den Händen. »Allerdings beruhigt es sie ein wenig, dass Birthe beim Sechsten ist und wir kein Team mehr bilden.«

Beck nickte. »Das wird sich alles einrenken.«

Sattler seufzte, dann sah er seinem Vorgesetzten tief in die Augen. Ihm war es unangenehm, über die alten Geschichten zu sprechen, deshalb wechselte er das Thema. »Und es gibt schon Arbeit für mich?«

Beck nickte. »Absolut, oder hörst du keine Nachrichten?«

»Die Tote von Steinberghaff?«

Beck nickte. »So ist es. Wir sind am Limit, ich brauche jede helfende Hand, um den Mord aufzuklären.«

»War es denn Mord?«

»Es hat den Anschein, auch wenn wir erst noch in einem Tötungsdelikt ermitteln – solange ich den Obduktionsbericht nicht auf dem Schreibtisch habe, kann ich nichts Genaues sagen.«

»Was kann ich tun?«

»Du könntest Max unterstützen – er hört sich gerade auf dem Campingplatz um und ist total überfordert.«

»Ach nö.« Sattler schüttelte mit einem schiefen Grinsen den Kopf. »Wenn du jetzt sagst, dass ich mit Paulsen ein Team bilden soll, dann betrachte ich meine Rückkehr nach Flensburg als eine Strafversetzung.«

Beck ging nicht auf die Bemerkung ein. »Komm«, sagte er stattdessen und stand auf. »Ich zeige dir deinen Arbeitsplatz.«

*

Eckernförde, 10.40 Uhr:

»Und hier soll das sein?« Ungläubig sah sich Kristin um. Das Gebäude, in dem sich die Linedancer regelmäßig trafen, machte einen heruntergekommenen Eindruck. Graffiti zierten die unansehnliche Backsteinfassade der alten Fabrik, die tatsächlich nur einen Steinwurf vom Eckernförder Hafen entfernt lag. Die schmalen Fenster waren, soweit noch vorhanden, staubblind und machten wie der Rest des Gebäudes einen äußerst maroden Eindruck auf Kristin.

»Steht zumindest hier.« Reimers deutete auf ein kleines Schild neben der verschlossenen Tür. *The Baltic Eagles*, stand dort in verschnörkelten Buchstaben. »Auch wenn es nicht gerade einladend aussieht.«

Kristin zuckte die Schultern und griff zur rostigen Türklinke. Als sie den Widerstand spürte, stemmte sie sich mit ihrem ganzen Gewicht dagegen. Knarrend und quietschend ließ sie sich öffnen. »Sie klemmt nur.«

»Sehr einladend«, brummte Reimers und folgte ihr in das alte Industriegebäude am Rand von Eckernförde. Es dauerte einen Augenblick, bis sich ihre Augen an das im Inneren herrschende Zwielicht gewöhnt hatten. Wie sie überrascht feststellten, befanden sie sich in einer alten Fabrikhalle. Das Licht der Mittagssonne drang nur spärlich durch die staubblinden Lichtschächte im oberen Drittel des Gebäudes. Der Geruch von Öl und Metall hing schwer in der Luft. Als Kristin den Kopf in den Nacken schob, erkannte sie die Überreste eines Krans. Rostige Schienen verliefen unter der hohen Decke, zu ihren Füßen sammelte sich Schutt. Wahrlich ein wenig einladender Ort.

»Was war das früher hier?« Kristin zog eine Taschenlampe aus der Jackentasche und ließ den Lichtkegel über das Mauerwerk streifen.

»Eine alte Schiffswerft, soweit ich mich erinnern kann.« Die Stimme von Lars Reimers klang hohl. »Aber das ist bestimmt schon 30 Jahre her. Der Kasten sollte immer mal wieder abgerissen werden, weil der Schandfleck nicht zum Image der Stadt passt.«

»Verständlich.« Kristin war vorgegangen. Bei jedem Schritt knirschten winzige Steinchen unter ihren Sohlen.

»Null Ahnung, wer hier an wen Miete zahlt.« Reimers zuckte mit den Schultern. »Aber das Ding hier scheint verlassen zu sein. Weit und breit keiner zu sehen.«

»Warum war dann nicht abgeschlossen?« Kristin wagte sich tiefer in das Zwielicht der alten Halle hinein und erschrak über den hohlen Klang ihrer Stimme. »Hallo?«, rief sie ins Nichts. »Ist hier jemand?« Lauschend hielt sie den Atem an und hatte die freie Hand schon am Holster, weil sie fürchtete, dass gleich eine Gestalt aus einer der dunklen Nischen sprang, um sie zu überwältigen. »Polizei – ist hier jemand?«

»Mann, Mann, Mann – was soll das Gebrüll?« Eine raue Stimme drang aus der Finsternis an ihre Ohren. »Ich komm doch schon.«

»Wie schön.« Reimers grinste Kristin an. »Läuft«, fügte er leise hinzu.

Doch Kristin wollte sich nicht in Sicherheit wiegen. Sie war es gewohnt, in schwer durchschaubaren Situationen wachsam zu bleiben. »Zeigen Sie sich – hier ist die Polizei«, rief Kristin. »Am besten mal die Hände hoch!«

»Was geht ab?« Der Mann, der sich aus dem Halbdunkel schälte, stand breitbeinig und mit erhobenen Händen in der Mitte der alten Halle. »Ich hab nichts gemacht. Ehrlich!«

Kristin betrachtete ihr Gegenüber mit einem prüfenden Blick. Trotz seines Westernoutfits mit Jeans, abenteuerlich gemusterten Boots, einer gigantischen, silberblitzenden Gürtelschnalle und einer Fransenjacke aus braunem Leder erinnerte die Stimme des Mannes sie an Udo Lindenberg, wenngleich er ein paar Jahrzehnte weniger auf dem Buckel hatte als der Sänger. Sie schätzte ihr Gegenüber mit dem ausladenden *Stetson* auf dem Kopf um die 40. »Wer sind Sie?«, fragte sie.

»Udo«, erwiderte der Fremde und rief Erheiterung bei Kristin hervor. »Einfach nur Udo.« Er ließ die Hände sinken.

Erst beim zweiten Hinsehen fiel Kristin auf, dass die Situation etwas von *High Noon* hatte. Der Fremde stand breitbeinig in der Mitte der Halle, eine Hand am imaginären Holster, bereit zu ziehen, während sie mit der Hand an der Dienstwaffe ebenfalls auf alles gefasst war. Kristin betrachtete ihn aus sicherer Entfernung.

»Nee – einfach nur Udo.« Kristin schüttelte den Kopf. »Vermutlich haben Sie einen Nachnamen, richtig?«

»Hansen«, murmelte der Vorstadt-Cowboy, so als wäre ihm sein eigener Nachname unangenehm. »Udo Hansen.«

»Gehören Sie zu dem Laden, Herr Hansen?«, fragte Reimers.

»Kann man wohl sagen – ich bin sogar der Häuptling hier.«

»Wie schön.« Der attraktive Kommissar trat näher. »Was soll das Versteckspiel?«

»Wer spielt denn Verstecken?« Udo Hansen grinste schief. »Ist die Frage erlaubt, warum sich die Polizei für unseren Trachtenverein interessiert?«

»Die Frage ist durchaus erlaubt«, mischte sich Kristin ein. Sie trat näher und stellte sich noch einmal in Ruhe vor. »Kristin Voss von der Kripo Flensburg, mein Kollege, Kommissar Reimers von der Kripo Eckernförde.« Eine unsichtbare Wolke von *Mexx* umgab den »Häuptling«. Kristin atmete tief ein und tippte auf *Ice Touch Man*.

»Soso.«

»Was heißt das – soso?«

»Nur so.«

»Ach so.« Reimers nickte. »Na dann wollen wir mal dienstlich werden.« Fast zeitgleich präsentierten sie ihm die Dienstausweise, die Udo Hansen aber nur mit einem flüchtigen Blick bedachte.

Kristin wagte sich näher an Udo Hansen heran. »Sicherlich kennen Sie Julia Böhm?« Eine Feststellung, keine Frage.

»Na klar. Was ist mit ihr?« Udo machte eine einladende Handbewegung und führte sie in den rückseitigen Teil der alten Halle. Dort gab es eine feuerfeste Tür, die er öffnete. »Kommt mal mit.« Hinter der Tür verbarg sich eine andere Welt. Kristin drang der Duft von Heu und Schmieröl in die Nase. Die Szenerie, in der sie sich jetzt wiederfanden, erinnerte an einen Western-Saloon. Der Boden war mit rustikalen Holzdielen ausgelegt, hölzernes Balkenwerk erinnerte Kristin an die Westernstädte unzähliger Filme. Es gab eine Bar, an deren Rückwand sich ein Regal mit Flaschen und Gläsern befand, auf einem Emailleschild wurde für eine amerikanische Biersorte geworben, und der Spiegel an einer Wand vergrößerte den Raum optisch. Die riesige Tanzfläche war verwaist, eingerahmt wurde die Szene von einfachen Tischen, auf denen die Stühle standen. Eine rostige Harley staubte in einer Ecke des Raumes vor sich hin, an einer Wand hatte man die Frontpartie eines alten Pick-ups befestigt, deren Scheinwerfer matt vor sich hin glühten. In einer Nische erblickte Kristin eine Dartscheibe. Imposante Büffelköpfe mit mächtigen Hörnern vervollständigten das Klischee vom filmreifen Western-Saloon. »Was ist denn jetzt mit Julia?«, wiederholte Udo Hansen seine Frage.

»Sie wurde heute Morgen tot am Strand von Steinberghaff gefunden«, eröffnete Kristin ihm, nachdem er sich hinter dem Tresen verschanzt hatte. Während sie sprach, achtete sie auf jede Regung im Gesicht ihres Gegenübers. Hansen schluckte, wurde blass und rang mit den Händen. Kristin fielen die markanten Siegelringe an seinen Fingern auf.

»Scheiße.« Hansen schob sich den braunen *Stetson* in den Nacken und fuhr sich mit dem Handrücken über die hohe Stirn.

»So ist es.« Reimers nickte. »Wann haben Sie Julia Böhm zuletzt gesehen?«

Udo Hansen musste nicht lange überlegen, bevor er antwortete. »Das muss zwei Monate her sein. Seitdem sie sich von Ole getrennt hat, kam sie nicht mehr hierher. Wohl, um ihm hier nicht über den Weg zu laufen.«

»Wissen Sie, warum sich die beiden getrennt haben?«

»Er war ihr wohl zu anhänglich«, antwortete Hansen mit einem wissenden Blick. »Sie hat aber ihre Freiheit geliebt.«

»Ein Trennungsgrund?«, hakte Kristin nach. Reimers erklomm neben ihr gerade einen der mit Kuhfell bespannten Barhocker, während sie stehen blieb.

»Es passte einfach nicht«, erwiderte Hansen. »Was zu trinken?« Er drehte sich halb um und zeigte auf die imposante Ansammlung von Flaschen mit Hochprozentigem im Regal.

»Nein danke.« Reimers schüttelte den Kopf. »'ne Cola vielleicht.«

»Geht klar.« Udo Hansen machte sich am Kühlschrank zu schaffen und nahm eine eiskalte Coke-Flasche heraus. Er schenkte den Inhalt in eines der weltbekannten gewölbten Gläser und schob es Reimers hin. »Und Sie?«

Kristin lehnte dankend ab. Sie wollte keine Zeit verlieren. »Gab es denn Streit zwischen den beiden?«

Udo zuckte die Schultern. »Immer wieder mal, besonders wenn Ole getrunken hatte. Er wurde zudringlich, zwei Mal habe ich ihn sogar an die frische Luft gesetzt.«

»Wie muss ich mir das vorstellen?«, wollte Reimers wissen, während er an seiner Cola nippte.

»Es hat ihm nicht gepasst, dass Julia mit anderen Typen abhing. Sie war einem Flirt nie abgeneigt – hat aber immer ihre Grenzen gekannt.« Hansen grinste schief. »Glaub ich jedenfalls.«

»Und Ole war eifersüchtig?« Reimers drehte das Glas in den Händen und betrachtete Hansen.

»Aber so was von. Er hat ihr ständig Szenen gemacht und wurde handgreiflich. So was kann ich hier nicht haben.«

»Verständlich«, fand Kristin. »Und wie ging es weiter?«

»Er hat ihr hinterhergeheult, als sie sich von ihm getrennt hat. Ständig gebettelt, dass sie ihm eine Chance geben sollte.« Hansen winkte ab. Er genehmigte sich einen Whisky und kippte die goldbraune Flüssigkeit in einem Zug in die Kehle, schüttelte sich und bedachte Kristin mit einem nachdenklichen Blick. »Aber die wollte das nicht.«

»Verständlich«, antwortete Kristin, die sich selbst als freiheitsliebenden Menschen betrachtete. »Warum war die zweite Chance für Julia Böhm denn keine Option?«, wollte Kristin wissen.

Udo grinste schief. »Den Ex zurückzunehmen ist doch wie nach dem Duschen die alte Unterwäsche wieder anzuziehen.«

Kristin nickte und musste sich ein Grinsen verkneifen. »So habe ich das noch nie betrachtet.«

»Was ist mit diesem Ole?«, mischte sich Reimers ein. »Hat der wieder eine neue Freundin?«

»Nee – der weint Julia immer noch hinterher.« Hansen tippte sich an die Schläfe. »Bescheuert, aber so ist es nun mal.«

»Könnten Sie sich vorstellen, dass er etwas mit Julias Tod zu tun hat?« Kristin setzte mit dieser Frage alles auf eine Karte. Kritisch beäugte sie ihr Gegenüber, doch Hansen machte ein Pokerface.

»So gut kenn ich den Ole auch nicht«, brummte er und stierte in sein leeres Glas. Seine Kiefer mahlten. »Aber zutrauen würd ich es ihm schon.«

»Warum?« In Kristin schrillten die Alarmglocken. Sie spürte, wie sich ihre Kopfhaut zusammenzog.

»Na ja, er ist gewaltbereit, wenn er besoffen ist, und da kennt er keine Grenzen, schätze ich.«

Kristin nahm ihr Smartphone in die Hand. Sie entsperrte es und rief das Bild von dem Brandmal der Toten auf. »Sagt Ihnen das etwas?«, fragte sie, nachdem sie Hansen das Handy über die Theke geschoben hatte. Mit zusammengekniffenen Augen betrachtete er das Foto, dachte nach und schüttelte den Kopf. »Nee.« Er sah erst Kristin, dann Reimers an, bevor er fortfuhr. »Was soll das sein?«

»Das würden wir auch gern wissen«, erwiderte Reimers.

»Es handelt sich um ein sogenanntes Branding – ein Brandmal.«

»So, wie man es dem Vieh verpasst?« Udo zwinkerte ihr zu.

»Das haben Sie gesagt.« Kristin nickte. Sie blickte sich im Saloon um. »Sie zelebrieren hier die amerikanische Kultur. Sie tanzen, hören Country Music, sitzen im Nachbau eines Saloons zusammen, tragen die Kluft der Cowboys, sicher gibt es auch Pferdebesitzer unter den Mitgliedern des Klubs … gibt es auch jemanden, der sich mit Branding oder dem Herstellen von Brandeisen auskennt?«

Udo dachte kurz nach, dann schüttelte er den Kopf und sah seine Gäste nacheinander an. »Nee. Keiner.« Er kicherte. »Kann zwar sein, dass mal einer mit einem Revolver kommt, aber die Trommel ist dann leer, sonst kommt er hier nicht rein. Munition und Waffen sind nicht erlaubt, und die Revolver sind meist Replikas, die nicht funktionieren.«

»Wir ermitteln auch nicht wegen Missbrauch gegen das Waffengesetz.« Reimers trommelte auf dem Tresen herum. »Gab es einen Verehrer, der sich bei Julia Böhm ernsthafte Chancen ausgerechnet hat?«

»Einen?« Hansen lachte, als hätte Lars Reimers einen guten Witz gemacht. »Gleich mehrere – an jedem Finger hätte sie einen Kerl haben können. Und zwei, drei Typen haben das auch ausgenutzt, würde ich sagen.«

»Ach ja?« Kristin zückte Block und Stift.

»Jo. Da war zum einen der Jørn.« Hansen zwinkerte ihr vertraulich zu. »Und das Beste: Auf ihn passen die gesuchten Initialen.« Er sah das Bild auf Kristins Handy an. »Aber wer so was macht … keine Ahnung.«

Kristin spürte, wie ihr Jagdfieber erwachte. Sie legte den Stift zur Seite und betrachtete den Vorstadtcowboy voller Spannung. »Jørn – und weiter?«

»Jørn Petterson.«

»Petterson wie Findus?«, fragte Kristin.

Hansen lachte. »Ja, ja, genauso wie der Alte mit dem Kater aus den Kinderbüchern. Er ist Busfahrer, glaub ich. Verheiratet, aber zu Hause soll seit Ewigkeiten Flaute sein, wenn Sie mich verstehen? Und der Claas, ein Sprottenfischer. Seit Jahren alleine, irgendwie schafft er es nicht, eine Frau zu finden. Und ich glaube, die Julia, die fand er gut.«

»Sicher haben Sie die Adressen der beiden Herren?« Kristin zog eine Augenbraue hoch.

»Klar.« Hansen musste nicht lange überlegen, um ihr die vollständigen Namen und die Anschriften der Männer zu diktieren. »Eigentlich«, fügte er abschließend hinzu, »sind die beide in Ordnung.«

»Aber?«, fragte Reimers.

»Ich glaub, die waren beide notgeil und haben sich gefreut, dass Julia sie nicht gleich zum Teufel geschickt hat.«

»Wie romantisch«, bemerkte Kristin sarkastisch und gab Reimers das Zeichen zum Aufbruch. Sie hatte den Eindruck, hier genug Zeit verbracht zu haben.

*

»Was hältst du von Hansen?«, fragte sie Lars Reimers, als sie wieder in der grellen Mittagssonne standen. Kristin verspürte Hunger und bekam Lust auf ein Fischbrötchen. Zwei Möwen taumelten über ihren Köpfen im Wind, die Luft roch salzig und ließ die Nähe der Ostsee erahnen.

»Er ist nicht die hellste Kerze auf der Torte, aber eigentlich eine ehrliche Haut«, antwortete Reimers mit einem schiefen Grinsen. »Hast du auch Hunger?«

Kristin fragte sich, ob er Gedanken lesen konnte. »Und wie. Gibt es hier Fisch?«

Reimers lachte schallend. »Ist das dein Ernst?«

»Ich bin nicht von hier«, erwiderte sie entschuldigend.

»Dann wird es höchste Zeit anzukommen, Frau Kollegin.« Er bedeutete ihr, ihm zu folgen. Nach einem kurzen Fußmarsch hatten sie den Hafen von Eckernförde erreicht. Ihr Weg führte an der Schiffbrücke entlang zu einem blauen Kutter, der plakativ für »Küstennebel und Fischbrötchen« warb. In den Strandkörben am Kai lümmelten bunt gekleidete Touristen, um die ersten wärmenden Sonnenstrahlen des Frühlings zu genießen.

»Für einen Schnaps ist es leider zu früh«, bemerkte Kristin schmunzelnd. »Aber zu einem Fischbrötchen sage ich nicht nein.«

»Dann sind wir hier genau richtig.« Reimers führte sie über die Gangway auf das Schiff. Erst beim zweiten Hinsehen erkannte Kristin, dass es sich bei der *Capella* nicht um einen einfachen Kutter handelte, sondern um ein umgebautes Fischrestaurant. Keine fünf Minuten später saßen auch sie mit einem Fischbrötchen auf der Hand in einem der Strandkörbe an der Kaimauer neben dem Schiff.

Kristin nutzte die Zeit, um ihre Gedanken zu ordnen. »Was haben wir?«, fragte sie kauend und tupfte sich die Lippen mit einer Serviette ab. »Es gibt einen Ex-Freund, der sich offenbar mit der Trennung nicht abfinden konnte, und wir haben zwei Männer, die sich eine Affäre mit Julia Böhm erhofft haben. Wo fangen wir also an?«

Reimers streckte die Füße von sich und blinzelte in die Mittagssonne über dem Hafen. »Wusstest du eigentlich, dass die Kieler Sprotten in Wirklichkeit Eckernförder Sprotten sind?«

»Nee.« Kristin schüttelte den Kopf.

»Sie kamen schon immer aus Eckernförde, werden hier seit Generationen nur mit Buchen- und Erlenholz geräuchert und nach Kiel geschafft, um von dort aus in die Welt transportiert zu werden. Da kam dann der Absenderstempel ›Kiel‹ auf die Kisten, und so kamen die Eckernförder Sprotten zu ihrem Namen.«

»Wieder was gelernt.« Kristin biss in ihr Fischbrötchen und dachte an den Fall. »Können wir jetzt mal dienstlich werden, auch wenn du Urlaub hast?«

Er nickte schmunzelnd.

»Wie machen wir weiter?«

»In der Bücherei, da hat Julia Böhm gearbeitet. Danach statten wir ihren Verehrern einen Besuch ab – die Reihenfolge machen wir davon abhängig, wie kurz die Wege von hier aus sind.«

»Einverstanden.« Das Vibrieren ihres Smartphones in der Hosentasche riss sie aus den Überlegungen. Sie nahm das Fischbrötchen in die eine Hand und hantierte mit der anderen Hand am Handy herum. Mit einem Blick auf das Display sah sie, dass Gunnar Feistel vom K1 der Dienststelle in Flensburg sie anrief.

»Herr Kollege«, begrüßte sie ihn gedehnt. »Was gibt es?«

»Eine Menge, die dich interessieren dürfte«, kam Feistel ohne Umschweife zur Sache. »Ich habe unser Opfer durch die Datenbanken gejagt.«

»Warte«, sagte Kristin hastig. Kurz blickte sie sich um, doch niemand außer Reimers befand sich in ihrer direkten Nähe, um mitzuhören. Die Urlauber hatten die Strandkörbe verlassen, um ihren Weg in Richtung Innenstadt fortzusetzen. »Ich mach dich auf laut, dann kann Lars mithören.«

»Also bist du schon in Eckernförde?«

»Jo.« Kristin nickte Reimers zu und schaltete den Lautsprecher ein. »Schieß los«, sagte sie zu Feistel. »Ist sie als vermisst gemeldet?«

»Nein, ihr Name taucht in keiner Datenbank auf. Auch ihre Profile in den sozialen Netzwerken deuten nicht auf irgendetwas Außergewöhnliches hin. Keine Anfeindungen, keine auch noch so subtil geäußerten Suizidabsichten, nichts. Offenbar haben wir es mit einer unauffälligen, lebensfrohen jungen Frau zu tun, die mit beiden Beinen fest im Leben stand.«

»Wenn du auf Social Media unterwegs warst, hast du dir mal ihre Kontakte angesehen?«

»Na klar.« Feistel lachte am anderen Ende der Leitung. »Und falls das deine nächste Frage ist: Nein, auf niemanden ihrer Freunde passen die Initialen JP.«

»Danke.« Kristin zwinkerte Reimers zu, der den Daumen hob.

»Die Ortung ihres Smartphones läuft noch, ich warte auf die Rückmeldung des Providers. Das Gleiche gilt für ihr Konto, ich stehe bereits mit der Bank in Verbindung.«

»Wo sollen wir ansetzen?«, fragte Reimers, während er sich über Kristins Handy beugte. Der Duft seines Aftershaves stieg in ihre Nase. *Armani Code*, erriet sie und erwischte sich dabei, tief einzuatmen.

»Es gibt da so eine Sache«, hörten sie Feistels Stimme aus dem kleinen Lautsprecher schnarren. »Ihr Ex-Freund, Ole Christiansen, hat sich offenbar mit der Trennung nicht abgefunden und ihr immer wieder nachgestellt. Es gab eine Unterlassungsklage, er hat mehrmals Platzverweise von den Kollegen des Streifeneinsatzdienstes erhalten, weil er vor ihrem Haus herumgelungert hat, und eine Anzeige wegen Belästigung.«

»Klingt nach Rache«, meinte Reimers.

Kristin schüttelte den Kopf. »Glaube ich nicht, Lars. Wenn er sich nicht damit abfinden konnte, dass sie ihn verlassen hat, dann wird er sie wohl kaum töten.«

»Ausschließen sollten wir trotzdem nichts.«

Kristin gab ihm recht. »Ich denke, wir sollten uns seine Akte ansehen und ihm dann einen Besuch abstatten.«

»Ich schick dir gleich alles rüber«, versprach Feistel. »Auch die Meldeadresse von Ole Christiansen.«

»Stopp«, rief Kristin hastig, als Feistel sich verabschieden wollte. »Ich habe noch eine Bitte: Schick mal einen gewissen Jørn Petterson durch die Datenbanken und forsch nach, ob er schon mal aktenkundig geworden ist.« Kristin nannte ihm die Adresse des Busfahrers, die sie von Udo Hansen erhalten hatte.

»Wird erledigt. Ich melde mich gleich!«

Nachdem Kristin sich bedankt hatte, unterbrach sie die Verbindung. Sie wollte keine Zeit verlieren.

»Nichts wie los«, nickte Reimers, wischte sich den Mund ab und sprang aus dem Strandkorb. »Dieser Ole Christensen ist mir suspekt.«

Kristin hatte keine Einwände. Sie stopfte sich den Rest des Fischbrötchens in den Mund und erhob sich, um ihm zum Parkplatz zu folgen, wo ihr Dienstwagen stand.

*

Polizeidirektion Flensburg, 11.10 Uhr:

Neugierig blickte sich Uwe Sattler an seinem neuen Arbeitsplatz um. Eigentlich begann sein Dienst erst morgen um 8 Uhr, jedoch hatte er keine Sekunde gezögert, sofort einzusteigen, als ihm Beck von der Leiche in Steinberghaff berichtet hatte. Er suchte händeringend Personal, und Sattler war froh, wenn er in einem aktuellen Fall so früh wie möglich bei den Ermittlungen einsteigen konnte. Seiner Frau Britta würde er das später erklären können, denn sie kannte ihn lange genug und wusste, dass er Polizist mit Leib und Seele war.

In seinem neuen Büro standen sich zwei Schreibtische gegenüber, an einer Wand gab es die obligatorische Landkarte des Einsatzgebietes, und auf der Fensterbank sorgte in einer Vase ein Strauß Osterglocken mit seinen leuchtend gelben Blüten für frühlingshafte Gefühle. Sattler trat an das Fenster und warf einen Blick auf die Hafenspitze, die man von hier aus sehen konnte. An der Kaimauer hielten sich zahlreiche Menschen in der Frühlingssonne auf. Spontan beschloss Sattler, dort bei einem Fischbrötchen seine Mittagspause zu verbringen.

»Wer sitzt da?«, fragte er mit Blick auf den belegten Schreibtisch. Sattler betrachtete den Teddybären mit der Polizeimütze und die Zinkschale, in der winzige Blumen um die Wette blühten und den eher nüchternen Behördenschreibtisch zierten. »Lass mich raten – ich teile mit das Büro mit einer Frau.« Kurz fürchtete er, dass Beck ihn zu Birthe gesetzt hatte.

»Kristin«, Beck nickte. »Kristin Voss.«

»Eine neue Kollegin?« Sattler hob fragend eine Augenbraue.

»So ist es.«

»Werde ich ein Team mit ihr bilden?«

»Könnte ich mir schon vorstellen, mal sehen.«

Bevor Sattler etwas erwidern konnte, flog die Bürotür so schwungvoll auf, dass die Männer erschrocken herumfuhren.

»Ach hier steckst du«, rief ein aufgebrachter Max Paulsen. »Ich muss los.«

Beck legte fragend den Kopf schräg. »Wohin?«

»Nach Sörup, zu einem gewissen Jørn Petterson.« Er seufzte und berichtete, was er erfahren hatte. »Gunnar ist mit der Recherche beschäftigt und kann nicht weg. Deshalb hat er mich gebeten, Petterson zu befragen. JP könnte für Jørn

Petterson stehen, auch wenn wir mit dem Wörtchen ›Free‹ nichts anfangen können.«

»Das klingt interessant, könnte ein Hinweis sein. Dann los.«

»Bin schon weg, wollte mich nur bei dir abmelden.« Erst jetzt schien Paulsen zu bemerken, dass Jens Beck nicht alleine war. »Moin«, sagte er mit einem breiten Grinsen an Sattler gerichtet. »Heimweh?«

»Nee, zurück.« Sattler hatte keine Lust, sich mit Paulsen anzufreunden. »Einfach wieder da.« Seinerzeit hatte er es ihm zu verdanken gehabt, dass seine Affäre mit Birthe aufgeflogen war.

»Geil, Alter, sehr geil.« Paulsen zog die Unterlippe hoch und reckte einen Daumen in die Höhe. »Dann auf ein Neues, was?«

»Jo.« Sattler verschränkte die Arme vor der Brust und demonstrierte ihm die pure Ablehnung.

Beck betrachtete die beiden Kontrahenten mit einem väterlichen Lächeln auf den Lippen. »Ich habe da eine Idee«, bemerkte er. »Wie wäre es, wenn ihr zusammen nach Sörup fahrt?«

»Hältst du das für eine gute Idee?« Sattler wäre am liebsten wieder gegangen, doch jetzt war es zu spät. »Ich brauche diese unnötigen Konfrontationen nicht, Jens.«

»Was ist denn mit dir los?«, fragte Paulsen. »Ich werde mich benehmen, versprochen.«

»Dein Wort in Gottes Ohr«, brummte Sattler und warf Beck einen anklagenden Blick zu.

»Reboot tut gut«, fand dieser mit einem Grinsen. »Werdet wieder Freunde, ich kann Stress im Team nicht gebrauchen, Männer.«

»Kein Ding.« Paulsen winkte ab und gab Sattler ein Zeichen. »Na denn los«, forderte er ihn auf. »Wir können ja im Auto über alte Zeiten quatschen.«

*

Eckernförde, 11.20 Uhr:

»Paulsen kümmert sich um Petterson, damit wir keine Zeit verlieren«, berichtete Kristin, nachdem sie mit ihrem Vorgesetzten telefoniert hatte. Beck hatte auch etwas von einem neuen Kollegen erzählt, der das K1 künftig unterstützte, aber darauf war sie nicht eingegangen. Sie würde den Neuankömmling im Team spätestens heute Abend kennenlernen. »Wenn Petterson etwas mit dem Brandmal unseres Opfers zu tun hat, sollten wir keine Zeit verlieren.«

»Das sehe ich auch so.« Reimers nickte. Sie stiegen ein. Reimers lotste Kristin durch die Straßen von Eckernförde, darunter befanden sich einige enge Gassen, in denen sie mit dem großen Passat höllisch aufpassen musste, um nirgendwo anzuecken. »Da vorne kannst du wieder Gas geben«, sagte er und deutete durch die Windschutzscheibe nach rechts. »Aber nicht zu schnell, da ist Tempo 30, und die Kollegen stellen ihren Blitzer-Anhänger immer gern an der Reeperbahn auf.«

»Gut, dass du das weißt.«

»Das weiß jeder, der in Ecktown mit dem Auto unterwegs ist«, behauptete Reimers gut gelaunt, während er sich im Beifahrersitz zurücklehnte und die Fahrt zu genießen schien.

»So hast du dir den Urlaub wohl nicht vorgestellt, was?«

»Nee.« Er schüttelte den Kopf, nahm eine Sonnenbrille aus der Jackentasche und setzte sie auf. »Aber offen gestanden gibt es Schlimmeres, als mich von dir durch die Gegend fahren zu lassen.«

»Dann bin ich beruhigt.« Kristins Hände ruhten auf dem Lenkradkranz. »Meinst du, dass Christiansen etwas mit dem Tod seiner Ex-Freundin zu tun hat?«

»Anzunehmen wäre es. Vielleicht hat ihm die Trennung schwer zu schaffen gemacht. So schwer, dass er ihr möglicherweise nicht gönnte, dass sie mit einem anderen Mann glücklich wurde. Ich hatte mal einen ähnlich gelagerten Fall. Er wurde von seiner Frau verlassen und kam damit nicht zurecht, dass sie bereits einen Neuen hatte. Das hat ihn so wütend gemacht, dass er sie im Schlaf erwürgte.«

Kristin erschauderte bei der Vorstellung. »Kein schöner Tod.«

»Gibt es einen schönen Tod?«

»Wahrscheinlich nicht«, erwiderte Kristin. Sie ließ sich von Reimers zu der Adresse führen, unter der Ole Christiansen gemeldet war. Die Straße Diestelkamp lag gegenüber eines Gewerbegebietes und bestand aus unscheinbaren Mehrparteienhäusern mit tiefroten Backsteinfassaden. Nachdem Kristin einen Parkplatz gefunden hatten, stiegen sie aus. »Dann auf ins Abenteuer.«

»Genauso hatte ich mir den Urlaub vorgestellt«, grinste Reimers.

»Jetzt doch?«

»Klar – mit dir auf in ein Abenteuer, was gibt es Schöneres?« Als er die Sonnenbrille abnahm, schienen seine blauen Augen unternehmungslustig zu funkeln. Und Kristin registrierte, dass ihr Herz bei seinem Anblick ein paar Takte schneller schlug.

KAPITEL 12

Eckernförde, Diestelkamp, 11.25 Uhr:

Der zivile Passat mit dem Flensburger Kennzeichen war ihm sofort aufgefallen. Sie hatten gleich hinter seinem Wagen geparkt und überquerten gerade die kleine Straße. Als sie an der Fassade des Hauses emporblickten, wich er schnell vom Fenster zurück. Er wusste, dass sie zu ihm wollten, als sie zu ihm sahen, denn für einen kurzen Augenblick hatten sich ihre Blicke getroffen.

Er lebte schließlich nicht hinter dem Mond und ahnte, dass er jetzt Besuch von den Bullen bekam. Sie kamen, um ihm unbequeme Fragen zu stellen. Und er würde aufpassen müssen, was er ihnen sagte. Unbewusst ballte er die Hände zu Fäusten. Weiß traten die Knöchel seiner Finger unter der Haut hervor.

»Kommt doch, wenn ihr euch traut«, zischte er und trat vom Fenster seiner Stube zurück. Eigentlich wollte er sich die Zeit gerade mit einem neuen Ego-Shooter an der Playstation vertreiben, doch das virtuelle Metzeln musste warten. Hastig räumte er die leeren Flaschen vom niedrigen Wohnzimmertisch und ärgerte sich kurz über die unansehnlichen Ränder, die sich auf der Glasplatte gebildet hatten. Der Weg zur Tür führte an der kleinen Küche vorbei. Hier ließ er das Leergut in den Kasten neben dem Kühlschrank poltern, wischte sich die klebrigen Hände an den Jeans ab und machte sich auf den Weg zur Wohnungstür.

»Drei, zwei, und …« Wie auf ein stilles Kommando ertönte die schrille Türklingel. »Bingo.« Mit einem breiten Grinsen drückte er den Türöffner. Er verzichtete auf die Frage, wer Einlass begehrte, und ließ den Hörer der Gegensprechanlage in der Halterung stecken. Der Türsummer schnarrte durch das Treppenhaus, die Haustür wurde geöffnet und hörbar mit dem alten Holzkeil gesichert, dann näherten sich die Schritte der beiden Polizisten, einem Mann und einer Frau. Nachdem er die beiden durch den Türspion beobachtet hatte, riss er ruckartig die Tür auf. »Moin«, rief er gut gelaunt. »Immer hereinspaziert.«

Die beiden wechselten einen vielsagenden Blick und ließen die Dienstausweise, die sie bereits gezückt hatten, wieder sinken.

*

Sörup, 11.40 Uhr:

»Hier hat er sich verkrochen und macht einen auf Spießer«, zischte Paulsen abfällig, während er das kleine reetgedeckte Haus mit dem penibel gepflegten Vorgarten betrachtete. Sattler stieß die Fahrertür auf und ersparte sich eine Antwort. Den Wagen hatte er gleich vor dem weiß gestrichenen Holzzaun geparkt, der das Grundstück der Pettersons eingrenzte. Auf dem Rasen blühten Narzissen und wirkten wie gelbe Farbtupfer im satten Grün. Eine getigerte Katze strich durch das Gebüsch und beäugte die Eindringlinge neugierig.

Ein paar Straßen weiter gelangte man zum Ufer des Südensees, das im Sommer von sonnenhungrigen Badegästen und Campern belagert wurde. Doch um diese Jahreszeit herrschte eine fast verschlafene Stimmung in dem 4.000-Seelen-Ort.

Die Fahrt von Flensburg in das kleine Örtchen hatten die Männer weitestgehend schweigend verbracht. Ihm war es recht gewesen, denn er legte keinen Wert darauf, dass Paulsen alte Wunden aufriss. Dass sie bald schon ein inniges Band der Freundschaft verbinden würde, bezweifelte Sattler ohnehin.

Seite an Seite durchschritten sie jetzt den kleinen Vorgarten und standen vor einer weiß gestrichenen Haustür. »Wir sind richtig.« Uwe Sattler deutete auf das Namensschild neben der Klingel.

»Dann trau dich«, grinste Paulsen.

Sattler betätigte den Knopf und lauschte dem tiefen Gong, der im Inneren des Hauses ertönte. Drinnen tat sich nichts. Gerade als Paulsen ansetzte, Sturm zu klingeln, öffnete sich die Haustür. Eine untersetzte Frau um die 40 in mintfarbenem Shirt und Leggings blickte ihnen feindselig entgegen. Ihre rotblonden Haare hatte sie flüchtig mit einem grünen Haargummi zusammengerafft, das farblich zu ihren katzenhaften Augen passte, mit denen sie die Besucher argwöhnisch musterte. »Ich kaufe nichts«, sagte sie und stand im Begriff, die Tür wieder zu schließen.

Paulsen machte einen Ausfallschritt und bremste die Tür mit dem linken Fuß ab. »Frau Petterson? Greta Petterson?«

»Hören Sie«, zischte die Frau, deren Gesichtsfarbe innerhalb einer Sekunde von einer vornehmen Blässe in ein zorniges Rot wechselte, »ich rufe jetzt die Polizei.«

»Brauchen Sie nicht«, grinste Paulsen und bleckte seine weiß gebleachten Zähne. »Die ist schon da.«

Sattler hatte seinen Dienstausweis bereits gezückt. Er zeigte ihm der Frau mit einem freundlichen Lächeln.

»Landeskriminalamt?«, fragte sie erstaunt und voller Ehrfurcht. »Habe ich denn was verbrochen?«

»Sie nicht«, grinste Paulsen. »Ist Ihr Mann zu sprechen?«

»Hat der denn was verbrochen?« Eine steile Falte bildete sich auf Greta Pettersons Stirn.

»Das würden wir gern von ihm hören«, erwiderte Paulsen. »Um ehrlich zu sein, erhoffen wir uns von Ihrem Mann nur ein paar Informationen.«

»Er schläft.«

»Um diese Uhrzeit?« Paulsen betrachtete die Frau, als hätte sie nicht alle Tassen im Schrank.

»Er ist Busfahrer und hatte Nachtschicht«, erklärte Greta Petterson unbeeindruckt. »Kommen Sie – wenn es wirklich so wichtig ist.« Sie gab den Eingang frei und führte die Besucher durch die enge Diele in eine geräumige Wohnküche. Die Küche war im Landhausstil eingerichtet und harmonierte perfekt mit dem rauen Terracottaboden. Über eine Terrasse gelangte man in einen Garten mit einem üppigen Obstbaumbestand. In den Kirschbäumen erstrahlten die ersten Kirschblüten in der Mittagssonne.

»Warten Sie hier.« Greta Petterson zeigte auf die Eckbank.

»Danke«, sagte Sattler und sank auf die Bank. Das Holz knarrte unter ihm, als er sich setzte. Spontan beschloss er, ein paar Pfund abzunehmen. Der Schreibtischjob in Kiel hatte ihm nicht gut getan.

Paulsen nahm einen der Stühle, drehte ihn um und setzte sich verkehrt herum darauf. »Bitte beeilen Sie sich, wir haben nicht den ganzen Tag Zeit.«

»Sie sind ziemlich unverschämt.«

Sattler sah sich genötigt zu vermitteln. »Wir ermitteln in einem Tötungsdelikt.«

»Mord?« Greta Petterson machte große Augen.

»Das ist nicht raus, aber wenn es Mord war, läuft der Täter noch frei herum, und das wollen wir ändern.«

Die Gesichtszüge der Frau entspannten sich ein wenig. Sie wandte sich zum Gehen. »Ich bin gleich wieder da.«

Sattler und Paulsen hörten, wie sie die Holztreppe, die in die obere Etage des Hauses führte, hochstieg.

»Sei nicht so arschig«, raunte Sattler seinem Kollegen zu. »Wir sind hier nicht bei *Miami Vice*.«

»Ich und arschig?« Paulsen zog die Augenbrauen hoch.

»Ich bin nicht arschig«, stellte er klar, »ich will nur keine Zeit verlieren, solange das Schwein noch frei herumläuft und …«

»Sie wollten mich sprechen?«

Sattler wandte den Blick zur Küchentür. Neben Greta Petterson stand ein kahlköpfiger Mann von kräftiger Statur. Er betrachtete seine Besucher wachsam und verschränkte die Arme vor der breiten Brust. Er trug Badelatschen, eine dunkelblaue *Camp-David*-Jogginghose und ein orangefarbenes Muscle-Shirt. Seine muskulösen Arme waren gebräunt.

»Wenn Sie Jørn Petterson sind«, nickte Sattler und setzte ein verbindliches Beamten-Lächeln auf. »Wir machen schnell.«

»Gut.« Petterson trat näher. »Kaffee? Tee?«

»Wir sind in Eile«, bekräftigte Paulsen und schob, nachdem er sich einen mahnenden Blick von Sattler eingefangen hatte, ein zögerliches »Danke« hinterher.

»Sie sind also Mitglied in einem Eckernförde Linedance-Klub«, begann Sattler, nachdem Petterson sich zu ihnen an den Tisch gesetzt hatte.

»*The Baltic Eagles*, ja.« Schwer lagen seine Arme auf der Tischplatte. »Ist das verboten?«

»Sparen Sie sich die Ironie«, mahnte Paulsen. »Dann kennen Sie sicher Julia Böhm?«

Sattler beobachtete das feine Zucken in Pettersons linkem Augenwinkel.

»Flüchtig«, erwiderte er ausweichend, konnte aber nicht verhindern, dass er errötete. »Warum?«

»Sie ist tot.«

»Sie verarschen mich.«

Paulsen hieb mit der Hand auf den Tisch. Alle Anwesenden zuckten erschrocken zusammen. Von Greta Petterson, die sich diskret im Hintergrund hielt, fing er sich einen bösen Blick ein.

»Wir sind doch hier nicht bei *Verstehen Sie Spaß?*«, rief Paulsen aufgebracht, während er Sattlers vorwurfsvollen Blick ignorierte.

»Leider ist das unser Ernst«, nahm dieser weitaus besonnener als sein hitziger Kollege den Faden auf, bevor der Streit zwischen den Männern eskalieren konnte. »Julia Böhm wurde heute Morgen am Strand von Steinberghaff tot aufgefunden.«

»Und … und was habe ich damit zu tun?«

»Das wüssten wir auch gern, Freundchen«, zischte Paulsen. »Und du wirst es uns verraten, sonst …«

»Du solltest Fredersen anrufen«, mischte sich jetzt Greta Petterson ein. »Und nichts mehr sagen.«

»Wer ist dieser Clown?«, herrschte Paulsen Pettersons Frau an.

»Unser Anwalt.« Obwohl Greta Petterson nicht sehr laut gesprochen hatte, klang ihre Stimme fest. »Er wird Ihnen sagen, dass Sie so nicht mit meinem Mann reden dürfen.«

Paulsen lachte auf. »Der soll mal kommen.«

Beschwichtigend hob Jørn Petterson die Hände. »Jetzt mal Butter bei die Fische«, beschwichtigte er. »Ich will Ihre Fragen beantworten, bin aber nicht bereit, mich wie ein Verbrecher behandeln zu lassen.«

»Also gut.« Paulsen lenkte ein. »Uwe, machst du weiter?«

Sattler nickte. »Wann haben Sie Julia Böhm zuletzt gesehen?«

Petterson dachte einen Moment nach. »Im Klub«, sagte er schließlich, »das muss letzte Woche Freitag gewesen sein.«

»Er fährt immer bis Eckernförde, zum Linedance-Klub«, erklärte Greta Petterson. »Und ich lasse ihm die Freiheit, auch, wenn man das Wochenende gemeinsam beginnen könnte.«

»Ja«, nickte Petterson, ohne seine Frau anzusehen. »Das könnte man.«

Sattler ahnte, dass die Ehe der beiden nicht rundlief. »Wie war Ihr Verhältnis zu Julia Böhm?«

»Was wollen Sie mir damit unterstellen?«

»Ich möchte Ihnen gar nichts unterstellen, will die Dinge nur richtig zuordnen können.«

»Soll ich Fredersen denn jetzt anrufen?«, fragte Greta Petterson mit spitzem Unterton in der Stimme.

Paulsen warf ihr einen warnenden Blick zu, der sie auf der Stelle verstummen ließ. So wohnte sie dem Gespräch mit gesenktem Kopf bei und hüllte sich in Schweigen.

»Hören Sie«, sagte Sattler zu Greta Petterson. Er rang sich ein freundliches Lächeln ab. »Es steht Ihnen natürlich frei, den Anwalt zu konsultieren, aber es geht hier nur um eine Befragung Ihres Mannes. Er wird nicht verdächtigt und befindet sich nicht in einem Verhör.«

Sie nickte stumm und bedachte ihren Gatten mit einem fragenden Blick.

»Das geht in Ordnung, Greta.« Petterson lächelte ihr aufmunternd zu. »Würdest du uns einen Moment alleine lassen?«

»Hast du etwa Geheimnisse vor mir?«

»Darum geht es doch gar nicht.« Petterson schüttelte den Kopf. »Ich will dich nicht da hineinziehen.«

»Wo möchtest du mich nicht hineinziehen?«

Paulsen stieß einen dumpfen Laut aus. »Wir brechen das jetzt hier ab«, sagte er an Sattler gewandt, »das hat keinen Sinn.« Er wandte sich Petterson zu. »Wenn Ihnen das lieber ist, können wir Sie auch vorladen, dann sind Sie mit den Kollegen alleine.« Er bedachte die Frau mit einem vernichtenden Blick. »Dann können Sie ungestört mit uns reden«, fügte er an Petterson gewandt hinzu.

»Gibt es etwas, das ich nicht wissen darf?« Greta Pettersons Stimme hatte einen schrillen Unterton angenommen.

»Nein, nicht wirklich«, seufzte ihr Mann. »Trotzdem ...«

»Schon gut, schon gut.« Sie winkte wütend ab. »Ich lass euch alleine. Aber später reden wir.«

»Ist in Ordnung.«

Die drei Männer beobachteten, wie sich eine gekränkte Greta Petterson zurückzog. Sie nahm die Stufen ins obere Stockwerk, dann schlug eine Tür zu.

»Jetzt sind wir alleine«, kommentierte Petterson mit säuerlicher Miene. »Also, ich will ehrlich sein – unsere Ehe besteht nur noch auf dem Papier. Wir leben zusammen, wir essen zusammen und wir schlafen im gleichen Bett. Mehr nicht. Und ich bin doch auch nur ein Mann und habe meine Bedürfnisse.«

»Und wenn die hier nicht befriedigt werden, dann an anderer Stelle«, mutmaßte Sattler. »Zuneigung, Liebe, Zärtlichkeiten.« Er verstand Petterson allzu gut. Wäre seine Beziehung zu Britta damals gut verlaufen, hätte er sich nie auf eine Affäre mit Birthe eingelassen. Obwohl das, was sie getan hatten, moralisch verwerflich war, so fühlte er sich nicht schuldig für seinen Fehltritt.

»So ist es«, riss ihn Jørn Petterson aus den Überlegungen. »Und die Treffen im Klub sind so etwas wie eine Auszeit für mich.«

»Ist klar«, nickte Paulsen. »Und die Weiber im Klub alle Freiwild, oder was? Ist das ein Linedance-Klub oder ein Swinger-Klub?« Er schüttelte den Kopf. »Alles, was nicht bei drei auf den Bäumen ist, wird geb…«

»Es reicht jetzt, Max«, fuhr Sattler ihn an. Das Verhalten seines Kollegen ging ihm gehörig gegen den Strich.

»Julia ist … Julia *war* eine sehr attraktive Frau«, bemerkte Petterson. »Und sie schien für einen Flirt offen zu sein, besonders nach der Trennung von ihrem Freund.«

»Wie war Ihr Verhältnis zu Ole Christensen?« Sattler betrachtete ihn aufmerksam. »Ich nehme an, Sie kennen sich?«

»Natürlich, so groß ist der Linedance-Klub ja jetzt auch nicht. Aber ich will Ihre Frage beantworten: Ole ist ein Arsch.

Er hat Julia immer rumkommandiert und sie wie sein Eigentum behandelt.«

»Wie muss ich mir das vorstellen?« Sattler zückte einen Block und einen Stift und schrieb mit.

»Er war krankhaft eifersüchtig. Sobald sich Julia mit einem anderen Mann unterhalten hat, stand er daneben und war sich auch nicht zu schade dafür, sie vor allen Typen im Klub zurechtzuweisen und bloßzustellen.«

»Hat er sie verprügelt?«, wollte Paulsen wissen.

»Keine Ahnung, zutrauen würde ich es ihm aber.«

»Wie war Ihr Verhältnis zu ihm?«, wiederholte Sattler seine Frage.

»Er war ein Arsch, und das habe ich ihm deutlich zu verstehen gegeben. Ich habe ihm gesagt, dass er Julia schlecht behandelt.«

Sattler wollte gerade eine Zwischenfrage stellen, besann sich aber darauf, Pettersons Redefluss nicht zu unterbrechen, und schwieg.

»Er hat mich ausgelacht und als Idioten bezeichnet.«

»Lief denn was zwischen Ihnen und Julia?« Paulsen ignorierte den vernichtenden Blick von Sattler.

»Einmal«, räumte Jørn Petterson kleinlaut ein. Er sah an seinen Besuchern vorbei zur Tür und vergewisserte sich, dass seine Frau nicht zuhören konnte. »Wir waren beide betrunken, haben rumgemacht und sind später zu ihr gefahren.« Jørn Petterson betrachtete die Polizisten. »Wissen Sie, wie gut es getan hat, dass sie mich gestreichelt hat, mir tief in die Augen gesehen und gesagt hat, dass ich gut rieche? So was kenne ich von meiner eigenen Frau schon lange nicht mehr. Und Julia hat all das getan …«

Sattler machte sich Notizen. »Und davon hat ihr Freund nichts mitbekommen?«

»Nee. Sonst würde ich wohl jetzt nicht hier sitzen. Ich bin sicher, dass er mich totgeschlagen hätte.«

»Trauen Sie ihm zu, dass er Julia getötet hat?«

Petterson nickte inbrünstig. »Dem trau ich alles zu.«

»Haben Sie sich von Julia mehr erhofft?«, fragte Sattler und blickte von seinen Aufzeichnungen auf. »Eine dauerhafte Affäre oder vielleicht mehr?«

»Offen gestanden schon. Aber sie hat mir schnell klargemacht, dass das für sie ein Ausrutscher war. Ich denke, dass sie Ole damit was heimzahlen wollte, keine Ahnung. Aber sie hatte keinerlei Ambitionen, mich ein zweites Mal …« Er brach ab, als er nicht die rechten Worte fand, und blickte die Polizisten hilflos an.

»Und letzte Nacht?«

»Was war da?«

»Ist Julia Böhm umgebracht worden – bist du dement?« Paulsen beugte sich in bedrohlicher Haltung zu Petterson herüber. Wie selbstverständlich war er zum vertraulichen Du übergegangen.

»Ich sagte doch, dass ich Nachtschicht hatte.«

»Gut.« Paulsen zuckte die Schultern. »Dann bist du raus.« Für ihn schien alles gesagt zu sein. Er erhob sich und nickte Sattler zu. »Können wir dann?«

KAPITEL 13

Niemand hörte ihre Schreie. Sie presste Laute in den Knebel und spürte, wie ihr Kiefer von der starren Haltung schmerzte. Speichel rann aus ihrem Mundwinkel, und immer wenn sie an Armen und Beinen zerrte, schnitten sich die Fesseln tiefer in ihre Haut.

Sie musste trotz der Aufregung eingeschlafen sein. Als sie erwachte, hatte sich ihr innigster Wunsch, in einem Albtraum gefangen zu sein, nicht erfüllt. Sie befand sich in der brutalen Realität und stand am Rande des Wahnsinns. Eigenartigerweise spürte sie von der Wunde, die er ihr mit dem Brenneisen zugefügt hatte, nicht mehr viel. Offenbar hatte er sie gebrandmarkt wie ein Stück Vieh, wie sein Eigentum. Wut keimte in ihr auf. Sie zwang sich zur Ruhe. Alle paar Stunden ließ er sich in diesem Loch blicken, um nach dem Rechten zu schauen. Dabei hatte er sich angewöhnt, eine Maske zu tragen – es zeigte die abscheulich verzerrte Miene des spanischen Künstlers Dalí und unterstrich die bizarre Grausamkeit, mit der er ihr begegnete. Er setzte sie auf einen alten Zinkeimer, in dem sie in seiner Gegenwart ihre Notdurft verrichten konnte, und gab ihr Wasser zu trinken. Danach verschwand er wortlos, schloss hinter sich ab und überwachte sie über die Kamera in der Ecke des Raumes. Schon mehrfach war sie zu diesem Ding gerobbt, um es mit den Füßen umzustoßen, doch er richtete die Kamera wieder auf und verschwand, ohne auch nur ein Wort zu sprechen. Kalt, emotionslos und berechnend.

Die Frage, was er mit ihr vorhatte, beschäftigte sie rund um die Uhr. Dabei ahnte sie nicht, wohin er sie verschleppt hatte. Offenbar in ein altes Haus, denn der Keller ließ diese Vermutung zu. Es lag auf der Hand, dass sich das Gebäude in einer verlassenen Gegend befand, tagsüber drang außer dem Pfeifen des Windes nur Vogelgezwitscher an ihre Ohren. Kein Verkehrslärm, keine Stimmen, sie hörte nichts. Deshalb war sie sicher, dass sie schreien konnte, bis sie heiser war, ohne bemerkt zu werden. Dazu musste sie aber erst einmal diesen verdammten Knebel loswerden. Gerade, als sie ihre Gedanken geordnet hatte, rasselte der Schlüssel im Schloss der Eisentür. Das eindringende Licht blendete sie. Wortlos erschien er mit dem Eimer und einer Wasserflasche, stellte beides ab und trat zu ihr. Sie ließ es zu, hatte sowieso keine Wahl und setzte sich aufrecht hin. Gerade, als er mit dem Eimer in der Hand zu ihr zurückkehrte, hob sie beide Beine an. Sie legte alle Kraft in den Tritt, den sie ausführte, hörte einen überrascht klingenden Schmerzensschrei und triumphierte, als seine massige Gestalt nach hinten kippte wie ein gefällter Baum. Ruckartig sprang sie in die Höhe und hüpfte, so schnell es ging, an ihm vorbei. Doch weit sollte sie nicht kommen, denn obwohl er auf dem Rücken lag, hatte er sich rasch erholt und hielt sie fest. Sie hatte keine Chance, sah den unausweichlichen Sturz kommen und fiel geradewegs und der Länge nach hin. Ihr war, als würde ihr Körper von innen heraus explodieren. Bevor sie ihre Gedanken ordnen konnte, war er mit einem Hechtsprung über ihr. Wütend holte er aus und verpasste ihr eine schallende Ohrfeige. Ihr war, als würde ihr der Kopf von den Schultern gerissen. Etwas in ihrem Hals knackte, danach machte sich ein stechender Schmerz bemerkbar.

Er beugte sich über sie, sie wandte den Kopf ab, um seinem Atem auszuweichen. Brutal riss er sie am Kinn zurück. Ihr war, als würde er ihr den Kiefer ausrenken. Ein kehliger Laut entrang sich ihrer Kehle.

Durch die Sehschlitze der Maske sah sie das wütende Funkeln in seinen Augen. »Das hast du nicht umsonst getan, du kleine Schlampe«, zischte er, als er erneut zuschlug. »Jetzt werden andere Saiten aufgezogen.« Der dritte Schlag, den er ihr verpasste, erlöste sie mit einem wohlig warmen Gefühl, bevor sie von einer alles verschlingenden Dunkelheit umhüllt wurde.

*

Sörup, 12.10 Uhr:

»Ich kann ihm das so nicht glauben.« Uwe Sattler stierte nach vorn durch die Windschutzscheibe des Passat, während sie an den malerischen kleinen Häusern des Ortes vorbeirollten. Die Frühlingssonne meinte es gut, sie hatten die Sonnenblenden heruntergeklappt. Paulsen lümmelte auf dem Beifahrersitz herum. Auf seiner Nase thronte eine überdimensionierte Sonnenbrille mit verspiegelten Gläsern. Er versuchte auf Biegen und Brechen, cool zu wirken und bemerkte oft nicht, dass er sich lächerlich machte. *Er hat sich nicht verändert*, dachte Sattler. *Er wird sich nie ändern.*

»Hörst du mir überhaupt zu?«, fragte Sattler, als Paulsen nicht gleich antwortete.

»Du sprichst wie meine Ex-Frau mit mir«, rügte Paulsen ihn. »Was kannst du nicht glauben?«

»Dass er Nachtschicht hatte.«

»Dann ruf doch bei seinem Arbeitgeber an.«

»Das mach ich auch.« Sattler suchte eine Möglichkeit zum Anhalten, setzte den Blinker an einer verwaisten Bushaltestelle und wählte die Nummer der Verkehrsbetriebe, bei denen Jørn Petterson auf der Lohnliste stand. Er wurde das eigenartige Gefühl nicht los, dass der Mann ihnen nicht die Wahrheit erzählt hatte. Seitdem Paulsen ihn in die Zange genommen hatte, war eine Veränderung in Petterson vorgegangen. Es war offensichtlich, dass er die Polizisten im weiteren Verlauf des Gespräches angelogen hatte. Sattler hatte mal ein Seminar besucht, in dem es darum gegangen war, Lügner anhand ihrer Körpersprache zu überführen. Unter anderem hatte ein Mimik-Resonanzexperte aus Berlin die Teilnehmer dafür sensibilisiert, auf jedes Merkmal des Gegenübers zu achten. Und Petterson hatte gelogen, das stand für Sattler fest. Der Mann hatte Fragen ausweichend beantwortet, seine Blicke waren unstet umhergestreift, die Bewegungen seiner Hände waren fahrig und nervös gewesen. Es war ein Leichtes für Sattler herauszufinden, wo Petterson arbeitete, und es dauerte keine fünf Minuten, bis er jemanden aus der Personalabteilung erreichte.

»Wusste ich es doch!«, rief er, nachdem er die Verbindung beendet hatte. Aufgebracht hieb er sich auf die Schenkel.

Paulsen nahm die Sonnenbrille von der Nase, hauchte auf die Gläser und polierte sie mit dem unteren Rand seines T-Shirts. »Wieso?«, fragte er gelangweilt.

Sattler startete den Motor. »Petterson hat uns angelogen, er hat sich krankgemeldet und ist nicht zum Dienst erschienen. Und jetzt holen wir ihn ab, und dann soll er uns in neutraler Umgebung erzählen, wo er die letzte Nacht wirklich verbracht hat.«

*

Eckernförde, Diestelkamp, 11.30 Uhr:

Ole Christensen war groß, Kristin schätzte ihn auf zwei Meter, dazu breitschultrig und kräftig gebaut. Bei seiner Statur traute sie ihm durchaus zu, seiner Ex-Freundin körperlich überlegen zu sein. Ob sie ihm auch zutraute, sie getötet zu haben, vermochte sie jedoch noch nicht zu sagen.

»Kripo Flensburg, mein Name ist Voss«, stellte sie sich vor und deutete auf Reimers. »Und das ist mein Kollege, Hauptkommissar Reimers von der Kripo Eckernförde.«

»Wie schön.« Seine Stimme triefte förmlich vor Ironie. »Immer rein in die gute Stube.« Gestenreich gab er den Eingang frei.

Im Flur roch es muffig und nach kaltem Essen. Kristin rümpfte die Nase, als sie Reimers in die Wohnung von Ole Christensen folgte. Sie achtete darauf, dass die Tür angelehnt blieb, folgte so einer Polizeidienst-Vorschrift. Im Notfall musste die angeforderte Verstärkung gleich ins Haus kommen können, deshalb durften Türen im laufenden Einsatz nie verschlossen werden. Kristin hielt kurz inne und sah sich im Flur um. Die Tapeten waren vergilbt und wirkten speckig, die Bilder an den Wänden schien Christensen von seinem Vormieter übernommen zu haben. Auf einer Kommode erblickte sie einen ganzen Stapel ungeöffneter Briefe, daneben stapelten sich gelbe Müllbeutel mit leeren Plastikflaschen. Christensen führte sie in die Stube. Zwei Fenster zur Straßenseite, ein fast quadratischer Raum mit einer lieblos selbst zusammengezimmerten Wohnwand, in der sich verstaubte Automodelle hinter Glas befanden. Überwiegend amerikanische Fahrzeuge, darunter Trucks und Pick-ups. An der Wand über dem abgewetzten Ledersofa pries ein knalliges Plakat die Schönheiten der *Route 66* an, neben der Stehlampe hing das übergroße Poster einer barbusigen Blondine an der Wand. Kristin fragte sich, was Julia Böhm wohl davon gehalten hatte, dass sich ihr Ex-Freund eine unbekleidete Schönheit an die Wand hängte, und rümpfte unwillkürlich die Nase. Sie trat an die Wohnwand und betrachtete die Fotos in den Glasrahmen. Auch auf ihnen hatte sich eine Staubschicht gebildet. Die Bilder zeigten einen glücklichen Ole Christensen aus offensichtlich längst vergangenen Tagen. Er saß in Lederkluft auf einer Harley, eine junge Frau schmiegte sich eng an ihn. Erst beim zweiten Hinsehen erkannte Kristin Julia Böhm. Auch auf anderen Bildern tauchte sie auf. Am Strand von Eckernförde, vor dem Leuchtturm von Osterhever in Nordfriesland, in der hölzernen Westernkulisse eines Freizeitparks, einmal saß sie mit einem glücklichen Lächeln auf einem prächtigen Pferd, während er die Zügel in der Hand hielt. Wie sinnbildlich, dachte Kristin, als sie seinen heißen Atem in ihrem Nacken spürte, um ihr über die Schulter zu blicken. »Das war eine geile Zeit«, bemerkte er. »Julia und ich.«

Sie wandte sich zu ihm um und sah ihm tief in die Augen. »Sie fehlt Ihnen sehr?«

»Total, ja.« Christensens harte Fassade schien innerhalb weniger Sekunden wie ein Kartenhaus in sich zusammenzufallen.

»Herr Christensen, Sie können sich vorstellen, warum wir hier sind?«, fragte Reimers aus dem Hintergrund.

Ein Ruck ging durch den großen Mann, als er sich nickend umwandte. »Ich bin ja nicht blöd. Also – fragen Sie.« Er ließ Kristin an der Wohnwand stehen und sank unter einem schweren Seufzer in den Sessel. Christensen machte eine einladende Geste. »Setzen Sie sich.«

»Danke, ich bleibe stehen.« Kristin schüttelte den Kopf. Reimers stand im Türrahmen und hatte eine Hand am Holster, um auf alle Eventualitäten gefasst zu sein. Erst jetzt bemerkte sie, dass der große Fernseher mit einer Spielkonsole verbunden war, die das Standbild einer Kampfszene zeigte. Sie konnte mit derlei Spielen nichts anfangen und hatte keine Ahnung, um welches Computerspiel es sich handelte. So abgelebt die Einrichtung seiner kleinen Wohnung auch war – Fernseher, Spielekonsole und das Tablet auf dem Sofa schienen hochwertig und neueren Datums zu sein.

Christensen stierte sie beide abwechselnd an. »Also – schießen Sie los.«

»Herr Christensen, dürfen wir wissen, was Sie beruflich machen?« Kristin betrachtete ihr Gegenüber mit einem forschenden Blick.

»Nichts«, sagte er salopp. »Hartz IV, oder besser Bürgergeld.«

»Schon lange?«

»Früher war ich Techniker bei der Marine hier in Eckernförde.«

»Das klingt doch nach einer guten Karriere und nach einem krisensicheren Job«, fand Reimers. »Warum haben Sie beim Bund gekündigt?«

»Gekündigt?« Christensen lachte, als hätte Reimers einen schlechten Witz gemacht. »Ich wurde unehrenhaft aus der Marine entlassen.«

»Dafür gab es sicherlich einen guten Grund«, vermutete Kristin.

»Sie haben mir Dinge angehängt, für die ich nicht verantwortlich war.«

»Und das wären?«

»Diebstahl zum Beispiel. Fordern Sie doch meine Akte an, wenn Sie es genau wissen wollen.« Spott lag in seiner Stimme.

»Das werden wir«, versprach Kristin ihm.

»Und jetzt beziehen Sie Bürgergeld«, kam Reimers auf Christensens aktuelle Situation zurück.

»Richtig.« Er entspannte sich ein wenig.

»Und davon können Sie sich die hochwertige Elektronik leisten?« Kristin zeigte auf die Spielekonsole, den großen Fernseher an der Wand und auf das Tablet auf dem Sofa. Auf der Rückseite des edel schimmernden Gehäuses war der bekannte angebissene Apfel eingraviert. »Wie können Sie solche Dinge bezahlen?«, wiederholte Kristin, als Christensen beharrlich schwieg und sie feindselig anstarrte.

Reimers stand am Fenster und warf einen Blick hinunter auf die Straße. »Und der Pick-up, das ist Ihrer?«

»Wie kommen Sie darauf?«

»Anhand des Kennzeichens. Das Fahrzeug ist hier in Eckernförde registriert, und es enthält Ihre Initialen: OC.«

»Ja, ist meiner.«

»Ziemlich teuer im Unterhalt, so ein RAM«, fand Reimers. »Steuern, Versicherung, Benzin für einen V8-Motor, das kostet alles.« Reimers wandte sich vom Fenster ab und trat auf Christensen zu. »Wie finanzieren Sie all diese Dinge? Doch nicht etwa vom Bürgergeld?«

»Ich … ich lungere am Hafen rum, da gibt es immer Arbeit.«

»Schwarzarbeit?«

»Nee, ich biete nur meine Hilfe an. Übrigens auch bei den Touris mit ihren Booten, wenn die mal nicht anspringen oder so was.« Er lachte selbstgefällig. »Als ehemaliger Marinetechniker eine meiner leichtesten Übungen, die Nussschalen der Urlauber wieder flottzumachen.«

»Gegen Bezahlung«, schlussfolgerte Kristin.

»Na klar.« Ole Christensen bedachte sie mit einem feindseligen Blick. »Wollen Sie mich für Sozialbetrug anscheißen oder sind Sie gekommen, um mit mir über meine Ex-Freundin zu sprechen?« Als er keine Antwort bekam, nickte er verstehend. »Aber egal – beides sind scheiß Themen.«

»Uns interessiert nicht, wie Sie den Staat bescheißen«, brachte es Reimers in Christensens Worten auf den Punkt. »Wir ermitteln im Mordfall Julia Böhm.«

Kristin wunderte sich ein wenig, dass ihr Kollege jetzt von einem Mordfall sprach, kommentierte das aber nicht. Sie trat einen Schritt näher und betrachtete Ole Christensen. Er hatte die langen Beine im Sessel lässig übereinandergeschlagen.

»Was war los zwischen Ihnen?«, fragte sie in sachlichem Ton.

»Was war los«, äffte er sie nach. »Was war los – nichts war mehr los bei uns. Sie hat mich nach zweieinhalb Jahren abgesägt. Rausgeworfen aus ihrem Leben. Dabei war sie die Frau meines Lebens, wissen Sie, was das bedeutet?« Trotzig reckte er das unrasierte Kinn vor. »Ich hab sie echt geliebt.«

Kristin kannte die Bedeutung seiner Worte. Jahrelang hatte sie gedacht, an der Seite von Felix alt zu werden. Doch damit hatte sie sich getäuscht, denn sie hatten sich immer weiter voneinander entfernt, ein Umstand, der schlussendlich zur Trennung geführt hatte.

»Ich war wie betäubt, konnte nicht fassen, dass sie mich eiskalt abserviert.«

»Hatte sie einen anderen?«

»Nicht, dass ich wüsste – wobei, wundern würde es mich nicht.«

»Warum würde es Sie nicht wundern?«

»Angeblich wurde es ihr plötzlich zu eng zwischen uns. Ich würde ihr Leben beherrschen, sie einengen und so einen Quatsch.« Ole Christensen winkte ab.

Im Augenwinkel sah Kristin, dass Reimers mit dem Smartphone hantierte. Während er offenbar seine Nachrichten checkte, verdüsterte sich seine Miene. Eine steile Sorgenfalte lag auf seiner Stirn. Als er aufblickte, musterte er Christensen. »Und dafür, dass sich Julia von Ihnen getrennt hat, musste sie büßen?«

»Was?« Christensens Augen funkelten wütend. »Wieso? Wie kommen Sie auf so einen Scheiß?«

»Uns liegen zahlreiche Anzeigen gegen Sie vor. Sie haben Ihre Ex-Freundin nach der Trennung gestalkt, es hat Platzverweise en masse gehagelt, und es kam auch in der letzten Zeit immer wieder zu Zwischenfällen.«

Reimers brach ab, als sich sein Handy meldete. Kurz zog er sich in die angrenzende Küche zurück und ließ Kristin mit Christensen alleine. Sie hörte ihn leise telefonieren.

»Herr Christensen«, fuhr sie mit der Befragung fort. »Sagen Ihnen die Anfangsbuchstaben J und P etwas?«

»Nee, warum?«

»Deshalb.« Kristin hielt ihr Smartphone in der Hand und zeigte es ihm. Darauf zu sehen war das eigenartige Brandmal am Rücken der Toten.

»Was soll der Scheiß?« Christensen schüttelte den Kopf. »›Free JP‹ – was hat das zu bedeuten?«

»Das ist der Rücken Ihrer Ex-Freundin«, erklärte Kristin ihm geduldig. »Haben Sie eine Vorstellung, was das zu bedeuten haben könnte?«

»Das… das ist doch krank«, stammelte Christensen und wirkte zum ersten Mal verwirrt. »Nein, ich habe keine Ahnung, wer so was machen könnte. Und überhaupt …« Er brach jäh ab, als Reimers wieder in der Stube erschien.

Der Kollege nickte Kristin zu, bevor er sich an Christensen wandte. »Herr Christensen, wo waren Sie heute früh gegen 2 Uhr?«

»Hier«, behauptete er und breitete bezeichnend die Arme aus. »Wo sonst?«

»Sie lügen«, stellte Kristin fest, die ihn genau beobachtet hatte. Alles, seine Gesten, seine Blicke, der Klang seiner Stimme, deutete darauf hin, dass er ihnen nicht die Wahrheit sagte.

Wutentbrannt sah er zu ihr auf. Dann schien er in sich zusammenzusacken. Christensen senkte den Blick und verschränkte nervös die Hände. Beharrlich hüllte er sich in Schweigen.

»Wann haben Sie Ihre Ex-Freundin zum letzten Mal gesehen?«, fragte Kristin ihn.

Christensens Kopf ruckte hoch, er stützte das Gesicht in beide Hände und stierte sie feindselig an. Während Kristin ahnte, warum ihm diese Frage so naheging, holte er tief Luft. »Letzte Nacht.« Diesmal, so hatte Kristin den Eindruck, sagte er die Wahrheit.

*

»Es gab einen Anruf bei den Kollegen vom Streifendienst«, erklärte Reimers Kristin fünf Minuten später, als sie neben dem Dienstwagen standen. Ole Christensen hatten sie in Handschellen in den Fond des Kombi verfrachtet, wo er mit regungsloser Miene vor sich hinstarrte. Er hatte bei der Verhaftung keinen Widerstand geleistet und sich auffällig still verhalten, als Kristin ihm die Fesseln angelegt hatte. Trotzdem hingen einige Nachbarn der Wohnhaussiedlung neugierig am Fenster und beobachteten sie.

»Und?«

»Julia Böhm hat heute Nacht um 1.55 Uhr einen Notruf abgesetzt. Er sei wieder da, hat sie den Kollegen gesagt und dann aufgelegt. Als eine Streife nach dem Rechten gesehen hat, öffnete sie die Tür nicht. Nachbarn haben die Kollegen ins Haus gelassen, die Wohnungstür war nur angelehnt, doch von Julia Böhm fehlte jede Spur. Auf dem Rückweg zum Streifenwagen ist den Kollegen ein verwischter Fleck auf dem Bürgersteig aufgefallen, dem sie aber keine besondere Beachtung beigemessen haben.«

»Blut?« Kristin zog die Augenbrauen hoch.

»Steht nicht fest, aber ich könnte es mir vorstellen.«

»Ist das dein Ernst?« Kristin konnte es nicht fassen. »Sie fahren zu einer Frau, die sich verfolgt fühlt, treffen sie nicht an, sehen einen Blutfleck und verschwinden wieder, ohne etwas unternommen zu haben?«

Reimers zuckte mit den Schultern. »Es hat den Anschein, ja.«

»Ich glaub es nicht.« Kristin war entsetzt. »Und jetzt?«

»Kommt Christensen erst mal in Gewahrsam, und wenn der Staatsanwalt beim Richter die Haft beantragt, geht es in die JVA nach Neumünster.«

Kristin hielt das für keine gute Idee. »Noch haben wir kaum Beweise, Lars.«

»Die liefern wir nach, aber die Gefahr, dass Ole Christensen türmt, wenn ihm die Luft zu dick wird, ist mir zu groß.« Er grinste. »Außerdem bist du aus der Verantwortung raus, weil wir hier in Ecktown sind, Liebes.«

»Liebes?« Kristin glaubte, sich verhört zu haben, und verpasste ihm einen freundschaftlichen Klaps.

»Ja, Frau Kollegin.« Reimers nickte. »Ich nehme alles auf meine Kappe, wenn es Ärger wegen der Festnahme gibt.«

Kristin seufzte. »Also gut, dann los. Bringen wir ihn zur Wache und anschließend müssen wir Beweise gegen Christensen sammeln.«

»So machen wir es.« Er nickte und trat an die Beifahrerseite. »Eine andere Wahl hast du sowieso nicht.«

*

Eckernförde, Hafen, 14.10 Uhr:

»Was für Beweise könnten das sein, um Christensen hieb- und stichfest zu belasten?« Reimers dachte laut nach, während er den Blick über die Bucht schweifen ließ. Der alte Leuchtturm erhob sich zwölf Meter hoch in den fast wolkenlosen Himmel über dem Hafen. Immer wieder stoppten Touristen, um das blau-gelb geringelte Bauwerk zu fotografieren. An der Mole standen Angler, um die ersten Heringe der Saison zu fangen. Einige von ihnen stierten gedankenverloren auf das Wasser, andere rauchten und schwiegen sich an. Möwen kreisten in Hoffnung auf Beute über ihren Köpfen, die Luft roch nach Salz und Fisch.

Kristin sah Reimers nachdenklich an. »Du hast Christensen festgenommen, und ich bin davon ausgegangen, dass du eine Idee hast«, entgegnete sie, während sie einmal mehr sein markantes Profil betrachtete. Wie er so dastand, mit in den Hosentaschen versenkten Händen und einem leicht vorgereckten Kinn, wirkte er sehr männlich und anziehend auf sie. »Und?«

»Was ist mit dem Brandmal?«, fragte er und blickte einer strahlend weißen Jacht hinterher, die gerade den Hafen verließ. Am Heck des Bootes flatterte der rot-weiße *Dannebrog* im Wind.

»Was soll damit sein?«

»Er behauptet, damit nichts zu tun zu haben. Wenn er aber doch dahintersteckt, könnte ich mir vorstellen, ein entsprechendes Werkzeug in seiner Wohnung zu finden.«

»Ein Werkzeug?« Kristin runzelte die Stirn.

Reimers riss sich vom Blick auf die Bucht los und wandte sich zu ihr um. »Ja«, nickte er, »von mir aus einen Lötkolben oder etwas Ähnliches, um seinem Opfer solche Narben zufügen zu können.«

»Oder ein Brandeisen.« Kristin überlegte einen Augenblick, dann nickte sie. »Du meinst, er unterstellt ihr, dass sie einen Seitensprung mit diesem Jørn Petterson machte, und als Rache brennt er ihr seine Initialen ein?«

»Wäre doch möglich, oder? Aus Rache sind Menschen zu vielen schlimmen Dingen fähig, das haben wir schon auf der Polizeischule gelernt.«

»Aber was soll dann das Wort ›Free‹ vor Pettersons Anfangsbuchstaben bedeuten?«

»Wir werden es herausfinden«, versprach Reimers ihr.

»Aber wir benötigen einen richterlichen Beschluss, um seine Wohnung auf den Kopf stellen zu können«, erinnerte Kristin ihn.

»Ich weiß.« Er seufzte. »Und dafür brauchen wir einen Anfangsverdacht. Mal sehen, ob unsere Idee dem Richter genügt.«

»Und jetzt?« Kristin wusste nicht, wo Reimers ansetzen wollte.

»Gehen wir zur Dienststelle und nehmen uns diesen Christensen zur Brust.« Er nickte ihr mit grimmiger Miene zu und setzte sich in Bewegung.

*

Im Schein der Laterne hatte er Vorbereitungen getroffen, um gut ausgerüstet zu seinem nächsten Einsatz fahren zu können. Jetzt lagen alle Gegenstände vor ihm auf der staubigen Werkbank. In dem Kellergewölbe blätterte der Putz von den Wänden und der Decke, in den Ecken spannten sich dicke Spinnweben. Die in seinem Unterschlupf herrschende Kälte kroch ihm unter die Kleidung, doch er hatte schon schlechter gehaust. Hier konnte er immer kommen und gehen, wie es ihm beliebte. Immerhin. Außerdem, so machte er sich Mut, war es ja nicht für ewig. Dies war sein Versteck, denn solange er sein Ziel nicht erreicht hatte, musste er unter dem Radar der Öffentlichkeit bleiben. Das gelang ihm mit nahezu spielerischer Leichtigkeit, und inzwischen machte er sich einen Spaß daraus, unsichtbar zu sein. Selbst wenn er sein Versteck verließ, nahm ihn niemand wahr. In den letzten Jahren hatte er gelernt, sich unauffällig in einer Menschenmenge zu bewegen.

Im matten Schein der Laterne betrachtete er sein Equipment. Ein Klappspaten, eine Anglerschnur, Handschellen, Stricke, Kabelbinder, einige Stofffetzen, die er zu schmalen Streifen zerrissen hatte, und natürlich der leistungsstarke Lötkolben. Der Akku des handlichen Gerätes war geladen, das verriet ihm die grün leuchtende Anzeige am Handgriff des Werkzeugs. Kurz überlegte er, ob er an alles gedacht hatte, dann verfrachtete er alle Utensilien in die alte Reisetasche.

Eine Taschenlampe, durchzuckte es ihn. *Ich brauche Licht, die Laterne muss hierbleiben.* Beinahe hätte er die kleine Stablampe vergessen, ein tragischer Fehler, denn sein Plan sah vor, in der kommenden Nacht zuzuschlagen. Unentdeckt und im Schutz der Finsternis. Mit weit ausladenden Schritten trat er an den rostigen Eisenspind in der Ecke. Das Knarren der Türen malträtierte seine Ohren. Gut, dass sich niemand in der Nähe befand, der auf das verräterische Quietschen aufmerksam werden konnte. Er beschloss trotzdem, sich bei seiner nächsten Fahrt eine Dose Rostlöser in einem Baumarkt zu besorgen. Schließlich, so dachte er, sollte man keine schlafenden Hunde wecken. Nachdem er die Taschenlampe aus dem Spind genommen hatte, verschloss er den Schrank wieder, nicht ohne das Vorhängeschloss anzulegen. Die Lampe wanderte zu den anderen Gegenständen in die abgewetzte Reisetasche. Bevor er sein Versteck verließ, blickte er sich ein letztes Mal um. Es gab die Werkbank, den Spind, eine Campingtoilette, eine Kiste mit Proviant für die nächsten Tage und das alte Sofa, dessen Federn bei jeder Bewegung ein schreckliches Quietschen von sich gaben und ihn in seinen Ruhephasen störten. Doch es half nichts, denn noch war dieses feuchte Rattenloch seine Unterkunft. Erst wenn alles überstanden war und er sein Ziel erreicht hatte, würde er sich wieder ans Tageslicht wagen. Doch noch war es nicht so weit. Zuletzt warf er einen Blick auf das Tablet, das mit der Kamera verbunden war. Sie lag zusammengekrümmt am Boden. Von hier aus konnte er nicht erkennen, ob sie bewusstlos war oder nur schlief, doch darum würde er sich später kümmern. Ihm waren die Nerven durchgegangen, aber er konnte nicht akzeptieren, dass sie versucht hatte, ihn zu überwältigen. Schließlich brauchte er sie noch.

Er vergrößerte das Bild, das die Kamera ihm lieferte, doch obwohl sie mit Restlicht arbeitete, war die Aufnahme unscharf und zu grob aufgelöst, um Details erkennen zu können. Mit zusammengekniffenen Augen betrachtete er das Bild auf dem

Display. Atmete sie noch? Völlig regungslos lag sie auf dem Steinboden des Gewölbes. Wenn sie tot war, dann wurde es höchste Zeit für ihren letzten großen Auftritt. Plötzlich hatte er es eilig.

KAPITEL 14

Eckernförde, Polizeirevier Gerichtsstraße, 14.35 Uhr:

Die Befragungsräume in den Dienststellen glichen sich beinahe wie ein Ei dem anderen. So verhielt es sich auch mit dem in Eckernförde. Ein fensterloser Raum, in dessen Mitte sich ein Tisch befand, um den sich drei Stühle gesellten. In den Ecken gab es fest montierte Kameras, auf dem Tisch ein Mikrofon in einem Stativ. Es gab einen Nebenraum, in dem sich während der Befragungen ein Beamter befand, der die Aufzeichnung des Gespräches am Computer verfolgte. Den venezianischen Spiegel, den man in Fernsehkrimis oft sah, gab es nicht.

Ole Christensen saß mit teilnahmsloser Miene am Tisch, die Arme demonstrativ vor der Brust verschränkt, den Blick ins Nichts gerichtet. Sein Oberkörper hob und senkte sich gleichmäßig, und obwohl er sich bemühte, gelangweilt zu wirken, sah Kristin ihm an, dass es in Christensen arbeitete. Ihm hatten sie einen Tee gebracht, den er bisher noch nicht angerührt hatte.

Lars Reimers saß ihm gegenüber. Vor ihm lagen ein großer Block, ein Tablet und ein Stift sowie ein Thermosbecher mit schwarzem Kaffee. Er ließ Ole Christensen keine Sekunde aus den Augen. Kristin zog es wieder vor, stehen zu bleiben. So marschierte sie durch den Raum wie ein ruheloser Tiger und legte sich ihre Fragen zurecht, bevor sie neben Reimers anhielt und Ole Christensen mit ihrem Blick fixierte. »Was sagen Ihnen die Initialen J und P?«, fragte sie unvermittelt.

Christensens Kopf ruckte hoch. Feindselig betrachtete er sie. »Ernsthaft?«

»Ernsthaft.« Reimers nickte. »Sie kennen sicher Jørn Petterson aus Sörup?«, half er ihm auf die Sprünge.

»Ist das nicht der aufgeblasene Krawattentrucker?«

»Wie belieben?« Reimers runzelte die Stirn.

»Der Busfahrer. Er hat Julia im Klub angemacht. Und sie ist auf diesen Loser reingefallen und hat sich von ihm ficken lassen.«

Kristin sog die Luft lautstark durch die Nase ein. Der vulgäre Wortschatz von Christensen missfiel ihr. »Glauben Sie das oder wissen Sie von einem Seitensprung Ihrer Freundin?«

»Ein Mann spürt so was, nein ... er *weiß* so was.«

»Ach so.« Kristin war um einen gleichgültigen Klang bemüht. »Dann wissen Sie sicher auch, wie das Brandzeichen auf den Rücken Ihrer Freundin kam.« Sie nickte Reimers zu. Er entsperrte das Tablet und präsentierte Christensen noch einmal die Großaufnahme des Brandmals.

Wie hypnotisiert betrachtete er das Foto. Er wurde kreidebleich und begann zu zittern. »Ich war es nicht«, stieß Christensen gepresst hervor. »Ich war das nicht. Echt nicht.«

Kristin glaubte ihm. »Wie erklären Sie sich dieses Brandmal?«

»Was weiß ich? Wir waren ja nicht mehr zusammen.«

»Also wurde das Branding nach Ihrer Trennung angefertigt?«

»Anscheinend. Mir wär das doch sonst aufgefallen!«

»Wohl wahr.« Reimers nickte. »Und Sie haben keine Idee, warum Ihre Ex-Freundin dieses Brandmal trug?«

»Keinen Plan, echt nicht.« Er schüttelte den Kopf. »Da will mir jemand was anhängen.«

»Jørn Petterson vielleicht?« Reimers beugte sich über die Tischplatte und verschränkte die Hände.

»Das wär doch sinnfrei.«

»Oder er wollte sich auf ihrem Rücken verewigen – mit oder gegen den Willen Ihrer Ex-Freundin.«

»Er ist ein krankes Arschloch, aber ich weiß nicht, ob ich ihm so was zutrauen würde«, brummte Christensen.

»Wem würden Sie dann ›so was‹ zutrauen?«, hakte Kristin nach. Ole Christensen sah mit versteinerter Miene zu ihr auf. »Ich weiß es echt nicht.«

Kristin betrachtete ihn und spürte, dass er die Wahrheit sagte. Und sie glaubte ihm, dass er seiner Freundin dieses Brandzeichen nicht zugefügt hatte. Dass er aber nichts mit dem Tod von Julia Böhm zu tun hatte, nahm sie ihm nicht ab. »Erzählen Sie uns von Ihrem letzten Besuch bei Ihrer Ex-Freundin.«

Ein Ruck ging durch Ole Christensen. Als er zu der Teetasse griff, zitterte seine Hand. »Ich … ich habe sie so vermisst. Deshalb bin ich abends zu ihr gefahren. Wollte in ihrer Nähe sein.«

»Wie so oft«, nickte Reimers und wischte über das Tablet. Kristin blickte ihm über die Schulter und konnte die Anzeigen, die gegen Christensen vorlagen, mitlesen. »Sie haben Ihre Ex-Freundin belästigt, ihr aufgelauert, sie unter Druck gesetzt.«

»Ich wollte nicht, dass sie unsere Beziehung beendet«, klagte Christensen und wand sich wie ein geprügelter Hund. »Ich kann ohne sie nicht leben. Aber ich wollte sie doch nicht belästigen.« Als er zu ihnen aufsah, war er kreidebleich.

»Ihre Versuche, Julia Böhm nahe zu sein, erfüllen allesamt den Tatbestand des Stalkings«, erinnerte Reimers ihn. »Und alle Anzeigen, die Ihre Ex-Freundin gegen Sie erstattet hat, konnten Sie nicht davon abhalten, ihr nahe zu sein.«

»Ihre Gesetze interessieren mich nicht«, zeigte Christensen sich plötzlich kämpferisch. »Ich wollte einfach, dass Julia ihre Entscheidung noch einmal überdenkt.«

»Offenbar hatte sie kein Interesse daran«, entgegnete Kristin sachlich. »Ihre Annäherungsversuche waren unerwünscht, ebenso Ihre Anrufe, Mails und Textnachrichten.«

»Wenn es so schlimm gewesen wäre, hätte sie sich eine neue Nummer geben lassen.«

»Gilt der Umstand, dass sie das nicht tat, für Sie als Freibrief?« Kristin baute sich vor Christensen auf. »Sie haben sich durch die schwere Belästigung strafbar im Sinne des Paragrafen 238 gemacht. Darauf stehen zwischen drei und zehn Jahren Haft. War es Ihnen das wert?«

»Es war mir egal.« Christensen klang trotzig. »Mir ging es darum, unsere Beziehung zu retten.«

»Die Beziehung hatte Frau Böhm bereits beendet«, erinnerte Kristin ihn. »Was also wollten Sie retten?«

»Hören Sie – ich habe sie nicht umgebracht und ihr nicht dieses Ding zugefügt.« Christensen deutete auf das Tablet, das Reimers eben in den Ruhezustand versetzt hatte. »Sie haben eine Todesanzeige mit Julia Böhms Namen in der Zeitung aufgegeben«, erinnerte Reimers ihn. »Das ist krank.«

»Ich weiß, ich weiß.« Er nickte, barg das Gesicht in den Händen und atmete tief durch. Seine Stimme klang hohl, als er weitersprach. »Das war grenzwertig. Ich fand es witzig, aber meinen Humor hat Julia noch nie verstanden.«

»So ein Wunder«, murmelte Kristin sarkastisch. »Aber zurück zum gestrigen Abend – was ist passiert?«

Christensen blickte zu ihr auf. »Es war weit nach Mitternacht. Ich bin im Auto vor dem Haus eingeschlafen. Irgendwann wurde ich wach. Oben ging das Licht an, kurz darauf das Treppenhauslicht. Sie kam runter auf die Straße, hat mich angeschrien, ich solle sie in Ruhe lassen.« Er seufzte bei der Erinnerung an den Streit auf offener Straße.

»Waren Sie sehr laut?« Reimers betrachtete ihn nachdenklich.

»Nicht besonders, ich hatte ja Angst, dass die Nachbarn aufwachen und die Polizei rufen. Auf Ärger hab ich keine Lust.«

»Ist klar«, nickte Reimers ironisch. »Was ist dann passiert? Hat Frau Böhm Sie zur Rede gestellt?«

»Ja, sie war fürchterlich sauer und ist auf mich losgegangen.«

»Wie muss ich mir das vorstellen?«

»Es ging alles so schnell.« Christensen weinte lautlos. »Sie wollte mir an die Gurgel, ich hab versucht, sie abzuwehren.«

»Sie sind größer und sicher auch stärker«, bemerkte Kristin.

»Trotzdem hatte ich in dem Moment Angst. Irgendwie ist Julia dann gestolpert. Ich wollte nach ihr greifen, habe sie aber nicht zu packen bekommen, und sie ist hingefallen.«

»Es kam also zu einem Handgemenge.« Reimers nickte. »Was geschah dann?«

»Ich weiß es nicht«, jammerte Christensen. »Alles ging so schnell. Ich weiß nur noch, dass sie mir entglitten ist und rücklings auf den Bordstein geknallt ist. Mit dem Hinterkopf.«

»Was haben Sie unternommen?«

»Nichts. Ich war wie benommen, muss unter Schock gestanden haben. Da war Blut, viel Blut, und sie rührte sich nicht mehr.«

»Sie haben nichts unternommen?« Kristin schüttelte ungläubig den Kopf. »Die Frau, die Sie angeblich trotz der Trennung immer noch lieben, lassen Sie verletzt am Straßenrand liegen wie ein angefahrenes Tier?«

»Lebte Frau Böhm zu diesem Zeitpunkt noch?«, mischte sich Reimers ein, der offenbar fürchtete, dass Kristin kurz vor der Explosion stand.

»Ich weiß es nicht. Bin einfach abgehauen, feige wie ich bin.«

»Haben Sie wenigstens einen Krankenwagen gerufen?«

»Nein. Ich habe mich nicht getraut. Und glauben Sie mir, ich habe sie nicht umgebracht. Es war ein Unfall.«

»Das wird die Obduktion ergeben«, erklärte Kristin mit spitzer Stimme. Für Christensen empfand sie puren Abscheu, doch das durfte sie ihm weder sagen noch spüren lassen. So mahnte sie sich, mit professioneller Distanz zu agieren.

»Kann ... kann ich jetzt gehen?« Christensen klang kleinlaut.

Reimers schüttelte den Kopf. »Ich fürchte, dass Sie bis zur endgültigen Klärung der Todesursache in Haft bleiben werden. Meine Kollegin hat Ihnen schon erklärt, wie das Strafmaß im Falle der wiederholten schweren Belästigung aussieht. Die Strafe steigt infolge einer Handlung, die zum Tod des Opfers führt, auf bis zu zehn Jahre.«

»Es war ein Unfall«, schrie Christensen. »Ich habe Julia nicht umgebracht!«

»Es war unterlassene Hilfeleistung mit Todesfolge«, stellte Kristin klar. »Das bringt Sie mindestens ein Jahr in den Knast.«

Reimers bedeutete ihr zu schweigen. »Und wie kam Ihre Ex-Freundin dann nach Steinberghaff?«, schaltete er sich ein.

»Ich weiß es nicht. Jemand muss sie auf der Straße gefunden und mitgenommen haben.« Christensen sprach leise und wich ihren forschenden Blicken aus.

»Eine ziemlich gewagte Theorie«, erwiderte Kristin. Sie nickte Reimers zu und gab ihm das Zeichen, dass sie keine weiteren Fragen an Christensen hatte.

»Dann wär es das erst mal«, sagte er an Christensen gewandt. »Die Kollegen bringen Sie jetzt zurück in Ihre Zelle.«

Christensen erhob sich schwerfällig wie ein alter Mann. Reimers nickte in eine der Kameras und bedeutete dem Kollegen im Kontrollraum, dass er die Streifenbeamten hereinbitten sollte, die auf dem Korridor gewartet hatten.

Die uniformierten Kollegen erschienen im Befragungsraum und legten Christensen Handschellen an. Widerstandslos ließ er sich zur Tür bringen. Dort angekommen, blieb er kurz stehen und wandte sich zu Kristin und Reimers um. »Bitte kriegen Sie das Schwein, das ihr das angetan hat«, sagte er leise. »Ich habe Julia bis zum Schluss geliebt, und zu wissen, dass sie ermordet wurde, bricht mir das Herz.« Als er erst Reimers, dann Kristin ansah, schimmerten seine Augen feucht.

*

Er musste sich um sie kümmern. Sie war Teil seines Plans, und jetzt durfte er sie nicht hängen lassen. Dichtes Astwerk schützte ihn vor allzu neugierigen Blicken. Nachdem er den Wagen im Dickicht der verwilderten Parkanlage so abgestellt hatte, dass er nicht gleich entdeckt werden konnte, legte er den Rest des Weges zu Fuß zurück. Dabei nutzte er den Trampelpfad, den er sich in den letzten Tagen angelegt hatte. Immer wieder wischten ihm tief hängende Zweige über das Gesicht, immer wieder verfing er sich mit den festen Schuhen im Gebüsch. *Vielleicht sollte ich mir den Weg mal mit einer Machete freischlagen*, dachte er. Doch dann bestand die Gefahr, dass sie ihn fanden und ihm das Handwerk legten, bevor er zum nächsten Schlag ausholen konnte. Das galt es zu vermeiden. Außerdem wusste er nicht, was mit ihr passieren würde, wenn sie ihn hochnahmen. Für ihn stand fest, dass sie dann wohl niemals gefunden und elendig in ihrem Gefängnis verrecken würde.

In den Bäumen über seinem Kopf zwitscherten die Vögel und täuschten eine trügerische Idylle vor. Auf dem Weg hierher hatte er bei einem Fast-Food-Restaurant angehalten, um seinen knurrenden Magen zu besänftigen. Ihr hatte er nichts mitgebracht. Schließlich kam es ihm gelegen, wenn sie völlig entkräftet war und sich nicht gegen sein weiteres Vorgehen wehren konnte. Für sie sollte Leitungswasser reichen, um ihre Vitalfunktionen aufrechtzuerhalten. Mehr musste nicht sein. Sie gehörte ihm bereits, ohne es zu ahnen.

Als er auf einen Ast trat, der laut knackend unter der Last seines Körpers brach, blieb er wie angewurzelt stehen, hielt den Atem an und lauschte in das Dickicht. Er wandte sich auf der Stelle um, doch niemand schien ihm gefolgt zu sein. Nur das Vogelgezwitscher hing in der Luft, ansonsten war kein Geräusch zu hören. Nachdem er einen Moment regungslos dagestanden hatte, setzte er seinen Weg fort, bis sich das große Gebäude aus dem Dickicht schälte. Mächtig wie eine Trutzburg ragte der alte Backsteinbau vor ihm in den fast wolkenlosen Himmel. Seit Jahren stand der alte Kasten leer, irgendwelche Spinner erzählten sich Gruselgeschichten, in denen es in dem Bau spukte. Ihm war noch kein übersinnliches Phänomen in die Quere gekommen, nur ein paar Jugendliche, die sich einen Besuch seines Rückzugsortes als Mutprobe ausgedacht hatten, wären ihm beinahe auf die Schliche gekommen. Er hatte die Polizei gerufen und sie über die pubertären Spinner informiert, die sich in dem sogenannten *Lost Place* herumtrieben. Keine zehn Minuten später war eine Streifenwagenbesatzung aufgetaucht, die sich um die Jugendlichen gekümmert hatte, ohne ihn zu entdecken. Die trinkenden und kiffenden Kids hatten die Bullen zu ihren Eltern gebracht. Für ihn war danach Ruhe eingekehrt, und er konnte weiter seine Pläne schmieden und die nötigen Vorbereitungen treffen.

Die Türen und Fenster des Gebäudes hatte man schon vor geraumer Zeit verrammelt, sodass niemand in das Innere gelangen konnte. Nur er hatte sich einen der Kellerzugänge freigelegt. Von einer ausgetretenen Steintreppe aus gelangte man in das weitläufige Gewölbe unter dem Haupttrakt. Dies war sein Reich. Niemand würde ihn hier finden. Ihn nicht und sie auch nicht. Mit einem triumphierenden Grinsen erreichte der den versteckt liegenden Eingang an der Hinterseite des Gebäudes. Nachdem er sich ein letztes Mal umgeschaut hatte, schob er die Bretter zur Seite und öffnete die Tür. An einer Stelle musste er den Kopf einziehen, um sich nicht zu stoßen, dann befand er sich im Halbdunkel des vor ihm liegenden Gangs. Sekundenlang hielt er inne, um zu lauschen. Nichts war zu hören. Sie wagte es nicht einmal, um Hilfe zu rufen, wenn er nicht da war. Gut so. Oder sie war zu erschöpft, um trotz des Knebels, den er ihr verpasst hatte, jemanden herbeizurufen. Doch jetzt musste er sich um sie kümmern, denn sie war ein Teil seines Planes, und sie musste funktionieren. Hoffentlich lebte sie noch.

*

»Was hältst du von Ole Christensen?«, fragte Reimers, als sie sich am frühen Abend auf den Weg zur Stadtbücherei von Eckernförde machten. Zuvor hatte er noch veranlasst, dass sich ein Team der Kriminaltechnik in Julia Böhms Wohnung umsah. Ein Schlüsseldienst war damit beauftragt worden, die Mietwohnung am Rande des Windebyer Noor zu öffnen. Sämtliche digitalen Endgeräte sollten zur Auswertung in die Bezirkskriminalinspektion nach Flensburg geschafft werden. Nachdem alles Nötige veranlasst worden war, suchten Reimers und Kristin die Bücherei auf. Dabei nahmen sie einen kleinen Umweg zum Strand, um ihre Gedanken zu ordnen. Die Strandkörbe standen nach der Winterpause für die ersten Gäste bereit. Einige Urlauber saßen auf den Bänken entlang der Promenade, wenige Mutige nutzten die Sonnenstrahlen für ein zaghaftes Bad in der sicherlich noch eiskalten Ostsee. Kinder tobten im Sand oder waren in ein Ballspiel vertieft, ein Hund rannte bellend zwischen ihnen umher.

»Er gehört in eine psychiatrische Klinik«, antwortete Kristin. »Das, was er Julia Böhm angetan hat, ist durch nichts zu entschuldigen. Allein eine Todesanzeige mit ihrem Namen in der Zeitung zu veröffentlichen, ist geschmacklos und makaber.«

»Ist so was auch nicht durch gekränkte Eitelkeit zu entschuldigen?« Reimers war stehen geblieben und betrachtete sie nachdenklich.

»Natürlich nicht, Lars. Er hatte nur seine eigenen Befindlichkeiten im Sinn, als er seine Ex-Freundin bedrängt hat. Und als der Streit eskalierte, kam es zum Handgemenge, infolge dessen sie stürzte.« Kristin atmete ein paar Mal tief durch und sog die salzhaltige Luft der Ostsee in ihre Lunge ein. »Für einen Mörder halte ich ihn aber trotzdem nicht, und wir sollten seinen Pick-up in die KTU nach Kiel bringen lassen.«

»Du meinst, um zu sehen, ob es DNA-Spuren auf der Ladefläche gibt?«

»Ja, ich habe immer dieses Bild im Kopf, dass er sie auf der Ladefläche nach Steinberghaff gebracht hat, um unseren Verdacht von sich abzulenken.«

»Hat ihm nichts genutzt«, grinste Reimers, während er ein paar Möwen beobachtete, die sich um die Reste eines Fischbrötchens im Sand stritten.

»Nein, hat ihm nichts genutzt.« Kristin war in Gedanken versunken. Selbst wenn sie sich irrte und der Tod von Julia Böhm als Folge des Sturzes eingetreten war, so drängte sich immer noch die Frage nach dem Branding auf. »Ich bin gespannt, was Paulsen bei Jørn Petterson erreicht hat.«

»Ruf ihn an.«

»Meinst du?«

»Klar.« Lässig klemmte Reimers die Daumen in die Gürtellaschen seiner Jeans und beobachtete Kristin, wie sie mit dem Kollegen in Flensburg telefonierte. Das Telefonat dauerte keine zwei Minuten. Nachdem sie das Gespräch beendet hatte, sah Reimers sie mit fragendem Blick an.

»Sie haben ihn festgenommen, weil er sich die letzte Nacht krankgemeldet hat. Er hat aber angegeben, gearbeitet zu haben. Wo also hat er sich rumgetrieben?«

Reimers pustete die Luft aus. »Meinst du, Petterson steckt dahinter?«

»Ich glaube nicht. Er müsste nach Eckernförde gekommen sein. Möglicherweise aus denselben Beweggründen, wie Christensen es vor ihm tat. Vielleicht hat er sich erhofft, die Affäre mit ihr aufleben zu lassen, ist also zu ihr gefahren, um sie dann leblos auf der Straße zu finden.«

»Und um nichts zu unternehmen, keine Polizei, keinen Rettungswagen, nichts?« Reimers schüttelte den Kopf.

»Womöglich hat er sie nach Steinberghaff gebracht.«

»Warum sollte er das tun?«

»Vielleicht gibt es irgendeine Verbindung der beteiligten Personen zu diesem kleinen Kaff?«

»Wenn es so ist, werden wir es herausfinden.« Er grinste schief.

Die vielen Fragezeichen in Kristins Kopf störten sie. Ungeklärte Fragen mochte sie nicht sonderlich, und so trieb sie die innere Unruhe zu weiterer Eile an. Zwischenzeitlich hatten sie die Stelle erreicht, an der sich die kleine Seebrücke befunden hatte. Jetzt ragten an diesem Ort nur einzelne Steine ins Meer, an denen sich die sanften Ostseewellen brachen.

»Nanu«, machte Kristin verwundert. »Wo ist die Seebrücke hin? Hat man sie nach dem Brand abgerissen?« Ein Bleigürtel legte sich um ihre Brust, als sie an ihren letzten gemeinsamen Fall dachte. Damals hatte ein Serienmörder sein Opfer im Schutz der Dunkelheit auf die hölzerne Brücke gelockt, um sie bei lebendigem Leib mit Benzin zu überschütten und anzuzünden. Ein schrecklicher Tod, bei dem Kristin eine Gänsehaut bekam.

»Nein.« Reimers schüttelte den Kopf, während er den Blick in die Ferne richtete. »Unsere kleine Seebrücke ist, kaum dass sie nach dem verheerenden Feuer repariert worden ist, der Sturmflut im letzten Herbst zum Opfer gefallen.«

Kristin seufzte. »Vielleicht ist es gut so, dass die Natur die Spuren des schrecklichen Verbrechens beseitigt hat.«

»Das sehen die Menschen in Ecktown anders«, erwiderte Reimers ein wenig melancholisch. »Für die Touristen war die kleine Brücke ein beliebter Aussichtspunkt, und man weiß noch nicht, was an dieser Stelle entstehen soll.«

Ein Mahnmal für die Opfer eines verrückten Killers wäre angebracht, dachte Kristin verbittert. Das Telefon vibrierte in ihrer Hosentasche. Schnell murmelte sie eine Entschuldigung und nahm den Anruf an. Am anderen Ende der Leitung meldete sich Birthe.

»Ich habe recherchiert«, kam sie gleich auf den Grund des Anrufes zu sprechen. »Das Brandmal hat keine weitere Bedeutung, die von öffentlichem Interesse wäre – leider. Auch die Anfangsbuchstaben JP sind kein Hinweis für uns.«

»Also muss es mit Steinberghaff zu tun haben«, murmelte Kristin enttäuscht. Sie ließ Birthe an ihrer Idee teilhaben, den Wagen von Christensen in die Kriminaltechnik nach Kiel bringen zu lassen.

»Das wollte ich auch schon vorschlagen«, hörte sie die Stimme der Kollegin am anderen Ende der Leitung. »Vielleicht erhalten wir so einen Hinweis. Wenn du willst, kann ich mich darum kümmern.«

Kristin schmunzelte. Sie wusste, dass Birthe den Vorwand, sich mit den Kieler Kollegen des LKA in Verbindung zu setzen, allzu gern nutzte, um so mit etwas Glück Uwe Sattler über den Weg zu laufen. »Gern«, sagte sie und nannte Birthe das Kennzeichen des Pick-up von Ole Christensen. Nachdem sie das Gespräch beendet hatten, schweifte Kristins Blick wieder hinaus auf das Meer. Es herrschte Flaute, und die Ostsee glänzte in der Sonne wie ein Spiegel. »Sich online mit Fremden zu treffen, war schon immer riskant«, murmelte sie, als sie wieder zu der Stelle blickte, wo sich im letzten Jahr noch die kleine Seebrücke befunden hatte. »Dass es aber derart grausame Folgen birgt, damit hatte das Opfer wohl nicht gerechnet.« Ein Schauer rieselte ihren Rücken herunter, als sie sich an den schrecklichen Mord erinnerte, der sich hier im letzten Jahr zugetragen hatte. Die Frau hatte sich nachts auf der Seebrücke mit ihrem späteren Mörder getroffen. Ihr Date hatte eine tragische und tödliche Wendung genommen.

»Wie man's nimmt.« Reimers war neben sie getreten und folgte ihrem Blick. »Ich hab es auch getan.«

Kristin sah ihn an und verliebte sich für den Augenblick in sein markantes Profil. »Was hast du getan?«

Als sich ihre Blicke trafen, schmunzelte er. »Na, mich in einer Partnerbörse registriert.«

»Warum das?«

»Weil ich keine Lust habe, den Rest meines Lebens alleine zu verbringen.« Aus seinem Mund klang das wie selbstverständlich und für Kristin durchaus nachvollziehbar. Trotzdem spürte sie Unbehagen bei der Vorstellung, dass er online auf Partnersuche war. Oder war es Eifersucht? Schnell verdrängte sie den Gedanken.

»Wie geht es dir damit?«, fragte er unvermittelt.

Kristin senkte den Blick. Bisher hatte sie es immer vermieden, über ihre Vergangenheit zu sprechen. »Ähnlich«, erwiderte sie zögernd. »Wer ist schon gern alleine? Wie kommst du darauf, eine Partnerin online zu suchen?« Sie stellte einen vorwurfsvollen Unterton in ihrer Stimmer fest, der ihr selber missfiel.

»Meine Schwester hatte die Idee.« Er zuckte ein wenig unbeholfen seine Schultern. »Aber bisher war die Richtige nicht dabei.«

»Ich denke, es hat auch mit unserem Beruf zu tun«, überlegte Kristin. Oft genug hatte sie mit ihrem Ex-Freund Streit gehabt, weil es in ihrem Leben keine geregelten Arbeitszeiten gab und sie sich an manchen Tagen nicht gesehen hatten.

»Mag sein«, stimmte Reimers ihr zu. »Das Verbrechen schläft eben nie, und wenn etwas passiert, müssen wir bis zur Erschöpfung arbeiten und können keine Rücksicht auf unsere Angehörigen nehmen.«

»So ist es wohl.« Kristin seufzte.

»Vielleicht«, überlegte Reimers weiter, »vielleicht sollte ich mir eine Freundin suchen, die auch bei der Polizei arbeitet.«

Täuschte sich Kristin, oder lag da ein schelmisches Grinsen auf seinen Gesichtszügen? Sie spürte, dass sie errötete, und wandte das Gesicht der Ostsee zu. »Vielleicht ein guter Plan«, sagte sie leise. »Und jetzt sollten wir uns auf den Weg machen – es gibt viel Arbeit.«

»Ja«, stimmte Reimers ihr nickend zu, »das sollten wir.«

*

Den Rest des Tages hatte er in seinem Unterschlupf verbracht, dabei immer wieder die Nachrichten und die Posts in den sozialen Netzwerken verfolgt. Glaubte man den Berichten, gab es erste Hinweise, doch im Grunde genommen tappten sie im Dunkeln. Sogar zwei Festnahmen hatte es zwischenzeitlich gegeben. Ein Umstand, der ihn amüsierte. Und die Tatsache, dass die Polizisten mit den Tatverdächtigen ihre Energie verschwendeten, verschaffte ihm einen Vorteil. So blieb ihm genügend Zeit, seine Mission ungestört fortzusetzen. Er nahm sich vor, seine Strategie zu ändern, und feilte an einem neuen Plan, den er schon am Abend in die Tat umsetzen würde.

Irgendwann überkam ihn die Müdigkeit, und so sank er auf das alte Sofa, um das Schlafdefizit der vergangenen Nacht ein wenig auszugleichen. Während er in den Schlaf hinüberdämmerte, wunderte er sich noch, wie schnell er die Ereignisse ausblenden und sich ans Meer träumen konnte. Er spürte im Einschlafen die endlose Weite und die Freiheit, die ein Blick auf die See bot, hörte das Rauschen der Wellen, ja, er glaubte sogar, die salzige Luft einatmen zu können und den Wind zu spüren, der durch sein Haar strich. Er war ein Meister darin, seiner Fantasie freien Lauf zu lassen.

In den letzten Jahren hatte er es sich antrainiert, sich wegzuträumen, Ort und Zeit der Wirklichkeit zu verlassen und der kalten Realität zu entfliehen. Das kam ihm jetzt zugute.

Sein Körper entspannte sich mit jeder Minute, die er unter der einfachen Wolldecke verbrachte und ans nichts dachte. Die arbeitsreiche Nacht rückte in weite Ferne, und die Erinnerung an die letzten Stunden verblasste zusehends.

Kaum, dass er eingeschlafen war, riss ihn das Vibrieren des Handyakkus aus den Träumen. Unwillig schlug er die Augen auf und stierte sekundenlang an die Decke, die sich als graues Rechteck über ihm vom Schwarz des fensterlosen Raumes, in dem er sich befand, abmalte. Widerwillig schüttelte er die Erschöpfung ab. Als er den Kopf nach rechts wandte, sah er das blaukalte Licht des Displays. Eine unterdrückte Nummer. Kurz zögerte er, das Gespräch anzunehmen. Doch da seine Rufnummer nur einem kleinen Kreis von Menschen bekannt war, entschloss er sich dazu, die grüne Fläche auf dem Touchscreen zu betätigen. »Ja.«

»Warst du das letzte Nacht?«

Er erkannte den Anrufer sofort an der Stimme. »Gut, was?«

»Gut?« Der Mann am anderen Ende der Leitung stieß einen wütenden Laut aus. »Du bist krank, Mann!«

»Hast du eine bessere Idee?« Räuspernd richtete er sich auf der Liege auf und setzte sich auf die niedrige Kante. »Du bist zu feige, mich zu unterstützen, und spuckst jetzt große Töne. Also – Vorschläge nehme ich gerne an.«

Der Mann am anderen Ende der Leitung stöhnte gequält auf. »Wenn du so weitermachst, bist du ganz schnell wieder da, wo du herkommst.«

»Ich verfolge ein Ziel«, stellte er unbeeindruckt klar, »und wenn du nicht dabei bist, mache ich die Arbeit eben alleine.«

»Und dann? Du wirst im Knast landen.«

»Das werde ich nicht, denn sie werden mich nicht kriegen.«

»Was macht dich da so sicher?«

»Mein Plan. Er ist ausgereift, und ich arbeite sauber. So sauber, dass ich keine Spuren hinterlasse.«

»Die Bullen arbeiten auch mit digitalen Hilfsmitteln. So schnell entkommst du denen nicht.«

Er musste lachen. »Du bist mir einer«, prustete er erheitert. »Die Bullen arbeiten bei einer Behörde, und damit sind die nicht die Schnellsten. Egal, was sie auch herausfinden, werde ich ihnen immer einen Schritt voraus sein.«

»Ist das so?« Spott klang in der Stimme des Anrufers mit.

»Du wirst schon sehen.« Er legte eine Pause ein, um seine Worte wirken zu lassen. »Also bist du nicht dabei?«

»Ich müsste bescheuert sein.«

»Gut. Dann komm hinterher nicht an.« Das Gespräch begann ihn zu langweilen. »Ich werde Geld verdienen, viel Geld. Geld, von dem du nur träumen kannst.« Kopfschüttelnd starrte er auf das Smartphone in seiner Hand, dann unterbrach er die Verbindung. Nach einem Blick auf die Uhr stellte er fest, dass er sich nicht mehr allzu viel Zeit lassen durfte. An Schlaf war nicht mehr zu denken. Vielleicht würde ihm etwas Seeluft guttun, um seine Gedanken zu ordnen. Mit einem ächzenden Laut auf den Lippen erhob er sich von seiner bescheidenen Schlafstatt und trat an den rostigen Werkzeugschrank, um seine Ausrüstung für die kommende Nacht zusammenzupacken. Das Telefonat hatte ihm verdeutlicht, dass er auf sich alleine gestellt war. Ihm konnte es recht sein. Sollten sie doch alle bleiben, wo der Pfeffer wächst. Um sein Ziel zu erreichen, würde er auch in der kommenden Nacht Grenzen überschreiten.

Denn wenn er jetzt aufgab, würde alles umsonst gewesen sein. Und das konnte er nicht akzeptieren. Er erhob sich, um nach ihr zu sehen.

*

Eckernförde, Am Exter, 17.55 Uhr:

Die Arbeit auf der Dienststelle hatte länger gedauert, als sie sich erhofft hatten. An solchen Tagen hasste Kristin die Bürokratie, die ihr Beruf mit sich brachte.

So erreichten sie ihr Ziel fünf Minuten, bevor es schloss. Die Bücherei war in einem eher schlichten Backsteinbau mit Flachdach untergebracht, der gleich an die Stadthalle grenzte. Ein gutes Dutzend breiter Betonstufen führte zur gläsernen Eingangstür der Bibliothek.

»Na, dann mal los«, bemerkte Reimers, als er Kristin die Tür offenhielt und eine einladende Geste vollführte.

»Danke.« Sie lächelte ihm zu und spürte, wie sich ihre Wangen röteten. Kristin mochte Reimers charmante Art und spürte eine gewisse Zuneigung zu dem Kollegen der Kripo Eckernförde. Schnell senkte sie den Blick, um ihre Verlegenheit zu verbergen. Wenige Schritte später standen sie im Eingangsbereich der Bücherei. Meterlange Bücherregale bestimmten das Bild, es roch nach Druckerschwärze und Papier. Am Empfang saß eine Frau, die Kristin auf Mitte 30 schätzte, an einem Computer. Als sie die Gäste bemerkte, unterbrach sie die Arbeit und lächelte freundlich. »Moin«, grüßte sie und erhob sich. Sie trug einen modischen Kurzhaarschnitt und eine Brille mit dünnem Rahmen.

»Moin«, erwiderte Reimers und zeigte ihr den Dienstausweis, der sofort dafür sorgte, dass sich eine Sorgenfalte auf der Nasenwurzel ihres Gegenübers bildete. »Kripo Eckernförde, mein Name ist Lars Reimers, das hier«, er deutete auf Kristin, »ist meine Kollegin Voss von der Kripo Flensburg.«

»Mein Name ist Andrea Born, ich bin die Leiterin«, erwiderte die Bibliothekarin. »Was kann ich für Sie tun?«

»Wie wir wissen, hat Julia Böhm hier gearbeitet«, eröffnete Kristin das Gespräch. Sie bemerkte, dass sich die Miene von Andrea Born schlagartig verfinsterte.

»Sie reden in der Vergangenheit«, stellte sie fest.

»So ist es.« Kristin nickte. »Bedauerlicherweise wurde Frau Böhm heute Morgen tot aufgefunden.«

Die Bibliothekarin wurde von einem Moment zum anderen kreidebleich. »Und Sie ermitteln in einem Mord?«

»Zum Tathergang können wir leider noch nichts sagen«, relativierte Reimers schnell. »Deshalb reden wir zum jetzigen Zeitpunkt von einem Tötungsdelikt. Allerdings hat es den Anschein, dass Frau Böhm durch Gewalteinwirkung zu Tode kam.«

»Wie schrecklich.« Andrea Born schlug erschüttert die Hände vor das Gesicht. »Lassen Sie uns in mein Büro gehen, dort sind wir ungestört.« Bevor die Polizisten sich einverstanden erklären konnten, winkte Andrea Born eine Kollegin zu sich und bat sie, am Empfang zu bleiben. Nachdem sie das Organisatorische geklärt hatte, führte sie Reimers und Kristin in ein Hinterzimmer. Hier stapelten sich unzählige Bücher auf den Tischen. »Nehmen Sie Platz.«

Kristin und Reimers setzten sich an einen der Tische und warteten, bis die Leiterin der Bücherei sich einen knarrenden Bürostuhl herangezogen hatte. »Wie … ich meine, darf man erfahren …« Andrea Born war sichtlich verunsichert.

»Derzeit gehen wir davon aus, dass Julia Böhm einem Verbrechen zum Opfer fiel«, begann Reimers. »Heute Morgen wurde sie mit einer Wunde am Hinterkopf tot am Strand von Steinberghaff aufgefunden.«

»Uns interessiert im Rahmen der Ermittlungen das soziale Umfeld der Toten«, erklärte Kristin. »Und wie wir wissen, war sie hier in der Bücherei angestellt.«

»Das … das ist richtig.« Andrea Born hatte sichtlich Mühe, die schreckliche Nachricht vom Tod ihrer Mitarbeiterin zu verarbeiten. »Frau Böhm war beliebt im Kreise der Kolleginnen und bei unserer Kundschaft, egal ob bei Einheimischen oder Urlaubern.«

»Hat sie sich in letzter Zeit irgendwie verändert?« Reimers zückte Notizblock und Stift.

»Seit der Trennung von ihrem Freund war sie in sich gekehrt und wirkte mitunter gedankenverloren«, erklärte Andrea Born nachdenklich. »Offensichtlich hat sie unter der neuen Situation gelitten.«

»Aber sie war es doch, die sich von ihrem damaligen Freund getrennt hat«, gab Kristin zu bedenken.

»Das ist wahr – allerdings hat er sich wohl nie damit abfinden können. Herr Christensen war, vorsichtig formuliert, enttäuscht über die Trennung und konnte sich nicht von ihr lösen.« Andrea Born griff zu einem Kugelschreiber. Sie drehte ihn zwischen den Fingern und tickerte ein paar Mal mit der Mine. »Wenn Sie mich fragen, war er ein wenig … seltsam.«

»Wie hat sich das bemerkbar gemacht?«, wollte Kristin wissen.

»Nun, er hat uns oft in der Bücherei besucht, gab vor, sich für Literatur zu interessieren, jedoch war es offensichtlich, dass er die Nähe seiner Ex-Freundin gesucht hat. Julia … Frau Böhm war immer, wenn er sich hier aufgehalten hat, nervös und wirkte verunsichert. Irgendwann hat sie all ihren Mut zusammengenommen und ihn zur Rede gestellt. Sie verlangte von ihm, die Bücherei zu verlassen, worauf er nur lachte und ihr mitteilte, dass dies ein öffentlicher Ort sei und er sich sehr wohl hier aufhalten dürfe.« Andrea Born atmete tief durch und senkte den Blick. »Als die Lage eskaliert ist, sah ich mich gezwungen, ihm Hausverbot zu erteilen.«

»Wie hat er reagiert?«, fragte Kristin.

»Er war sehr aufgebracht«, antwortete Andrea Born und zupfte sich ein imaginäres Staubkorn vom Hosenbein. »Er hat die Bücherei zwar verlassen, als ich ihm mit der Polizei drohte, ging jedoch nicht, ohne seine Rache anzukündigen.«

»Wie muss ich mir das vorstellen?« Kristin runzelte die Stirn.

»Er sagte, dass ich den Rauswurf noch bereuen würde, beschimpfte mich wüst und drohte mit der Faust. Ein paar Mal stand er mit seinem Wagen auf der gegenüberliegenden Straßenseite und hat mir aufgelauert. Besonders in der dunklen Jahreszeit war das ziemlich beängstigend.«

»Hat er Sie in irgendeiner Weise bedroht?« Reimers zog eine Augenbraue hoch und wechselte einen schnellen Blick mit Kristin.

Andrea Born schüttelte den Kopf. »Nein«, sagte sie, »er saß einfach in seinem Wagen und hat mir nachgeschaut. Mit einem Blick, den ich wohl nie vergessen werde.«

»Wann war das zuletzt der Fall?«, wollte Kristin wissen.

Die Leiterin der Bibliothek musste nicht lange überlegen. »Gestern«, antwortete sie wie aus der Pistole geschossen. »Gestern Abend stand er wieder mit seinem schweren Wagen auf der Straße. Er wartete, bis ich die Bücherei abgeschlossen und den Heimweg angetreten hatte, bevor er den Motor startete und davonfuhr.«

»Sicher ist Ihnen bekannt, dass er auch Julia Böhm des öfteren aufgelauert hat«, bemerkte Kristin.

»Sie erzählte davon, ja.«

Während Reimers sich Notizen machte, zog Kristin das Smartphone heraus. Sie rief das Bild des Brandmals auf und zeigte es der Bibliothekarin. »Das haben wir auf dem unteren Rücken von Frau Böhm entdeckt«, erklärte sie. »Offenbar eine Botschaft. Sagt Ihnen das irgendetwas?«

»Ich bedaure. Zu Lebzeiten hatte sie das nicht.« Als Kristin sie mit einem fragenden Blick bedachte, fügte sie hinzu: »Sie trug öfters mal bauchfreie Oberteile, und da wäre mir das auf ihrem Rücken sicher aufgefallen.«

Reimers schrieb schweigend mit.

Andrea Born betrachtete ihre Besucher. »Was hat das zu bedeuten?«

»Wir wissen es offen gestanden nicht – noch nicht«, antwortete Reimers ehrlich. Er nickte Kristin zu. Sie sah ihm an, dass er mit dem Verlauf des Gespräches nicht zufrieden war. Offensichtlich hatte er sich mehr erhofft, doch der entscheidende Hinweis, der zum Täter führte, blieb weiterhin aus.

Kristin sah den Zeitpunkt gekommen, der Bibliotheksleiterin ihre Visitenkarte zu überreichen. »Wenn Ihnen noch etwas einfällt, melden Sie sich einfach.«

»Versprochen.« Nachdenklich drehte Andrea Born das Kärtchen mit dem aufgedruckten Wappen der Polizei Schleswig-Holstein in den Fingern. »Ich habe Angst«, eröffnete sie ihr dann mit gesenkter Stimme. »Ich fürchte, dass Christensen wieder hier auftaucht und mich bedroht. Sie hätten seinen irren Blick sehen sollen, mit dem er mich angeschaut hat und …«

»Das wird nicht passieren«, unterbrach Reimers sie. »Er befindet sich derzeit in Polizeigewahrsam und kann Ihnen nichts antun.«

»Das ist gut.« Andrea Born atmete erleichtert auf. »Danke.«

»Wir machen nur unseren Job.« Reimers grinste sie jungenhaft an.

»Und deshalb müssen wir weiter«, unterbrach Kristin das Geplänkel, das sich zwischen den beiden entspann. Sie gab

Reimers ein Zeichen und verabschiedete sich von der Leiterin der Bücherei.

*

Sie wusste nicht, welcher Tag es war. Seitdem sie in diesem Gefängnis eingesperrt war, hatte sie ihr Raum- und Zeitgefühl verloren. Als sie erwachte, schmerzte jeder einzelne Knochen. Sie versuchte, sich an die letzten Stunden zu erinnern. Das eiskalte Grauen packte sie, als sie an die Geschehnisse dachte, an das, was er ihr angetan hatte. Nachdem er sie überwältigt, gefesselt und geknebelt hatte, war sie wie ein verschnürtes Bündel von ihm in den Kofferraum des Autos verfrachtet worden. Auf direktem Weg hatte er sie an diesen unheimlichen Ort gebracht. Die Fahrt hierher hatte keine Viertelstunde gedauert, also konnte sie nicht allzu weit von Flensburg entfernt sein. Ihr erster Fluchtversuch war gründlich misslungen, und nun galt es, Kräfte zu sammeln.

Seitdem sah er regelmäßig nach ihr und reichte ihr Leitungswasser. Sie verspürte Hunger und fühlte sich kraftlos und ausgemergelt.

In der Ecke des fensterlosen Verstecks gab es einen Eimer, in dem sie vor seinen Augen ihre Notdurft verrichten musste. Fieberhaft überlegte sie, wohin er sie verschleppt haben könnte. Dem Geruch nach zu urteilen, befand sie sich in einem baufälligen Haus oder einer leer stehenden Fabrik. Eine Frage beschäftigte sie, seitdem er sie entführt hatte: *Warum tut er mir das an?* Es hatte Zeiten gegeben, da wäre sie ihm freiwillig an jeden Ort der Welt gefolgt. Doch das war vorüber. Nun gab es nur einen einzigen Grund für ihre Entführung: Er brauchte Geld.

Ihr drängte sich der Verdacht auf, dass er von ihrem Vater eine beachtliche Summe Lösegeld erpressen wollte.

Eine andere Möglichkeit gab es in ihren Augen nicht.

Ihr Blick glitt hinüber zur Kamera, die auf sie gerichtet war. Sie überlegte, ob er die Aufnahmen ihrem Vater als Beweis für die Entführung schickte. Das pulsierende rote Licht war die einzige Lichtquelle im Raum.

Ihr Körper brannte vor Schmerz, jede Bewegung bedeutete unbeschreibliche Qual für sie. Die Hoffnung, diesen unheimlichen Ort lebend zu verlassen, hatte sie trotzdem noch nicht aufgegeben. Ihm schien es egal zu sein, dass sie elendig in diesem Rattenloch verreckte, solange ihr Vater bezahlte.

Als sich jenseits der eisernen Tür Schritte näherten, fegte sie die trüben Gedanken fort. Sie holte tief Luft, doch der Knebel erschwerte ihr das Atmen. Ihre Kehle war wie ausgedörrt, und so blieb ihr die Hoffnung, dass er ihr etwas zu trinken brachte. Unaufhaltsam näherten sich die Schritte. Ihr Herz schlug schneller. Plötzlich fragte sie sich, ob er es war, der zu ihr kam. Oder vermisste man sie bereits, und die Polizei stand kurz davor, sie zu befreien? Ihre Gedanken schwankten zwischen Hoffen und Bangen. Ein Schlüssel wurde ins Schloss der schweren Tür geschoben und gedreht. Die Scharniere quietschten ohrenbetäubend. Dann war er da. Enttäuscht registrierte sie, dass es sich bei ihren Besuchern nicht um Polizisten handelte. Er war alleine gekommen.

Auch diesmal trug er wieder diese schreckliche Maske, das verzerrte Abbild von Salvador Dalí. Hinter der Plastikmaske hörte sie ihn schwer atmen. Kalte Augen waren durch die Sehschlitze der Maske auf sie gerichtet. Er trug klobige Stiefel, eine schwarze Cargohose und einen Hoodie, dessen Kapuze seine Haare und die Stirn verdeckten. An den Händen Handschuhe. Er wollte unerkannt bleiben.

So ein Schwachsinn, dachte sie zynisch. *Ich weiß, wer du bist. Und du wirst für die ganze Scheiße hier büßen, warte es ab.*

Schweigend stand er da, um sie zu betrachten. Was hatte er vor?

Stöhnend richtete sie sich auf. Sie zerrte an den Stricken, mit denen er ihr die Hände auf dem Rücken fixiert hatte. Längst hatten sich schmerzhafte, blutige Striemen an den Handgelenken gebildet, doch er kannte keine Gnade. Ihre Schultern schmerzten von der stundenlangen, verrenkten Haltung, in der sie gelegen hatte.

Er trug eine altmodische Laterne am langen Arm, betrachtete sie schweigend, bevor er die Lampe auf dem Boden abstellte und sich ihr näherte. Wortlos riss er ihr den Knebel aus dem Mund. Unter Schmerzen schrie sie auf. In ihrem Augenwinkel huschte ein Schatten an der Wand davon. *Eine Ratte*, durchzuckte es sie. *Er hat mich in einem elenden Rattenloch versteckt.*

Stöhnend tastete sie nach dem Unterkiefer. Unwillkürlich fragte sie sich, ob er gebrochen war.

Erst jetzt bemerkte sie den Stoffbeutel, der über seiner Schulter hing. »Trinken«, sagte er nur und hielt die Tasche hoch.

»Was ist das für ein verdammtes Loch, in dem du mich verscharrt hast?«, schrie sie ihm entgegen. »Willst du Kohle von meinem Vater?«

»Gefällt es dir hier nicht?« Spott lag in seiner Stimme.

»Fick dich!« Sie spie vor ihm auf den staubigen Boden.

»Na, na«, machte er. »Sei nicht wieder so aggressiv. Das hier ist nur eine Übergangslösung«, versicherte er ihr. »Mach dich nicht verrückt, das ist nicht auf Dauer.«

»Warum hast du mich verschleppt? Was ist mit meinen Eltern? Sie schlagen bestimmt schon Alarm. Willst du Lösegeld von ihnen?«

Anstatt ihre Fragen zu beantworten, nahm er eine Flasche aus der mitgebrachten Leinentasche, öffnete sie und hielt ihr den Flaschenhals so an den Mund, dass sie trinken konnte. Das Wasser rann in ihre Kehle, sie verschluckte sich und hustete, er zog die Flasche zurück und betrachtete sie. »Stell dich nicht so an.«

Mit hasserfülltem Blick sah sie zu ihm auf. »Was hast du mit mir vor?«

»Du wirst es erfahren, immer mit der Ruhe.«

»Sagt der, der immer krankhaft ungeduldig ist?« Sie lachte humorlos auf. »Komm erst mal klar und erklär mir, was der Scheiß hier soll! Meine Eltern werden dir die Bullen auf den Arsch scheuchen. Und dann gnade dir Gott!«

»Das ist längst passiert.« Er lachte auf. »Doch ich bin ihnen immer einen Schritt voraus. Darin habe ich schließlich Übung.«

»Fast hätte ich es vergessen.« Sarkasmus schwang in ihrer Stimme mit.

Anstatt einer Antwort holte er aus und hieb ihr die flache Hand ins Gesicht. Mit einem spitzen Schrei fiel sie nach hinten und kam hart mit dem Hinterkopf auf. »Du Arsch!«, rief sie. »Du hast sie doch nicht mehr alle!« Wieder zerrte sie an den Fesseln, erneut vergeblich. »Du bist krank!«

»Kann sein.« Unbeeindruckt ließ er die Flasche zu Boden fallen. Der restliche Inhalt lief heraus und bildete einen feuchten Kranz. Er warf die Tasche dazu und beugte sich über sie. »Und jetzt ist das Gespräch beendet.« Er hielt ihren Kopf fest und stopfte ihr den Knebel wieder zwischen die Lippen. Dabei nahm er auf ihre Zähne keine Rücksicht. Offenbar wollte er sichergehen, dass sie während seiner Abwesenheit nicht um Hilfe rufen konnte.

»Schlaf gut und träum was Schönes – ich muss leider wieder los. Wenn was ist, wink in die Kamera, ich sehe mir die Aufzeichnung an, wenn ich wieder da bin.« Er wandte sich zum Gehen.

Das Knallen der schweren Tür ließ sie erschaudern, dann schloss er ab. Seine Schritte entfernten sich. Sie hatte längst begriffen, dass sie keine Wahl hatte, als sich ihrem Schicksal zu fügen. Doch sicherlich würde ihm bald ein Fehler unterlaufen, den sie nutzen würde, um sich aus seiner Gewalt zu befreien. Noch war es nicht so weit. Sie kauerte in der Dunkelheit und musste sich wohl oder übel in Geduld üben. Ihr Atem ging rasselnd. Der Gestank von Urin, Schweiß und Schimmel hing schwer in der Luft und erzeugte Brechreiz in ihr. Doch sie nahm sich zusammen und beschloss, sich ihrem Schicksal zu fügen. Eine andere Wahl hatte sie vorerst nicht.

*

Eckernförde, Hauptstrand, 18.05 Uhr:

»Kurz hatte ich den Eindruck, du wärst eifersüchtig«, bemerkte Reimers, als sie wieder draußen standen. Er zückte die Sonnenbrille und schob sie sich lässig auf die Nase. Hinter ihnen schloss Andrea Born gerade die Eingangstüren der Stadtbücherei ab.

Kristin wusste, wovon er sprach, und fühlte sich ertappt. »Unsinn«, behauptete sie trotzig und versuchte, seine dunklen Gläser zu durchdringen, um ihm in die Augen sehen zu können. »Ich habe einfach nicht mehr viel Zeit.«

»Was liegt an?«

»Ich muss gleich nach Kiel in die Rechtsmedizin. Beck hat mir vorhin eine Nachricht geschickt, dass ich der Obduktion von Julia Böhm beiwohnen soll.«

»Alleine? So spät?«

»Mabuse legt eine Sonderschicht ein.« Kristin zuckte die Schultern. Tatsächlich war es üblich, dass zwei Polizeibeamte bei einer Obduktion anwesend waren. Da Jens Beck ständig über Personalmangel klagte und es von Eckernförde aus nur ein Katzensprung nach Kiel war, beschloss sie, ihren Vorgesetzten nicht um Unterstützung zu bitten. »Ich mach das alleine.«

»Dann komme ich mit.«

»Du?«

»Sicher.« Reimers nickte. »Immerhin lebte unser Opfer in Eckernförde, insofern macht es durchaus Sinn, wenn ich dich begleite. Außerdem warst du es, die mich aufgesucht hat, damit unsere beiden Dienststellen in diesem Fall zusammenarbeiten, und ich …«

»Schon gut, schon gut«, unterbrach Kristin seinen Redeschwall. Sie musste sich ein Grinsen verkneifen. »Danach muss ich aber in die Flensburger Dienststelle zur Abendrunde.«

»Wenn es dir nichts ausmacht, begleite ich dich auch dorthin. Unsere Behörden arbeiten ja mal wieder zusammen.«

»Stimmt.« Kristin lachte. »Und es wird ein langer Abend.«

»Von mir aus. Ich hatte sowieso nichts vor.« Reimers schien zufrieden zu sein, dass sie keine Einwände hätte. Er zuckte unbekümmert die Schultern. »Wo steht dein Wagen?« Gespielt suchend sah er sich um. Natürlich wusste er, dass sie Kristins Dienstwagen auf dem Hof der Wache an der Schleswiger Straße geparkt und den kurzen Weg zur Bücherei zu Fuß zurückgelegt hatten.

»Komm schon«, rief sie, nachdem sie ein paar Schritte zurückgelegt hatte. »Wir haben keine Zeit zu verschenken.«

KAPITEL 15

Flensburg, Norderhofenden, 18.10 Uhr:

Birthe hatte sich des jungen Kollegen Lukas Lange angenommen, der wissbegierig und fleißig seinen Dienst verrichtete. Wenn er so weitermachte, würde er es zu etwas bringen. Dabei musste sie immer achtgeben, dass er nicht zum Streber mutierte.

Trotzdem empfand sie fast mütterliche Gefühle für den Jungen, der mitunter ein wenig in seinen Gedanken gefangen zu sein schien, denn Lukas Lange sprach nur das Nötigste, und auch nur dann, wenn er gefragt wurde. Birthe attestierte ihm gute Manieren. Um ihm eine sinnvolle Beschäftigung zu geben, hatte sie ihn gebeten, für den Transport von Ole Christensens Pick-up in die KTU nach Kiel zu sorgen, eine Aufgabe, der er sich nahezu hingebungsvoll gewidmet hatte.

Inzwischen war der Nachmittag angebrochen, und die Ergebnisse, die sie seit dem Leichenfund in Steinberghaff zusammengetragen hatten, waren äußerst dürftig. Vor einer Stunde war Staatsanwalt Sievert eingetroffen, um sich von Jens Beck über den Stand der Ermittlungen informieren zu lassen. Die Bürotür des Abteilungsleiters war geschlossen. Birthe hatte sich mit dem Phänomen des Brandings auseinandergesetzt und war überzeugt davon, dass es sich bei dem Brandmal der Toten um ein solches handelte. Weitere Details hatte sie noch nicht herausfinden können. Ursprünglich wollte sie mit Beck darüber reden. Sie hatte sich greifbarere Ergebnisse ihrer Arbeit erhofft und war ein wenig frustriert, als sie an die Bürotür von Feistel und Paulsen klopfte.

Nach einem zackigen »Herein« von Paulsen öffnete sie die Tür – und erstarrte. Paulsen war nicht alleine – er befand sich in der Gesellschaft eines Polizisten, den Birthe allzu gut kannte. Von einer Sekunde zur anderen schoss ihr das Blut ins Gesicht. Am liebsten wäre sie im Boden versunken, denn Uwe hier zu sehen, ließ sie wie vor eine unsichtbare Mauer prallen, noch dazu in Max Paulsens Gegenwart. »Du ... du hier?«, stieß sie verlegen hervor. Sie hatte nicht damit gerechnet, dass Uwes Versetzung so schnell erfolgen sollte und gehofft, dass ihr noch etwas Zeit blieb, sich an den Gedanken zu gewöhnen.

Auch Uwe Sattler schien die Situation unangenehm zu sein, denn er grinste verlegen und senkte den Blick. »Ja«, nickte er, »ich hier. Wieder hier.«

»Schön, dann herzlich willkommen«, stammelte Birthe.

»Den Täter zieht es doch immer zum Tatort zurück«, mischte sich Paulsen mit einem süffisanten Grinsen ein. »Ist doch so, Uwe, oder?« Beifall heischend betrachtete er Sattler, der sich in eisiges Schweigen hüllte. Paulsen deutete mit dem Daumen der rechten Hand auf Uwe Sattler. »Aber eines muss man ihm lassen – er hat Eier in der Buchse.«

Birthe wollte gerade zu einer Antwort ansetzen, als Uwe sich vernehmlich räusperte. »Vielleicht hast du gehört, dass meine Planstelle gestrichen wurde, und so führte mich mein Weg zurück nach Flensburg.«

»So ein Mist«, kam es über Birthes Lippen.

»Wie bitte?«

»So meine ich das nicht«, erklärte Birthe mit einem entwaffnenden Lächeln. »Es gibt in Deutschland 3.000 ungeklärte Todesfälle, und sie verkleinern die Einheit?«

»So sieht es aus.« Sattler nickte. »Aber was hat das mit deiner Arbeit hier zu tun?«

»Wir arbeiten an einem Fall, der mit ähnlich gelagerten Vorfällen aus der Vergangenheit in Zusammenhang stehen könnte und da wärst du mit der *Cold-Case*-Einheit unser Ansprechpartner.«

»Ach so.« Uwe Sattlers Gesichtszüge entspannten sich. »Vielleicht kann ich meine noch vorhandenen Kontakte nach Kiel nutzen, um euch zu helfen ...«

Birthes Gedanken rasten durch ihren Kopf. Sie erwischte sich dabei, Sattler mit einem warmen Lächeln zu betrachten. Wäre da nicht Paulsen gewesen, hätte sie Uwe am liebsten umarmt. Doch der Kollege betrachtete die Szenerie mit einem süffisanten Grinsen auf den Lippen, während er die Füße betont lässig auf die Schreibtischkante gelegt hatte. Uwe Sattler blieb nicht verborgen, dass Paulsen sie beobachtete. »Tüte Popcorn dabei?«

»Dazu sag ich nicht nein.«

»Fick dich, Paulsen.«

Birthes Wangen glühten vor Aufregung. Sie hatte keine Lust darauf, dass die Situation eskalierte. »Na dann«, sagte Birthe, sehr um Sachlichkeit bemüht, an Uwe gewandt. »Schön, dass du wieder da bist ... also auf ein Neues.«

Bevor Sattler antworten konnte, mischte sich Paulsen ein. »Na, na«, machte er, »so weit wollen wir es doch nicht kommen lassen, oder?«

Als die beiden ihn feindselig anstarrten, hob er beschwichtigend die Hände. »Na, ihr wisst schon, was ich meine. Knick knack und so – das sieht der Chef nicht so gern. Und schließlich heißt es ja nicht umsonst ›not inside the company‹.« Um seine Worte zu untermalen, schob er den Daumen seiner rechten Hand zwischen Zeige- und Mittelfinger hindurch.

»Halt die Fresse, Paulsen«, giftete Sattler. »Du hast in der Vergangenheit schon genug Unheil angerichtet, und wenn du nicht willst, dass ich ausraste, solltest du dein loses Mundwerk jetzt zügeln.«

Birthe warf Uwe einen überraschten Seitenblick zu. Selten hatte sie ihn so aufgebracht erlebt, denn seine stoische Ruhe und die norddeutsche Gelassenheit hatten sie immer fasziniert. An seiner Reaktion wurde deutlich, wie sehr ihn die Sache von damals noch beschäftigte. Ihr selber war die Situation unangenehm. »Also«, sagte sie, »ich finde, dass wir uns jetzt wieder um die Arbeit kümmern sollten.«

»Sowieso«, grinste Paulsen, »ich geh mal eben 'ne Friedenspfeife rauchen und lass euch Turteltauben besser alleine.« Schwungvoll erhob er sich von seinem Stuhl und verließ das Büro.

»So ein Arschloch«, zischte Uwe, als sie alleine waren.

»Max bleibt Max«, entgegnete Birthe. »Ich finde ihn auch anstrengend, aber wenn wir uns nichts zuschulden kommen lassen, kann er uns nicht angreifen.«

»Wenn wir uns nichts zuschulden kommen lassen.« Uwe atmete aus. »Das klingt, als hätten wir ein Verbrechen begangen.«

Birthes Herzschlag normalisierte sich. »Also gut«, stimmte sie Uwe zu, »wir reden über das Private, sobald sich die Gelegenheit ergibt. Bist du auch mit den Ermittlungen um den Tod von Julia Böhm betraut?«

»Ich stecke quasi mittendrin«, nickte Uwe und lächelte versöhnlich. »Jens hat mich direkt zu einem Tatverdächtigen geschickt – leider an Paulsens Seite.« Er rollte mit den Augen und berichtete von dem Besuch bei Jørn Petterson.

»Wir haben uns um die Auswertung des Brandmals gekümmert, und sobald das Ergebnis der Obduktion vorliegt, können wir uns auch um die Herkunft kümmern.«

»Das klingt nach einem Ansatz.« Uwe Sattlers Gesichtszüge entspannten sich ein wenig. Die Andeutung eines Lächelns huschte um seine Mundwinkel. »Wann findet die Obduktion statt?«

Birthe warf einen Blick auf ihre Armbanduhr. »Jetzt«, sagte sie. »Kristin, also eine neue Kollegin, die du noch nicht kennst, ist in Kiel dabei.«

Sie fragte sich, wo Gunnar Feistel steckte. Normalerweise bildete er ein Team mit Paulsen. So vermutete sie ihn auf einem Außentermin. Birthe lehnte sich an die Fensterbank. Es fühlte sich eigenartig an, mit Uwe alleine in einem Raum zu sein. Ihr war, als sei die Luft zwischen ihnen elektrisch aufgeladen. »Denkst du oft an damals?«, fragte sie so unvermittelt, dass er sie überrascht ansah. Sekundenlang herrschte Schweigen zwischen ihnen. Die Gespräche und das Klingeln der Behördentelefone aus den Nebenräumen drangen gedämpft an ihre Ohren.

Uwe seufzte und nickte. »Ja«, gab er zu, »sehr oft sogar.« Er erhob sich von seinem Arbeitsplatz und tat ein paar Schritte auf Birthe zu. Die Luft zwischen ihnen schien zu flimmern. »Und du?«, fragte er. »Wie geht es dir damit?«

»Ich denke fast jeden Tag daran«, räumte sie ein, während sie ihm tief in die Augen sah. »Es war eine schöne Zeit.«

»Ja.« Er nickte. »Das war es.«

»Und jetzt? Wie geht es weiter mit uns? Weiß Britta, dass du wieder hier bist?«

»Natürlich«, antwortete er schnell. »Sie hat aber noch nicht nach dir gefragt. Ich denke, sie verdrängt das, was damals war.«

»Du aber nicht?« Birthe wagte einen Vorstoß. Sie wollte wissen, wie Uwe sich fühlte und wie er über ihre Affäre dachte.

»Nein, ganz im Gegenteil.« Er lächelte. »Es ist Teil meines Lebens, unser geheimes Verhältnis, das wird es auch immer bleiben. Und du bedeutest mir immer noch sehr viel.«

»Danke.« Birthe spürte, wie sie wieder errötete. Sie wusste nicht, was sie auf Sattlers Bemerkung erwidern sollte. Gerade, als sie fortfahren wollte, klingelte das Diensttelefon auf dem Schreibtisch.

»Da muss ich ran«, sagte Uwe nach einem Blick auf das Display. »Das ist Beck – er hat Besuch vom Staatsanwalt.«

»Ich weiß.« Birthe lächelte. »Immer zu, ich kann warten.«

*

Irgendwann war sie eingeschlafen. Sie fühlte sich matt und kraftlos, als sie durch ein Geräusch erwachte. Offenbar machte er sich gerade an der Stahltür zu schaffen. Das Herz klopfte ihr bis zum Hals, als sie sich mühsam aufrappelte, mit den auf dem Rücken fixierten Händen ein Kraftakt. Das Quietschen der Türscharniere malträtierte ihre Ohren.

Ein schmaler Lichtbalken fiel auf den schmutzigen Boden ihres Verlieses. Aus ihrer Perspektive wirkte er groß und bedrohlich, als er sich mit ausladenden Schritten näherte.

Verzweifelt zerrte sie an ihren Fesseln und spürte den brennenden Schmerz, der ihre Handgelenke durchschnitt. Ein gequältes Stöhnen kam über ihre Lippen.

»Hast du süß geträumt?« Seine Stimme triefte vor Hohn. Wieder trug er die entsetzliche Maske, durch deren Sehschlitze seine Augen im Zwielicht glänzten. Seine Stimme klang durch die Gesichtsmaske verzerrt und unheimlich.

Sie hätte alles dafür gegeben, ihm eine passende Antwort entgegenzuschleudern, doch durch den Knebel entrang sich nur ein wütendes und gepresstes Geräusch ihrer Kehle.

»Ich habe dir etwas Schönes mitgebracht.« Er trat näher.

Erst jetzt bemerkte sie, dass er einen Gegenstand in der Hand hielt, den sie nicht zuordnen konnte. Es konnte ein übergroßer Schraubenzieher sein oder der Griff eines Werkzeuges. Zeit, sich darüber Gedanken zu machen, fand sie nicht, denn im selben Moment spürte sie die Hitze, die von dem Gerät in seiner Hand ausging. Und sie sah das tiefrote Glühen einer Spitze, die dicht vor ihrem Gesicht zu schweben schien. Todesangst ergriff sie, als Brandgeruch in ihre Nase stieg. Ihre Nackenhaare richteten sich auf, ihre Muskeln zuckten unkontrolliert.

»Ich habe dir etwas mitgebracht«, wiederholte er in einem feierlichen Ton. »Dazu ist es nötig, dass du dich wieder hinlegst.« Mit der freien Hand packte er sie an der Schulter und drückte sie auf den harten Steinboden. Ein Stöhnen kam über ihre Lippen, als er sie mit einem brutalen Ruck auf den Bauch drehte und den Kopf zu Boden presste. Sie musste flach atmen, um den Staub und Schmutz nicht einzuatmen. Der Knebel verhinderte, dass sie aus Versehen Dreck schluckte. Inzwischen war sie zu sehr geschwächt, um Gegenwehr leisten zu können. Im Nu war er über ihr. Mit der freien Hand nestelte er an ihrem Pulli herum. Ein brutaler Griff genügte schon, bis der Stoff mit einem hässlichen Geräusch riss.

Sie wollte schreien, hechelte in den Knebel, sammelte alle noch vorhandenen Kräfte und wand sich unter ihm, doch er war zu stark, um ihre Abwehrversuche nicht schon im Keim zu ersticken. Rücksichtslos riss er ihre gefesselten Arme hoch. Die Schulterblätter knackten vernehmlich. Ein durch den Knebel gedämpfter Schmerzensschrei entrang sich ihrer Kehle. Doch er kannte kein Erbarmen und kniete sich rücksichtslos auf ihre zierliche Gestalt.

Was hat er mit mir vor?, hämmerten die Gedanken in einer Endlosschleife durch ihren Kopf.

Noch bevor sie einen klaren Gedanken fassen konnte, spürte sie ein höllisches Brennen auf ihrer Haut. Es war, als würde sie von innen heraus verbrennen. Der Gestank nach verbrannter Haut hing im Raum. Sie befand sich am Rande einer Ohnmacht, als er das glühende Werkzeug erneut ansetzte und es über ihren Rücken zog. Tief drückte er die heiße Spitze in ihr Fleisch. Sie stemmte sich gegen ihn, war jedoch zu schwach, um ihm zu entkommen, spürte, wie ihr die Sinne schwanden, und registrierte, dass der Geruch von verbrannter Haut stärker wurde. Penetrant hing er in der Luft und erzeugte Übelkeit. Auch als sie spürte, wie ihr flau wurde und sie in eine tiefe Ohnmacht versank, ließ er nicht von ihr ab. Doch davon bemerkte sie schon nichts mehr.

KAPITEL 16

Westerholz, 19.00 Uhr:

Ina Thomsen war für eine Kollegin eingesprungen, die sich eine Stunde vor Beginn der Spätschicht krankgemeldet hatte. So hatte Klaus Harmsen, ihr Chef, Ina entnervt angerufen und sie gefragt, ob sie einspringen könnte. Da Ina sich für diesen Abend nichts vorgenommen hatte, passte es ihr, sich ein paar Euro zusätzlich zu verdienen. Ina jobbte neben dem Studium in Flensburg gern im *Strandgut* von Westerholz. Ein Großteil der Gäste waren Urlauber und entsprechend gut gelaunt. Sie kehrten im *Strandgut* ein, um von einem der Tische den Blick auf die Ostsee bei einem Tee oder Kaffee und einem guten Stück Kuchen zu genießen. Wer hungrig war, fand auf der Speisekarte auch Herzhaftes. Jörn, der Koch, zauberte aus jedem noch so bescheiden klingenden Gericht ein Essen, das den Leuten im Gedächtnis blieb. Entsprechend gut war der Ruf des kleinen Lokals am Strand.

Das kurze Stück vom Haus ihrer Eltern in Norderfeld legte Ina bei Wind und Wetter mit dem Fahrrad zurück. Seitdem sie sich ein brandneues E-Bike zugelegt hatte, machte ihr auch der Heimweg, der über die steil ansteigende Haffstraße auf die Höhen von Westerholz führte, nichts mehr aus. Ein Auto konnte sie sich sowieso nicht leisten, und die Studentenwohnungen in Flensburg waren heiß begehrt und schwer zu bekommen. So lebte sie nach der Trennung von ihrem Ex-Freund wieder im Haus ihrer Eltern, doch es gab Schlimmeres. Vater und Mutter hatten vor vielen Jahren eine alte Fischerkate gekauft und zu einem urigen Wohnhaus umgebaut. So angenehm das Wohnen dort auch war – über die Trennung von Malte war sie immer noch nicht hinweg.

Inas Vater Jobst arbeitete als Fischer bei der *Seestern-Fischerei* in Langballigau, er war Seemann mit Leib und Seele und wohl einer der Letzten seiner Art. Schon seit Jahrzehnten fuhr er bei Wind und Wetter mitten in der Nacht auf die Ostsee hinaus, um mit seinem alten Kutter und der aus zwei Saisonarbeitern bestehenden Mannschaft Meerforellen, Aal, Flundern und Steinbutt zu fischen. Nach seiner Rückkehr in den kleinen Hafen verkaufte er den frischen Fang dann direkt vom Anleger aus. Dabei war es in den letzten Jahren ein hartes Geschäft geworden. Doch Jobst liebte seinen Job, und solange ihm seine Frau Johanna den Rücken freihielt, würde er es wohl auch noch die nächsten Jahre tun.

Ina musste schmunzeln, als sie an ihre jung gebliebene Mutter dachte. Oft genug wurden sie beide für Geschwister gehalten. Ihr war es auch zu verdanken, dass Ina den Verlust ihres Freundes schneller verkraftet hatte.

Kurz brandete die Wut in Ina auf, als sie an Malte dachte. Er hatte sie nach zweieinhalb Jahren wegen einer anderen verlassen. Von heute auf morgen hatte er sie vor vollendete Tatsachen gestellt, und immer noch fragte sich Ina, warum ihr das veränderte Verhalten ihres Freundes nicht schon früher aufgefallen war. Zwar war sie nicht über die Trennung hinweg, doch das Studium, der Job im *Strandgut* und zahlreiche Freunde lenkten sie ein wenig ab.

Inas Wangen glühten, als sie die letzten Meter zum kleinen Lokal am Strand zurücklegte, vom Rad sprang und es an die hölzerne Hauswand lehnte. Hier kettete sie es an, nahm den Helm vom Kopf und fuhr sich mit gespreizten Fingern durch das schulterlange blonde Haar. Auf dem Parkplatz war nicht viel los, entsprechend wenig Betrieb herrschte auch im *Strand-*

gut. Beschwingt betrat sie den Laden, rief ein gut gelauntes »Moin« zur Theke und nahm den Rucksack von den Schultern. Ihr war, als hätte sie eine andere Welt betreten, in der Studium und ihr Ex-Freund in weite Ferne rückten. In den kommenden Stunden würde sie kaum Zeit finden, sich mit ihren privaten Problemen auseinanderzusetzen.

*

Flensburg, Bezirkskriminalinspektion, 19.10 Uhr:

»Hören Sie, ich will meine Ehe nicht aufs Spiel setzen.« Mit tiefrotem Kopf blickte Jørn Petterson zu Paulsen auf, der lässig mit vor der Brust verschränkten Armen an der Wand des fensterlosen Verhörraumes lehnte und grinste. Selbstverliebt strich er sich über den sorgsam gestutzten Kinnbart, während er Petterson schweigend betrachtete. Sattler saß auf dem Stuhl an der gegenüberliegenden Seite des Tisches. Er musterte den Busfahrer mit regungsloser Miene. »Deshalb sind Sie ja hier.«

»Deshalb? Sie behandeln mich wie einen Schwerverbrecher, lassen mich von Ihren uniformierten Kollegen abholen und hierherbringen.«

»Uns war daran gelegen, Ihre Frau aus unseren Ermittlungen rauszuhalten«, erklärte Sattler ihm mit ruhiger Stimme. »Und da Sie offenbar nicht in ihrer Anwesenheit sprechen können oder wollen, tun wir das jetzt hier.«

»Und neben deinen Eheproblemen haben wir auch noch einen Mord aufzuklären, wenn du nichts dagegen hast«, ergänzte Paulsen.

Schweiß perlte auf Pettersons Stirn. »Ich habe damit nichts zu tun – warum sollte ich Julia töten?«

»Weil du sie nicht haben konntest«, bellte Paulsen ihn so unvermittelt an, dass Petterson wie unter einem unsichtbaren Peitschenhieb zusammenzuckte. »Christensen wollte sie sich zurückholen – du aber auch. Blöd für euch, weil es nicht lange gut geht, wenn man sich eine Frau teilt.«

Sattler blickte mit forschendem Blick zu seinem Kollegen auf und fragte sich, ob Paulsen aus Erfahrung sprach, verkniff sich aber einen Kommentar.

»Deshalb würde ich doch niemanden töten«, beteuerte Petterson.

»Wo haben Sie die letzte Nacht verbracht, wenn Sie nicht, wie Sie behauptet haben, mit dem Bus unterwegs waren?« Sattler schrieb mit. Mit den Aufzeichnungen der Kamera und des Mikrofons auf dem Tisch konnte er nicht viel anfangen. Ihm waren ein Notizblock und ein Stift lieber.

»Nicht zu Hause.«

»Das wissen wir bereits.« Sattler seufzte. Er lehnte sich auf dem unbequemen Stuhl zurück und verschränkte nun auch die Arme vor der Brust. »Deshalb interessiert uns die Wahrheit, denn Nachtschicht haben Sie nicht geschoben.«

»Ich war bei einer Prostituierten.« Pettersons Stimme war tonlos. »Jetzt wisst ihr es.« Er betrachtete erst Sattler, dann Paulsen. »Können wir das geheim halten? Ich bin verheiratet und möchte es bleiben – auch, wenn es zwischen Greta und mir nicht gut läuft.« Er seufzte theatralisch.

»Die Ehe ist ein Versprechen«, grinste Paulsen und stieß sich von der Wand ab, um ruhelos und mit gesenktem Blick durch den Raum zu streifen. »Und versprechen kann man sich ja mal.«

»Sparen Sie sich diesen Sarkasmus«, forderte Petterson ihn mit einem zornigen Blick auf. »Sind Sie Ihrer Frau immer treu geblieben?«

»Nee«, brummte Paulsen kopfschüttelnd. »Aber das ist ein anderes Thema.«

*

Kiel, Institut für Rechtsmedizin, 20.35 Uhr:

»Dann dürfte feststehen, dass Christensen seine Ex-Freundin nicht vorsätzlich getötet hat«, zog Kristin Bilanz, nachdem sie in den Wagen gestiegen waren. Nach der gut zweistündigen Obduktion des Leichnams verspürte sie noch immer ein flaues Gefühl in der Magengegend. Wahrscheinlich würde sie sich nie daran gewöhnen, den Gerichtsmedizinern bei der Sektion zuschauen zu müssen. Sie überflog den vorläufigen Obduktionsbericht am Tablet, den Doktor Mabuse ihr gleich im Anschluss an die Leichenschau zugemailt hatte. Den ausführlichen Bericht wollte sie morgen im Laufe des Tages schicken. »Die Wunde am Hinterkopf stammt demnach nicht von der Einwirkung eines stumpfen Gegenstandes, sondern von einem Sturz, den er uns schon beschrieben hat.«

»Was nicht bedeutet, dass Ole Christensen aus dem Schneider ist«, gab Reimers zu bedenken, während er sich anschnallte.

»Mabuse hat kein Geheimnis daraus gemacht, dass Julia Böhm möglicherweise noch leben könnte, wenn er sich um seine Ex-Freundin gekümmert hätte«, stimmte Kristin ihm zu. »Aber er hat sie liegen lassen und ist getürmt.«

»Womöglich stand er unter Schock«, überlegte Reimers. »Doch wie dem auch sei – die Erkenntnisse führen uns zu der Frage, wie Julia Böhm nach Todeseintritt zum Auffindeort in Steinberghaff gekommen ist.«

»Jemand hat sie dort hingebracht und abgelegt«, spann Kristin den Faden weiter. Sie warf einen letzten Blick auf das Backsteingebäude, in dem das Institut für Rechtsmedizin untergebracht war, dann steuerte sie den Dienstwagen vom weitläufigen Gelände des Universitätsklinikums an der Arnold-Heller-Straße. Der Besuch in der Pathologie lag ihr noch schwer im Magen, und sie vermutete, sich niemals daran gewöhnen zu können, als Polizistin bei einer Autopsie anwesend sein zu müssen.

In den Straßen von Kiel herrschte reger Verkehr. Sie schoben sich in einem Pulk von Fahrzeugen von Ampel zu Ampel in nördliche Richtung. »Aber warum tut man so etwas? Wenn ich nachts durch die Gegend fahre und eine schwer verletzte Person antreffe, dann wähle ich den Notruf.«

»Der oder die Täter haben sie ins Auto verfrachtet, leider nicht, um sie ins nächste Krankenhaus zu bringen«, fuhr Reimers mit grimmiger Miene fort. »Zeigst du mir den Auffindeort?«

Kristin warf einen Blick auf die Uhr am Armaturenbrett und nickte. Die Zeit bis zur Abendrunde in der Flensburger Bezirkskriminalinspektion reichte für einen kleinen Umweg. Und sie hatte eine Gelegenheit mehr, etwas Zeit an der Seite ihres Kollegen verbringen zu können – eine durchaus angenehme Vorstellung.

Nachdem sie die Hauptstadt hinter sich gelassen hatten, bog sie auf die B76 in Richtung Eckernförde ein und war froh, dass sie Lars Reimers noch nicht zu Hause absetzen sollte.

»Und du bist wirklich auf dieser Datingplattform unterwegs?«, fragte sie irgendwann, als sie wenig später durch die hügelige Landschaft von Angeln rollten. Kaum ausgesprochen, biss sie sich auf die Zunge. Was ging es sie an, was Lars Reimers nach Dienstschluss tat? Trotzdem beschäftigte sie sein Geständnis. Auch sie verlebte oft einsame Stunden in der knappen Freizeit. Doch ob sie nach der Trennung von Felix schon in der Lage war, sich auf eine neue Beziehung einzulassen, wusste sie nicht. Und wenn ihr ein Mann begegnete, dann würde sie ihn ganz sicher nicht online kennenlernen. Das hatte sie sich nach ihrem ersten Fall in Flensburg fest vorgenommen. Das Internet barg viele Gefahren, und in dieser Hinsicht war sie altmodisch und setzte auf ein Treffen von Angesicht zu Angesicht. Es war ein Unterschied, ob man sich in irgendwelchen Chaträumen traf oder ob man das Gegenüber sehen, seine Stimme hören, seine Ausstrahlung spüren und ihn riechen konnte. Je länger sie nachdachte, umso sicherer war sie, dass ihr Lars Reimers sehr sympathisch war. Doch ihn jetzt dafür zu kritisieren, dass er es offensichtlich anders handhabte, erschien ihr unangebracht. Gerade, als sie sich für ihren Vorstoß entschuldigen wollte, richtete er sich im Beifahrersitz auf.

»Klar«, sagte er, während er durch das Seitenfenster sah. »Warum nicht, ich habe ja nichts zu verlieren. Und ich gebe dir recht, es sind meistens nur flüchtige Bekanntschaften, doch auch das kann angenehmer sein als ein Abend oder ein Wochenende, das man einsam verbringt.«

Kristin musste sich eingestehen, dass sie das so noch nicht betrachtet hatte. Doch sie war anders. Allein zu sein machte ihr nichts aus, und trotzdem sehnte sie sich nach Zärtlichkeiten und Nähe. »Ich finde das bescheuert.«

Reimers zuckte mit den Schultern. »Ach ja – man trifft sich, verbringt ein paar schöne Stunden miteinander …«

»Und man schläft miteinander.« Kristin ärgerte sich, weil ihre Stimme verbittert geklungen hatte. Es stand ihr nicht zu, über Reimers Freizeitaktivitäten zu urteilen. Trotzdem musste sie gegen ihre Eifersucht ankämpfen.

»Manchmal auch das.« Reimers nickte und rang sich ein schiefes Grinsen ab.

Bevor sie Reimers antworten konnte, hatten sie den kleinen Abzweig nach Steinberghaff erreicht. »So«, sagte sie erleichtert darüber, seine Auffassung nicht kommentieren zu müssen, »da wären wir.«

*

Eine ganze Armada von gigantischen Windrädern auf den weitläufigen Feldern drehte sich träge im leichten Wind und schnitt die malerische Landschaft der Förde mit den rotierenden Schatten ihrer riesigen Rotorblätter in graue unansehnliche Scheiben. Dabei schaffte es die Sonne immer öfters durch die Wolkendecke und tauchte die Umgebung in ein gleißendes Licht.

Mit jeder Stunde wuchs seine Nervosität.

Es ist keine Nervosität, korrigierte er sich in Gedanken. *Es ist das erwachende Jagdfieber*. Ziellos war er durch die Gegend gefahren, nachdem er alles Nötige zusammengepackt hatte. Durch Dörfer und kleinere Ortschaften an der Ostküste führte ihn sein Weg. Dabei hatte er kein Auge für die Weite der Landschaft, zu sehr kreisten seine Gedanken um das, was in dieser Nacht vor ihm lag.

Noch heute würde er wieder zuschlagen, und sein Opfer ahnte nicht, was ihm blühte.

Es war noch ein wenig zu hell, um auf die Jagd zu gehen, doch schon bald würde sich die Dunkelheit über die Förde senken, und dann würde auch wieder seine Stunde schlagen. Er ließ das Seitenfenster herabfahren und sog die frische Luft, die in den Wagen drang, tief in seine Lungen ein. Als er Hunger verspürte, bog er auf die kurvenreiche Straße, die steil bergab zur Küste führte, ab. Er ging vom Gas, als sich hinter einer lang gezogenen Kurve ein traumhafter Blick auf die Ostsee öffnete. Er hatte das Tal der Langballigau erreicht und gab dem Bedürfnis nach, hier innezuhalten. Viel verband ihn mit diesem malerischen Ort, der in den Sommermonaten ganze Heerscharen von Touristen anzog. Kurz lenkte er den Wagen an den rechten Straßenrand, um den Ausblick zu genießen. Um diese Jahreszeit herrschte hier noch nicht allzu viel Betrieb. Kitesurfer nutzten den auffrischenden Westwind kurz vor Einbruch der Dunkelheit für ein paar waghalsige Bahnen und gewagte Luftsprünge auf und über dem Wasser. Fasziniert beobachtete er sie beim wilden Ritt auf den Wellen.

Viel zu lange schon war er nicht mehr gesurft. Bald würde er wieder Zeit für sein Hobby finden. Doch noch bestimmten andere Pläne sein Handeln.

Alles zu seiner Zeit, sagte er sich.

Und jetzt ist es an der Zeit für eine Stärkung, dachte er, denn die vor ihm liegende Nacht würde ihm wieder alles abverlangen. Als sein Magen lauter knurrte, ließ er den Wagen anrollen. Im Leerlauf rumpelte er die steil abfallende Straße zum Meer und nach Westerholz herunter. Jetzt roch die Luft angenehm salzig. Er hielt sich rechts und verließ die gut ausgebaute Landstraße. Nach ein paar Metern hatte er den Strand erreicht. Links erstreckte sich das Gelände des Campingplatzes, rechts lag das *Strandgut*, ein kleines Bistro, in dem sich die Besucher im Sommer mit Speisen und Getränken versorgen konnten. Nicht nur zur Hauptsaison war der dunkelrot gestrichene Holzbau im skandinavischen Stil ein beliebtes Ausflugsziel – auch jetzt brannte im Inneren Licht.

Drei Fahrzeuge standen auf dem Parkplatz, ein silberner Kleinwagen mit dänischem Kennzeichen, ein weißes Wohnmobil aus Kiel und ein uralter Mercedes Benz mit rotem Nummernschild. Am Strand waren Surfer damit beschäftigt, ihre Ausrüstung einzupacken. Er ordnete sie dem weißen Fiat-Camper zu. Die jungen Männer schenkten ihm keine Beachtung.

Die anderen Gäste schienen sich im *Strandgut* aufzuhalten. Er rangierte den Wagen zwischen die beiden Fahrzeuge auf der rechten Parkplatzhälfte und schaltete den Motor ab. Die plötzlich eintretende Stille rauschte in seinen Ohren, der Wind verfing sich in der Karosserie und erzeugte ein unheimliches Heulen. Ohne große Eile zog er den Schlüssel ab und löste den Sicherheitsgurt, um gleich darauf die Wagentür in den Wind zu stemmen.

»Dann wollen wir mal«, sagte er zu sich selbst und stapfte mit entschlossenem Blick auf das kleine Bistro zu. Drinnen empfing ihn angenehme Wärme. Hinter dem Tresen stand eine junge Frau, die damit beschäftigt war, die Gläser einer großen Flensburger Brauerei zu polieren. Sie nickte ihm mit einem freundlichen »Moin« auf den Lippen zu, auch die anderen Gäste sahen kurz auf, um ihn neugierig zu mustern. Ohne sie zu beachten, ließ er sich an einem freien Tisch am Fenster nieder. Nachdem er bei der Bedienung eine Portion Backfisch mit Kartoffelsalat und ein alkoholfreies *Flens* geordert hatte, musterte er die anderen Gäste so unauffällig wie möglich. An einem der benachbarten Tische saß ein Ehepaar um die 50. Die beiden trugen wetterfeste Wanderkleidung und festes Schuhwerk und ließen es sich trotz später Stunde noch bei Kaffee und Kuchen gut gehen. Als sie miteinander sprachen, verstand er einige Wortfetzen auf Dänisch. Gleich nebenan erblickte er ein älteres Paar, er mit Schiebermütze und braunem Tweed-Sakko, sie in einem weinroten Petticoat-Kleid. Für ihn bestand kein Zweifel daran, dass es sich bei den vornehm wirkenden Herrschaften um die Eigner des historischen Mercedes auf dem Parkplatz handelte.

Er fragte sich, wer von ihnen wohl im Tod eine gute Figur abgeben würde, und verwarf den Gedanken schnell wieder. Die Pärchen schieden aus, es war zu aufwendig. Blieb nur das Mädchen hinter der Bar. Er sah zum Tresen. Als sich ihre Blicke trafen, fasste er einen Entschluss. Diese Schicht würde die letzte in ihrem Leben sein. Je länger er sich mit dem Gedanken befasste, umso sicherer war er sich. Sie würde sein nächstes Opfer sein. Auch sie würde seine Botschaft in die schockierte Welt hinaustragen. Und er hoffte, dass man ihn diesmal verstand und dass sie nicht umsonst sterben musste.

KAPITEL 17

Kristin wusste nicht, wie lange sie schon schweigend am sanft auslaufenden Ufer gestanden hatten, um auf die kleine Bucht zu blicken. Die Sonne stand bereits tief und tauchte die Umgebung in ihr goldenes Licht. Auf dem Wasser zog eine strahlend weiße Jacht ihre Bahn. Sanft schlugen die Wellen ans Ufer. Vom Campingplatz tönte Kinderlachen an ihre Ohren, links vom kleinen Anleger machte sich ein Windsurfer bereit, um in die Wellen zu steigen. Sein Neoprenanzug schimmerte in der Sonne.

»Viel zu schön, um hier eine Leiche abzulegen«, fand Reimers schließlich. Er stand dicht neben Kristin und schien versucht, seinen Arm um ihre Schulter zu legen. Automatisch vergrößerte Kristin den Abstand.

»Und doch sind Menschen zu so etwas in der Lage.«

»Ja.« Er seufzte und riss sich vom Blick auf die Ostsee los.

Kristin blickte sich um. Als Reimers ihrem Blick folgte, zeigte sie auf die kleine Zufahrt zum Strand. »Von dort kann man mit dem Auto bis fast ans Ufer fahren«, erklärte sie. »Kofferraum auf, Leiche raus, ablegen, und im Schutz der Einsamkeit und der Dunkelheit verschwinden.«

»Es muss ein großes Auto gewesen sein«, gab Reimers zu bedenken.

»Ein Pick-up beispielsweise?«

Reimers nickte. »Möglich. Es wäre doch denkbar, dass Ole Christensen zum Ort des Geschehens zurückkehrte, nachdem er sich von seinem ersten Schock erholt hat. Er sieht, dass Julia Böhm zwischenzeitlich verstorben ist, und gerät in

Panik. Ohne nachzudenken, verfrachtet er sie auf die Ladefläche und bringt sie her, in der Hoffnung, von niemandem dabei gesehen zu werden.«

»Das dürfte ihm geglückt sein.« Kristin nickte. »Aber warum hier?« Sie sah sich um. »Warum legt er sie ausgerechnet hier ab? Und hat er ihr doch das Brandmal verpasst?«

»Ich bin gespannt, ob wir es von ihm erfahren werden«, murmelte Reimers.

»Die Kollegen vom Sechsten haben alle Reifenspuren aufgenommen«, erwiderte Kristin. »Wenn wir Glück haben, befindet sich das Profil von Christensens Pick-up unter den Prints.«

Reimers grinste zufrieden. »Und damit wäre der Fall gelöst.«

»Ich bin gespannt auf die Abendrunde und die Ergebnisse der Spurensicherung.« Kristin nickte. So langsam kam die Sache in Fahrt, und eine Lösung schien greifbar zu sein. Sie freute sich darauf, die Kollegen in Flensburg zu treffen, um sich auszutauschen und die Ergebnisse ihrer Arbeit des zurückliegenden Tages auszuwerten. »Dann komm«, sagte sie nach einem Blick auf die Armbanduhr an Reimers gewandt. »Ich bin gespannt, ob wir mit unserer Theorie recht haben.«

*

Er hasste es zu warten. Ungeduldig rutschte er auf dem einfachen Stuhl herum und starrte hinaus auf die Bucht. Jenseits der Förde malten sich die sanften Hügel des dänischen Örtchens Gammelgab aus dem Dunst, links lag der Strand von Brunsnaes da, rechts glaubte er, Overballe zu erkennen. Wie friedlich die dänische Halbinsel doch vor ihm lag. Zwischen ihnen nur das tiefblaue Wasser der Flensburger Förde, sanft und schon fast idyllisch.

Doch diese Idylle kotzte ihn an. Sie war trügerisch und feige. Es war nicht sein Ding, die Hände untätig in den Schoß zu legen, um zu warten. Immer wieder glitt sein Blick zu der großen Uhr über dem Tresen, hinter dem sie ihren Dienst verrichtete. Sie brühte Kaffee oder Tee, zapfte Bier und versorgte die Gäste mit den bestellten Speisen. Ab und zu tauchte ein beleibter Enddreißiger mit Kochschürze im Türrahmen auf, um ihr Tabletts mit Burgern, Backfisch und anderen Gerichten anzureichen, die sie an die Tische brachte, stets mit einem freundlichen Lächeln auf den Lippen, immer wünschte sie den Gästen einen guten Appetit, bevor sie sich hinter den Tresen zurückzog.

Sie war gut erzogen und hatte stets ein Auge für ihre Gäste. Das imponierte ihm, denn in der Gastronomie war es nach der Pandemie zu einem Fachkräftemangel gekommen, der dazu geführt hatte, dass in der Branche zahlreiche Aushilfskräfte eingesetzt wurden, die ihr Herz nicht an das Gaststättengewerbe verloren hatten. Bei ihr verhielt es sich anders – sie war für die Gäste da, hatte immer ein freundliches Wort übrig und sah, wenn leere Gläser auf einem der Tische standen.

Zufrieden beobachtete er sie, um nicht aufzufallen, im Spiegelbild der großen Fensterscheibe. Sie sollte nicht bemerken, dass sie ihm bereits gehörte, aber nichts davon ahnte, dass ihr Leben schon in Kürze enden würde. Er hatte die Macht, über Leben und Tod zu entscheiden, er bestimmte den Zeitpunkt, wann sie sterben würde.

Dieser Gedanke gefiel ihm, war ihr bevorstehender Tod doch der Auftakt zu einer Nacht, die ihm seinem Ziel ein wenig näher bringen würde. Dafür geduldete er sich gern. Langsam beruhigte sich sein Puls, und er war sich darüber klar, dass er ruhiger werden musste. Ungeduld war eben doch seine größte Schwäche.

KAPITEL 18

Flensburg, Bezirkskriminalinspektion, 21.05 Uhr:

Kristin blieben die neugierigen Blicke der Kollegen nicht verborgen, als sie den Besprechungsraum an der Seite von Lars Reimers betrat. Am Kopfende des Tisches hatten Jens Beck und Staatsanwalt Sven Sievert Platz genommen. Beim Anblick des Eckernförder Hauptkommissars verdunkelte sich die Miene des Staatsanwaltes kurz, dann widmete er sich wieder dem Gespräch, in das er mit Beck vertieft gewesen war, als Kristin und Reimers aufgetaucht waren.

»Der mag mich nicht«, raunte Reimers ihr zu, während sie sich setzten. Auf dem langen Tisch standen Kaffee- und Teekannen, kalte Getränke und Gebäck bereit. Gunnar Feistel war gerade damit beschäftigt, das digitale Whiteboard am Kopf des langen Tisches zu aktivieren. Kurz darauf erschien eine Karte vom östlichen Schleswig-Holstein auf dem Schirm. Mit einem raschen Blick registrierte Kristin, dass Steinberghaff, Sörup und Eckernförde mit roten Kreisen markiert waren.

»Warum sollte er dich nicht mögen?«, nahm sie den Faden wieder auf, als Reimers sie anstieß.

»Weiß nicht, hast du sein blödes Gesicht nicht gesehen?«

»Nee.«

»Keine Ahnung, was der hat.« Reimers verstummte, denn gerade eröffnete Beck die Runde. »Wie Sie bereits gesehen haben, ist das Team gewachsen«, begann er und bedachte Uwe Sattler, der neben Birthe saß, mit einem Lächeln. »Der in Kiel verschollene Kollege Uwe befindet sich seit heute wieder in unserer Mitte. Im Landeskriminalamt hat es eine Umstrukturierung gegeben, die den geschätzten Uwe Sattler an seine alte Wirkungsstätte zurückgeführt hat. Herzlich willkommen zurück, lieber Uwe.«

Sattler stand kurz auf und nickte in die Runde, bedankte sich für die Worte des Abteilungsleiters und nahm wieder Platz, als alle mit den Fingern auf die Tischplatte trommelten. Nur Paulsen verhielt sich still. Nachdem Ruhe eingekehrt war, räusperte er sich. »Na dann«, sagte er, »auf ein Neues. Und lass die Finger von den Kolleginnen.«

»Hör auf mit dem Kindergartenkram«, brummte ein sichtlich genervter Gunnar Feistel, während er sich im grauen Vollbart zupfte. »Das braucht hier kein Mensch.« Er schob sich das schwarze Dockercap in den Nacken und fuhr sich mit der Hand über das Gesicht, dessen Haut aussah wie gegerbtes Leder. »Können wir dann wieder zum Punkt kommen, Leute?«

»Sehr gern«, nickte Jens Beck sichtlich dankbar. Er betrachtete Sievert, der schweigend neben ihm saß. Seine gepflegten Hände ruhten auf der Tischplatte.

Beck übergab das Wort an den Staatsanwalt. »Ich freue mich auf Ihre Ergebnisse des heutigen Tages und bin gespannt, was Sie mir berichten werden.« Er lehnte sich zurück und verschränkte die Arme vor der Brust. Dann blieben seine Augen an Lars Reimers haften. Sekundenlang maßen sich die Männer stumm mit Blicken. Kristin fröstelte, so kalt waren ihre Blicke. Sie fragte sich, warum der Staatsanwalt Lars Reimers nicht leiden konnte, und beschloss, ihn bei passender Gelegenheit darauf anzusprechen.

Sievert räusperte sich. »Wie ich hörte, gab es bei den Kollegen in Eckernförde bereits eine Festnahme.«

Reimers nickte. »Der Ex-Freund unseres Opfers befindet sich in Untersuchungshaft, ein entsprechender Beschluss des diensthabenden Haftrichters liegt natürlich vor.« Reimers fasste in wenigen Sätzen zusammen, wie es zur Festnahme von Ole Christensen gekommen war.

Sievert machte sich Notizen. »Ob Christensen für den Tod seiner Ex-Freundin zur Verantwortung gezogen werden kann, bleibt abzuwarten, nehme ich an?«

»Die Ermittlungen meiner Kollegen laufen noch«, bestätigte Reimers.

Beck sah den Augenblick gekommen, sich einzuschalten. »Wie wir alle wissen, lebte das Opfer in Eckernförde, wo wir auch den größten Teil des sozialen Umfeldes angetroffen haben.«

»So gesehen, liegt der Fall eigentlich bei unserer Behörde«, behauptete Reimers mit einem schiefen Grinsen an Sievert gewandt, »da aber der Auffindeort des Opfers in eurem Zuständigkeitsbereich liegt, haben wir«, er deutete auf Kristin, »uns zu einer Zusammenarbeit beider Behörden entschlossen. Wir helfen euch mit Ortskenntnissen und beim Klinkenputzen.«

Die Anwesenden nickten zustimmend.

»Und die Drecksarbeit überlasst ihr uns«, behauptete Paulsen. Für die provokante Bemerkung fing er sich gleich einen vernichtenden Blick von Beck und Sievert ein. Kristin ersparte sich eine Antwort. Sie fragte sich, wann Paulsen gute Manieren lernte.

Auch Beck hatte nicht vor, die Abendrunde mit unnötigem Geplänkel zu verbringen. Kristin wusste, dass er heute eigentlich seinen freien Tag hatte. Irgendetwas Privates hatte er als Grund genannt. Dinge, die nun wohl warten mussten. So fasste er die Ereignisse, angefangen vom Leichenfund in Steinberghaff, mit wenigen Sätzen zusammen.

Sievert wandte sich an Paulsen. »Was hat die Befragung der Urlauber auf dem Campingplatz ergeben?«

»Nichts, außer ein paar neunmalkluge Klugscheißer, die angeblich einen entscheidenden Hinweis liefern wollten.« Paulsen winkte gelangweilt ab und blätterte durch sein Notizbuch.

»Und?« Beck zog eine Augenbraue hoch.

»Bullshit, nichts als Bullshit«, brummte Paulsen. »Ich war auch nebenan am Jachtklub und der Seglergemeinschaft. Aber da hat niemand etwas Auffälliges beobachtet.«

»Der Toten fehlte ein Schuh«, gab Thierse zu bedenken. »Beim Auffinden trug sie Freizeitschuhe der Marke *Crocs* in einem knalligen Pink, Schuhgröße 40. Der Verbleib des fehlenden Schuhs könnte vielleicht weiterhelfen?«

»Dazu weiß ich etwas.« Feistel meldete sich zu Wort. »Der Fahrer einer Kehrmaschine hat in seiner Frühschicht eine auffällige Beobachtung vor dem Haus des Opfers gemacht. Dort lag ein Schuh, auf den die Beschreibung passt, auf der Fahrbahn.«

»Wo befindet er sich jetzt?« Reimers zog interessiert eine Augenbraue hoch.

Feistel scrollte über sein Display. »Er hat den Schuh wohl mit seiner Maschine aufgenommen. Ich habe veranlasst, dass der Inhalt der Straßenkehrmaschine sichergestellt wird. Sobald das geschehen ist, können wir überprüfen, ob es sich um das vermisste Exemplar handelt. Übrigens sprach er auch von einem großen Fleck, der sich neben dem Schuh befunden haben soll.«

»Der Blutfleck«, bemerkte Kristin. »Der Mann hat, ohne es zu wissen, die Spuren verwischt.«

»Dann konzentrieren wir uns auf Julia Böhm«, schlug Sven Sievert vor. Er wandte sich an Kristin. »Wie ich eben gehört habe, liegt uns der Obduktionsbericht bereits vor – Respekt, Sie scheinen zu wissen, wie man Ingrid Mabuse Dampf macht.« Er grinste jungenhaft und zog anerkennend die Mundwinkel hoch.

Paulsen stöhnte auf. »Kein Wunder, wenn unsere Starermittlerin bei der Rechtsmedizin auftaucht und Druck macht.«

»Das Ergebnis zählt«, fand Reimers und bedachte Paulsen mit einem feindseligen Blick. Paulsen zuckte die Schultern, schob sich wohl mehr aus Verlegenheit einen Butterkeks in den Mund und schenkte sich eine Tasse Tee ein.

»Zumindest der vorläufige Obduktionsbericht liegt vor.« Kristin wischte über das Display ihres Tablets, um den Abschlussbericht der Rechtsmedizin aufzurufen. Sie projizierte den Bericht auf das Whiteboard, sodass alle Anwesenden mitlesen konnten. »Die Einwirkung eines stumpfen Gegenstandes wird ausgeschlossen, offenbar ist Julia Böhm tatsächlich an den Folgen des Sturzes auf die Bordsteinkante verstorben«, fasste sie zusammen. »Und es ist anscheinend vor ihrem Tod zu Handgreiflichkeiten gekommen, denn unter den Fingernägeln fand Doktor Mabuse Hautspuren des Angreifers. Auch Hämatome an den Unterarmen und den Schultern konnte sie nachweisen, die möglicherweise von einer vorangegangenen Auseinandersetzung mit Ole Christensen stammen. Hier muss noch ein Abgleich erfolgen.«

»Hört, hört.« Paulsen wiegte den Kopf, doch niemand beachtete ihn.

»Ob der Ex-Freund des Opfers auch für die Verbringung des Leichnams nach Steinberghaff zur Verantwortung gezogen werden kann, ist unklar«, fuhr Kristin unbeirrt fort. Sie wandte sich an Birthe und Thierse. »Hier wäre es hilfreich, die Reifenspuren mit dem Profil von Christensens Fahrzeug abzugleichen.«

»Apropos.« Lukas Lange räusperte sich vernehmlich. Als alle Augen auf den jungen Kollegen gerichtet waren, errötete er. Offensichtlich war er es noch nicht gewohnt, in großer Runde zu sprechen. »Nachdem ich den Transport des

Fahrzeuges von Ole Christensen in die KTU nach Kiel veranlasst habe, habe ich eben einen ersten Bericht von den Kollegen erhalten.« Der Junge fingerte auf seinem Tablet herum und sprach mit gesenktem Blick weiter. »Demnach wurden DNA-Spuren des Opfers auf dem Beifahrersitz des Pickups gefunden, die aber durchaus älter sein könnten. Wie wir wissen, waren die beiden zu Lebzeiten ein Paar – und somit erscheint es schlüssig, dass Julia Böhm und Ole Christensen gemeinsame Fahrten unternommen haben.«

»Was ist mit der Ladefläche?«, wollte Reimers wissen. Kurz erläuterte er den Flensburger Kollegen die Überlegungen, die sie in Steinberghaff angestellt hatten. »Es wäre denkbar, dass er sie nach Eintritt des Todes und möglicherweise unter Einwirkung des Schocks dorthin gebracht hat, um den Verdacht von sich abzulenken. Manchmal kommt es in solchen Situationen zu Kurzschlussreaktionen.«

Lukas Lange scrollte sich durch den Bericht der KTU. »Von Blut- oder Schleifspuren steht hier nichts«, bedauerte er schließlich. »Allerdings haben die Kieler Kollegen dokumentiert, dass die Ladefläche erst kürzlich gründlich gereinigt wurde, offenbar mit einem handelsüblichen Hochdruckreiniger.«

»Ha«, rief Paulsen kauend und hieb mit der flachen Hand auf den Tisch. »Da haben wir es doch! Der Typ hat seine Freundin mit dem Pick-up zum Auffindeort geschafft, sie am Strand entsorgt und die Ladefläche der Karre mit einem Dampfstrahler an der nächsten Tanke gereinigt, um alle Spuren zu verwischen.«

Feistel überlegte. »Es gibt zwischen Steinberghaff und Eckernförde zig Tankstellen – in Kappeln kenne ich aber eine größere SB-Waschanlage, wo man sein Auto selber mit einem Hochdruckreiniger waschen kann. Und es liegt auf dem Weg, wenn wir davon ausgehen, dass Christensen auf dem Heimweg nach Eckernförde die Spuren seiner Ex-Freundin verwischen wollte.«

»Sicher gibt es dort eine Überwachungsanlage«, vermutete Beck. »Überprüft das mal.«

Feistel nickte und machte sich Notizen.

»Wir benötigen zum Abgleich die DNA von Christensen«, mischte sich der Staatsanwalt ein. Er sah zu Kristin und Reimers. »Auch wegen der Spuren am Leichnam.« Sievert tickerte mit seinem silbernen Kugelschreiber und blickte in die Runde. »Dann wissen wir, ob die Kampfspuren am Körper des Opfers mit denen ihres Ex-Freundes übereinstimmen.«

»Ich werde das veranlassen«, bot Reimers an. »Gleichwohl sind seine Spuren am Opfer anzunehmen, da es zu dem bekannten Handgemenge kam, bei dem Julia Böhm stürzte und sich die Verletzungen am Kopf zuzog.«

Kristin schrieb mit, dann ruhte ihr Blick auf Sattler und Paulsen. »Ihr habt auch jemanden in Gewahrsam genommen?«

»Klar, ich sitz doch nicht untätig hier rum.« Paulsen klopfte Sattler jovial auf die Schulter. »Wir waren bei einem Bekannten von Julia Böhm, einem gewissen Jørn Petterson.« Er machte eine kleine Pause, um seine Worte wirken zu lassen.

»Sie kannten sich vom Linedance-Klub *The Baltic Eagles*«, nickte Kristin. Den Hinweis hatten sie am Vormittag in Eckernförde von Udo bekommen.

»Jørn Petterson«, wiederholte Paulsen, als niemand antwortete. »Na, Leute, klingelt was?«

»JP.« Birthe nickte. »Die Initialen, die wir auf dem Körper unseres Opfers fanden.« Sie drückte den Rücken durch und wirkte elegant wie immer. Mit dem Zeigefinger wischte sie sich eine widerspenstige Haarsträhne aus der Stirn.

»In welchem Verhältnis steht dieser Petterson zum Opfer?«, wollte Jens Beck wissen.

»Er hatte mal was mit ihr«, erklärte Paulsen. »Einen One-Night-Stand, aber immerhin.« Er grinste. »Besser als nichts.«

Kristin und Birthe schüttelten den Kopf.

»Wir haben ihn in Gewahrsam genommen, weil er seiner Frau gegenüber behauptet hat, Nachtschicht zu haben. Jørn Petterson ist Busfahrer«, fügte er dann erklärend hinzu. »Ein Anruf bei seinem Arbeitgeber hat ergeben, dass er, entgegen seinen Angaben, in der fraglichen Nacht nicht arbeiten war. Petterson soll sich vor Dienstbeginn krankgemeldet haben.«

»Wo hat er dann die Nacht verbracht?«, fragte Beck mit erhobener Augenbraue.

»Bei einer Nutte«, antwortete Paulsen schnell. »Das hat er jedenfalls so zu Protokoll gegeben. Natürlich soll seine Frau nichts davon erfahren.«

»Habt ihr das überprüft?«, fragte Kristin.

»Noch nicht, aber wir holen das nach, weil wir die Dame des horizontalen Gewerbes nicht erreichen konnten«, erklärte Sattler.

»Klar«, nickte Paulsen, »Nutten sind halt eher nackt… ähm nachtaktiv.« Er lachte wiehernd und schien sich über seine Wortspielerei köstlich zu amüsieren. Dass er damit alleine im Raum war, interessierte Paulsen nicht.

»Aber ihr seid dran?« Kristin machte sich eine Notiz.

»Sicher.« Uwe Sattler nickte und schenkte sich Tee aus einer der bereitstehenden Kannen ein. Kristin sah ihm an, dass er nicht glücklich mit dem Partner war, den Beck ihm zugeteilt hatte. Verstehen konnte sie ihn allzu gut. Sie war sicher, dass zwischen ihnen die Fetzen fliegen würden, wenn er mit ihr im Wagen sitzen würde.

»Aktuell hat Petterson also kein Alibi für die infrage kommende Tatzeit«, zog Sievert unbeeindruckt Fazit. »Was wissen wir über das eigenartige Brandmal?« Er warf Birthe einen fragenden Blick zu und rückte sich die dunkelblaue Krawatte zurecht, die farblich mit seinem hellblauen Hemd korrespondierte.

Birthe holte Luft. »Dabei handelt es sich offensichtlich um eine sogenannte *Body-Modification*«, erklärte sie. »Diese Zeichen werden der betroffenen Person mit einem erhitzten Brandeisen zugefügt – zu meiner Verwunderung zumeist mit Zustimmung der Person.« Birthe rief eine Seite auf dem Tablet auf und las vor: »Branding – englisch für Brandzeichen – ist eine Form der Skarifikation mit heißem Eisen, also das Erzeugen einer möglichst dauerhaften Schmucknarbe durch ein glühendes Metall. Es wird aus symbolischen sowie ästhetischen Gründen oder als Ausdruck der Initiation durchgeführt – so steht es bei *Wikipedia*.«

»Klingt nach Sadomaso«, gab Paulsen von sich. Er lehnte sich weit in seinem Stuhl zurück und schlug die Beine übereinander. »Sachen gibt's.« Er schüttelte den kahlen Kopf und blickte in die Runde. »Krank so was.«

»Jeder, wie er mag«, kommentierte Jens Beck und versuchte, das Gespräch wieder in gewünschte Bahnen zu lenken. »Was wissen wir noch über diese … *Body-Modification*?«

Kristin bemerkte, wie schwer ihrem Vorgesetzten das Wort über die Lippen kam, und schmunzelte.

»Es gibt in Deutschland eine Szene, die sich damit auseinandersetzt«, fuhr Birthe unterdessen fort. »Man trifft sich an geheimen Orten und lässt sich branden. Dabei gibt es verschiedene Symbole mit den verschiedenartigsten Bedeutungen. Juristisch betrachtet, befindet sich das Brandzeichen übrigens in einer Grauzone. Es gibt unterschiedliche Symbole, auch mafiaähnliche Strukturen verwenden Brandings als Zeichen der Besitzer aus dem Bereich der Zwangsprostitution.«

»Aber die organisierte Kriminalität verwendet keine schriftlichen Botschaften, nehme ich an?« Max Paulsen beugte sich weit vor und tippte sich bezeichnend an die Schläfe. »Wer so was freiwillig macht, der muss einen Dachschaden haben.«

»Wer sagt, dass Julia Böhm das Branding freiwillig über sich ergehen lassen hat?«, entgegnete Reimers. »Wie in dem Bericht der Rechtsmedizin nachzulesen ist, wurde dem Opfer das Branding nach Eintritt des Todes zugefügt.«

Während Reimers sprach, suchte Kristin die entsprechende Stelle im Obduktionsbericht und projizierte sie an das Whiteboard. So konnten alle mitlesen. »Aufgrund der Vernarbung ist davon auszugehen, dass dem Opfer das Brandmal post mortem zugefügt wurde«, las sie Doktor Mabuses Erläuterungen laut vor.

Beck nickte. »Wäre es anders, hätten wir es mit Körperverletzung zu tun. Aber das Gesetz besagt, dass Körperverletzungen, die einvernehmlich erfolgen, nicht strafrechtlich verfolgt werden.«

»Das scheidet dann ja wohl aus«, entgegnete Feistel.

Sievert sah in die Runde. »Wir sollten die Spur weiterverfolgen«, schlug er vor. »Dazu ist es nötig zu wissen, mit welcher Art von Werkzeug dem Opfer das Branding zugefügt wurde und ob sie zu Lebzeiten einer entsprechenden Szene zugehörig war.«

»Ich kann das übernehmen«, schlug Benno Thierse vor, der bisher geschwiegen hatte. Als Leiter des 6. Kriminalkommissariates sah er sich in der Runde nur als Gast und übte sich mit Zurückhaltung.

»Gern.« Der Staatsanwalt nickte.

»Übrigens kam kein Brandeisen zum Einsatz«, sagte Kristin. »Wie die Leichenschau ergab, fügte der Täter seinem Opfer das Brandmal mit einem Lötkolben oder einem geschliffenen und erhitzten Nagel zu.« Ein Schauer rieselte ihr bei der Vorstellung herunter.

»Es könnte sich dabei um eine Botschaft des Mörders handeln«, meldete sich Lukas Lange zu Wort. Alle Blicke waren auf den Jüngsten im Team gerichtet. »Er will uns etwas mitteilen«, setzte er nach.

»Das könnte durchaus sein«, stimmte Staatsanwalt Sievert ihm zu. »Aber – was soll das für eine Mitteilung sein?«

Im Raum herrschte Schweigen, kurz dachten alle über die Frage des Staatsanwalts nach, ohne eine Antwort parat zu haben.

»Ich werde mir Gedanken machen, wenn das okay ist?« Lukas Lange verschränkte seine feingliedrigen Finger.

»Gern.« Sievert nickte und schenkte Lange ein Lächeln. »Ich bin gespannt, ob Sie des Rätsels Lösung finden werden.« Damit war der Fall für ihn erledigt. Der Staatsanwalt wandte sich an Gunnar Feistel, der im Team für Ermittlungen in den neuen Medien zuständig war und bei ungeklärten Todesfällen das Leben der Opfer durchleuchtete.

»Ich habe mir die Profile ihrer Kanäle in den sozialen Netzwerken angesehen und keine Auffälligkeiten feststellen können. Sie war bei *Facebook* sowohl mit ihrem Ex-Freund als auch mit Jørn Petterson befreundet, der dort aber unter dem Nickname *Piet* unterwegs ist, weshalb ich seine Identität nicht gleich zuordnen konnte.« Er scrollte weiter, bevor er fortfuhr. »In dem Kontext habe ich übrigens keine Hinweise auf eine Zugehörigkeit zur Branding-Szene gefunden, keine Hasskommentare oder Ähnliches.«

Paulsen und Sattler wechselten einen Blick. »Mich würde interessieren«, sagte Paulsen, »ob es in ihren Posts Kommentare von beiden Männern gab, aus denen Streitigkeiten oder Eifersüchteleien herauszulesen sind.«

»Nichts dergleichen.« Feistel schüttelte den Kopf. »Zu ihrem zuletzt bekannten Beziehungsstatus macht sie online keine Angaben, jedoch habe ich in ihrem Feed Bilder älteren Datums gefunden, die sie glücklich an der Seite ihres Ex-Freundes zeigen.«

»Konnten Sie die digitalen Endgeräte des Opfers zwischenzeitlich auslesen?«, wollte Sievert wissen.

Feistel schüttelte den Kopf. »Sie verfügte über gute Passwörter – ihr Smartphone und der Laptop sind noch in der IT. Der zuständige Kollege Lasse Nørgaard nimmt nicht an der Runde teil, weil er die Geräte gerade auf den Kopf stellt. Mit etwas Glück wissen wir danach mehr. Was ich aber sagen kann, ist, dass ihr Smartphone in der Wohnung gefunden wurde. Ich warte auf die Liste mit den Verbindungsnachweisen des Providers.« Er räusperte sich, bevor er fortfuhr. »Es gab übrigens auch keine Auffälligkeiten auf ihrem Bankkonto – Julia Böhm verfügte als Bibliothekarin über ein geregeltes Einkommen. Darüber hinaus hat sie als Kellnerin in einer kleinen Kneipe in Eckernförde gearbeitet, um sich etwas dazuzuverdienen. Schulden hatte sie keine, die Auswertung ihrer EC-Karte hat keine besonderen Reisen zutage gebracht. Bargeld hat sie ausschließlich am Geldautomaten ihrer Hausbank abgeholt, mit der Karte hat sie ebenfalls nur vor Ort eingekauft, hier und da war sie mal zum Shopping in Flensburg oder Kiel – ansonsten keine Auffälligkeiten. Ein Fahrzeug ist nicht auf ihren Namen zugelassen. Als sie noch mit Christensen zusammen war, hat sie ihm ab und zu mal einen dreistelligen Betrag überwiesen, wohl, um ihm finanziell unter die Arme zu greifen.«

»Das deutet nicht gerade auf seinen Reichtum hin«, fand Jens Beck.

»Er lebt von Bürgergeld«, kommentierte Reimers. »Und er verdient sich ab und zu etwas im Hafen dazu, indem er die Boote der Hobby-Skipper repariert. Schwarz, selbstredend.«

»Zurück zu diesem Petterson.« Beck machte sich Notizen und wechselte einen Blick mit dem Staatsanwalt. »Möglicherweise ist er in der Branding-Szene aktiv. Das könnte die Inschrift auf dem Körper der Toten erklären.«

Kristin verspürte Hunger. Sie griff nach dem Gebäck. Erst jetzt wurde ihr klar, dass sie bis auf das Fischbrötchen in Eckernförde noch nichts zu sich genommen hatte. »Bleibt die Frage, wie er an das Opfer gelangt ist – vorausgesetzt, die Geschichte von Christensen stimmt.«

»Er müsste die verletzte Julia Böhm noch vor Eintreffen der Streifenwagenbesatzung aufgefunden und sie fortgebracht haben«, überlegte Reimers. »Zeit hatte er ja, wenn er unter einem falschen Alibi zur betreffenden Uhrzeit nicht zu Hause war.«

»Warum sollte er von Sörup nach Eckernförde fahren?« Sievert legte die Fingerspitzen beider Hände aneinander.

»Vielleicht, um das Gespräch mit ihr zu suchen«, warf Reimers ein. »Oder er hat sich eine Wiederholung des erwähnten One-Night-Stands erhofft.«

»Wir sollten dem nachgehen«, fand Beck.

»Er könnte sich bei seiner Frau verabschiedet haben, sich bei seinem Arbeitgeber krankgemeldet haben, um Julia Böhm in Eckernförde zu besuchen«, überlegte Kristin. »Selbst wenn er die Dienste einer Prostituierten in Anspruch genommen hat, wird er wohl kaum die ganze Nacht bei ihr verbracht haben.«

»Stimmt«, nickte Sattler. »Wenn er danach oder davor bei Julia Böhm war, dürfte das ihrem Ex-Freund nicht gefallen.«

»Vielleicht tragen die beiden auch eine private Fehde aus«, sinnierte Kristin. Ihr kam eine Idee. »Einer war auf den anderen eifersüchtig, und Julia Böhm stand zwischen ihnen.«

»Es wäre zumindest eine Möglichkeit, die wir nicht außer Acht lassen sollten«, stimmte Sievert zu. »Liegt denn etwas gegen Petterson vor?«

»Nichts.« Sattler schüttelte den Kopf. »Seine Weste ist rein, wie es sich für einen Busfahrer gehört. Keine Vorstrafen, nicht einmal Verkehrsverstöße habe ich in der Datenbank gefunden.«

»Checkt mal, ob er was mit dieser komischen Branding-Szene zu tun hat«, empfahl Reimers den Kollegen. »Übrigens haben wir uns vorhin noch einen Überblick vom Auffindeort der Toten an der Küste verschafft. Es dürfte ein Leichtes gewesen sein, den Leichnam mit dem Auto bis ans Meer zu fahren, um ihn dort abzulegen.«

»So weit waren wir auch schon«, giftete Paulsen, doch Reimers ging nicht darauf ein. Er sah in die Runde. »Und wir müssen berücksichtigen, dass Christensen einen ziemlich schweren Pick-up fährt.«

»Habe verstanden«, brummte Thierse und machte sich Notizen. »Ich werde die Prints, die wir aufgenommen haben, mit denen des Wagens von Christensen abgleichen.«

»Mach das«, nickte Kristin. »Wenn unsere kühne Theorie stimmt und tatsächlich Petterson verantwortlich dafür gemacht werden kann, sollten wir auch seinen Wagen unter die Lupe nehmen.«

Uwe Sattler drückte den Rücken durch und sah zu Sievert und Beck hinüber. »Bei dem Begriff Branding klingelt etwas bei mir. Wenn es gewünscht wird, kann ich mir mal die alten Akten zur Brust nehmen.«

»Du bist doch nicht mehr bei der *Cold-Case-Unit*«, erinnerte Paulsen ihn überflüssigerweise.

»Ich habe aber noch Kontakte zu den Kollegen im LKA«, entgegnete Sattler mit schneidender Stimme. »Also kann ich prüfen, ob es einen älteren ähnlich gelagerten Fall gab, wo es Opfer gab, die mit einem Branding versehen wurden.«

»Sehr gern«, stimmte Sievert zu. »Vielleicht liegt der Ursprung für Julia Böhms Tod in der Vergangenheit, und wir kratzen gerade mal an der Oberfläche.« Beck wechselte einen Blick mit dem Staatsanwalt. Sievert hatte keine Einwände. »Ich werde noch heute die Beschlagnahmung des Fahrzeuges von Petterson veranlassen.« Der adrette Staatsanwalt bedachte Kristin mit einem Blick, den sie nicht recht zu deuten wusste, dann blickte er auf die teure Uhr an seinem Handgelenk und hob die Runde auf.

»Morgen werden wir wissen, ob Christensen oder Petterson für den Tod von Julia Böhm verantwortlich sind, oder ob es einen dritten, uns noch unbekannten Täter gibt.« Beck erhob sich und bedankte sich bei allen Anwesenden.

Kristin stand auf und verließ den Raum an der Seite von Lars Reimers. »Jetzt weiß ich, was du anfangs gemeint hast«, raunte sie ihm zu.

Reimers sah sie mit fragendem Blick an. »Wovon redest du?«

»Von dem eigenartigen Blick, den Sievert uns zugeworfen hat.«

»Irgendwas scheint ihm nicht zu passen.« Reimers zuckte mit den Schultern. »Wie geht es jetzt weiter?« Sie marschierten in Kristins Büro. Reimers trat an das Fenster und blickte hinab auf die Hafenspitze. Langsam senkte sich die Dunkelheit über die Förde, nur jenseits der Kaimauer herrschte geschäftiges Treiben. Bunt gekleidete Touristen in wetterfester Kleidung und Studenten bevölkerten den Hafen und genossen das maritime Ambiente.

Kristin beobachtete Reimers mit einem Lächeln. Die Fördestadt schien ihm zu gefallen. »Schön hier, was?«

Er feixte. »Aber Ecktown ist schöner.«

»Blödsinn«, grinste Kristin, während die den Computer herunterfuhr. »So«, sagte sie mit knurrendem Magen. »Ich weiß nicht, wie es dir geht, aber das Fischbrötchen von heute Mittag ist verbraucht. Ich habe Hunger und würde dich gern zum Essen einladen.«

In seinem Blick lag Überraschung, doch er nickte. »Gern«, sagte er. »Wohin willst du mich entführen? Außer Bens Fischbude am Museumshafen kenne ich nicht viele Restaurants in Flensburg.«

Kristin musste lachen, weil er die kultige Fischbude am Hafen als Restaurant bezeichnete. »Vielleicht fällt mir etwas Gediegeneres ein.«

»Ich liebe ja griechisches Essen.«

»Willkommen im Klub.« Das Wasser lief Kristin im Mund zusammen, als sie an einen würzigen Grillteller mit griechischen Spezialitäten dachte.

KAPITEL 19

Die Dunkelheit hatte sich über die Bucht gelegt wie ein samtenes Leichentuch. Dichte Wolken schoben sich immer wieder vor den Mond, der eben noch als silberne Scheibe über der Ostsee gestanden hatte. Der Wind war abgeflaut, und es war eine lauschige Nacht, der eine trügerische Idylle innewohnte. Doch er fand keine Ruhe. Seit Stunden saß er schon im Wagen und wartete auf sie. Im Bistro waren längst die Lichter erloschen. Der Koch war vor einer Viertelstunde auf sein Moped gestiegen und mit knatterndem Motor die kleine Straße hinaufgefahren, um in der Nacht zu verschwinden.

Jetzt war sie alleine.

Seine Stunde war gekommen.

Er wusste schon genau, wie er es anstellen sollte. Hatte er zunächst überlegt, am Hintereingang zu klopfen, um sie unter einem Vorwand vor die Tür zu locken, hatte er sich dafür entschieden zu warten, bis sie den Laden abgeschlossen hatte. Er unterdrückte ein Gähnen, räkelte sich im Fahrersitz und warf einen Blick nach draußen. Die anderen Fahrzeuge hatten den kleinen Parkplatz längst verlassen. Er war alleine hier. Immer wieder blieb sein Augenmerk auf dem Fahrrad haften. Es musste ihr gehören, denn es war unwahrscheinlich, dass sie zu Fuß an diesen verschwiegenen Ort gelangte. Kurz hoffte er, dass es keinen Freund gab, der sie gleich mit dem Auto abholte. Dann hätte er umsonst gewartet, das wäre ärgerlich. Wieder streifte sein Blick das moderne E-Bike. Angekettet an einer Regenrinne lehnte das Rad an der hölzernen Hauswand, sinnigerweise direkt unter einem gelben Schild mit der Aufschrift »Parken verboten«. Drei Türen gab es im hinteren Bereich, er war gespannt, durch welche Tür sie gleich kommen würde. Lange konnte es nicht mehr dauern. Immer wieder warf er einen Blick auf die Armbanduhr. Langsam wuchs seine Ungeduld, denn er hatte viel vor heute Nacht. Sie wartete bereits auf ihn. Doch noch musste sie sich in Geduld üben. Eines nach dem anderen, dachte er, während sich sein Puls beschleunigte, als sich am Hintereingang des Bistros etwas tat. Eine der drei Türen öffnete sich, und im nächsten Augenblick löste sich ihre zierliche Gestalt aus dem Schatten des Hauses.

»Showdown«, sagte er zu sich selbst, griff hinüber zum Beifahrersitz, um zu seinem Werkzeug zu greifen, und stieß mit einem Ruck die Fahrertür auf.

*

Flensburg, 22.25 Uhr:

Es war spät geworden, als sie zurück nach Flensburg kamen. Kristin hatte Reimers zum Abendessen in die *Taverna Sorbas* in Sandwig eingeladen. Das urgemütliche griechische Restaurant war ihr von Jens Beck empfohlen worden. Der Erste Kriminalhauptkommissar lebte mit seiner Frau in Glücksburg und war oft dort anzutreffen.

Heute allerdings waren sie ihm in seinem Lieblingsrestaurant nicht begegnet. So hatten Kristin und Reimers Zeit gefunden, neben dem aktuellen Fall auch über private Dinge zu sprechen. Dabei war Reimers charmant und aufmerksam gewesen, er hatte sich als guter Zuhörer erwiesen. Kristin war aufgefallen, dass er immer, wenn sie gesprochen hatte, wie gebannt an ihren Lippen gehangen hatte. Auch sie hatte sich dabei erwischt, seiner Stimme voller Faszination zu lauschen. Und dass er am Ende des Abends die Rechnung übernommen hatte, zeugte von seinen guten Manieren. So hatte sie sich gern von ihm einladen lassen. In ihren Gesprächen waren sie sich nähergekommen, und Kristin empfand schon etwas mehr als Sympathie für den attraktiven Hauptkommissar aus Eckernförde.

Spät am Abend hatten sie den Dienstwagen bei der Fahrbereitschaft der Flensburger Polizeiinspektion abgegeben und waren Seite an Seite zur Angelburger Straße marschiert. Dabei hatten sie kein Wort darüber verloren, dass Reimers sie nach Hause begleitete. Es hatte sich einfach so ergeben. Auf dem Weg von der Dienststelle zu ihrem Haus hatte sie mehrfach den Eindruck gehabt, dass er versucht war, ihre Hand zu nehmen. Sie hätte keine Einwände gezeigt.

»Kommst du noch mit?«, fragte Kristin, als sie vor der Tür des Altbaus standen, unter dessen Dach sich ihre Wohnung befand. Die Rollläden des kleinen Friseursalons im Erdgeschoss des Hauses waren längst verschlossen. Bunte Graffiti zierten die Lamellen. »Auf einen Tee oder einen Wein?«, schob sie hinterher, als er zögerte. Insgeheim wunderte sie sich über ihren Mut. Normalerweise war es nicht ihre Art, einen Mann mit nach Hause zu nehmen. Aber Lars war nicht nur ein Mann, sondern ein Kollege, dessen Gesellschaft ihr gut tat.

Jetzt grinste er. »Wenn schon, dann bin ich auf deinen Weingeschmack gespannt.«

»Also gut.« Sie klimperte mit dem Schlüsselbund und öffnete die Tür. Der Geruch von kaltem Mittagessen wehte ihr in die Nase. Kristins Hand wischte über den Putz im Treppenhaus. Sie fand den Lichtschalter und betätigte ihn. Erst heute wurde ihr bewusst, dass die Wände einen neuen Anstrich dringend nötig hätten. Abgesehen von Birthe, zu der sie ein freundschaftliches Verhältnis pflegte, bekam sie selten Besuch.

Doch heute wurde ihr klar, dass das Haus, in dem sie wohnte, auf Gäste wohl keinen sehr ansprechenden Eindruck machte.

Doch Reimers schien es nicht zu stören. »Nach Ihnen«, lächelte er und vollführte eine einladende Geste.

Damit er mir auf den Hintern schauen kann, dachte sie feixend, doch es machte ihr seltsamerweise nichts aus. So ging sie vor und hielt ihm die schwere Haustür auf. Er folgte ihr, nahm im Hausflur unvermittelt ihre Hand. Überrascht wandte sie sich zu ihm um.

»Kristin …«, begann er leise, »danke für den schönen Abend.«

»Ich habe zu danken«, erwiderte sie, weil ihr nichts Besseres einfiel. Sie ließ zu, als er einen Schritt auf sie zu machte und seine Arme um sie legte. Tief sah er ihr in die Augen. Kristin wäre am liebsten in seinem Blick ertrunken. Sie reckte das Kinn ein wenig vor und sehnte sich nach dem Augenblick, in dem er seine Lippen auf ihren Mund senkte. Kristins Herz klopfte wie verrückt, es war ein Gefühl, das sie in letzter Zeit sehr vermisst hatte. Sie spürte Schmetterlinge im Bauch und kam sich für einen Moment vor wie ein frisch verliebter Teenager. Erst jetzt wurde ihr klar, wie lange sie auf Zärtlichkeiten verzichtet hatte, und sehnte sich nach seiner Nähe. Er ließ sie nicht warten, denn nachdem sie sich an seine Brust schmiegte, berührten seine Lippen sie behutsam. Erst sanft und zögernd, dann immer leidenschaftlicher küssten sie sich. Irgendwann erlosch das Treppenhauslicht, und sie wussten nicht mehr, wie lange sie sich in der Dunkelheit des Flurs geküsst hatten, als sie sich voneinander lösten. Kristins Knie zitterten. »Komm schon«, raunte sie ihm mit rauer Stimme zu. »Der Wein wartet.« Ohne seine Antwort abzuwarten, nahm sie seine Hand und zog ihn zur Treppe.

*

Westerholz, 22.30 Uhr:

Von der See strich ein leichter Nachtwind ins Landesinnere, als Ina vor den Hintereingang des Bistros trat. Es war eine ungewöhnlich milde Nacht. Die See zu ihrer Rechten glitzerte wie eine silbrige Scheibe im fahlen Mondlicht. Verlassen lag der Strand da, in der Weite sah sie die schwachen Lichter einiger Boote, die um diese Zeit noch draußen auf dem Wasser waren. Aus der Ferne drang das Tuckern eines Schiffdiesels an ihre Ohren. Die Nacht duftete nach Salz und Seetang.

Auf der gegenüberliegenden Seite der Bucht in Dänemark sah sie die Lichter der kleinen Ortschaften aufblitzen. Ina war müde und freute sich auf ein heißes Bad und ein gutes Buch.

Jetzt war sie froh, dass sie sich ein E-Bike angeschafft hatte, mit dem sie die steil ansteigende Straße mit Leichtigkeit bezwingen würde.

Ina zog die Tür hinter sich zu und schloss ab. Nachdem sie sich vergewissert hatte, dass die Alarmanlage aktiviert war, wandte sie sich zum Gehen. Als ihr Blick über den Parkplatz schweifte, bemerkte sie einen einsamen Wagen, der in der hinteren Ecke des unbefestigten Platzes abgestellt war. Von hier aus konnte sie nicht erkennen, ob sich Personen im Inneren befanden. Ina wandte den Blick ab und begab sich zu ihrem Rad, das sie vorhin an der Regenrinne des Holzhauses angeschlossen hatte. In dem Augenblick, als sie neben dem Rad in die Hocke ging, um das Schloss zu entsperren, bemerkte sie eine Bewegung im Augenwinkel. Drüben am Auto tat sich etwas. Sofort beschlich sie ein ungutes Gefühl. Offenbar hatte der Fremde, der sich jetzt mit weit ausholenden Schritten, aber ohne Eile näherte, auf sie gewartet. Er war ziemlich groß und breitschultrig, seine Kleidung dunkel. Sein Gesicht konnte sie nicht sehen. Es lag im Schatten einer Kapuze. Erst als der fahle Mondschein so fiel, dass sie ihn erkennen konnte, bemerkte sie schaudernd, dass der Typ eine Maske trug. Sie erinnerte sich daran, dass die Mitglieder einer Gang in einer *Netflix*-Serie, die sie vor einiger Zeit gesehen hatte, ebenfalls diese Masken getragen hatten. Ein schauerliches Abbild des spanischen Künstlers Salvador Dalí, das sich später im Internet einen Namen als *Anonymus* gemacht hatte. Weltweit trugen Hacker diese Dinger, um ihre Identität geheim zu halten.

Nichts wie weg, schrie alles in ihr.

Ina war klar, dass der Typ nichts Gutes im Schilde führte. Panik stieg in ihr auf, während sie sich in wilden Bildern ausmalte, was er wohl mit ihr vorhatte. Kurz spielte sie mit dem Gedanken, sich im Bistro zu verschanzen, um von dort aus die Polizei anzurufen. Doch es würde zu lange dauern, bis sie den Schlüssel mit zitternden Fingern ins Schloss gefummelt hatte, um die Alarmanlage zu entsperren und ins Gebäude zu kommen. Wobei sie sich fragte, ob es nicht sogar hilfreich sein könnte, wenn Alarm ausgelöst wurde. Die Chance, unbehelligt ins *Strandgut* zu gelangen, war allerdings gering, und so entschied sie sich an Stelle des Rückzugs für eine Flucht nach vorn. Mit einem Sprung schwang sie sich auf das Fahrrad. Das Licht flammte auf, der Akku sprang an und verlieh ihr einen flotten Vorsprung, den er aber schnell aufholte. Als sie sich kurz zu ihm umwandte, rutschte sie mit einem Fuß vom Pedal. Ihr Schienbein brannte, ein Schrei kam über ihre Lippen, während sie versuchte, das Schlingern des Lenkers auszugleichen. Panisch sah sie wieder nach vorn, doch ein Sturz schien nahezu unvermeidlich. Hektisch trat sie mit dem anderen Fuß das Pedal nieder.

»Nicht so eilig«, zischte der Fremde hinter der schauerlichen Maske, der rasch aufgeholt hatte. Noch bevor Ina reagieren konnte, trat er mit dem Stiefel in die Speichen des Vorderrades. Scheppernd landete das Bike mitsamt Ina auf der Seite.

Alles ging so schnell, dass sie sich nicht einmal mit einem beherzten Sprung zur Seite aus dem Gefahrenbereich bringen konnte. Der hochstehende Lenker bohrte sich schmerzhaft in ihre Rippen. Ein Schmerzenslaut kam über ihre Lippen, ihr blieb die Luft weg. So schnell es ging richtete sie sich auf und fühlte die Blessuren an Knien und beiden Ellenbogen. Der Fremde holte auf und war schon bei ihr. Ruckartig packte er zu und warf sie zurück auf den Boden. Unsanft kam sie auf dem feuchten unbefestigten Grund auf und starrte mit angsterfüllter Miene zu ihm auf. Breitbeinig baute er sich über ihr auf. In einer Hand hielt er einen Draht, den er zu einer Schlinge gebunden hatte. Bei ihrem Peiniger handelte es sich um einen ungewöhnlich großen Mann mit breiten Schultern, der ihr, an seiner Statur gemessen, körperlich weit überlegen war. Der Fremde trug schwarze Kleidung, klobige Stiefel und einen Hoodie.

Unter der Maske hörte sie sein schweres Atmen.

Schweigend zog er sie vom Fahrrad weg und drehte sie auf den Bauch. Als sie schrie, presste er ihr eine Hand auf den Mund, bis sie verstummte. Mit aller Kraft stellte er einen Stiefel mittig zwischen ihre Schulterblätter. Als Ina aufschreien wollte, schmeckte sie Lehm. Steine knirschten zwischen ihren Zähnen, und der Geruch von Moder und Verwesung stieg in ihre Atemwege.

Wehrlos spürte sie, wie er die Schlinge um ihren Hals legte. Sie bewegte den Kopf, wollte sich aus der Gefahrenzone bringen, doch sie hatte keine Chance gegen den Fremden, der ihr nach dem Leben trachtete.

Brutal zog er den Knoten zu.

Ihr blieb die Luft weg, als er die Schlinge immer enger zog. Ein gurgelnder Laut entrang sich ihren Lippen. Ina hatte das Gefühl, dass er sie mit der Klinge eines scharfen Messers quälte, die sich unaufhaltsam in ihre Haut kerbte. Ihr wurde schwindelig, doch ihr Versuch wegzurobben, scheiterte im Ansatz. Nun kniete er mit seinem ganzen Gewicht auf ihrem Rücken. Ina glaubte zu hören, wie ihre Rippen brachen, und keuchte schmerzerfüllt. Sie legte den Kopf in den Nacken, doch er zog die Schlinge strammer und nahm ihr die Luft zum Atmen. Der Draht schnitt sich tiefer in ihre Haut, sie spürte ihr eigenes Blut, das aus der Wunde trat und kämpfte gegen die aufbrandende Ohnmacht an. Der weiche Untergrund hatte ihre Kleidung im Nu durchnässt, sie strampelte mit den Füßen und versuchte, ihren Peiniger abzuschütteln. Er lachte nur und drückte ihren Kopf auf den Boden. Sie hustete, als sie einen Lehmklumpen verschluckte. Ina war eine Kämpferin, doch gegen seinen unerbittlichen Griff hatte sie keine Chance. Sie merkte, wie das Leben ihren Körper verließ. Ihr wurde glühend heiß, es war, als würde der Himmel über der Förde brennen. Ein gleißendes Licht umhüllte sie, dann fühlte sie sich leicht. Und der Schmerz ließ nach. Ina spürte nichts mehr, als sie ihren letzten röchelnden Atemzug tat.

*

Flensburg, Marienkirchhof, 23.10 Uhr:

»Ist es vorbei?« Mit versteinerter Miene lehnte Thomas im Türrahmen seines Arbeitszimmers, als Birthe gegen 22 Uhr von der Probe des Kirchenchors heimkehrte. Sehr zu ihrer Verwunderung brannte im Pfarrhaus noch Licht. Offenbar hatte er auf sie gewartet. Er trug eine einfache schwarze Stoffhose, dazu Pantoffeln. Die Ärmel seines Hemdes waren hochgekrempelt.

»Was meinst du?« Birthe streifte die senffarbene Jacke ab und hängte sie mit einem der weißen Holzbügel an der Garderobe im Flur auf. Nach der Probe im Gemeindesaal hatten die Frauen noch in gemütlicher Runde bei einem Glas Wein zusammengesessen. Es war spät geworden, als sie den kurzen Heimweg angetreten hatte.

»Uwe Sattler«, beantwortete er ihre Frage. »Ist es vorbei mit ihm?«

»Ist es.« Birthe senkte den Blick. Sie wagte es nicht, Thomas in die Augen zu schauen, und seufzte. »Warum sorgst du dich?«

Er lachte trocken auf. »Dazu besteht ja wohl ein ernsthafter Grund, Birthe. Flensburg ist ein Dorf, und ich habe erfahren, dass Uwe Sattler wieder in der Stadt ist, nachdem seine Abteilung verkleinert wurde.«

Birthe fragte sich, woher er diese Information hatte, zog mit gleichgültiger Miene die schwarzen Stiefeletten aus und kickte sie auf die Ablage in der Ecke des Flurs. »Er ist im Ersten, ich im Sechsten. Sei also unbesorgt.«

Dieses Argument ließ Thomas nicht gelten. »Ich weiß sehr wohl, dass ihr oft kommissariatsübergreifend zusammenarbeitet. Wie in einem Mordfall beispielsweise.«

»Und?« Als sie sich wieder aufrichtete, hob sie fragend eine Augenbraue.

»Muss ich mir Sorgen machen, Birthe?« Seine Stimme klang eindringlich. Er trat zu ihr und legte seine Hände auf ihre Schultern. Birthe war seine Nähe unangenehm, doch sie wagte es nicht, seine Hände abzuschütteln.

»Nein, das musst du nicht.« Sie schüttelte den Kopf. »Uwe ist wieder da, richtig. Und wir arbeiten an einem Fall, wie du sicherlich in den Nachrichten vernommen hast. Da ist keine Zeit für einen Flirt.«

»Und wenn die Zeit da wäre?« Thomas ließ nicht locker.

»Auch dann nicht.« Birthe hielt seinem bohrenden Blick stand. »Und jetzt entschuldige mich. Ich bin müde und möchte zu Bett gehen.« Sie nahm seine Hände von ihren

Schultern und ließ ihn stehen, um im Bad zu verschwinden. So schnell es ging, entkleidete sie sich und duschte. Ein ungutes Gefühl beschlich sie, denn eigentlich war sie froh gewesen, dass Ruhe in ihre Ehe eingekehrt war. Mit der Rückkehr von Uwe schien sich das Blatt zu wenden. Und Thomas war wachsam. Er würde es ihr nicht länger abnehmen, dass sie für Uwe nichts mehr empfand, denn er verfügte über eine gute Menschenkenntnis und ahnte, wenn man ihm nicht die Wahrheit sagte. Erleichtert registrierte sie, dass er ihr nicht ins Bad folgte. Nachdem sie sich eingeseift und abgeduscht hatte, schaltete sie die Dusche aus und frottierte sich eilig ab. Als sie wenige Minuten später ins Schlafzimmer kam, stellte sie verwundert fest, dass Thomas nicht im Bett auf sie wartete, so, wie sie es vermutet hatte. Eilig schlüpfte sie in ein übergroßes T-Shirt, dann ging sie barfuß ins Wohnzimmer. Hier brannte nur die kleine Stehlampe. Birthe fand Thomas in seinem Arbeitszimmer, wo er bei einem Glas Rotwein am altmodischen Sekretär saß und in der Arbeit versunken war. Sie sah, dass er im diffusen Licht der Schreibtischlampe mit dem Füller in seine Kladde schrieb. Das war nichts Außergewöhnliches, denn Thomas verfasste die ersten Entwürfe seiner Reden und Predigten immer mit Stift und Papier, bevor er sie am Computer überarbeitete. Als er bemerkte, dass sie den kleinen Raum betreten hatte, legte er den Füller zur Seite und rang sich ein Lächeln ab. Im Halbdunkel des Zimmers wirkte sein Gesicht geheimnisvoll. Sein Lächeln wirkte aufgesetzt.

Birthe trat hinter ihn und schlang ihre Hände um seinen Hals. »Kommst du nicht ins Bett?«

»Nein.« Er schüttelte den Kopf. Sein Lächeln verblasste. »Ich finde noch keine Ruhe. Außerdem muss ich eine Trauerrede für morgen vorbereiten.«

»Ich verstehe.« Birthe hauchte ihm einen Kuss auf die Stirn und strich ihm durch das volle Haar. »Dann gute Nacht.«

Er nickte nur, nippte von seinem Wein und versank wieder in der Arbeit. Auch Birthe wusste nicht, ob sie in dieser Nacht gut schlafen konnte. Als sie unter die Bettdecke schlüpfte und das Licht löschte, erwischte sie sich dabei, wie sie sich nach Uwe sehnte. Seltsamerweise schämte sie sich nicht dafür.

*

Er war noch nicht fertig. Die Saftschubse aus dem *Strandgut* war erst der Auftakt einer mörderischen Nacht. Wenn die Menschheit seine Botschaft nicht verstand, musste er die Taktung erhöhen. Und so war ihm nicht viel Zeit geblieben, sich um sein Opfer zu kümmern. Achtlos hatte er sie auf dem Parkplatz liegen gelassen, nachdem sie den letzten röchelnden Atemzug getan hatte. Doch bevor er sich in den Wagen gesetzt hatte, war auch sie veredelt worden.

Veredelt, das klingt gut, dachte er mit einem diabolischen Grinsen auf den schmalen Lippen, während er durch die Nacht fuhr. Jetzt musste er sich um sein nächstes Opfer kümmern. Noch ahnte sie nichts von dem, was ihr blühte, und trotzdem wartete sie bereits auf ihn. *Welch herrlicher Widerspruch*, dachte er lachend, als er das Gaspedal bis zum Anschlag durchtrat und den Motor aufheulen ließ. Morgen würde er bundesweit in den Medien sein, daran bestand für ihn kein Zweifel. Die nächtliche Landschaft flog nur so an ihm vorüber. Gierig fraßen sich die Lichtlanzen der Scheinwerfer durch die Nacht. Er hatte sich längst einen Plan zurechtgelegt und wusste, wie er fortfahren musste, um sein Ziel schon in den nächsten Tagen zu erreichen. Ewig konnte es nicht mehr dauern, da war er sehr sicher. Und die Aussicht auf den schnellen Erfolg beflügelte ihn förmlich. Das Leben konnte so schön sein. Fast hätte er es in den vergangenen Jahren vergessen.

Jetzt war es an der Zeit, in seinem Versteck nach dem Rechten zu sehen und sie zu holen. Doch zuvor musste er die Veredlung beenden. Vorhin hatte er von ihr abgelassen, als sie in eine Ohnmacht gesunken war. Ihm war daran gelegen, dass sie den Schmerz und die Erniedrigung spürte. Das konnte sie nicht, wenn sie nicht bei Bewusstsein war. Er war sicher, dass sie inzwischen wieder zu sich gekommen war. Wenn er sein Versteck erreicht hatte, würde er sein Werk vollenden. Eine fiebrige Erregung ergriff von ihm Besitz, und der Gedanke an die Macht über Leben und Tod versetzte ihn in einen rauschartigen Zustand. Es war höchste Zeit, zu ihr zu kommen.

KAPITEL 20

Niemand schenkte den drei Gestalten, die sich in einem unbeobachteten Moment ins Dickicht schlugen und im nächsten Augenblick von der hereinbrechenden Dunkelheit verschlungen wurden, Beachtung.

Noch bevor die Straßenlaternen sie erfassten, tauchten sie in einem grünen Dschungel unter. Der einstige Park, der die leer stehenden Gebäude umgab, war verwildert und zugewachsen. Nur ein paar Trampelpfade führten durch das Dickicht. Von der Straße drang kein Licht in den ehemaligen Park. Das kalte Mondlicht verwandelte die Szenerie in eine surreale Scheinwelt, durch die sich die Jugendlichen bewegten.

»Das wäre geschafft, ich hab doch gesagt, dass sich keine Sau für uns interessiert.« Jul, der eigentlich Julius hieß, grinste. Der 15-Jährige blieb stehen und wandte sich zu seinen gleichaltrigen Begleitern um. Bei ihm war Lasse, ein hochgewachsener, blasser Typ mit schulterlangen Haaren, und Franziska »Franzi«, ein eher unscheinbares Mädchen mit dunklen Haaren. Sie alle trugen schwarze Kleidung, Cargohosen mit unzähligen Taschen und weite Sweatshirts, dazu schwere schwarze Stiefel.

»Sollen wir wirklich da rein?« Franzi zögerte. Als einzige Tochter eines renommierten Zahnarztes in Sandwig hatte sie Angst, bei ihrer fragwürdigen Aktion aufzufliegen. Außerdem sollten die Jungs nicht sehen, dass sie Angst hatte, den alten, seit Jahren leer stehenden Kasten zu betreten.

»Jetzt schieb mal keine Paras, Franzi.« Jul lachte meckernd. »Wir sind ja dabei und schützen dich vor den Dämonen, die in dem ollen Krankenhaus hausen.«

»Halt's Maul.« Franziska tippte sich an die Stirn.

»Echt jetzt, Bro.« Lasse schüttelte den Kopf und warf einen bangen Blick auf das heruntergekommene Hauptgebäude. Die Fenster waren mit Brettern verrammelt worden, um Unbefugte vom Betreten des Gebäudes abzuhalten. Nur Jul, der zwei Straßen weiter wohnte, winkte müde ab. Er hatte bei einem seiner vorangegangenen Besuche hier einen Weg gefunden, wie sie trotz der Barrikaden unbehelligt in das Innere des alten Krankenhauses gelangen konnten. Bei Tageslicht hatte er sich hier herumgetrieben, um die Gegend zu erkunden.

»Klar gehen wir da rein.« Jul war sich seiner Sache sicher. Er fühlte sich als Anführer der Truppe und hatte sie neugierig auf den Besuch eines echten *Lost Place* gemacht. Er hatte sich die kleine *GoPro* an den Schirm seiner schwarzen Baseballcap geheftet. Die Kamera nahm Bewegtbilder ihres Ausfluges auf, die sie später ins Netz stellen würden. »Oder habt ihr Schiss?« Er lachte meckernd. »Ihr wollt doch Satanisten sein, oder?«

»Laber nicht, geh los.« Lasse fuchtelte mit der Taschenlampe in der Hand herum. Der Leuchtfinger geisterte durch das Unterholz. »Ich hab keinen Bock darauf aufzufliegen.«

»Wir dürften bestimmt gar nicht hier sein«, bemerkte Franzi.

Jul kicherte. »Was du nicht sagst. Und jetzt los, oder kneifst du?«

»Bestimmt nicht, Alter.« Franzi schüttelte den Kopf und zog eine Grimasse. »Hau rein da.«

Schweigend setzten sich die drei Jugendlichen in Bewegung. Immer, wenn unter ihren Schuhen ein Ast knackte oder ein Wind durch das Blattwerk der alten Bäume strich und ein leises Rascheln erzeugte, blieben sie wie angewurzelt stehen und lauschten in die Nacht. Mit jedem Schritt, den sie weiter ins Dickicht machten, schälten sich die Konturen des Gebäudes wie eine Trutzburg aus dem Dunkel. Die glaslosen Fenster schienen wie die Augen eines Ungeheuers auf sie herabzusehen. Schornsteine ragten wie mahnend erhobene Zeigefinger in den Nachthimmel über der Förde.

»Was ist das?«, zischte Lasse so plötzlich, dass sich die anderen erschraken und auf der Stelle stehen blieben.

»Diggah, was laberst du hier rum?« Jul war genervt.

Lasse deutete nach rechts. Dort war ein schmaler Weg zu erkennen. Gebüsch und tief hängendes Astwerk erschwerten den Blick auf den kleinen Pfad.

»Da steht eine alte Karre.« Lasse ging ein paar Schritte vor. Er war autobegeistert und träumte von einer Ausbildung als Kfz-Mechatroniker. Doch wenn seine Schulnoten so schlecht blieben, sah es damit eher düster aus. Seine Eltern hingen ihm fast täglich damit in den Ohren. »Das ist ein Benz«, zischte er seinen Freunden zu. Der Wagen war umgeben von dichtem Grün und nur auf den zweiten Blick zu erkennen.

»Na und?« Franzi folgte seinem Blick.

Der Strahl der Taschenlampe erfasste die Doppelscheinwerfer neben dem wuchtigen Kühlergrill. Der Lack war dunkel, blau oder grün, so genau ließ sich das nicht erkennen. »Ein Benz«, wiederholte Lasse. »Ein alter W 211, T-Modell.«

»Juckt wen?«, brummte Jul entnervt.

»Den hat hier einer entsorgt.« Franzi seufzte. »Weiter jetzt, sonst verpiss ich mich.«

»Du bleibst schön hier«, erwiderte Jul. »Wir ziehen das zusammen durch.«

»Ich lass mich von dir zu nichts zwingen«, stellte Franziska trotzig klar.

»Kommt jetzt, oder wollen wir die Schrottkarre bestaunen?« Jul winkte sie zu sich. Nachdem Lasse einen letzten Blick auf den Wagen geworfen hatte, schloss er zu Jul und Franzi auf.

»Also los«, sagte er voller Tatendrang. Er warf Franziska einen aufmunternden Blick zu. »Uns wird schon nichts passieren.«

»Und wenn der Halter der alten Karre in dem Haus ist?«

»Es ist unser *Lost Place*«, stellte Jul klar. »Außerdem sah das so aus, als würde die Kiste schon seit Jahren vor sich hingammeln. Wahrscheinlich lebt der Besitzer gar nicht mehr.«

»Okay.« Franzi nickte und trabte hinter den Jungen her. Sie umrundeten das Gebäude. Jetzt genügte das Licht des Mondes, und er schaltete die *Maglite* aus, um sie in einer seiner auf die Hose genähten Taschen verschwinden zu lassen. »Wie in 'nem Horrorfilm«, kommentierte er. »Sehr nice.«

»Sag ich doch.« Jul grinste. »Und wir gehen da jetzt rein.« Er schlug einen Haken nach links und nutzte jeden Schatten aus, um nicht gesehen zu werden. Über eine ausgetretene Steintreppe gelangten sie an den Eingang eines Gewölbes.

Auf den Stufen hatte sich eine rutschige Moosschicht gebildet, auch Geröll gefährdete den Abstieg zum Kellergewölbe.

Die Tür war mit einer Spanholzplatte verschlossen worden. Spinnweben und Unkraut erschwerten ihnen den Weg. Auf gelben Hinweisschildern wurde vor dem Betreten der Baustelle gewarnt.

»Hätte ich doch 'ne Machete mitgenommen«, stöhnte Lasse, als er seinen Unterarm an einem Dornenbusch aufriss, und fluchte.

»Weichei«, grinste Franzi und musste Acht geben, nicht auf den rutschigen Stufen auszurutschen. Es gab zwar ein eisernes Geländer, das aber sicher keinen Halt mehr bot, so sehr war es vom Rost zerfressen.

»Alter, ist das gruselig.« Franzis Atem ging stoßweise. Ihre Augen waren weit aufgerissen.

»Du machst dir ja jetzt schon in die Hose«, stellte Jul fest. Er war bereits an der untersten Stufe angelangt und streckte gerade die Hand nach dem rostigen Türknauf aus, als über ihnen ein markerschütternder Schrei ertönte.

»Ach du Scheiße, was war das?« Lasse blieb wie angewurzelt stehen. Er drückte den Kopf in den Nacken und sah an der bröckelnden Fassade empor. Offensichtlich befand sich jemand in dem leer stehenden Gebäude.

»Da hat eine geschrien«, flüsterte Jul. »Eine Frau oder ein Mädchen.« Er folgte dem Blick seines Freundes und erstarrte, als er in einem der wenigen Fenster, die nicht mit Brettern verrammelt waren, einen Lichtschein erblickte, der durch das Gemäuer geisterte. »Da sind welche drin.«

»Bangbüx, würde mein Alter sagen«, grinste Lasse. »Die Konkurrenz wahrscheinlich. Entweder die machen 'ne Mutprobe oder sie halten eine Séance ab. Können sich ja bei uns anschließen, wenn sie Eier haben.«

»Spinnt ihr?«, rief Franzi dazwischen. »Da ist jemand in Gefahr, da hat eine Frau in Todesangst geschrien!«

Die Jungen standen sekundenlang regungslos da und sahen sich an. Jul fand als Erster seine Sprache wieder. »Nee«, sagte er, »das war sicher nur ein Scherz.«

»Willst du mich verarschen?« Franzi zeigte ihm einen Vogel. »Wer so schreit, hat Schiss, aber richtig!«

»Das ist doch ...«, setzte Jul an, brach aber ab, als die Frau wieder schrie. Etwas polterte über ihren Köpfen, Schritte ertönten, ein Mann fluchte erbost.

Die Frau kreischte in Todesangst, den Jugendlichen rieselten Schauer herunter, Franzi war totenbleich und zitterte. »Weg hier«, zischte sie. »Lass mal verpissen.«

»Bist du blöd?« Lasse schüttelte den Kopf. Er zog das Handy hervor und war versucht, den Notruf zu wählen.

»Mach das später«, rief Jul und zog ihn am Ärmel seines Kapuzenpullis die Treppen hinauf. »Wir machen uns erst mal weg.«

Fast hätte Lasse sein Smartphone fallen lassen. Er geriet ins Straucheln, ruderte mit den Armen, dann folgte er seinem Freund, der schon ein paar Meter weiter war und durch das Dickicht rannte. So blieb Lasse keine Wahl – als oben jemand ans Fenster trat, schnappte er sich Franziska und zog sie hinter sich her. Das Mädchen weinte, doch es folgte ihm wimmernd. »Shit, shit, shit«, rief sie immer wieder und blickte sich im Laufen zu dem unheimlichen Gemäuer um. Oben sah sie den Lichtfinger einer Lampe herumgeistern, dann tauchte eine massige Gestalt in einem der Fenster auf, um in die Nacht zu blicken. Offensichtlich war ihr Besuch nicht unbemerkt geblieben.

»Hey«, gellte eine tiefe Stimme durch die Dunkelheit. »Haut ab, ihr kleinen Wichser!«

Franzi schrie auf, als ein Gegenstand nur eine Handbreit neben ihr im Gebüsch landete. Schnell realisierte sie, dass der Mann im ersten Stockwerk ihnen einen schweren Stein hinterhergeworfen hatte.

»Komm schon, der macht ernst«, raunte Lasse ihr zu, dann hatten sie eine Stelle erreicht, die von dort oben nicht einsehbar war.

»Wir können hier nicht bleiben«, entfuhr es Jul, als sie wieder beieinander waren. Mit panischen Blicken sah er zu dem alten Backsteinbau herüber. »Der eskaliert gleich, so wie der drauf war, trau ich ihm alles zu.«

»Dann nichts wie weg«, rief Lasse und rannte los, ohne sich ein letztes Mal umzusehen.

*

Ärger konnte er nicht gebrauchen. Er war versucht, den Rotzlöffeln zu folgen, um sie aus dem Verkehr zu ziehen. Wenn es für ihn schlecht lief, dann riefen sie die Bullen auf den Plan.

So weit war er noch nicht. Die Hilfe der Behörden würde er zu einem späteren Zeitpunkt in Anspruch nehmen. Je länger er darüber nachdachte, umso mehr verfluchte er seine Idee, ihr kurz den Knebel aus dem Mund zu entfernen. Natürlich hatte sie die Gelegenheit beim Schopf gepackt und geschrien wie am Spieß. Sie hatte versucht zu flüchten, doch das hatte er nicht mit sich machen lassen. Sie war sein wertvollster Joker in dem tödlichen Spiel, dessen Regeln er bestimmte. Mit einem einzigen Hieb hatte er sie niedergeschlagen, war mit einem Satz über ihr gewesen, um ihr eine flache Hand auf Mund und Nase zu pressen. Um ein Haar wäre sie ihm verreckt, elendig erstickt. Im letzten Moment hatte er von ihr abgelassen. Er brauchte sie noch. Ohne die lästige Leichenstarre, denn das würde seinen Zeitplan in Gefahr bringen. So zog er es vor, sich um sie zu kümmern. Die Jugendlichen ließ er ziehen. Sie würden ihm keinen Stress machen, dafür waren sie viel zu schnell gerannt. Sie hatten Angst und vermutlich keine Lust auf Ärger mit ihren Eltern, wenn sie zu Hause erzählten, wo sie sich zu später Stunde herumgetrieben hatten. Seine Zuversicht wuchs, dass sie ihn in Ruhe ließen. Nein, die Kids würden es nicht wagen, ihm Ärger zu machen. Langsam beruhigte er sich. Es war Zeit, sich wieder um seinen Gast zu kümmern. Der nächste Akt in seinem grausigen Theaterstück stand unmittelbar bevor …

*

»Wir müssen den Cops Bescheid sagen«, fand Lasse, als sie auf der Straße angelangt waren.

»Bist du blöd?« Jul schüttelte den Kopf. »Nee, Bro, geht gar nicht klar. Sie werden uns anscheißen, weil wir auf dem Gelände waren, obwohl das Betreten verboten ist. Ich hab keinen Bock auf Stress mit meinen Eltern.«

»Aber da ist eine Frau, die in Gefahr ist«, erinnerte Franzi ihn. Noch immer zitterte ihre Stimme. »Vielleicht will er sie umbringen.«

»Und wenn schon«, erwiderte Jul. »Das geht uns nichts an, und ich werde mich aus deren Sachen raushalten, echt jetzt.«

Lasses Blick huschte zwischen Franzi und Jul umher. »Ich denke, es ist wichtig, dass die Polizei eine Streife vorbeischickt und nach dem Rechten sieht.«

»Auf gar keinen Fall«, wehrte Jul ab. »Wir machen uns jetzt hier vom Acker und vergessen am besten schnell, was passiert ist.« Er war der Anführer der kleinen Truppe, und niemand wagte es, ihm zu widersprechen.

*

Er wusste nicht, wie spät es war, als er erwachte. Nach dem Zwischenfall mit den Jugendlichen war er kurz eingeschlafen. Das Sofa bereitete ihm Rückenschmerzen, und so fühlte er sich wie ein alter Mann, als er sich erhob. Die Federn knarrten vernehmlich. Schnell erhob er sich. Die kleine Pause hatte er dringend gebraucht, doch jetzt musste er sich beeilen, um seine Mission vor Sonnenaufgang abzuschließen. Hastig schob er das einfache Handy in die Tasche. Für seine Aufenthalte hier draußen nutzte er ein nicht registriertes Prepaid-Handy, das er sich bei einem Bekannten besorgt hatte. So war er unsichtbar für jeden, der ihn verfolgen wollte.

Sein Interesse galt ihr. Er griff zum Tablet und rief das Bild der Überwachungskamera in ihrem Versteck auf. Sie schlief. Zusammengerollt wie ein Baby lag sie auf dem harten Steinboden. Der Pinkeleimer stand in der Ecke, eine Flasche Wasser lag neben ihr. Alles war, wie er es hinterlassen hatte. Diesmal hatte er darauf geachtet, dass der Knebel ausreichend fest im Mund steckte und dass die Hand- und Fußfesseln eng genug geschnürt waren, um einen Fluchtversuch zu verhindern. Im Morgengrauen schlug ihre große Stunde, doch noch wusste sie nichts davon. Vermutlich hatte sie begriffen, dass er die Macht über ihre armselige Existenz hatte, dass er über Leben und Tod entschied. Husum würde sie nie mehr sehen, so viel stand fest.

Showtime, dachte er mit einem erwartungsfrohen Grinsen, als er nach der Maske griff, bevor er sein Versteck verließ, um sich um sie zu kümmern.

*

Schlaftrunken erwachte sie von einem Geräusch. Sie wusste nicht, wie lange sie geschlafen hatte. Und warum sie nach der Aufregung der letzten Stunden überhaupt in den Schlaf gefunden hatte. Dass er nichts Gutes mit ihr im Schilde führte, lag auf der Hand. Vermutlich war sie nach dem Fluchtversuch einfach zu erschöpft gewesen, um weitere Gegenwehr zu leisten.

Ihre Kopfhaut zog sich zusammen, als ihr der Gedanke kam, dass er sie außer Gefecht gesetzt hatte. Im Dunkeln erahnte sie die Kunststoffflasche auf dem Boden, die er ihr gebracht hatte. Sicherlich hatte er ihr irgendwas ins Wasser gemischt, vermutlich K.-o.-Tropfen oder etwas Ähnliches. Entsprechend verkatert fühlte sie sich jetzt. Zu den körperlichen Schmerzen, die sie plagten, waren ihre Gedanken vernebelt.

Das Geräusch, von dem sie erwacht war, näherte sich. Es waren Schritte auf dem harten Steinboden.

Er kommt, dachte sie mit Herzklopfen. Vergeblich zerrte sie an ihren Fesseln, versuchte, ihm zu entkommen, sich gegen ihn zur Wehr setzen zu können. Die Stricke, mit denen er sie gefesselt hatte, waren zu stramm, um die Knoten zu lockern.

Die Seile schnitten hart in ihre Haut und hinterließen blutige Striemen. Er hatte sie in der Gewalt und konnte mit ihr tun, was er wollte. Das Grauen schlich eiskalt an ihr empor. Als der Schlüssel im Schloss der eisernen Tür gedreht wurde, stieg Übelkeit in ihr auf. Ihr wurde schwindelig, als sie sich zu schnell aufrichtete. Liegend wollte sie ihm auf keinen Fall begegnen. Die Türangeln quietschten ohrenbetäubend. Offenbar fürchtete er nicht, dass von diesem Lärm Außenstehende angelockt werden konnten. Kurz fragte sie sich, wohin er sie verschleppt hatte, fand aber keine Zeit, diesen Gedanken zu vertiefen.

»Da bist du ja.« Breitbeinig stand er in der Tür. Hinter dem weißen Plastik der Anonymus-Maske klang seine Stimme hohl. »Ich hoffe, du hast gut geschlafen.«

Sie erwiderte nichts, empfand nur Wut und Verzweiflung. Dass sie ihm ausgeliefert war, demonstrierte er mit jedem Wort, das er sprach, mit jeder Handlung, die er vollzog.

Es gibt kein Entkommen. Sie hatte keine Tränen mehr, die sie weinen konnte, als er nähertrat. Zu viele Tränen waren bereits geflossen, Tränen der Verzweiflung und der Angst, Tränen des Nichtverstehens. Jetzt fühlte sie sich leer, ausgebrannt und machtlos.

Ich bin ihm ausgeliefert.

Seltsamerweise hatte dieser Gedanke nichts Furchterregendes mehr. Sie hatte keine Wahl, als sich ihrem Schicksal zu fügen. Sie hatte resigniert, als er sie bei ihrem Fluchtversuch in der Nacht niedergestreckt hatte. Seitdem schmerzten ihre Knochen noch mehr. Ihren geschundenen Körper hatte sie längst aufgegeben.

Ohne Eile näherte er sich ihr. Bei jedem Schritt knirschten Geröllbrocken unter den Sohlen seiner Stiefel.

Ich muss ihm diese Maske herunterreißen, hämmerte es in ihrem Kopf. Sie bot ihm Schutz, sie war eine Fassade, hinter der sich sein teuflisches Wesen verbarg. Dass er über Leichen ging und ihm ein Menschenleben nichts bedeutete, hatte sie begriffen. Trotzdem hatte sie immer etwas Gutes in ihm gesucht. Vergeblich, wie sie sich jetzt eingestehen musste.

»So«, sagte er gedehnt. »Es kann weitergehen, denn fertig sind wir ja nicht geworden.« Brutal packte er sie an den Handfesseln. Die Stricke hatte er stramm gezogen, dass er sie nun anheben und bewegen konnte wie ein Paket. Die Handgelenke auf ihrem Rücken schmerzten. Ein kehliger Laut drängte sich an ihrem Knebel vorbei. Lichtblitze tanzten vor ihren Augen, als er sie brutal auf den Bauch drehte und die Hände zu den Schultern hochzog. Ihr war, als würden ihre Schulterblätter brechen. Sie schrie auf, so gut es mit dem Knebel im Mund ging. Jetzt schossen ihr doch die Tränen in die Augen.

Er hockte auf ihr, nicht sehen zu können, was er tat, trieb sie an den Rand des Wahnsinns. Etwas summte leise. Sie wollte ihn fragen, was er mit ihr vorhatte, brachte aber nichts als ein Krächzen hervor, das im Knebel erstickte, bevor es ihren Mund verlassen hatte.

Wortlos fingerte er an ihrem Pullover herum, schob ihn nach oben und rollte den Stoff um ihre gefesselten Hände. Dann packte er sie am Hosenbund und riss die Jeans herunter. Noch nie hatte sie sich so schrecklich gedemütigt gefühlt wie in diesem Augenblick. Sie ahnte nicht, was er mit ihr vorhatte.

Die Antwort konnte sie sich ein paar Sekunden später geben, denn plötzlich spürte sie Hitze auf ihrem Rücken. Es war, als würde er ihr einen brennenden Dolch in den Leib rammen. Mit schmerzverzerrter Miene bäumte sie sich auf, hatte jedoch keine Chance, ihm zu entkommen. Er führte die Klinge – oder was immer es auch war –, über ihren Körper, trieb das Eisen tiefer unter die Haut, fast so, als würde er schreiben. Ein leises Zischen begleitete sein teuflisches Werk.

Der Gestank von verbranntem Fleisch hing schwer in der Luft. Es war ihr eigenes Fleisch, das er versengte. Sie fand nicht die Kraft, sich zu fragen, was er tat und ergab sich ihrem Schicksal. Kraftlos ließ sie die Tortur über sich ergehen, wimmerte in den Knebel und spürte, wie die alles verschlingende Ohnmacht ihr Bewusstsein lähmte. Während er mit einer Hand ihre Hände fixierte, führte er das brennende Eisen mit stoischer Ruhe über ihren Rücken. Plötzlich tanzten schwarze Punkte vor ihren Augen, ihr brach der kalte Schweiß aus und ihr Leib zuckte unkontrolliert. Als sie spürte, dass sich ihr Körper leicht anfühlte und sie in einen eigenartigen Zustand wegdämmerte, erlebte sie tiefe Erleichterung. Jetzt empfand sie keinen Schmerz mehr.

KAPITEL 21

Karl Brauers war Lkw-Fahrer mit Leib und Seele. Seit mehr als 20 Jahren fuhr er nun schon im Auftrag der Flensburger Brauerei, um Kneipen, Pubs und Restaurants im Umland mit dem beliebten Gerstensaft zu beliefern. Er liebte es, im Morgengrauen auf den Bock seines Lastwagens zu steigen, um dem neuen Tag entgegenzufahren. Am Lenkrad erlebte er an jedem Arbeitstag den Sonnenaufgang über der Förde, durch das geöffnete Seitenfenster drang die noch frische Luft des Morgens in die Kabine. Gerade schälte sich der neue Tag aus der Nacht, und immer wieder klang Vogelgezwitscher an seine Ohren. Brauers liebte seinen Job, wenngleich er sich auch in den letzten Jahren verändert hatte. Vom romantischen Traum von Freiheit und dem König der Landstraße war nicht mehr viel übrig geblieben, und dennoch hätte Brauers das Lenkrad nie gegen eine Anstellung in einer Fabrik oder einem staubigen Büro getauscht.

Dabei hielt ihn die körperlich schwere Arbeit jung. Ihm machte es nichts aus, dass er die wuchtigen Fässer von Hand abladen musste. Wie ein Jüngling in den besten Jahren wuchtete er seine Fracht von der Ladefläche, um sie zu den Kunden zu rollen. Trotz seiner 55 Jahre war er stolz auf seine athletische Figur, und den Besuch im Fitnessstudio konnte er sich sparen. Da er lange genug für seinen Arbeitgeber unterwegs war, hatten sich im Laufe der Jahre Freundschaften zwischen dem Lkw-Fahrer und den Wirten in der Region entwickelt. Viele von ihnen belieferte er regelmäßig. Dabei waren die Zeiten, in denen die Brauereifahrer von jedem

Gastwirt ein Bier nach getaner Arbeit erhielten, längst vorbei. Brauers trank nur selten, und wenn, dann in Maßen und nach Feierabend.

Während er sein schweres Gefährt über die kurvenreiche Landstraße rollen ließ, lauschte er der leisen Musik aus dem Radio. In den Nachrichten hatten sie wieder über den schaurigen Fund einer Frauenleiche am Steinberghaff berichtet. Den ganzen Tag ging das schon so. Brauers fragte sich, wo man in Deutschland noch sicher leben konnte. Bisher hatte er sich im beschaulichen Schleswig-Holstein immer gut aufgehoben gefühlt, denn die Kriminalitätsrate war geringer als in den anderen Bundesländern. Doch wenn man den Medienberichten glaubte, dann wendete sich das Blatt gerade. Es habe zwei Festnahmen gegeben, hieß es, aber die Polizei hielt sich mit Informationen zurück – aus ermittlungstaktischen Gründen, wie man in solchen Fällen immer sagte.

Brauers war es egal, wer hinter dem Mord steckte, solange man den Täter schnell fand und ihn seiner gerechten Strafe zuführte. Der Umstand, dass sich ausgerechnet hier ein Mord ereignete, hatte ihn betroffen gemacht.

An diesem Morgen hatte er zunächst die Kneipen entlang des Flensburger Hafens beliefert, um jetzt über Glücksburg nach Kappeln zu fahren. Sein Tourenplan führte ihn zum kleinen Strandcafé von Westerholz. Der Diesel brummte zufrieden, als er die leicht abschüssige Straße nach Langballigau herunterrollte. Um diese Zeit herrschte kaum Verkehr. Die Touristen lagen noch in ihren warmen Betten. Nur die Fischer waren so früh wie er auf den Beinen. Am Hafen machten sie gerade ihre Boote fertig, um auf Fang zu gehen. Wenn sie am Vormittag zurückkehrten, würden sie den Fisch am Anleger gleich vom Kutter verkaufen.

Nun rollte das tonnenschwere Gefährt am Campingplatz vorbei, der zu seiner Linken lag. Weiter hinten schillerte die

Wasseroberfläche. Die Ostsee lag im leichten Wind ruhig da, und es versprach, ein milder Frühlingstag zu werden.

Als Brauers die Einfahrt erreicht hatte, drosselte er das Tempo und bog nach links in den schmalen, steil bergab führenden Weg zum Bistro ein. Während er den Wagen langsam die kleine Straße herabrollen ließ, genoss er den grandiosen Ausblick auf die Ostsee. Die ersten Boote waren bereits ausgelaufen.

Rechts schälte sich jetzt der Holzbau des kleinen Strandbistros aus dem Grau des Morgens. Dunstschwaden lagen über dem Weg. Brauers zirkelte den Wagen so, dass er rückwärts zum Hintereingang rangieren konnte. Das war Routine für ihn, und so machte es ihm nichts aus, dass der Weg an dieser Stelle sehr eng und unübersichtlich war.

Dennoch erschrak er, als ein ungewohnter Schatten im rechten Außenspiegel auftauchte. Etwas lag hinter dem Lkw. Im Spiegel sah es aus wie ein Teppich oder ein großer Müllsack. Sofort bremste er, beugte sich weiter nach rechts und versuchte zu erkennen, was im Weg lag.

»Was zur Hölle …«, fluchte er und löste den Sicherheitsgurt. Er musste aussteigen, um sich einen Überblick zu verschaffen. Mit weit ausladenden Schritten begab er sich zum Heck des Lastwagens und umrundete die wuchtige Ladefläche. Hinten angekommen, traute er seinen Augen nicht. Auf dem unbefestigten Weg lag ein Fahrrad, daneben eine Gestalt. Sie lag auf dem Bauch und rührte sich nicht. Brauers stieß einen deftigen Fluch aus und ging neben der Frau in die Hocke. Die Möglichkeit, dass es sich dabei um eine Falle handeln könnte, blendete er aus. Viele Wirte bezahlten ihn immer noch mit Bargeld, und so war der Betrag, den er im Portemonnaie im Führerhaus mitführte, nicht unbeträchtlich. Doch hier spürte Brauers, dass etwas Schlimmes geschehen war.

»Hallo«, rief er und rüttelte an der Frau. »Was ist passiert?« Sie antwortete ihm nicht. Brauers griff beherzt zu und drehte die schmächtige Gestalt auf den Rücken. Im nächsten Augenblick überkam ihn das eisige Grauen: Die Frau, er kannte sie flüchtig vom Sehen, war eine Angestellte des Bistros. Fast hätte sie seine Tochter sein können, er schätzte die zierliche Gestalt auf Ende 20, Anfang 30. Ihr Haut war bleich, die Lippen blutleer. Mit weit aufgerissenen Augen starrte sie an Brauers vorbei in den Himmel. Das blanke Grauen lag in ihrem Gesicht.

Brauers schüttelte sie in purer Verzweiflung, obwohl er wusste, dass er zu spät kam. Die Frau, die vor ihm auf dem Rücken lag, war tot. Das erkannte er nicht erst, als er die tiefrote Strangmarke an ihrer Kehle sah. Ihm wurde übel, als er sich zitternd aufsetzte und nach dem Handy griff, um die Nummer des Notrufs zu wählen.

KAPITEL 22

Als Kristin im Morgengrauen vom Zwitschern der Vögel über den Dächern der Fördestadt erwachte, vernahm sie ein leises Atmen neben sich. Sie wendete sich auf die Seite und erblickte im schwachen Licht des jungen Morgens, das durch das Dachfenster in den Raum drang, die athletische Gestalt von Lars Reimers, der zusammengerollt neben ihr schlief. Langsam kehrte die Erinnerung zurück. Lars war bei ihr geblieben. Sie hatten noch einen Absacker in der Stube genommen, bevor sie sich nähergekommen waren. Seine Nähe hatte sich gut und vertraut angefühlt, er hatte sich als zärtlicher und zugleich leidenschaftlicher Liebhaber erwiesen, und sie hatten sich geliebt, bis sie irgendwann nach Mitternacht erschöpft, aber sehr glücklich eng umschlungen eingeschlafen waren.

Eigenartigerweise hatte es sich vom ersten Augenblick an vertraut angefühlt mit Lars. Jetzt war sie sich darüber bewusst, was sie in den vergangenen Monaten seit ihrer Trennung hatte entbehren müssen.

Sie hatte Zärtlichkeiten und körperliche Nähe vermisst, die Wärme und die Zuneigung eines Mannes, der sich nach ihr verzehrte. Mit einem verzückten Lächeln auf den Lippen betrachtete sie den schlafenden Lars. Schon vom ersten Aufeinandertreffen an hatte sie sich zu ihm hingezogen gefühlt, doch war sie eine ganze Zeit lang nicht bereit gewesen, einen neuen Mann an ihrem Leben teilhaben zu lassen. Wie es nun mit ihnen weiterging, stand in den Sternen.

Sie erinnerte sich daran, dass er ihr von der Dating-App auf seinem Handy erzählt hatte, um Frauenbekanntschaften zu knüpfen. Mit einem flauen Gefühl in der Magengegend fragte sie sich, ob sie auch nur ein weiteres Date in seiner Sammlung war, oder ob er etwas für sie empfand, das tiefer ging.

Zwar kannten sie sich noch nicht sehr lange, trotzdem glaubte Kristin, ihn schon längst ins Herz geschlossen zu haben. Dabei vermisste sie ihre sachliche Art, solche Beziehungsthemen mit mehr Verstand anzugehen. Vielleicht lag das daran, dass sie in Sachen Dating ein wenig aus der Übung war. So blieb ihr die Hoffnung, dass auch er Gefühle für sie empfand und dass womöglich eines Tages etwas aus ihnen wurde.

So wie sie Lars kennengelernt hatte, war er eigentlich gar nicht der Typ für One-Night-Stands.

»Kannst du nicht schlafen?«

Kristin erschrak, als er sie leise ansprach. »Ich spüre, dass du mich ansiehst.« Mit einem sanften Lächeln auf den Lippen blinzelte er zu ihr herüber. Seine Hand strich suchend über ihr Kopfkissen, sie wandte sich ihm entgegen, sodass er zärtlich ihre Wange streicheln konnte. »Geht es dir gut?«, fragte er, als sie nicht gleich antwortete.

»Ja«, flüsterte sie, verdrängte ihre Bedenken, beugte sich zu ihm herüber und strich über sein Gesicht. Seine Bartstoppeln erzeugten ein leises Rascheln. »Ziemlich gut.«

»Ziemlich?« Er betrachtete sie nachdenklich. »Was heißt das? Bin ich etwa kein guter Liebhaber?« Gespielte Empörung schwang in seiner Stimme mit.

»Doch, das bist du«, eröffnete sie ihm in entwaffnender Ehrlichkeit und musste ob seiner Bedenken und Selbstzweifel lachen. »Du bist ein guter Liebhaber.«

»Was beschäftigt dich dann?« Er richtete sich halb auf und stützte den Kopf in die Hände.

»Dies und das«, antwortete sie ausweichend. Sie setzte sich im Bett hin und schob sich das Kopfkissen in den Rücken. Er nahm ihre Hand und hielt sie fest. Offenbar bemerkte er, dass sie ihre Bedenken nicht kundtun wollte. So beließ er es dabei und bohrte nicht weiter nach. Kristin würde ihn bei passender Gelegenheit an ihren Gedanken teilhaben lassen.

»Wie spät ist es?«, fragte er, mehr, um das Thema zu wechseln. Er räkelte sich wohlig.

Kristin warf einen Blick auf den Radiowecker auf dem Nachtschrank. »Kurz nach 6 Uhr.« Sie streckte gähnend beide Arme gegen die schräge Decke. »Gleich klingelt sowieso der Wecker.«

»Schrecklich.«

»Du hast Urlaub«, erinnerte sie ihn mit einem Lächeln auf den Lippen.

»Hab ich gestern gar nicht bemerkt.« Grinsend verschränkte er die Arme hinter dem Kopf.

Gerade als Kristin etwas erwidern wollte, unterbrach sie das melodische Klingeln ihres Smartphones. »Och nö«, murmelte sie nach einem Blick auf das Display.

»Wer ist es?«

»KDD«, antwortete sie und griff zum Handy.

»Wenn der Dauerdienst anruft, wartet Arbeit.« Lars streckte sich und warf die leichte Bettdecke zur Seite.

Kristin gab sich Mühe, ihn nicht anzustarren, doch sein durchtrainierter Körper weckte auf der Stelle andere Gelüste in ihr. So beließ sie es dabei, mit einer Hand über seinen flachen Bauch zu streichen, während sie das Gespräch annahm. Und schon beim ersten Satz des Kollegen wusste sie, dass der Austausch weiterer Zärtlichkeiten warten musste.

*

Nachdem Kristin im Bad verschwunden war, um sich schnell frisch zu machen und die Zähne zu putzen, stand Lars auf, um ihr einen Kaffee aufzusetzen. Sie hatte ihm von einer weiteren Frauenleiche berichtet, die am Strand von Westerholz gefunden worden war. Sicher nur eine Frage der Zeit, bis die Meldung viral ging. Im Zeitalter der sozialen Netzwerke war ihre Arbeit ein ständiger Wettlauf, denn Bild- und Filmmaterial verbreitete sich innerhalb kürzester Zeit – damit auch die Fehlinformationen und Falschmeldungen.

Seine Müdigkeit war sofort verflogen, und so verdrängte er die romantischen Gedanken, die sein Denken beherrschten. Jetzt galt es, für Kristin da zu sein. Hastig schlüpfte er in Boxershorts und T-Shirt und verschwand in der Küche. Er schaltete das kleine Radio auf dem Regal ein und war erleichtert, dass in den Nachrichten noch nicht vom Fund einer weiteren Leiche berichtet wurde. Lars setzte die Kaffeemaschine in Gang und stellte zwei Tassen bereit. Da er im Kühlschrank eine offene Packung Milch fand, ging er davon aus, dass Kristin ihren Kaffee mit Milch trank, und gab einen Schuss in eine der beiden Tassen.

Lars hatte nicht vor, Kristin alleine losziehen zu lassen. Natürlich würde er sie begleiten, nicht zuletzt, um an seinem freien Tag noch in ihrer Nähe sein zu können. Er mochte die Polizistin aus dem fernen Ostfriesland und wunderte sich, wie vertraut sie ihm schon jetzt war.

Kaum, dass die Kaffeemaschine den braunen Wachmacher in die beiden Becher gespuckt hatte, erschien Kristin im Türrahmen. »Du kennst dich ja schon gut aus«, stellte sie lächelnd fest.

Mit einem sanften Lächeln betrachtete er sie. Kristins Haare standen strubbelig vom Kopf ab. Sie hatte hastig ein strahlend weißes Handtuch um den Leib geschlungen und duftete nach einem dezenten Parfüm. Lars bewunderte sie für ihre natürliche Schönheit und vergaß kurz, dass sie gleich zum Einsatz musste.

»Man tut, was man kann.« Er lächelte und reichte ihr den Becher. Schweigend tranken sie.

»Und du?« Kristin pustete in den Kaffeebecher und nippte in kleinen Schlucken.

»Was soll mit mir sein?«

»Du hast doch Urlaub.«

Er lachte leise. »Der ist schon seit gestern vorbei. Also werde ich dich begleiten – wenn du nichts dagegen hast.«

Kristin musste nicht lange nachdenken, bevor sie den Kopf schüttelte. »Natürlich nicht, Lars. Du bist Polizist und wie ich in den Fall involviert.«

Lars nickte zufrieden, als Kristin mahnend eine Hand hob. »Aber du mischst dich nicht ein, denn Westerholz liegt nicht in deinem Zuständigkeitsbereich.«

Er stöhnte. »Ja, Mama.« Prompt fing er sich einen freundschaftlichen Klaps von Kristin ein. »Ich werde mich benehmen und nur sprechen, wenn ich gefragt werde.«

»Womit die Benimmregeln festgelegt wären.«

»Also gehst du von einem Serienmörder aus?«

Sie zuckte die Schultern. »Ich weiß es nicht. Natürlich könnte es sein, dass die Berichterstattung über den Tod von Julia Böhm in den Medien Trittbrettfahrer und Nachahmer auf den Plan ruft.«

»Wenn es nicht so ist und wir es mit einem Serientäter zu tun haben, sitzen Petterson und Christensen unschuldig in U-Haft«, gab Lars zu bedenken.

»Und, was noch viel schlimmer ist: Dann ist der Mörder unserer ersten beiden Opfer noch auf freiem Fuß.« Kristin betrachtete ihn mit besorgtem Blick. »Und er wird weiter töten.«

»Ich zieh mich schnell an.« Lars stellte den Becher auf die Arbeitsplatte der Küche und verschwand im Bad. Ihm war ein anderer Gedanke gekommen: Wenn es zwischen den toten Frauen einen Zusammenhang gab, duldete der Fall keinen zeitlichen Aufschub.

*

Das habe ich nicht getan. Kristin glaubte, sich selbst nicht wiederzuerkennen. Sie schämte sich dafür, letzte Nacht schwach geworden zu sein. Zwar empfand sie Lars als einen durchaus anziehenden Menschen, als einen attraktiven Mann, doch noch nie war es so schnell dazu gekommen, dass sie mit einem neuen Freund im Bett gelandet war. Das entsprach nicht ihrer Vorstellung von Moral.

So etwas gehört sich einfach nicht.

Gern hätte sie sich mehr Zeit genommen, um ihn besser kennenzulernen, um ihm emotional näher zu kommen, bevor sie mit ihm intim wurde. Doch nun war es passiert. So reizvoll die Erinnerung an ihre erste gemeinsame Nacht auch war, so überwog jetzt das schlechte Gewissen. Obwohl sie sich darüber im Klaren war, dass sie niemandem Rechenschaft schuldig war, so fühlte sie sich unwohl in ihrer Haut, dass sie von sämtlichen Prinzipien und guten Vorsätzen abgewichen war. Sie fragte sich, was Heike, ihre engste Freundin aus Husum, wohl sagen würde, wenn sie von Kristins Fauxpas erfuhr. Am besten erzählte sie ihr nichts davon. Heike führte ein eher biederes Leben, nachdem sie der Liebe wegen von Ostfriesland in die Graue Stadt am Meer gezogen war, wo sie jetzt in einem schmucken reetgedeckten Häuschen einen Steinwurf von der Küste entfernt lebte. In Schobüll, dem einzigen Ort an der schleswig-holsteinischen Nordseeküste, an dem kein Deich die Sicht auf das Meer hinderte, bewohnten sie ein saniertes Bauernhaus. Eine Traumlage, die sich nur Besserverdienende leisten konnten.

»Können wir dann?«

Kristin erschrak. Sie hatte nicht mitbekommen, dass Lars hinter sie getreten war. Liebevoll schlang er seine starken Arme um ihren Körper und hauchte ihr einen Kuss in die Halsbeuge. Ihr rann ein angenehmer Schauer den Rücken herunter, und sie musste sich zwingen, nicht schwach zu werden.

»Klar«, sagte sie heiser. »Denn man los.« Eilig stellte sie die Kaffeetasse in die kleine Spülmaschine und schloss das Küchenfenster, durch das ein frischer Morgenwind in den Raum wehte. Der Straßenlärm drang nur noch gedämpft an ihre Ohren. Als sie Lars ansah, lag ein glückliches Lächeln in seinem Blick.

»Sag mal, was sind das eigentlich für Parfümflaschen in deinem Bad?«, fragte Lars.

»Ach das«, machte sie und winkte ab. »Ich sammle die.«

»Auch Herrendüfte?« Er runzelte die Stirn.

»Auch Herrendüfte.« Kristin nickte und wurde rot. »Nach meiner Trennung nutze ich ab und zu ein Aftershave oder so etwas, wenn mir ein Mann fehlt.« Sie verzichtete darauf, ihm von ihrer feinen Nase zu berichten, mit der sie nahezu jeden Duft benennen konnte. Vielleicht würde sie ihm zu einem späteren Zeitpunkt davon erzählen. Jetzt fühlte es sich alles zu frisch an.

»Eins muss ich noch loswerden«, sagte Kristin. Als Lars sie fragend musterte, erklärte sie: »So was mache ich normalerweise nicht … also nicht nach einer so kurzen Zeit. Ich meine, wir kennen uns ja kaum, und es war eigentlich zu früh, um … na, du weißt schon.« Während sie sprach, spürte sie, wie ihr das Blut in den Kopf schoss.

Er stand wortlos da und lächelte. »Es bleibt unser Geheimnis«, versprach er ihr und trat in die Diele hinaus. Für ihn war damit alles gesagt.

*

Westerholz, 45 Minuten später:

Fiebrige Erregung ergriff von ihm Besitz, als der silberne Kombi mit dem Flensburger Kennzeichen die schmale Straße herunterrollte. Er wusste sofort, dass die beiden zur Kripo gehörten – und dass sie ihm auf der Spur waren. Hinter dem Lenkrad saß eine Frau mit Sonnenbrille, die er auf Ende 30, Anfang 40 schätzte. Das dunkelblonde Haar hatte sie zu einem Pferdeschwanz zusammengefasst, ihr Blick war starr nach vorn gerichtet. Neben ihr hockte ein gut aussehender Typ, den er nicht kannte. Die Frau glaubte er schon einmal gesehen zu haben.

Unauffällig mischte er sich unter die Meute der Gaffer und machte Aufnahmen mit dem Smartphone. Der dezent lackierte Einsatzwagen passierte die Absperrung und blieb vor dem Bierlaster stehen. Die beiden Insassen stiegen aus, umrundeten das schwere Fahrzeug und waren seinem Blickwinkel entschwunden. Ein wenig enttäuscht ließ er das Handy sinken und stopfte es in die Hosentasche. Als er sich zum Gehen wandte, wäre er um ein Haar mit einem Pressefotografen zusammengeprallt. Der unrasierte Mann mit ansehnlichem Bierbauch murmelte eine Entschuldigung. An abgewetzten Lederriemen hingen zwei Kameras mit imposanten Objektiven über seiner Schulter.

»Weiß man schon mehr?«, fragte der Fotograf ihn.

»Die Tote gehört wohl zur Belegschaft des Bistros«, erwiderte er auskunftsfreudig. »Sie hatte Spätschicht und wurde von ihrem Mörder empfangen.« Es fiel ihm schwer, sich ein überhebliches Grinsen verkneifen. Der Typ musste ja nicht wissen, dass er alle Details kannte. »Scheint ja ein Serienmörder unterwegs zu sein, der sich diese Schlampen holt.« Er erfreute sich an dem verdutzten Gesicht des Pressevertreters, nickte ihm zu und machte, dass er zu seinem Wagen kam. Er hatte genug gesehen und musste seinen nächsten Streich vorbereiten. Unauffällig zog er sich aus der Menge zurück und stieg in seinen Wagen, den er vorhin neben der Einfahrt zum Campingplatz abgestellt hatte. Er war spät dran. Die Fahrt dauerte eine gute halbe Stunde, und er musste sich beeilen. Noch waren sie abgelenkt, hatten hier alle Hände voll zu tun. Diesen Vorsprung sollte er für sich nutzen. Wenn die ersten Strandläufer und die Kitesurfer die kleine Bucht für sich einnahmen, musste der Spuk vorüber sein. Hier hatte er gut vorgearbeitet. Die Polizisten hatten alle Hände voll zu tun und waren beschäftigt. Niemand würde sich um ihn kümmern.

*

An der Einsatzstelle empfing sie das übliche Szenario. Beamte des Streifendienstes sicherten den Zugang zum Strandbistro vor ungebetenen Personen. Entlang des blau-weiß schraffierten Absperrbandes hatte sich trotz früher Stunde eine Menschengruppe versammelt. Die Schaulustigen hielten ihre Smartphones in die Höhe, um zu filmen und Fotos aufzunehmen. Kristin fürchtete, dass die Bilder im Netz viral gingen, bevor der örtliche Radiosender die Nachricht vom Fund einer Frauenleiche über den Äther schickte.

Von unterwegs aus hatte Kristin Jens Beck verständigt. Der Leiter des K1 hatte ihr zugesichert, schnellstmöglich Verstärkung zu schicken. Ein Team des K6 war auf dem Weg, um mögliche Spuren am Auffindeort zu sichern.

Einsatzfahrzeuge standen auf dem kleinen Weg, der zu dem Holzgebäude führte, hinter dem man die Tote entdeckt hatte. Der dunkle Kombi eines Bestatters parkte am Rand des Weges. Der Laster einer Flensburger Brauerei neben dem Bistro behinderte die Sicht – er stand mit eingeschalteter Warnblinkanlage auf dem Weg.

Als die Kollegen vom Streifendienst den zivilen Einsatzwagen des Ersten Kriminalkommissariates erkannten, hielten sie das Absperrband so in die Höhe, dass Kristin passieren konnte.

»Lass uns das letzte Stück zu Fuß gehen«, schlug Lars vor.

Kristin wäre gern bis ganz nach vorn gefahren, doch sie nickte und parkte den Wagen neben dem Laster. Kaum ausgestiegen, drang die würzige Seeluft in ihre Nasen. Kristin atmete tief durch. Von hier aus konnte man die Ostsee sehen, die ruhig wie eine silbrig glänzende Scheibe dalag. Seite an Seite näherten sie sich dem Ort des Geschehens.

»Ist das eigentlich cool?«, fragte Lars sie unvermittelt. Er war stehen geblieben und grinste.

»Was denn?« Kristin wusste nicht, wovon er sprach.

»Na, die Sonnenbrille«, antwortete er. »Du trägst sie, obwohl die Sonne es kaum durch die Wolken schafft.« Lars deutete zum grauen Himmel und zuckte die Schultern.

»Heute Morgen hat sie aber geschienen«, behauptete Kristin und schob die Brille hoch. Ohne sich zu ihm umzusehen, setzte sie ihren Weg fort. »Außerdem lockt man die Sonne damit auch.«

»Wer's glaubt.« Lars grinste.

»Ich liebe deine blauen Augen«, rief er ihr hinterher.

Kristin winkte ab und konnte sich ein Grinsen kaum verkneifen. Die beiden Kollegen vom KDD, die sie in Empfang nahmen, kannte sie nur flüchtig. Dirk Larsen war Anfang 40, einen Kopf größer als Kristin und durchaus sympathisch. Zu Jeans trug er ein dunkelblaues T-Shirt mit »Polizei«-Aufdruck. Unter dem Arm klemmte ein Tablet. Er bildete mit Sönke Friedrichs, einem schlaksigen und etwas wortkargen Enddreißiger mit einem marineblauen Hoodie ein Team.

Der Kriminaldauerdienst der Flensburger Bezirkskriminalinspektion war in vier Gruppen unterteilt an sieben Tagen pro Woche rund um die Uhr für sämtliche Delikte zuständig, um die Kollegen der Fachkommissariate zu unterstützen. So waren sie oft als Erste vor Ort, um Zeugenaussagen aufzunehmen und Informationen zu sammeln, bevor das verantwortliche Kommissariat übernahm. Egal ob es sich um Körperverletzung, Raub- und Eigentumsdelikte, Brände, Fahndungen, vermisste Personen oder Tötungsdelikte handelte – der KDD arbeitete übergreifend.

»Was wissen wir?« Kristin zückte den Notizblock und ihren Stift.

»Bei der Toten handelt es sich um Ina Thomsen, 28 Jahre alt. Sie arbeitet im Strandbistro und hatte offensichtlich gestern Abend Spätschicht. Nachdem sie als Letzte das Lokal verließ, wurde sie, so wie es aussieht, von ihrem Mörder empfangen. Die erste Leichenschau ergab, dass sie wohl stranguliert wurde.«

»Dem Verlauf der Strangmarke nach zu urteilen, wurde sie im Liegen erdrosselt, denn die Wunde verläuft von der Kehle ausgehend schräg nach oben zum Hinterkopf«, fügte Sönke Friedrichs hinzu.

»Das spricht nicht für einen Zusammenhang mit dem Tod von Julia Böhm«, mischte sich Reimers ein, während er die Hände lässig in den Hosentaschen versenkte.

»Das würde ich so nicht sagen«, entgegnete Dirk Larsen kopfschüttelnd. »Es gibt da etwas, das ihr euch ansehen solltet.«

»Mach es nicht so spannend.« Kristins Ungeduld wuchs, als sie in die faserfreien Einmalanzüge schlüpften, die ihnen Sönke Friedrichs reichte.

»Seht es euch an.« Larsen machte eine einladende Handbewegung und bedeutete Reimers und Kristin, ihm zu folgen. Über den *Trampelpfad* gelangten sie zum Fundort der Toten.

»Der Notarzt hat Frakturen an beiden Schulterblättern des Opfers festgestellt, die den Schluss zulassen, dass der Mörder sich auf sie gekniet oder gestellt hat, während die Frau auf dem Bauch lag.« Sönke Friedrichs wischte über das Display seines Tablets. »Den Totenschein scanne ich gleich ein, dann habt ihr alles.«

»Danke.« Inzwischen waren sie bei der Toten angekommen. Ein paar Schritte entfernt lag ein E-Bike auf der Seite. Der Körper des Leichnams war mit einem Tuch bedeckt. »Also los.« Kristin wechselte einen Blick mit Lars, der schweigend neben ihr stand.

Die Frau lag keine zehn Meter vom Hintereingang des Strandbistros entfernt.

»Die Kollegen von der Kriminaltechnik sollten sich alle Reifenspuren des Parkplatzes genau ansehen«, empfahl Dirk Larsen. »Wir gehen davon aus, dass der Täter hier im Auto auf sie gewartet hat.«

»Wer hat sie gefunden?«, wollte Reimers wissen.

»Soweit ich weiß, der Fahrer des Lkw da drüben. Die Kollegen vom Streifendienst sitzen mit ihm und dem Betreiber des Bistros im Gastraum. Ein Seelsorger ist bereits unterwegs.«

»Was wolltet ihr uns noch zeigen?«

»Das hier.« Larsen ging neben der Toten in die Hocke und zog das Tuch zurück.

Kristin und Reimers sahen in das entsetzte Gesicht einer jungen Frau, Mund und Augen waren im Moment des Todes voller Qual und weit aufgerissen.

»Fotos habe ich schon gemacht«, bemerkte Friedrichs, während er seinem Kollegen dabei behilflich war, die Tote auf den Bauch zu wenden.

»Hier«, sagte Dirk Larsen und zog den Pullover der Frau nach oben. »Das kennt ihr.«

Reimers und Kristin gingen zeitgleich neben den Kollegen in die Hocke. Die Tote trug ebenfalls ein Brandzeichen auf dem Rücken. Tief hatten sich die Narben in die Haut gebrannt. Rund um die Wunde hatten sich Rötungen und kleine Bläschen gebildet. Die Frau musste entsetzliche Schmerzen erlitten haben. »Free JP«, las Kristin halblaut vor und spürte, wie ihr ein Schauer über den Rücken rieselte.

KAPITEL 23

So war es gut. Zufrieden richtete er sich auf, um sein Werk zu betrachten. Diesmal hatte er sie weiter unten am Strand abgelegt, Arme und Beine leicht angewinkelt. Ein wenig tat ihm schon leid, dass sie nicht mehr lebte, bot sie doch auch im Tod ein wunderschönes Bild. Wie friedlich sie dalag, fast so, als würde sie schlafen. Wäre da nicht diese hässliche Wunde an ihrer rechten Schläfe, hätte nichts darauf hingewiesen, dass sie tot war. Die Weinflasche hatte er etwas abseits platziert, um es ihnen nicht allzu schwer zu machen. Natürlich hatte er Handschuhe getragen. Wenn sie seine Spuren und Fingerabdrücke fanden, war er geliefert, und alles wäre umsonst gewesen.

Er machte einen Schritt zurück, dann rollte er den alten Teppich ohne Eile zusammen und klemmte ihn sich unter den Arm. Es war an der Zeit zu verschwinden. Wie ein Phantom trat er in Erscheinung, wenn er es für angebracht hielt – und er verschwand, wenn er es für richtig empfand. Ein letztes Mal blickte er sich zu ihr um, fast so, als wolle er Abschied nehmen. Die Idee, schnell noch ein Bild mit dem Smartphone aufzunehmen, verwarf er wieder. So musste ihm die Erinnerung an sie genügen. Er hatte den Moment ihres Ablebens bestimmt, und das war gut so. Sie würde ihn nicht mehr verraten, und er konnte sein Rätselspiel unbehelligt weiterführen.

Ein Gefühl von Macht stieg in ihm auf, und er kam sich stark vor. Er war der Wächter über Leben und Tod, niemand konnte ihn stoppen. Nicht, solange er es nicht wollte. Sein Gesicht verzog sich zu einer hämisch grinsenden Fratze, er lachte laut, dann schulterte er den Teppich und wandte sich zum Gehen. Ohne sich noch einmal zu ihr umzublicken, verschwand er wie ein Phantom, um den nächsten Streich vorzubereiten.

KAPITEL 24

Sie liebte den Blick auf die Ostsee und die kleine Bucht am frühen Morgen. An manchen Tagen hatte die See eine Farbe wie eines dieser eisblauen Hustenbonbons. Immer, wenn sie mit ihrem Hund am Strand entlanglief, spürte sie den Sand zwischen ihren Zehen und den Wind im Gesicht. So kurz nach Sonnenaufgang war ihr, als würde die Welt den Atem anhalten, um Kräfte zu sammeln für den neuen Tag. Alle paar Meter blieb sie stehen, um die Nase in den Wind zu halten. Dann schloss sie die Augen, ließ all ihre Gedanken los und atmete die würzige Luft tief ein. Es war ein unglaublich befreiender Moment, der etwas Meditatives hatte.

Allem Anfang wohnt ein Zauber inne, dachte sie lächelnd, als sie die Augen öffnete und den Sandstrand nach Sharky, dem vierjährigen Mischlingsrüden, absuchte. Das Tier rannte sichtlich gut gelaunt über den Strand, hielt immer wieder die Nase in die Muschelreste, bellte und setzte seinen Weg fort.

Manchmal sehnte sie sich danach, ein so unbeschwertes Leben wie ihr Hund zu führen. Als sie das Ende des Hundestrandes erreicht hatten, rief sie das Tier zu sich, um es anzuleinen. Dabei dachte sie an die Probleme, die ihr in den letzten Tagen schlaflose Nächte bereiteten. Dennoch bereute sie nicht, nach Schleswig-Holstein gekommen zu sein. Vor drei Jahren hatte sie in der Stadt alle Zelte abgebrochen. Gleich nach der Scheidung von Peer, ihrem langjährigen Ehemann. Es war Zeit gewesen, neu anzufangen – fern ab vom Trubel und der Hektik von Berlin. So hatte sie sich im Norden eine neue Existenz aufgebaut, mit dem Ersparten die kleine Hütte einen Steinwurf vom Strand entfernt gekauft und eigenhändig liebevoll restauriert. Alle Freunde und ihre Familie in der Hauptstadt hatten sie für verrückt erklärt, als sie ihnen vom Leben in der Einöde berichtet hatte, das sie seitdem führte. Neue Gefährten hatte sie sich nicht gesucht. So war Petra Sperlich zur Einsiedlerin geworden. Nur Sharky war ihr immer treu geblieben. Hatte sie in Berlin als Mediengestalterin für eine große Werbeagentur gearbeitet, war sie seit ihrem Wegzug freischaffende Künstlerin. So hatte die 47-jährige, frisch geschiedene Frau aus ihrer Leidenschaft, der Malerei, einen Beruf gemacht.

In den Wintermonaten malte sie Landschaftsbilder in Öl auf Leinwand, die sie im Sommer auf Flohmärkten und Hafenfesten entlang der Küste verkaufte. Obwohl sie davon kaum ihre Kosten decken konnte, hatte sie nie ans Aufhören gedacht.

Petra führte wahrlich kein Leben in Saus und Braus, doch sie hatte sich Bescheidenheit angewöhnt, aß das, was im Haus war, sie fuhr einen klapprigen Lieferwagen und verreiste so gut wie nie. Trotzdem geriet sie immer wieder in finanzielle Probleme. Schulden beim Finanzamt, die Reparatur des Getriebes im letzten Monat und die drohende Heizkostennachzahlung trieben sie in die Enge.

Doch mit ihrem ersten Spaziergang an jedem Morgen rückten diese Sorgen in unendlich weite Ferne. Petra Sperlich sog genießerisch die Luft tief ein und empfand eine angenehme Leichtigkeit, die der Morgen mit sich brachte. Das Bellen ihres Hundes riss sie aus den Gedanken. Sie öffnete die Augen und wusste sofort, warum Sharky angeschlagen hatte: Am oberen Ende des Ufers lag eine Gestalt. Hastig blickte sich Petra um. Weiter oben gab es einen Parkplatz, der tagsüber von Surfern genutzt wurde. In den Sommermonaten teilten sich die Wohnmobile den engen Platz mit den Autos der Urlauber, die in der kleinen Bucht den Tag damit verbrachten, den Wassersportlern zuzusehen, wie sie über die Wellen dahinglitten oder waghalsige Sprünge auf dem Wasser vollführten.

Doch um diese Zeit lag der Parkplatz verlassen da. Umso mehr wunderte sich Petra, wer jetzt schon am Strand lag, um ein Nickerchen zu machen. Sie setzte sich in Bewegung, um zu sehen, wen Sharky da entdeckt hatte. Vermutlich schlief jemand am Strand seinen Rausch aus. Die Gestalt im Sand rührte sich nicht, obwohl der Hund direkt neben ihr stehen geblieben war und Alarm schlug.

»Aus, Sharky, sei doch ruhig, du erschreckst ihn noch«, rief Petra ihm zu. Sie beschleunigte ihre Schritte und hatte die fremde Person rasch erreicht. Petras Blick fiel auf die Reste einer Weinflasche, die neben ihr lag.

Sharky machte einen Satz zur Seite und jaulte auf.

Ihm ist etwas passiert, befürchtete Petra in einem Anflug von Panik. Offenbar war der Hund in einen spitzen Gegenstand getreten, denn das Tier humpelte zur Seite und ließ sich im Sand nieder.

Erst jetzt erkannte Petra, dass die dunkelgrüne Weinflasche nur aus Bruchstücken bestand. Sie sah den Hals und den Ansatz des Flaschenkörpers, der gefährliche Spitzen aufwies. Um die Flasche herum lagen Splitter im Sand. Vermutlich war Sharky in eine Scherbe getreten. Im Heraneilen registrierte Petra, dass es sich um eine junge Frau handelte. Ihr dunkelblondes Haar war blutverkrustet. Man hat ihr mit der Weinflasche eins übergebraten, kombinierte die Künstlerin, als sie vorsichtig neben der bewusstlosen Person in die Hocke ging und versuchte, sie anzusprechen. »Hören Sie mich?«, fragte sie und berührte die verletzte Frau. Als sie die tödliche Kälte spürte, die von der Fremden ausging, zog sie die Hand erschrocken zurück. Erst jetzt nahm sie wahr, dass die Lippen der Unbekannten blau angelaufen waren. Im Kontrast dazu bemerkte sie die wächserne, blasse Gesichtsfarbe. Ihr kam ein grausamer Verdacht.

»Fuck!«, rief Petra verzweifelt und suchte den Strand ab. Doch erwartungsgemäß war sie alleine. Wer auch immer die Frau niedergeschlagen hatte – von ihm war weit und breit nichts zu sehen. »Fuck, fuck, fuck!«

Petra beugte sich tiefer zu der fremden Frau, doch sie konnte keinen Atem feststellen. Ihre Hand zitterte, als sie versuchte, den Puls zu fühlen, und nichts spürte. Längst hatte Petra realisiert, dass die Frau tot war. Panisch sah sie sich um. Möglicherweise hielt sich der Mörder noch in der Nähe auf. Was dann geschah, wagte sie sich kaum auszumalen. Sie würde das nächste Opfer sein.

*

Am liebsten wäre er geblieben, um der Polizei bei der Arbeit zuzuschauen. Doch noch wollte er nichts riskieren, deshalb hatte er es für richtig gehalten, frühzeitig abzutauchen. Mit zwei Streifenwagen und Blaulicht waren sie in der Bucht aufgetaucht, kurz nachdem sich eine Menge von Gaffern eingefunden hatte. Die Polizisten hatten alle Hände voll zu tun, die Neugierigen auf Distanz zu halten. Es wurden Platzverweise und Verwarnungen ausgesprochen, die aber niemanden davon abgehalten hatten, Film- und Bildaufnahmen vom Tatort zu machen. Schließlich fand man an der malerischen Ostseeküste nicht alle Tage eine Leiche am Strand. Obwohl … er hatte die ruhigen Zeiten in der Förde beendet und hoffte nun auf ein breites Echo in der Öffentlichkeit. Mit jeder Toten kam er seinem Ziel näher.

Obwohl er nicht sentimental war, so beschlich ihn ein eigenartiges Gefühl. Um seine Ziele durchzusetzen, hatte er sie geopfert. Zwar bezweifelte er keine Sekunde, dass sie ein wertvolles Opfer gewesen war, trotzdem zog ihn nach dieser aufregenden Nacht nichts an seinen Rückzugsort. Vielleicht auch, weil sie nicht mehr da war. So beschloss er kurz vor Flensburg, Meilen zu machen. Weit weg vom Geschehen, lautete sein Ziel. Und dort wollte er untertauchen in der Normalität, sich dem Spießertum der Kleinstadt unterordnen, um nicht aufzufallen. Schon jetzt wusste er, dass ihm das nicht leichtfallen würde, doch im Augenblick war es vernünftig, sich nicht in seinem Versteck zu verkriechen wie ein gejagtes Tier.

Hinter Flensburg ordnete er sich auf die Schnellstraße in Richtung Westen ein. Inzwischen hatte der morgendliche Berufsverkehr eingesetzt, und so überholte er einige blaue Sattelzüge mit dem Logo der Flensburger Brauerei, die unterwegs waren, um die flüssige Ladung im gesamten Bundesgebiet auszuliefern. Erst als er die Bundesstraße nach Husum erreicht hatte, wich die Anspannung der letzten Tage. Es war an der Zeit, sich wieder unterzuordnen, um nicht aufzufallen. Jetzt waren die Behörden an der Reihe, sein Rätsel zu lösen und die gewünschten Maßnahmen einzuleiten. Sollten sie seine Botschaften nicht verstanden haben, würde er sich wieder auf die Jagd nach neuen Opfern machen. Doch noch war es nicht so weit.

KAPITEL 25

Jobst Thomsen liebte das Leben auf dem Meer. Die himmlische Ruhe der Ostsee, das sanfte Schaukeln der *Seestern* auf den seichten Wellen, den Wind. Während der tuckernde Diesel im Heck den alten Kutter vorantrieb, war sein Blick zum Horizont gerichtet. Die Förde kam in Sicht, und damit der Heimathafen Langballigau. Seit zwei Jahrzehnten war Thomsen als Kapitän auf der *Seestern* unterwegs, und er konnte sich nicht vorstellen, etwas anderes zu tun. Dabei hatte er das Rentenalter längst erreicht. Doch zu Hause hielt er es nicht aus. Nach wenigen Tagen ohne seine geliebte Seefahrt fiel ihm dort die Decke auf den Kopf. Hinzu kam, dass er zwölf Jahre älter war als seine Frau Johanna, die noch mitten im Berufsleben stand. Was also sollte er zu Hause?

Ihre einzige Tochter, Ina, war längst flügge geworden. Erst nachdem ihr Ex-Freund Malte sich Hals über Kopf von ihr getrennt hatte, war Ina reumütig zurück nach Hause gekommen, um wieder ihr altes Kinderzimmer im Souterrain zu beziehen. Natürlich hatten sie ihr Kind mit offenen Armen empfangen, schließlich würde Ina, auch wenn sie inzwischen 28 Jahre alt war, immer ihr Kind bleiben.

Jobst verlor sich für einen Augenblick in den Gedanken, warum sich Malte wohl von ihr getrennt hatte. Malte war gut aussehend, charmant und er liebte die See. In Flensburg renovierte er sich eine alte Segeljacht. Es war immer sein Wunsch gewesen, eines Tages mit Ina auf der *Cadoc* die großen Meere zu befahren. Davon war nichts übrig geblieben.

Gemächlich schaukelte die *Seestern* durch die Wellen, während er in die kleine Bucht einlief. Schon bald kamen rechts die ersten Häuser auf der dänischen Seite der Förde in Sicht. Der Fang war gut, und sicher würde sein Arbeitgeber heute gute Geschäfte machen, denn sie verkauften den fangfrischen Fisch gleich vom Anleger aus.

Thomsen strich sich mit der freien Hand durch den in Ehren ergrauten Seemannsbart, während er mit der anderen das hölzerne Ruder hielt. Der Tee in der Tasse dampfte noch, und er griff danach und trank in kleinen Schlucken.

Thomsen saß auf dem unbequemen Stuhl im Ruderhaus der *Seestern*, als backbord das Strandbistro in Sicht kam, in dem seine Tochter arbeitete. Gestern war sie für eine Kollegin eingesprungen, um die Spätschicht zu übernehmen.

Ein Schmunzeln legte sich auf die Lippen des alten Seebären, als er an Ina dachte. Sicher lag sie um diese Zeit noch in den Federn. Ihm konnte es recht sein, er würde, sobald er nach Hause kam, leise sein, um sie nicht zu wecken. An manchen Tagen empfing sie ihn auch mit einem schwarzen Kaffee und frischen Brötchen in der Küche. Heute würde das wohl nicht der Fall sein, denn nach den Spätschichten schlief sie an den Folgetagen immer aus, um fit zu sein für das Studium.

Etwas am Bistro erregte Thomsens Aufmerksamkeit. Er griff zum Fernglas und sah die zahlreichen Fahrzeuge am Strand. Während es sonst Personenwagen, Motorräder und Wohnmobile waren, standen heute dort Einsatzwagen von Polizei und Rettungsdienst. Nur der blaue Lastwagen der Flensburger Brauerei passte nicht ins Bild.

In Jobst Thomsens Kopf schrillten sämtliche Alarmglocken. Schaulustige hatten sich an einer von der Polizei errichteten Sperrlinie versammelt. Sie hielten Handys in die Höhe.

»Diese Aasgeier«, zischte Thomsen kopfschüttelnd. Ihm war klar, dass am Bistro etwas Schlimmes passiert sein musste. Die Hände des Fischers zitterten, als er das Fernglas sinken ließ. Mit Sicherheit wusste Ina mehr. Thomsen war davon überzeugt, dass sie entgegen ihrer Gewohnheit schon wach war. Er griff zu seinem altmodischen Tastentelefon, das Ina ihm vor einigen Jahren zu Weihnachten geschenkt hatte, und wählte ihre Nummer.

»Komm schon«, brummte er voller Ungeduld. Mit jedem Freizeichen verstärkte sich das ungute Gefühl, das ihn beschlichen hatte. Thomsen nahm Fahrt zurück. Das Brummen des Diesels wurde leiser. Jetzt drang das Plätschern der seichten Wellen, die an den Bug des Fischkutters schlugen, an seine Ohren. »Geh schon dran«, brummte er nervös und trommelte auf dem Steuerrad der *Seestern* herum. Ein ungutes Gefühl beschlich ihn, ein düsterer Gedanke, den er nicht zu Ende denken wollte.

*

Westerholz, 8.10 Uhr:

Reimers und Kristin beobachteten schweigend, wie die Tote von den Bestattern in einen Leichensack gebettet wurde. Zwischenzeitlich waren auch Birthe, Thierse und Lukas Lange vor Ort, um mögliche Spuren zu sichern.

»Traurige Routine ist das.« Birthe seufzte. »Gestern in Steinberghaff, heute hier … und morgen?«

»Ich weiß es nicht.« Kristin zuckte mit den Schultern und tauschte einen Blick mit Reimers. Lieber wäre ihr gewesen, wenn sie noch im Bett liegen könnten, doch das ließ der Alltag nicht zu. Offenbar konnte er ihre Gedanken erraten. Ihm schien es ähnlich zu ergehen, denn er bedachte sie mit einem sehnsuchtsvollen Blick.

»Moment«, sagte er plötzlich an Birthe gewandt. »Und morgen?«

»Genau.« Nickend schlug die nordische Schönheit ihre Kapuze zurück, während Lukas Lange Bildmaterial von der Auffindesituation des Opfers anfertigte. »Was ist morgen?«

»Du glaubst an einen Serienmörder?« Kristin spürte, wie sich ihre Kopfhaut zusammenzog. Sie wechselte einen Blick mit Reimers, der unauffällig die Schultern zuckte.

»Das Brandmal lässt diesen Schluss zu, oder wie denkst du darüber?« Der Gedanke an einen Zusammenhang drängte sich förmlich auf. Sie nahm sich dennoch vor, beide Fälle getrennt voneinander zu behandeln.

Reimers räusperte sich. »Es könnte sich bei dem Mörder auch um einen Trittbrettfahrer handeln, immerhin wurde Ina Thomsen ermordet, während wir es bei Julia Böhm wohl mit den Folgen eines Sturzes zu tun haben.« Er deutete mit dem Kinn auf die Menge der Schaulustigen entlang der Absperrlinie. »Der Tod von Julia Böhm ging gestern schon viral, da würde es mich nicht wundern, wenn wir einen Nachahmer auf den Plan rufen.«

»Ina Thomsen wurde stranguliert, ja.« Birthe nickte. »Diesmal erdrosselt, gestern erschlagen – oder an den Folgen des Sturzes gestorben, wenn du weiter daran glauben willst. Wie auch immer, aber irgendwie werde ich das Gefühl nicht los, dass es sich um denselben Täter handelt.«

»Geht mir auch so.« Kristin nickte.

»Wir werden ein besonderes Augenmerk auf die Reifenspuren auf dem Parkplatz legen.« Thierse gesellte sich zu ihnen. »Dann wissen wir vielleicht mehr.«

»Um den Pick-up von Christensen wird es sich hier nicht gehandelt haben, denn der steht ja seit gestern in den Hallen der Kriminaltechnik in Kiel«, mischte sich Lukas Lange ein. »Trotzdem habe ich den Eindruck, dass es sich bei dem Branding um eine Botschaft des Täters handelt.«

Kristin musste dem jungen Kollegen recht geben. »Hast du dir mal Gedanken darüber gemacht?«

»Schon, aber ich bin nicht wirklich weitergekommen.«

Kristin nickte. Die Nachricht auf Julia Böhms Rücken war das einzige Dienstliche gewesen, über das sie gestern Abend mit Lars geredet hatte. Auch er hatte keine Ahnung gehabt, was der Täter damit sagen wollte. »Und Ina Thomsen trägt das Brandmal an derselben Stelle wie Julia Böhm.«

»Meinst du, dass sie …«, setzte Reimers an, wurde aber vom Klingelton eines Handys unterbrochen.

»Bei wem klingelt es?«, fragte Kristin.

»Bei ihr.« Die Bestatter deuteten auf die Tote.

»Warum habt ihr das Smartphone noch nicht sichergestellt?«, fragte Kristin in vorwurfsvollen Ton an Thierse gewandt. Bevor der Leiter des Sechsten antworten konnte, stand Kristin neben der Toten. Hastig ging sie in die Hocke und zog das klingelnde Handy aus der Hosentasche. »Scheiße«, murmelte sie und hielt das Smartphone so, dass all sehen konnten, um wen es sich bei dem Anrufer handelte.

»Papa ruft an«, stand dort.

*

Niemand hatte seine Rückkehr bemerkt. Nicht einmal Fiete von nebenan hatte ihn beobachtet, und das, obwohl dem sonst nie etwas entging. Vermutlich, dachte er, war der alte Mann unterwegs. Zufrieden leerte er den Briefkasten. Außer Werbung und dem örtlichen Anzeigenblatt befand sich nichts darin. Mit einem knallbunten Flyer machte ein neuer Lieferdienst in der Neustadt auf sich aufmerksam. Er warf im Vorbeigehen alles in den Mülleimer und setzte seinen Weg fort. Muffiger Geruch schlug ihm entgegen, als er die Haustür öffnete. Kein Wunder, schließlich hatte er schon seit Tagen nicht mehr gelüftet. Die Dielen knarrten unter seinen Schritten, als er die Stube betrat und die Gardinen zurückzog, um das Fenster zu öffnen. Die frische Seeluft blies die Vorhänge auf und wehte in die Wohnung. Obwohl es ein grauer Tag war, fiel ihm der Staub auf den Möbeln auf. Es war Zeit, mal gründlich klar Schiff zu machen. Doch der Hausputz musste warten. Ohne Eile rollte er den alten Teppich aus. Dann schob er den Tisch darüber, und alles sah aus, als wäre er nie weggewesen. Seufzend sank er in den Sessel, den er von seinem Vater geerbt hatte. Er schlug die langen Beine übereinander und dachte nach. Ob die Bullen ihm schon auf den Fersen waren? Genügend Fährten hatte er ausgelegt. Nun war es an ihnen, die Hinweise richtig zu deuten und seine Forderung zu erfüllen. Für ihn war es jetzt wichtig, dass er unter dem Radar blieb, um seine Mission nicht zu gefährden. Und das konnte er am besten hier, in seinen eigenen vier Wänden. Erst wenn ihm hier die Luft dünn wurde, musste er in sein Versteck zurückkehren. Es war ein Katz-und-Maus-Spiel, doch mit jedem Tag fand er mehr Gefallen an seiner Bestimmung. Und er war noch lange nicht am Ziel angelangt.

*

Sie waren zum Hafen von Langballigau gefahren, wo sie mit Jobst Thomsen verabredet waren. Nachdem sie den Dienstwagen auf dem großen Parkplatz am Strand abgestellt hatten, legten sie den Rest des Weges zum kleinen Hafen zu Fuß zurück.

Wind kam auf und trieb dichte Wolken über die Außenförde ins Landesinnere. Kristin schlug den Jackenkragen hoch und versenkte die Hände fröstelnd in den Taschen. Sicherlich würde es heute noch regnen. Am Strandbistro hatte die Spurensicherung die Arbeit aufgenommen, dort konnten sie gerade nichts ausrichten, deshalb waren sie zum Hafen gekommen, um den Vater der Toten in Empfang zu nehmen. Auf die Hilfe eines Polizei-Seelsorgers hatte er verzichtet.

»Er wird unter Schock stehen«, bemerkte Kristin mehr, um etwas zu sagen.

»Verständlich.« Reimers nickte mit ernster Miene, während sie nebeneinander zum Anleger marschierten. Plötzlich blieb er stehen und nahm Kristin an der Hand. »Hey«, sagte er mit einem sanften Lächeln auf den Lippen. »Es war schön letzte Nacht.«

»Ja.« Kristin senkte den Blick. »Fand ich auch.« Sie suchte nach den richtigen Worten, um das zum Ausdruck zu bringen, was sie schon seit dem Anruf des KDD beschäftigte. »Ich hoffe, dass es kein One-Night-Stand war.«

»Nein.« Er lachte leise und schüttelte den Kopf. »Ganz bestimmt nicht. Ich …«

»Gut«, unterbrach sie ihn. Es kam ihr unpassend vor, jetzt über ihre Gefühle zu Lars zu sprechen. So konzentrierte sie sich auf den Fall. »Dann los. Thomsen wartet sicher schon auf uns.« Sie setzten ihren Weg zum Hafen fort, und Kristin nahm sich vor, das private Gespräch zu einem passenden Moment fortzusetzen. Reimers bedeutete ihr schon jetzt viel – mehr, als sie sich selber eingestehen wollte. Doch für ein derartiges Geständnis war gerade nicht der richtige Zeitpunkt.

»Da wären wir«, riss Reimers sie aus den Gedanken, als sie am Kai angelangt waren. Kleine Restaurants und Souvenirshops reihten sich wie auf einer Perlenkette aneinander. Bevor der Hafen von den Touristenscharen heimgesucht wurde, herrschte zur frühen Stunde eine nahezu malerische Stille. Kleine Segelboote und Jachten wippten auf den sanften Wellen, an der Kaimauer stritten sich zwei Möwen lautstark um die Reste eines Fischbrötchens.

Kristin blickte sich um. Im Sommer war der Hafen sicherlich ein malerischer Ort, der nicht nur Urlauber anzog, um von hier aus mit der Fähre einen Tagesausflug ins dänische Brunsnaes zu unternehmen. Doch jetzt lag die *Feodora II* verwaist am Anleger. Mondäne Villen thronten oberhalb der Steilküste von Langballig über dem Jachthafen. *Von dort aus hat man sicher einen traumhaften Ausblick*, dachte Kristin. »Schön hier«, sagte sie.

»Ja.« Reimers nickte. »Man nennt Langballig auch das Tor zur dänischen Südsee.«

Sie mussten sich nicht beim Hafenmeister nach der Anlegestelle der *Seestern* erkundigen, denn der Kutter lag direkt vor ihnen. Es gab einen kleinen hölzernen Stand am Kai, an dem der fangfrische Fisch gleich von Bord verkauft wurde. Auf einer Schiefertafel wurde die Kundschaft über die üblichen Verkaufszeiten informiert. An den Wochenenden gab es hier Scholle, Aal, Meerforelle, Steinbutt und Flundern, doch jetzt zeigte sich der kleine Stand verlassen. Drei Männer an Bord waren damit beschäftigt, die Kunststoffkisten mit dem Fang abzuladen. Sie trugen halbhohe Gummihosen, Stiefel und blau gestreifte Arbeitshemden. Als sich Kristin und Reimers näherten, unterbrachen sie ihre Arbeit und sahen ihnen skeptisch entgegen.

»Polizei?«, fragte ein hagerer Enddreißiger, der Kristin und Reimers hatte kommen sehen. »Zum Käpten?«

»Jo.« Reimers zückte den Dienstausweis, doch sein Gegenüber würdigte das Dokument keines Blickes. »Sitzt bei Tee mit Rum im Ruderhaus, ich hol ihn.« Ohne ihre Antwort abzuwarten, machte er kehrt und verschwand in der engen Ruderkabine des Kutters, in der ein Mann in sich zusammengesunken auf einem einfachen Stuhl hockte und ins Nichts stierte.

»Na denn«, murmelte Kristin, mehr, um überhaupt etwas zu sagen. Einen Augenblick später erschien der Hagere in Begleitung des Mannes, den Kristin um die 60 schätzte. Er trug einen Parka, eine blaue Arbeitshose und Gummistiefel. Auf dem Kopf trug er eine altmodische Prinz-Heinrich-Mütze aus dunkelblauem Cord, um die sich eine schwarze Kordel spannte. Unter dem Rand der Kopfbedeckung lugten schlohweiße Haare heraus. Auch der dichte Vollbart war in Ehren ergraut. Seine Gesichtshaut erinnerte Kristin an gegerbtes Leder, die Pfeife in seinem Mundwinkel war erkaltet.

»Thomsen, moin.« Seine Stimme klang rau und tief, dennoch, wohl im Anbetracht der Ereignisse, brüchig. Es fiel Kristin schwer, sein Alter zu schätzen. Er mochte Mitte 60 sein, konnte aber genauso gut die 70 längst überschritten haben. In seinen blauen Augen lag eine tiefe Trauer.

Kristin und Reimers stellten sich vor und bekundeten dem Kapitän des Kutters ihr Beileid. »Wo können wir ungestört reden?« Kristin blickte sich suchend um.

»Kommen Sie.« Thomsen machte eine ausladende Geste. »Lassen Sie uns ein Stück laufen, dabei kann ich vielleicht meine Gedanken sortieren.« Bei jeder Silbe wippte die Pfeife in seinem Mundwinkel.

»Gern.« Kristin und Reimers hatten keine Einwände. Schweigend liefen sie die ersten Meter zum Fähranleger. Dabei war Thomsens Gang gebeugt wie der eines alten Mannes. Irgendwann blieb der Fischer stehen. Er versenkte die Hände in den Taschen der Latzhose. Sein Blick schweifte hinaus auf das Wasser. Im Grau des Morgens lag die Förde still da. Weiter hinten zog ein schneeweißes Segelboot seine Bahn. »Ina wurde ermordet, richtig?«

»Woher wissen Sie das?« Reimers runzelte die Stirn.

»Woran soll eine 28-jährige Frau, die kerngesund war, sonst sterben?« Aus seinem Mund klangen die Worte schlüssig, fand Kristin.

»Sie hätte auch an den Folgen eines Unfalls sterben können«, wandte Reimers ein.

»Dann wäre kaum die Kripo rausgekommen.«

Obwohl seine Augen feucht schimmerten und er jedes Wort verbittert aussprach, attestierte Kristin ihm stillschweigend, dass er trotz aller Tragik logisch denken konnte. Er nahm die Pfeife aus dem Mund und spielte damit. Seine groben Hände fuhren über die messingfarbenen Applikationen, die eine mächtige Seeschlange mit aufgerissenem Maul zeigten. »Wie ist sie …« Er sprach stockend weiter, sah erst Reimers, dann Kristin an.

»Sie wurde erdrosselt«, antwortete Reimers. »So wie es aussieht, hat man ihr am Ende der Spätschicht auf dem Parkplatz aufgelauert.« Er legte eine Pause ein, bevor er fortfuhr. »Haben Sie eine Ahnung, ob das jemand aus dem Bekanntenkreis Ihrer Tochter gewesen sein könnte?«

»Nee.« Thomsen schüttelte langsam den Kopf. Sein Blick folgte einer kleinen Jacht, die gerade das Hafenbecken verließ und sich mit klimpernden Karabinern der Außenförde näherte. »Ina war nicht so, dass sie Feinde hatte. Sie ist … sie war friedliebend und harmoniebedürftig und ist einem sich anbahnenden Streit immer aus dem Weg gegangen.« Er schniefte lautstark und nahm das Papiertaschentuch, das Kristin ihm reichte, dankend an, um sich geräuschvoll die Nase zu putzen.

»Ihre Tochter lebt bei Ihnen im Haus?«, fragte Kristin, die vor der Abfahrt in Westerholz alle auf die Schnelle verfügbaren Daten gecheckt hatte.

»Ja. Jetzt wieder. Seitdem Malte sie in den Wind geschossen hat …«

»Malte war ihr Freund?«, setzte Kristin nach.

»Jo. Eigentlich ein lieber Kerl, so eine Type, die meine Frau und ich uns als Schwiegersohn gewünscht haben. Ein echter Sonnyboy.« Thomsen lachte trocken auf, dabei schimmerten seine Augen feucht. »Aber du guckst den Leuten immer nur vor den Kopf.«

»Kennen Sie den Grund für die Trennung?« Kristin zückte Stift und Block, um mitzuschreiben.

»Klar. Er hat Ina für eine andere verlassen, die ihm wohl den Kopf verdreht hat.« Enttäuschung schwang in der Stimme des Seemanns mit. »Von jetzt auf gleich hat er die Verlobung aufgelöst, um sich mit seiner Neuen vergnügen zu können.«

»Wie hat Ihre Tochter diese Nachricht aufgenommen?«

»Wie wohl?« Thomsen starrte Kristin mit unverwandter Miene an. Seine Stimme klang verbittert. »Sie war todtraurig, hatte wohl schon die Hochzeitsglocken läuten hören. Enttäuschung, Trauer …«

»Und Wut?«, fuhr ihm Reimers dazwischen. Prompt fing er sich einen tadelnden Blick von Kristin ein. Sie hatte es sich angewöhnt, Menschen, die sie befragte, nach Möglichkeit nicht zu unterbrechen.

»Kann sein.« Jobst Thomsen zuckte mit den Schultern. »Aber so was wie Rache kam ihr nicht in den Sinn.«

»Kennen Sie die Adresse von diesem Malte?«, fragte Kristin schließlich. »Und den Nachnamen?«

»Klar. Malte Schäfer. Er wohnt drüben in Mürwik.« Thomsen nannte ihr die Anschrift. »Aber ich glaube nicht, dass er was mit dem Mord an meiner Tochter zu tun hat.« Plötzlich brach es aus ihm heraus. Jobst Thomsen weinte. »Mein Kind ist tot«, wimmerte er. »Das kann doch einfach nicht angehen.« Er schnäuzte in das Taschentuch und schüttelte ungläubig den Kopf. »Tun Sie mir einen Gefallen und finden Sie das Schwein, das meinem Kind das angetan hat.«

»Versprochen«, nickte Reimers. »Und jetzt bringen wir Sie nach Hause.«

Der Fischer hatte keine Einwände. Er trottete gedankenverloren hinter Reimers und Kristin zum Parkplatz und hing seinen Gedanken nach.

*

Er musste eingeschlafen sein. Kein Wunder, denn die hinter ihm liegenden schlaflosen Nächte forderten jetzt ihren Tribut. Als er erwachte, warf er einen Blick auf die Uhr. Inzwischen war es später Vormittag. Erschrocken fuhr er in die Höhe und wischte sich mit der flachen Hand über das Gesicht. Sicher waren sie längst gefunden worden.

Es war an der Zeit, ihnen Beine zu machen. Drei Frauen hätte er bereits geopfert, und die Bullen hatten offensichtlich immer noch keinen Schimmer, was er von ihnen forderte. Höchste Zeit, deutlicher zu werden. Er streckte sich und erhob sich vom Sofa der kleinen Stube seines Elternhauses. Als er Durst verspürte, begab er sich, noch immer schlaftrunken, in die Küche, um einen Blick in den Kühlschrank zu werfen. Er nahm sich eine Milchflasche, schraubte sie auf und trank gleich aus der Flasche. Langsam kehrten die Lebensgeister zurück. Nachdem er die Pulle geleert hatte, warf er sie in den Korb neben der Arbeitsplatte. Durch das Fenster blickte er in den verwilderten Garten und musste zugeben, dass Gartenarbeit nicht sein Ding war. Bei seinen Eltern hatte das Grundstück immer liebevoll gepflegt ausgesehen. Das Gras stand fast einen halben Meter hoch, auf den alten Waschbetonplatten, die zu den verkommenen Beeten führten, hatte sich Moos gebildet. Vielleicht würde er einen Gärtner mit der Aufbereitung beauftragen. Doch dafür war im Moment keine Zeit, jetzt galt es, den Druck zu erhöhen.

Er schnüffelte an seinem T-Shirt und bemerkte den Schweißgeruch. Höchste Zeit für eine Dusche, denn dazu hatte er in den letzten Tagen keine Gelegenheit gehabt. Dort, wo er untergetaucht war, gab es keine sanitären Anlagen.

Auf dem Weg ins Bad entkleidete er sich und warf T-Shirt, Jeans, Socken und die Unterhose achtlos auf den Boden der Diele. Aufräumen konnte er später. Es dauerte einen Augenblick, bis das Wasser eine angenehme Temperatur erreichte, dann stieg er unter die Brause und genoss die prickelnden Wasserstrahlen, die auf seinen Körper niederprasselten. In der Dusche hatte er oft die besten Einfälle, und so hoffte er auch diesmal, eine Idee zu bekommen, die ihn seinem Ziel näherbrachte. Es wurde höchste Zeit, dass etwas geschah. Vielleicht sollte er das Tempo weiter erhöhen. Die Vorstellung gefiel ihm.

KAPITEL 26

Westerholz, 10.05 Uhr:

Die Nachricht vom Tod der gemeinsamen Tochter hatte bei Johanna Thomsen tiefe Bestürzung ausgelöst. Weinend war sie im Arm ihres Gatten zusammengebrochen, als er ihr berichtet hatte, warum er in Begleitung der Polizei nach Hause kam. Im Gegensatz zu ihrem Mann wünschte sie sich ein Gespräch mit dem Polizeipsychologen. Kristin hatte alles Nötige veranlasst, der Seelsorger befand sich auf dem Weg nach Westerholz und würde innerhalb der nächsten halben Stunde eintreffen.

»Es ist doch nicht normal, dass Kinder vor ihren Eltern sterben«, hatte Johanna mit tränenerstickter Stimme immer wieder geklagt. »Das hat der liebe Gott so nicht vorgesehen, das ist gegen die Natur.«

Kristin hatte ihre ersten Fragen einfühlsam gestellt, bald aber bemerkt, dass die Frau zu sehr unter Schock stand, um adäquate Antworten geben zu können, die sie in ihren Ermittlungen weiterbrachten. So hatte sie beschlossen, die Befragung zu einem späteren Zeitpunkt fortzusetzen. Kaum, dass sie sich von dem älteren Ehepaar verabschiedet hatten, meldete sich Kristins Handy.

Der Wind war aufgefrischt, ein feiner Nieselregen ging nieder. Kristin schlug die Kapuze ihres hellblauen Hoodies über den Kopf. Die Apfelbäume im Garten, in dem das Haus der Thomsens lag, standen in üppiger Blüte, das saftig grüne Gras war hoch und wartete auf den ersten Schnitt des Jahres.

Ein Zaun umgab das weitläufige Grundstück, weiter hinten weideten drei zottelige Galloway-Rinder.

Ein Hauch Bullerbü, dachte Kristin noch. Der Ort strahlte ländliche Idylle aus. Jetzt war das Grauen eiskalt über diesen friedlichen Ort hereingebrochen.

Mit klammen Fingern zog Kristin das Smartphone heraus. Am anderen Ende der Leitung war Beck.

»Du glaubst es nicht«, sagte er. »So was ist mir während meiner gesamten Dienstzeit noch nicht untergekommen.«

»Mach es nicht so spannend«, forderte Kristin ihn auf. »Was ist passiert?« Sie hatte den Lautsprecher eingeschaltet, damit Reimers mithören konnte.

»Es gibt Arbeit. Eine tote Frau am Strand von Norgaardholz.«

»Nicht dein Ernst«, entfuhr es Kristin.

»Leider doch«, seufzte der Erste Kriminalhauptkommissar. »Der KDD hat mich eben informiert, ein Team ist bereits vor Ort.«

»Weiß man denn schon …«

»Allem Anschein nach haben wir es wieder mit einem Tötungsdelikt zu tun«, berichtete Beck.

»Oha«, entfuhr es Kristin. In einer Statistik hatte sie vor Kurzem erst gelesen, dass die Zahl der Morde in Schleswig-Holstein seit einiger Zeit bei unter 30 Fällen pro Jahr lag. Wenn man den Tod von Julia Böhm einbezog, hatten sich allein in den letzten 24 Stunden schon drei Tötungsdelikte ereignet. »Langsam geht uns das Personal aus.« Kristin wechselte einen Blick mit Reimers, der betroffen schwieg.

»Ich habe eben schon mit Kiel telefoniert«, hörte sie Becks Stimme aus dem Lautsprecher. »Sollte ein Zusammenhang zwischen den Todesfällen bestehen, werden wir noch heute eine Mordkommission gründen.«

»Wenn ich etwas für euch tun kann, sag einfach Bescheid«, bot sich Reimers an.

»Danke, Lars, vielleicht komme ich darauf zurück.« Beck schnaubte am anderen Ende der Leitung. »Könnt ihr nach Norgaardholz fahren und Infos vom Dauerdienst einholen?«

»Das geht in Ordnung«, antwortete Kristin. »Wir sind schon unterwegs.«

»Danke.«

»Da nich für.« Kristin unterbrach die Verbindung, schob das Smartphone in die Hosentasche und nickte Reimers zu. Nachdem sie am frühen Morgen so überstürzt das Haus verlassen hatten, wollte er sie zum Frühstück ins *Smørrebrød* in der Flensburger Fußgängerzone einladen, und tatsächlich verspürte Kristin Hunger. Doch an eine Pause war nicht zu denken.

»Sieht aus, als müsste unser Frühstück noch warten.« Als er zögerte, grinste sie. »Oder soll ich dich irgendwo rauslassen? Ich meine, schließlich hast du ja Urlaub.«

Reimers schüttelte grinsend den Kopf. »Ich sag es gerne noch mal: Der Urlaub ist vorbei, seitdem du gestern bei mir aufgeschlagen bist.« Er sah sich um und schien sich zu vergewissern, dass sie nicht vom Haus der Thomsens aus beobachtet wurden, dann hauchte er ihr einen flüchtigen Kuss auf die Lippen.

Kristin erwiderte den Kuss, um sich gleich wieder auf die Arbeit zu konzentrieren. »Dann los«, sagte sie und öffnete den Wagen. Als sie anfuhr, schwappte das Regenwasser vom Autodach auf die Windschutzscheibe. Hastig schaltete sie den Scheibenwischer ein.

»Siehst du«, grinste Lars vergnügt. »Es hilft nichts.«

»Was hilft nicht?«, fragte Kristin, ohne den Blick von dem schmalen Weg, der zur Hauptstraße führte, zu nehmen.

»Eine Sonnenbrille aufzusetzen, wenn die Sonne nicht scheint«, erwiderte Lars amüsiert. »Du hast sie nämlich nicht angelockt, sondern vertrieben.«

*

Norgaardholz, 10.30 Uhr:

Die kleine Bucht lag einen Steinwurf vom Fundort der ersten Frauenleiche entfernt. Die bizarr anmutende Szenerie ähnelte frappierend der Auffindesituation von Julia Böhm vor nicht einmal 24 Stunden. Sollte es sich bei dem Täter um einen Trittbrettfahrer handeln, dann hatte er die Szene vom Vortag penibel nachgestellt. Bildmaterial dazu gab es zu Genüge im Internet. Doch noch standen sie am Anfang ihrer Ermittlungen. Kristin fand es beängstigend, dass innerhalb kürzester Zeit drei Frauen zu Tode gekommen waren.

Als sie den Einsatzort am Ende der kleinen Zufahrt zum Strand erreichten, glaubte Kristin an ein Déjà-vu. Auch hier gab es eine schmale Stichstraße, die den Wassersportlern dazu diente, mit ihren Fahrzeugen möglichst nah ans Meer zu gelangen. Auch hier war der befestigte Teil des Weges von Hecken gesäumt. Linker Hand befand sich eine Sportanlage, die offensichtlich zum benachbarten Campingplatz gehörte. Ein Zeichen wies die Zufahrt als Fischer-Lietzow-Weg aus. Da Kristin den Mann, dem der Weg gewidmet worden war, nicht kannte, schenkte sie dem Schild keine weitere Beachtung. Einsatzwagen standen entlang des Weges.

»Auf geht's«, bemerkte Reimers.

Kristin nickte stumm. Schweigend näherten sie sich dem Ort des Geschehens. Nachdem sie sich bei den uniformierten Kollegen an der Absperrlinie ausgewiesen hatten, durften sie passieren.

Wieder hatten die Mitarbeiter der Spurensicherung einen Pavillon als Sichtschutz über der Toten errichtet.

»Beim nächsten Mal gebt ihr einen aus«, rief Dirk Larsen, als sie sich der Einsatzstelle näherten. Sein Kollege war gerade in ein Gespräch mit dem Notarzt vertieft, der offensichtlich schon die erste Leichenschau am Opfer durchgeführt hatte.

»Wenn ihr euch dann wieder um Einbruchsdelikte und Fahrraddiebstähle kümmert, gern.« Kristin rang sich ein Lächeln ab.

»An uns soll's nicht liegen.« Larsen zuckte die Schultern.

»Was gibt es hier?« Kristin blickte an dem Kollegen vorbei.

»Eine unbekannte Frau, schätzungsweise Ende 30, lag heute Morgen am Strand, als sie von einer Spaziergängerin mit Hund leblos aufgefunden wurde. Es könnte sein, dass sie an den Folgen eines Schlages auf den Kopf, durchgeführt mit einem stumpfen Gegenstand, starb.«

Reimers stöhnte auf. »Wie Julia Böhm.«

»Wir haben die Reste einer sehr massiven Weinflasche gefunden, die möglicherweise die Tatwaffe sein könnte.«

Kristin dachte angestrengt nach. Womöglich war die Tote als vermisst gemeldet worden. Sie ließ den Blick über ihre Umgebung schweifen. Auch hier gab es in direkter Nachbarschaft eine Ferienanlage und einen Sportverein.

»Im ersten Angriff gibt es keine Zeugen, die im Vorfeld etwas Auffälliges beobachtet haben«, berichtete Larsen weiter. »Wir müssen noch Klinken putzen, um mögliche Hinweise zu bekommen.«

Kristin dachte angestrengt nach, ob es eine Verbindung zwischen den Todesopfern gab. War die Wahl des Täters willkürlich auf die Opfer gefallen?

»Ich werde mir gleich die Datensammlungen ansehen, dann wissen wir, ob sie als vermisst galt«, bot Reimers an. »Vielleicht kennen wir dann ihre Identität und können mit der Arbeit beginnen.«

»Einverstanden.« Kristin nickte. Wie sie sah, war ein Team vom Sechsten Fachkommissariat schon vor Ort. Eine schlanke und hochgewachsene Gestalt im weißen Overall unterbrach ihre Arbeit, als sie die Kollegen erkannte. Birthe schlug die Kapuze zurück und näherte sich ihnen. »Lange nicht gesehen.«

»Allerdings.« Kristin nickte. Der eigenartige Blick, mit dem ihre Kollegin Lars Reimers betrachtete, blieb ihr nicht verborgen.

»Ist Eckernförde involviert?«, fragte sie ihn und hob fragend eine Augenbraue.

»Nicht direkt«, antwortete Kristin an seiner Stelle. »Dass Lars mich begleitet, hat … private Gründe.« Sie spürte, dass sie errötete.

Birthe nickte mit einem wissenden Lächeln und kommentierte die Begleitung des attraktiven Kollegen aus Eckernförde nicht. »Moin«, rief Lukas Lange und winkte, bevor er seine Arbeit unterbrach und sich zu ihnen gesellte. »So sieht man sich wieder.«

»Jo.« Kristin nickte. »Was wisst ihr?«

»Gar nicht mal so viel«, erwiderte Birthe. »Wir sind ja auch erst vor einer Viertelstunde eingetroffen. Der Rest des Teams ist noch in Westerholz zugange.«

»Es gibt Parallelen zu Julia Böhm.« Lukas Lange sah die Frauen und Reimers mit bedeutungsschwerer Miene an.

»Sag ich doch.« Lars grinste.

»Die Auffindesituation ist nahezu identisch mit der Toten in Steinberghaff«, stimmte Birthe ihm zu.

»Aber was mir Kopfzerbrechen bereitet, ist etwas anderes.« Lukas Lange bedeutete ihnen mit einer Geste, ihm zu folgen. »Der diensthabende Notarzt hat die erste Leichenschau eben abgeschlossen. Kein Smartphone, keine Geldbörse, nichts Persönliches gefunden.«

»Aber?«, wollte Reimers wissen.

»Nichts aber.« Birthe schenkte ihm einen vielsagenden Augenaufschlag. »Ihr solltet die Vermi/Utot befragen.«

»Hab ich sowieso vor«, erwiderte Reimers mit grimmigem Blick. Bei der Datenbank handelte es sich um ein Dateiverzeichnis aller als vermisst gemeldeten Personen sowie um ein Verzeichnis von nicht identifizierten Toten.

Inzwischen hatten sie den Pavillon erreicht. Die Tote war mit einem Tuch abgedeckt worden. Sönke Friedrichs vom KDD unterbrach sein Gespräch mit dem Notarzt, der damit beschäftigt war, den Totenschein auszustellen.

»Moin«, grüßte Kristin und stellte sich dem Mediziner vor, einem untersetzten Enddreißiger mit braunen Augen und schütterem Haar, der sich ihr mit einem »Angenehm, Claas Gruner«, vorstellte. »Die Todesursache unseres Opfers dürfte ein Schlag auf den Kopf sein. Ihre Kollegen sichern bereits mögliche Beweisstücke, die Reste einer außergewöhnlich massiven Weinflasche.«

»Ich hörte bereits davon.« Kristin nickte.

»Da ist noch etwas«, bemerkte Claas Gruner. »Wir haben Frakturen am Oberkörper und im Gesicht der Toten festgestellt, die darauf schließen lassen, dass zuvor ein Handgemenge stattgefunden hat.«

»Wie bei Opfer Nummer eins«, kommentierte Reimers, als er Kristins Blick bemerkte.

»Und ich habe Einblutungen an Hand- und Fußgelenken festgestellt, die von Fesseln stammen könnten. Der Täter hat, den Abdrücken nach zu urteilen, stabile Stricke benutzt, um sie zu fixieren.«

»Stricke – wie in Westerholz«, murmelte Kristin und sah Reimers an.

»Nur, dass unser Opfer dort nicht gefesselt, aber stranguliert wurde.«

»Wir können sicherlich die Materialreste und Rückstände vergleichen, dann wissen wir, ob es sich um dasselbe Material handelt, und ihr habt möglicherweise Rückschlüsse, die zum Täter führen.« Birthe machte sich Notizen.

Reimers wandte sich an Lukas Lange. »Was wolltest du uns eben zeigen?«

Der junge Kollege räusperte sich. »Das hier kennt ihr auch

schon.« Er ging neben dem Leichnam in die Hocke. Mit fragendem Blick sah er zum Notarzt auf. »Darf ich?«

»Immer zu.« Claas Gruner nickte.

Lukas Lange zog das Tuch zurück. Kristin trat näher, um besser sehen zu können. Die Tote lag auf dem Bauch. Sie war von zierlicher Statur, trug fleckige Jeans und einen grauen Pullover mit dem blassblauen Aufdruck eines Modelabels auf Höhe der Schultern. Vom Gesicht war nichts zu sehen, deshalb konnte Kristin das Alter der Toten nicht einschätzen. Gerade wollte sie danach fragen, als Lukas Lange das Shirt der Frau hochzog. Oberhalb des Hosenbundes gab es ein Brandmal. »Das hier kennen wir schon.« Er tippte mit den behandschuhten Fingern auf das Branding.

»›Free JP‹«, las Kristin laut. Sie spürte, wie sich ihre Kopfhaut zusammenzog. »Schon wieder.« Eilig zog sie ein Paar Einmalhandschuhe aus der Tasche und schlüpfte hinein. Vorsichtig strich sie mit den Fingerkuppen über die Brandnarbe. »Die sieht anders aus«, sagte sie zu Reimers, ohne sich umzusehen. Tatsächlich wirkten die Lettern deutlicher als die bei Julia Böhm und bei Ina Thomsen. Dafür hatte sich eine spürbare Kruste gebildet. »Ich sag euch was«, murmelte sie, als sie sich aufrichtete. »Die Narbe ist anders.«

»Das habe ich auch bemerkt«, nickte Birthe. »Es klingt makaber, aber die Buchstaben wirken fast so, als hätte sich der Täter in Schönschrift geübt.«

»Das auch.« Kristin nickte. »Aber ich rede von der Vernarbung. Es hat sich eine sichtbare Blutkruste gebildet.«

»Was heißt das?«

Der Notarzt ging in die Hocke und betrachtete die Wunde. »Sie hat noch gelebt, als der Unbekannte sie gebrandet hat«, bemerkte er nach einem sachkundigen Blick auf die Verletzung.

Bei der Vorstellung an die Schmerzen, die dem Opfer zugefügt worden waren, rieselte Kristin ein Schauer über den Rücken. Sie hatte noch gelebt, als sie gebrandmarkt worden war. »Das ist anders als bei den vorigen Frauen, die offenbar schon tot waren, als er sie gekennzeichnet hat.« Kristin rieb sich den Nasenrücken. »Der Grund ist unklar.«

»Wie dem auch sei«, bemerkte Reimers. »Der Mörder will uns etwas mitteilen.«

»Zum dritten Mal innerhalb kürzester Zeit?« Kristin runzelte die Stirn und nahm den ausgefüllten Totenschein von Gruner an, um ihn zu überfliegen. Er hatte kaum etwas Brauchbares vermerkt. Die Einzelheiten zum Hergang des Todes würden erst in der Rechtsmedizin geklärt werden können.

»Was mir Sorgen bereitet, ist die Tatsache, dass der Mörder seine Taktrate erhöht.« Lukas Lange setzte eine bedeutungsschwangere Miene auf. »Und wenn wir nicht reagieren, kann er noch schneller sein und …«

»Noch mehr Frauen töten«, beendete Kristin den Satz. »Er tötet im Stundentakt.« Der junge Kollege hatte ihre geheimsten Befürchtungen ausgesprochen. »Aber was soll das für eine Botschaft sein?«

»Ich werde mir mal Gedanken machen und hoffe, dass ich im nächsten Meeting mehr weiß – wenn es recht ist?«

»Sicher«, antwortete Kristin. »Immer gern, ich bin für alles offen, solange es dazu beiträgt, den Mörder zu überführen.«

Reimers nickte mit nachdenklicher Miene. »Was mich nur wundert«, überlegte er, »ist, dass der Modus Operandi bei Ina Thomsen ein anderer ist als bei Julia Böhm. Während wir immer noch nicht wissen, ob sie an den Folgen des Sturzes und einer unterlassenen Hilfeleistung starb, kann man bei Ina Thomsen schon jetzt von einem vorsätzlichen Mord sprechen.«

Kristin gab ihm recht. »Und hier haben wir das nächste Opfer, das dem ersten Anschein nach mit einer Weinflasche erschlagen wurde.« Das Telefon vibrierte in ihrer Jackentasche. Sie murmelte eine Entschuldigung und nahm das Gespräch an.

Am anderen Ende der Leitung war Sattler. »Ich habe mit den Kollegen der *Cold-Case-Unit* in Kiel telefoniert«, kam er ohne Umschweife auf den Punkt. »Vor einigen Jahren gab es ähnliche Vorfälle innerhalb einer Sekte mit dem bedeutungsschwangeren Namen *Love and Pain*. Dabei wurden Frauen gegen ihren Willen gebrandmarkt. Man setzte sie unter Drogen, um sie zu branden. Danach fühlten sie sich sogar geehrt.«

»Aber man ließ sie leben?« Kristin runzelte die Stirn.

»Ja. Ihre seelischen Schmerzen blieben bis zum heutigen Tag«, erwiderte Sattler am anderen Ende der Leitung. »Einige befinden sich heute noch in therapeutischer Behandlung, um das Erlebte verarbeiten zu können. Vergessen werden sie es wohl nie.«

»Trugen Sie damals auch die Aufschrift ›Free JP‹?«, fragte Birthe, die das Gespräch über den Lautsprecher mitverfolgt hatte. Kristin stellte fest, dass die Wangen der Kollegin sich röteten.

Uwe Sattler lachte leise auf. »Ganz so leicht macht man es uns diesmal nicht – bedauerlicherweise nein.«

»Wir sollten uns trotzdem in entsprechenden Kreisen umhören«, fand Kristin.

»Die Sekte wurde damals verboten. Hinweise, die Rückschlüsse darauf zuließen, dass sie unter einem anderen Namen weitergemacht haben, verliefen im Sande.« Es war zu hören, wie Sattler eine Tastatur bearbeitete. »Aber ich kann euch eine Liste der damaligen Angeklagten schicken.«

»Es wäre ein Ansatz«, antwortete Reimers. »Auch wenn dann die Suche nach der Stecknadel im Heuhaufen beginnt.«

»Besser als nichts.« Kristin zuckte mit den Schultern, bedankte sich bei Sattler und unterbrach die Verbindung. Es war an der Zeit, dem Ex-Freund von Ina Thomsen einen Besuch abzustatten. Reimers verabschiedete sich und trat den Weg zum Wagen an. Kristin, die ihm folgen wollte, wurde von Birthe zurückgehalten. Die nordische Schönheit, wie Kristin sie immer noch nannte, nahm sie zur Seite und blickte ihr tief in die Augen.

»Läuft da was zwischen euch?«

Kristin spürte, wie sie errötete. »Er war letzte Nacht bei mir«, antwortete sie schließlich. »Und bevor du fragst – ich hoffe nicht, dass es nur ein One-Night-Stand war.« Bevor Birthe etwas sagen konnte, machte sie, dass sie zum Wagen kam. Die Zeit drängte.

*

Kristin liebte ihre neue Heimat. Obwohl sie erst im Herbst an die Ostküste gezogen war, fühlte sie sich in Schleswig-Holstein längst heimisch. Besonders jetzt im Frühjahr genoss sie die Fahrten durch die Hügellandschaft Angelns. Unter dem inzwischen fast wolkenlosen Himmel ergossen sich weite, in einem kräftigen Gelb leuchtende Rapsfelder wie ein Meer aus Blüten, das eingerahmt war vom satten Grün der Wiesen und Wälder, durch die sie fuhren. Sie hatte die Sonnenbrille wieder aufgesetzt, was Lars offenbar nicht gefiel, denn er hätte ihr wohl lieber in die Augen geschaut. Doch diesmal sagte er nichts dazu und arbeitete an ihrem Tablet, das auf seinem Schoß ruhte.

Dort arbeiten, wo andere Urlaub machen, ging es ihr durch den Kopf. Oft hörte man diese Aussage, doch bei ihr war sie zur Wirklichkeit geworden. Trotzdem beschloss sie, ihre Eltern im fernen Ostfriesland bei nächster Gelegenheit zu besuchen. Die Familie war das Einzige, was ihr fehlte. Seit ihrem Wegzug bewirtschafteten die inzwischen pensionierten Lehrer den kleinen Hof bei Hooksiel alleine, denn Kristins Bruder Ole arbeitete als Concierge in einem Hotel in Emden und kam nur an seinen freien Tagen nach Hause.

»Ich hab da was.« Die Stimme von Lars riss Kristin aus den Gedanken. Sie warf ihm einen kurzen Seitenblick zu und stellte fest, dass er betroffen auf das Tablet starrte. Nach ihrer Abfahrt hatte er begonnen, sich in die Dokumente, die ihm Uwe Sattler gemailt hatte, einzulesen.

»Was denn?«, fragte sie, ohne den Blick von der kurvenreichen Landstraße zu nehmen.

»Das hier«, er tippte auf das Display ihres Tablets, »ist die Liste der Angeklagten von damals, die *Love and Pain* ins Leben gerufen haben. Wenn du mich fragst, übrigens eine üble Masche notgeiler Typen, um sich Frauen gefügig zu machen.«

Kristin nickte. »Und?«

»Hier bin ich eben über einen Namen gestolpert.«

»Mach es nicht so spannend, Lars.«

»Einer der damals Angeklagten ist Malte Schäfer.«

»Der Beinahe-Schwiegersohn der Thomsens?«

»So ist es.«

»Dann mal los.« Kristin trat das Gaspedal des Dienstwagens durch. Der Motor des Variant heulte auf. Plötzlich kam Bewegung in den Fall, und sie wollte keine Zeit verlieren. Womöglich waren sie einem dreifachen Mörder auf der Spur.

*

Mürwik, 11.05 Uhr:

»Der ist nicht da.« Eine alte Frau betrachtete sie mit argwöhnischem Blick, als Kristin und Reimers ausstiegen und Kurs auf das Haus nahmen, in dem Malte Schäfer lebte. Es gehörte zu einem roten Backstein-Ensemble, das augenscheinlich einst als Kasernengebäude genutzt worden war, wie Kristin vermutete. Die alte Frau war damit beschäftigt, den Bürgersteig zu fegen. Bei der Ankunft der Polizisten hatte sie die Arbeit unterbrochen, um sich auf den Besenstiel zu stützen. In der kleinen Seitenstraße schien jeder jeden zu kennen. Von Reimers hatte Kristin erfahren, dass die Marineschule nur einen Steinwurf entfernt lag. Nach ihrem Einsatz in Norgaardholz waren sie nach Flensburg zurückgefahren. Durch den nahen Wald strich der Wind von der Küste und erzeugte ein geheimnisvolles Rascheln im frischen Grün.

»Wo treffen wir Herrn Schäfer denn jetzt an?«, fragte Kristin und zeigte der alten Dame ihren Dienstausweis. Die grauen Augen der Frau wurden groß. »Polizei?«, fragte sie entsetzt. »Was will denn die Polizei vom ihm?«

»Antworten«, erwiderte Kristin distanziert. »Wir würden ihm gern ein paar Fragen stellen.«

»Ist das wieder wegen seiner Weibergeschichten?«, fragte die Alte. »Sind Sie von der Sitte?«

»Weibergeschichten?«, wiederholte Kristin, ohne auf die zweite Frage der Frau einzugehen. »Wie uns bekannt ist, war Herr Schäfer bis vor Kurzem liiert?«

Die alte Frau schüttelte den Kopf. »Ach was – das war vor ihrer Zeit. Und ich sag Ihnen eines: Die Katze lässt doch das Mausen nicht.«

»Also war er nicht treu?« Reimers legte die Stirn in Falten.

»Das weiß ich nicht – halten Sie mich für so neugierig?«

»Auf gar keinen Fall.« Kristin schüttelte entrüstet den Kopf. »Sicher können Sie uns sagen, wo wir Herrn Schäfer um diese Zeit antreffen?«

Die alte Frau warf einen Blick auf ihre Armbanduhr. Dabei kniff sie die Augen zusammen, um besser sehen zu können.

»Am Hafen müsste er sein. Malte arbeitet da wohl in der Werkstatt.«

»In der Werft, meinen Sie?« Reimers rang sich ein freundliches Lächeln ab.

»Von mir aus.« Die Alte nickte. »Klugscheißer. Oder krieg ich jetzt eine Anzeige wegen Beamtenbeleidigung?«

Kristin musste sich ein Grinsen verkneifen, als sie in das überraschte Gesicht ihres Partners sah. »Ich hab nichts gehört«, erwiderte sie mit ernster Miene. »Von welchem Hafen reden Sie denn?«, fragte sie stattdessen.

»Vom Museumshafen. Sie finden ihn bei seinem Segelboot, der *Cadoc*. Fragen Sie einfach nach Malte.«

»Geht klar«, sagte Reimers und nickte Kristin zu. Er schien es plötzlich eilig zu haben. »Dann man los.« Reimers hob grüßend zwei Finger und gab Kristin das Zeichen zum Aufbruch.

*

Uwe Sattler blickte überrascht auf, als Reimers und Kristin 20 Minuten später in Kristins und seinem Büro erschienen. »Habt ihr nichts zu tun?« Er grinste schief. »Ich muss auch gleich los. Jens hat mich nach Norgaardholz beordert, wo ich mich am großen Klinkenputzen beteiligen muss. Er hofft auf Verstärkung aus Kiel, aber das dauert wohl noch ein, zwei Stündchen.«

»Behörde halt«, schnaufte Reimers.

»Also – viel Zeit habe ich nicht, Jens ist schon vor Ort und erwartet mich ASAP. Was kann ich für euch tun?«

»Wir sind auf dem Weg zum Museumshafen, wo wir Malte Schäfer befragen werden«, erklärte Kristin, während sie sich an die Fensterbank lehnte. »Er ist der Ex-Freund unseres Opfers in Westerholz – und zufällig auf deiner Mitgliederliste von *Love and Pain* aufgetaucht.«

»Bingo«, freute sich Sattler. »Der Kreis schließt sich.« Er tippte auf der Tastatur herum und rief alle Informationen auf, die er von seinen ehemaligen *Cold-Case*-Kollegen zu *Love and Pain* bekommen hatte. Reimers nahm sich einen der beiden Besucherstühle und setzte sich verkehrt herum darauf, ohne Sattler aus den Augen zu lassen.

»Das war damals so eine Sadomaso-Truppe«, erklärte Sattler, nachdem er sich kurz eingelesen hatte. »Unter dem Deckmantel, eine Selbsthilfegruppe bilden zu wollen, die Frauen zu ihrem Traumgewicht verhelfen sollte, wurden unschuldige Opfer rekrutiert, gefügig gemacht, unter Drogen gesetzt, einer Gehirnwäsche unterzogen, danach missbraucht und schließlich gebrandmarkt.«

Kristin stieß sich von der Fensterbank ab. Auch Sattler erhob sich, um den Schreibtisch zu umrunden. Seite an Seite mit Lars blickte sie Uwe Sattler über die Schulter.

»Fast zehn Jahre ist das her.« Sattler nickte und scrollte weiter. »Drei Männer waren maßgeblich beteiligt. Sören Groß, Frerk Richter und Malte Schäfer.«

»Was ist mit den anderen?« Reimers wechselte einen raschen Blick mit Kristin.

»Sitzen in der JVA.«

»Und warum Schäfer nicht?« Kristin hockte sich auf die Schreibtischkante.

»Er hatte offenbar den besseren Rechtsbeistand. Man konnte ihm nichts nachweisen, und so wie es dokumentiert ist, hat es sein Anwalt geschafft, den Verdacht von ihm abzulenken und den beiden Freunden die alleinige Schuld in die Schuhe zu schieben. Es kam zu einer Strafe, die auf Bewährung ausgesetzt wurde.«

»Dann sind die anderen jetzt wohl nicht mehr seine Freunde«, bilanzierte Reimers. »Spätestens wenn sie aus der Haft entlassen werden, kann Schäfer sich auf eine Abreibung gefasst machen.«

Sattler wiegte den Kopf. »So lange dauert es wohl nicht mehr. Ihre Haftstrafe läuft im nächsten Jahr ab.«

»Und bei guter Führung schon früher«, resümierte Kristin. »Ich werde mit Sievert sprechen.«

»Warum das?« Die Idee schien Reimers nicht zu gefallen.

»Weil er mir vielleicht sagen kann, ob die beiden früher an die frische Luft dürfen.«

»Und ob sie im Zusammenhang mit unserer Mordserie stehen.«

»Möglich.« Kristin dachte angestrengt nach. »Gibt es Fotos von den Brandings der Sekte damals?«

Uwe Sattler klickte sich weiter durch die Dokumentation, dann nickte er. »Hier.« Er tippte auf den Monitor. Vor ihnen erschienen Fotos der Brandmale, die große Ähnlichkeit mit denen der drei toten Frauen aufwiesen. Kristin spürte, wie sich ihr Puls beschleunigte, dann seufzte sie. »Ich bin zwar keine Expertin, der Vernarbung nach zu urteilen, wurden den Frauen die Brandmale aber mit einem ähnlichen Werkzeug zugefügt. Eines aber stört mich.«

»Sie tragen seltsame Zeichen, aber keine Botschaft.« Reimers ahnte, worauf sie hinauswollte. »Bleibt also die Frage, bei wem es sich um diesen JP handelt.«

»Wir werden es herausfinden.« Kristin klopfte Uwe Sattler auf die Schulter. »Danke dir erst mal. Wir sind dann jetzt bei Schäfer.«

KAPITEL 27

Nachdem sie den Dienstwagen auf dem Parkplatz an der Schiffbrücke abgestellt hatten, legten sie den Rest des Weges zu Fuß zurück. Die kleinen dunkelroten Holzhütten lockten zu jeder Jahreszeit Einheimische und Touristen an. Kristin war froh, dass der Regen nachgelassen hatte und die Sonne sich zaghaft ihren Weg durch die grauen Wolken kämpfte. Die Schleier über der Förde wirkten auf eine eigenartige Weise dramatisch, denn immer wieder stach die Sonne durch sie hindurch und zauberte so ein faszinierendes Lichterspiel auf den Hafen und die hier liegenden Boote.

»Dann mal los.« Reimers nahm ihre Hand und grinste.

Kristin genoss den kurzen Moment der Nähe, den er ihr bot. Im Gehen schmiegte sie sich an ihn. Reimers schien etwas auf der Zunge zu haben, sprach es aber nicht aus. Vermutlich hielt er eine private Bemerkung unmittelbar vor einer Befragung für unangemessen und schwieg.

»Ja.« Kristin löste sich von ihm.

Er nickte und ließ den Blick über das Hafenbecken schweifen. An den Stegen herrschte munteres Treiben, wer Zeit hatte, bereitete sein Boot für die kommende Saison vor. Überall wurde gestrichen, gehämmert und gesägt. Der Hafen war bei der schweren Sturmflut letzten Herbst in Mitleidenschaft gezogen worden, einige Boote beschädigt und nicht mehr herzurichten, doch die Mitglieder des Vereins arbeiteten auf Hochdruck daran, den Hafen pünktlich zur Saison wieder auf Vordermann zu bringen. Am Steg bearbeitete ein Mann in Gummistiefeln und Ostfriesennerz das Holz mit einem

Hochdruckreiniger, weiter hinten waren zwei Helfer damit beschäftigt, den Heckpfählen weiße Flächen aufzumalen. Der Frühjahrsputz war in vollem Gange.

Kristin mochte den pittoresken Charme des Museumshafens und die Leichtigkeit, die an diesem Ort in der Luft zu hängen schien. Die in tiefem Kaminrot gestrichenen Holzhütten und die Werft des Museumshafens säumten ihren Weg entlang der hölzernen Piere. Vor *Bens Fischhütte* hatte sich trotz des trüben norddeutschen Wetters eine lange Schlange gebildet. Wer Glück hatte, fand mit seinem Fischbrötchen und einem *Flens* einen freien Platz auf einer der Bänke. Andere hockten sich einfach an den Rand des Kais und ließen die Beine baumeln. Über ihren Köpfen kreisten die Möwen und hofften auf Beute.

Sie fanden die *Cadoc* auf Anhieb. Der Rumpf des Seglers bestand aus edlem Mahagoni, während der Aufbau in Teak gestaltet war. Der Duft von frischer Farbe hing in der Luft. Ein Mann um die 30 turnte barfuß auf dem Deck des Segelbootes herum und war gerade damit beschäftigt, die hölzernen Planken mit einem neuen Schutzlack zu versehen. Tiefbraune Farbspritzer zierten sein einst weißes T-Shirt. Die Haut des athletischen Mannes war braun gebrannt, das blonde Haar etwas zu lang, sein Dreitagebart unterstrich das verwegene Aussehen. Während er sich wohlzufühlen schien, fröstelte Kristin. Sie zog den Reißverschluss ihrer windfesten Jacke hoch.

»Herr Schäfer?«, rief sie vom Pier aus. Der Mann auf dem Segelboot wandte sich zu ihnen um und musterte sie mit einem feindseligen Blick. »Malte Schäfer?«, setzte Kristin nach, als er ihr nicht gleich antwortete.

»Und?«, fragte er. »Wer will das wissen?« Der Angesprochene legte den Pinsel, den er in der Hand hielt, auf ein Stück Zeitungspapier und trat näher.

»Polizei.« Reimers hielt den Dienstausweis hoch. »Dürfen wir an Bord kommen?«

»Ich hab nichts gemacht.«

»Das hat auch niemand behauptet.« Reimers warf Kristin einen vielsagenden Blick zu, bevor er sich wieder an Schäfer wandte. »Also – dürfen wir?«

»Wenn es sein muss.«

»Es muss, fürchte ich.« Reimers nickte. Ohne Schäfers Antwort abzuwarten, enterten sie den alten Segler. Lars sah sich interessiert an Deck um. Kristin war das leichte Schwanken auf einem Boot nicht mehr gewohnt, so hielt sie sich an einer Holzplanke fest.

Schäfer setzte sich lässig auf eine Holzkiste und griff zu einer großen Steingut-Tasse, in der sich offensichtlich Tee befand. Während er nippte, betrachtete er seine Besucher mit skeptischem Blick. »Ist es wegen Ina?«

»Woher wissen Sie das?« Kristin beobachtete ihn aufmerksam. Da war etwas Verschlagenes in seinen strahlend blauen Augen.

Schäfer lachte. »Halten Sie mich für blöd? Ich höre Nachrichten, ich bin in den sozialen Netzwerken unterwegs. Überall kursiert die Meldung vom Tod einer jungen Frau am Strandbistro drüben in Westerholz. Da liegt der Verdacht nahe, dass es sich dabei um Ina handelt.« Er sog die Luft durch die Nasenflügel ein. »Ist doch so, oder?«

»Ja.« Kristin nickte. »Das ist so.«

»Vor einiger Zeit haben Sie sich von ihr getrennt.« Reimers versenkte lässig die Hände in den Jeanstaschen, während er Schäfer nicht aus den Augen ließ.

»Ist das jetzt strafbar?«

»Eine Trennung hat immer das Potenzial zu einem Mord«, entgegnete Kristin kühl. »Sei es aus Eifersucht oder aus anderen niederen Beweggründen.«

Wieder lachte Schäfer, doch diesmal klang es spöttisch. Er richtete den Blick zum Himmel, wo eine Möwe kreischend im Wind taumelte und der gerade nach Sønderborg auslaufenden *Lünsand* ein Stück folgte. »Wenn das so wäre, hätte Ina mich umbringen müssen – schließlich habe ich sie in den Wind geschossen.«

»Wie war das mit der Trennung?« Kristin kannte die Gründe für sein Verlassen von Ina Thomsen aus den Erzählungen ihrer Eltern. Jetzt war sie auf die andere Seite gespannt. Sie gab sich große Mühe, ihm ohne Vorurteile zu begegnen. Dass er Mitbegründer einer obskuren Sekte war, der man Körperverletzung und sexuellen Missbrauch vorwarf, machte die Sache nicht leichter.

Wenn die Anklage, die damals gegen ihn und seine Freunde erhoben worden war, stimmte, stand sie einem mehrfachen Vergewaltiger gegenüber. Unwillkürlich fragte sie sich, ob er auch imstande war, Frauen zu töten.

Malte Schäfer griff wieder zur Tasse und dachte einen Moment nach. Sein Blick glitt ins Nichts, bevor er seufzte und sie anblickte. »Kennen Sie die Bedeutung von *Cadoc*?« Schäfer betrachtete seine Besucher mit einem schwer zu deutenden Blick. Als weder Kristin noch Reimers antwortete, fuhr er fort: »Das stammt aus dem Walisischen und heißt so viel wie ›kampfbereit‹.«

»Und?«, fragte Reimers und verschränkte die Arme vor der Brust. »Sind Sie kampfbereit? Sind Sie ein Kämpfer?«

»Steckt nicht in jedem von uns ein Kämpfer?«, erwiderte Schäfer angriffslustig. »Aber wie dem auch immer sei: Ich war einfach fertig mit Ina. Wir haben uns nicht mehr geliebt, und dann bin ich Tessa begegnet, einer alten Schulfreundin. Und was soll ich sagen? Es hat gleich gefunkt, und wir hatten uns viel zu erzählen, nachdem wir uns jahrelang nicht mehr gesehen hatten. So haben wir uns getroffen, stundenlang über alte Zeiten geschnackt, fanden uns irgendwie wohl ganz cool, und irgendwann wurde Liebe daraus. Gut für uns, schlecht für Ina. Und, um zu Ihrer Frage zurückzukommen: Wir sind doch alle Kämpfer, und wenn wir nur für unser eigenes kleines Glück kämpfen.«

»Sicher können Sie uns die Adresse dieser Tessa nennen.«

»Wollen Sie sie auch befragen?« Eine Sorgenfalte stand auf Schäfers Stirn.

»Wenn es vonnöten ist, schon.« Kristin nickte.

»Also gut.« Widerwillig nannte Schäfer Kristin eine Adresse in Flensburg, sie schrieb mit und dachte über das nach, was er von dem kleinen Glück gesagt hatte. Insgeheim gab sie ihm recht, denn seit ihrer Trennung von Felix hatte sie auch begonnen, für dieses kleine Glück zu kämpfen. Der Abschied von Leer war ihr nicht leichtgefallen, denn neben zahlreichen Erinnerungen an die gemeinsame Zeit hatte sie auch viele Freunde und ihre Familie in Ostfriesland zurückgelassen. In stillen Minuten fühlte sie sich dafür noch immer schlecht, am Ende zählte aber ihr eigenes Glück, und das hatte sie mit ihrem Neustart in Flensburg gefunden. Doch sie war nicht an Bord der *Cadoc* gekommen, um über ihre Vergangenheit zu sinnieren.

»Was hatte es eigentlich mit diesen Brandzeichen auf sich?« Reimers hatte die Frage so unvermittelt gestellt, dass Kristin glaubte, sehen zu können, wie Schäfer unmerklich zusammenzuckte.

»Wovon reden Sie?« Seine Miene verfinsterte sich. Er war ein schlechter Schauspieler, Kristin blieb nicht verborgen, dass er sich dumm stellte.

»Das wissen Sie ganz genau«, behauptete Reimers. »Die Brandzeichen auf den Rücken der toten Frauen.«

»Das herauszufinden ist doch wohl Ihr Job«, entgegnete Malte Schäfer unterkühlt. Er kippte den Rest des Tees in sich hinein, schüttelte den Kopf und stellte die Tasse auf der Kiste ab.

»Herr Schäfer, wie wir wissen, waren Sie eines der führenden Mitglieder von *Love and Pain*.« Kristin fixierte ihr Gegenüber mit ihrem Blick. »Es gab zahlreiche Anzeigen gegen Sie.«

Malte Schäfer rang um Fassung. »Diese alte Scheiße wieder.«

»Welche … alte Scheiße?«, hakte Kristin nach.

»Man konnte mir nichts nachweisen, eine Strafe wurde nur auf Bewährung ausgesprochen. Ich habe mir nichts zuschulden kommen lassen, weil ich keinen Bock auf Knast hatte.«

»Wie muss ich mir das vorstellen? Sie machen junge Frauen gefügig, um mit ihnen schlafen zu können, Sie unterziehen die Opfer einer Gehirnwäsche, machen sie mit Drogen wehrlos und verpassen ihnen ein Brandzeichen? So, als würden sie die Frauen als Ihren Besitz ausweisen?« Reimers sprach betont und leise. Ein Zeichen, dass er unter Spannung stand. »So, wie man ein Stück Vieh brandmarkt?«

Kristin sah Lars förmlich an, wie die Wut in ihm aufstieg. »Haben Sie das echt nötig?«

»Gefügig machen?« Schäfer lachte. »So ein Blödsinn. Wir haben was getrunken, haben auch gekifft – und das zu einer Zeit, als Gras noch illegal war. Danach haben sich die Mädels einverstanden erklärt mit dem Branding. Außerdem«, schob er hinterher, »musste ich noch nie eine Frau gefügig machen. Wenn sie mit mir bumsen wollten, wollten sie mit mir bumsen.«

»So einfach ist das gewesen.« Reimers nickte. »Also waren die Frauen mit allem, was Sie mit ihnen getan haben, einverstanden?« An seiner Stirn pochte eine Zornesader. »Es geschah, wie man in unserem Verein sagt, in gegenseitigem Einverständnis?«

»Logisch.« Malte Schäfer nickte. »Für die Mädchen war es sogar eine Ehre, das Branding zu erhalten.« Er seufzte. »Aber

Sie sind bestimmt nicht gekommen, um mit mir über alte Zeiten zu schnacken, oder?«

»Leider ist der Tod Ihrer Ex-Freundin und der anderen Frauen sehr aktuell«, stellte Kristin klar. »Und Sie sind der Einzige von damals, der auf freiem Fuß ist.«

»Also stehe ich unter Mordverdacht, weil ich mit ein paar Kumpels damals Blödsinn gemacht habe?«

»Blödsinn ist maßlos untertrieben«, brummte Reimers und ballte die rechte Hand zu einer Faust. »Sie haben die Frauen unter Drogeneinfluss gefügig gemacht, Sie haben mehrfach schwere Körperverletzung begangen und sie sexuell missbraucht.«

Malte Schäfer rollte mit den Augen.

»Sind die Toten ebenfalls vergewaltigt worden?«

»Ebenfalls? Also kam es damals doch zu Vergewaltigungen?« Kristin fixierte den Skipper mit ihrem Blick. »Herr Schäfer, wo waren Sie in der Zeit von vorgestern Abend bis heute früh um 6 Uhr?«

»Hier.« Mit einem überheblichen Grinsen breitete Schäfer die Arme aus. »Ich mache meinen Segler flott, um bald damit nach Schweden zu fahren. Oder ist das verboten?«

Kristin ging nicht auf seine provokante Frage ein. »Ich nehme an, dass es keine Zeugen dafür gibt, dass Sie hier auf dem Boot waren?«

»Nee – ich war ja alleine. Das heißt, gestern Abend war Tessa hier. Wir haben Wein getrunken und hatten danach Sex in der Kajüte. Und bevor Sie fragen, nein, auch dafür gibt es keine Zeugen. Hoffe ich zumindest.« Er lachte meckernd. »War's das dann?«

*

Sein Blick war voller Argwohn, als sich die Polizisten über das Bohlenwerk entfernten. Lässig lehnte er am Mast der *Cadoc* und sah ihnen hinterher, wie sie in Richtung Schiffbrücke verschwanden. Er hoffte inständig, dass sie ihm seine Verunsicherung nicht angemerkt hatten. Die Beamten waren gekommen, um ihm unbequeme Fragen zu seiner Ex-Freundin zu stellen, und manchmal hatte er aufpassen müssen, ihnen nicht die ganze Wahrheit zu verraten. Dabei ging es die Bullen nichts an, was ihn dazu bewogen hatte, unter seine Beziehung zu Ina einen Schlussstrich zu ziehen. Sie mussten nicht alles wissen. Ob ihr Tod etwas mit ihm zu tun hatte, vermochte er nicht zu sagen. Im Grunde genommen war es ihm bei aller Tragik auch egal. Er hatte sich dazu entschlossen, ein neues Leben zu beginnen. Ein Leben ohne Ina. Und jetzt war sie tot, sie würde ihm nie wieder in die Quere kommen. Eigentlich, so dachte er zufrieden, hatte sich alles zum Guten gewendet. Nur der Umstand, dass sie in seiner Vergangenheit herumschnüffelten, bereitete ihm Kopfzerbrechen. Er selber hatte längst einen Schlussstrich unter *Love and Pain* gezogen und war froh, dass man ihm damals nichts anhaben konnte. Nachdem die Polizisten hinter dem alten Ruderhaus der *Dagmar Aaen* am Pier um die Ecke verschwunden waren, stieß er sich vom Mast ab und begab sich wieder an die Arbeit. Es gab noch viel zu tun.

*

Flensburg, Museumshafen, 11.45 Uhr:

»Komm«, sagte Reimers, dem offensichtlich nicht entging, dass Kristin nach dem Gespräch mit Malte Schäfer nachdenklich geworden war, und legte einen Arm auf ihre Schulter. »Ich lad dich auf einen Kaffee ein, und dann besprechen wir das weitere Vorgehen.«

Kristin nickte. »Einverstanden.« Sie ließ sich von ihm zum Café des Museumshafens führen und freute sich auf eine kleine Auszeit im maritimen Ambiente des Hafens. Sie fanden einen Platz unter dem großen Sonnensegel im Außenbereich und genossen den Ausblick auf das bunte Treiben am angrenzenden Bohlwerk. Während sie es vorzog, auf einer mit einem Fellbezug ausgestatteten Bank Platz zu nehmen, sank Reimers ihr gegenüber in einen altertümlichen Wohnzimmersessel, der mit Jute bespannt war. Auf dem Tisch befand sich eine alte Teekanne aus Porzellan, die man zur Blumenvase umfunktioniert hatte. Ein Bund Tulpen verlieh dem Ambiente trotz des bewölkten Himmels frühlingshafte Farbtupfer. An den Nachbartischen wurde deutsch, dänisch und englisch gesprochen. »Man muss drinnen bestellen«, riss sie die Stimme von Lars Reimers aus den Gedanken. Er hatte sich bereits wieder erhoben und fragte sie nach ihren Wünschen.

»Ein Latte macchiato wäre toll«, lächelte sie und lehnte sich zurück, nachdem sie die Hände auf dem Tisch gefaltet hatte, als wolle sie beten.

»Sehr gern, die Dame.« Mit einem schiefen Grinsen wandte sich Reimers zum Gehen und verschwand in der kleinen Hütte, in der das Café untergebracht war. Kristin richtete den Blick nach rechts und genoss die pittoreske Atmosphäre des Museumshafens. Das eigenartige Gespräch mit Malte Schäfer ging ihr nicht aus dem Kopf. Mit seinem männlich-markanten Aussehen war er sicherlich ein Womanizer, und sie fragte sich, ob er Ina Thomsen während ihrer gemeinsamen Zeit immer treu geblieben war. Schäfer besaß eine Ausstrahlung, der sich nur wenige Frauen entziehen konnten. Ob er dabei absichtlich mit seinem Charme spielte, vermochte sie nicht zu sagen. Aber es passte zu ihm, dass er diese Eigenschaft damals genutzt hatte, um die Frauen für *Love and Pain* gefügig zu machen.

»So, ein Kaffee, ein Latte macchiato, die Dame«, riss sie die gut gelaunte Stimme von Lars Reimers aus den Überlegungen. Lächelnd sah sie zu ihm auf. Er positionierte das hohe Glas und die Kaffeetasse elegant wie ein geübter Kellner auf ihren Plätzen, nickte und deutete eine Verbeugung an, bevor er sich setzte. Ein junges Mädchen am Nebentisch, die sich mit ihren Freundinnen auf Englisch unterhalten hatte, griente Reimers amüsiert zu.

»Dank dir.« Kristin lächelte ihm zu und nahm seine Hand, um sie zu drücken. Sie mochte seine Gesellschaft sehr, und seit letzter Nacht fühlte sie sich noch mehr zu dem attraktiven Kollegen hingezogen. Schweigend tranken sie.

»Und?«, fragte Lars unvermittelt. »Hat Schäfer etwas mit dem Tod seiner Ex-Freundin zu tun?«

»Ich bin mir nicht sicher«, erwiderte Kristin und berichtete ihm von ihren Überlegungen. »Er ist nicht sehr höflich und auf eine spezielle Weise charmant. Sein Haar ist zu lang, und trotzdem ist er auf eine eigenartige Weise attraktiv und für viele Frauen sicherlich anziehend.«

»Ups.« Reimers machte ein besorgtes Gesicht. »Muss ich mir etwa Sorgen machen?«

Kristin schüttelte den Kopf. »Nein«, sagte sie amüsiert. »Musst du nicht. Aber er hat … irgendetwas.«

»Jetzt mache ich mir Sorgen.«

Kristin lachte. »Unsinn. Wenn er wollte, könnte er ganz gewiss einige Frauen betören.«

»Aber will er das überhaupt?«

»Was seinen Part in der Sadistensekte betrifft, sicherlich.«

»Ich bin sicher, dass er während der Zeit mit Ina oft fremdgegangen ist.«

»Und?« Reimers zuckte mit den Schultern und knabberte den kleinen Keks, der auf der Untertasse lag. »Hat das etwas mit dem Mord an seiner Ex-Freundin zu tun?«

»Darüber zerbreche ich mir auch gerade den Kopf, denn eine plausible Verbindung will mir nicht einfallen.«

»Dann müssen wir an anderer Stelle weitermachen und den Gedanken beizeiten vertiefen, ob der Mord an Ina Thomsen etwas mit seiner Vergangenheit zu tun haben könnte.«

»Wir sollten ihn fragen, ob er Julia Böhm kennt.«

»Und die uns noch unbekannte Tote aus Norgaardholz?« Reimers schürzte die Lippen.

Kristin nickte. Sie verrührte den Milchschaum und trank. Als sie das hohe Glas abstellte, spürte sie, dass sich ein Milchbart auf ihrer Oberlippe gebildet hatte.

Amüsiert beobachtete Reimers sie. »Soll ich dir den Bart wegküssen?«

Bevor er sich über den Tisch zu ihr beugen konnte, hatte Kristin die Milch schon mit der Stoffserviette abgetupft.

*

Mit einem zufriedenen Grinsen hockte er auf dem Sofa in der Stube seines Elternhauses und scrollte sich durch die Timelines der sozialen Netzwerke. Der grausame Fund einer dritten Frauenleiche innerhalb weniger Stunden erschütterte ganz Schleswig-Holstein. In einigen Gruppen wurde sogar zu Selbstjustiz aufgerufen. Man wollte den eiskalten Killer fangen, bevor es noch mehr Opfer zu beklagen gab.

Auf den Seiten der Polizei gab es nur nichtssagende Pressemeldungen, in denen vom Fund einer toten Frau berichtet wurde. Aus ermittlungstaktischen Gründen wolle man die Details zum Tathergang zurückhalten, hieß es dort.

»Weil ihr keine Ahnung habt«, höhnte er und freute sich diebisch, dass die Behörden offenbar immer noch vor einem Rätsel standen. Auf einer anderen Seite las er, dass Polizei und Staatsanwaltschaft eine Pressekonferenz für die frühen Abendstunden anberaumt hatten. Bis es so weit war, wurde den Bürgern empfohlen, keine Panik zu haben, aber einsame Orte, darunter auch verlassene Buchten, zu meiden.

Wieder lachte er. Solange er hier war, musste niemand etwas von ihm befürchten. Doch die letzten Tage waren anstrengend gewesen, und es war an der Zeit, sich auf den großen Showdown vorzubereiten.

*

»Dana Franz«, murmelte Lars nachdenklich, während er auf den Bildschirm schielte. Sie waren zur Dienststelle zurückgekehrt, um Erkundungen zu der Toten in Norgaardholz einzuholen. Da Uwe Sattler noch in Norgaardholz unterwegs war, um Befragungen durchzuführen, hatte Beck Lars einen Laptop auf Sattlers Schreibtisch gestellt. Gerade war er sämtliche Vermisstendatenbanken durchgegangen und fündig geworden. »Bei unserem dritten Opfer handelt es sich um Dana Franz, 38 Jahre, aus Husum.«

»Husum?«, wiederholte Kristin, die in der Arbeit vertieft war und überrascht aufsah. Sofort dachte sie an ihre Freundin Heike. Sobald hier Ruhe einkehrte, würde sie ihr einen Besuch abstatten, doch noch war es nicht so weit. Kristins Rücken schmerzte von der verrenkten Haltung, die sie am Schreibtisch eingenommen hatte.

»Jo.« Reimers nickte. »Ich habe sie in der Datenbank gefunden, ihr Freund hat sie wohl als vermisst gemeldet. Der Vater der jungen Frau ist ein hohes Tier und sitzt im Vorstand einer namhaften Firma für Windkraftanlagen.« Er drehte den Monitor so, dass Kristin einen Blick darauf werfen konnte. Das Bild des angezeigten Dokuments zeigte einwandfrei die Tote von Norgaardholz.

»Aber eine Lösegeldforderung an den Vater gibt es nicht?«

»Steht hier nicht.« Lars schüttelte den Kopf.

»Wann war das?«

»Vor einer knappen Woche schon.«

»Dann sollten wir ihm die traurige Nachricht überbringen und uns im Umfeld von Dana Franz umsehen«, schlug Kristin vor.

»Du willst jetzt an die Westküste?« Reimers sah sie ungläubig an. »Kristin, hier brennt der Baum, und uns fehlt die Zeit, stundenlang durch die Gegend zu fahren.«

Kristin gab ihm recht. Sie stöhnte auf. »Was schlägst du vor?«

»Wir sollten die Dienststelle vor Ort um Hilfe bitten.« Er tippte auf den Monitor. »Die Kollegen in Husum dürften also im Thema sein.«

Kristin widerstrebte es, Arbeit abzugeben. Sie konnte schlecht delegieren und hatte die Zügel gern selbst in der Hand. »Also gut«, stimmte sie zu. »Ich rede mit Jens, er soll das veranlassen.« Sie erhob sich von ihrem Schreibtisch. »Und wie geht es hier weiter?«

»Wir können jetzt prüfen, ob die Opfer in Zusammenhang stehen und sich möglicherweise sogar gekannt haben.«

»Das würde neue Ansätze eröffnen«, nickte Kristin.

»Eben.« Er grinste, stand von seinem provisorisch eingerichteten Arbeitsplatz auf und trat hinter Kristin. Sie stöhnte leise auf, als er seine Hände auf ihre Schultern legte, sich zu ihr herabbeugte, um ihre Halsbeuge sanft zu küssen. Kristin schloss die Augen. Sie erschauderte und gab sich Mühe, dem aufsteigenden Verlangen nach ihm nicht nachzugeben. Immer noch galt es, einen dreifachen Mörder zu stellen. So schob sie ihn mit sanftem Druck fort. »In fünf Minuten findet das Meeting statt. Jens und Sievert stehen unter Strom und wollen Ergebnisse.«

»Vielleicht ist es dann doch angenehmer, nach Husum zu fahren.« Lars seufzte. »Aber das Leben ist kein Ponyhof.«

KAPITEL 28

Husum, Polizeirevier Poggenburgstraße, 14.10 Uhr:

»Die haben mir gerade noch gefehlt.« Kriminalhauptkommissar Jan Petersen schnaufte genervt, während er um den Monitor herum zu seiner Kollegin schielte.

Wiebke Ulbricht, die gerade damit beschäftigt war, einen Einsatzbericht zu einer Brandstiftung in der Neustadt zu schreiben, unterbrach ihre Arbeit. »Wer sind denn *die*?« Sie spielte sich mit einer braunen Haarsträhne und unterdrückte ein Gähnen.

»Die Nervensägen aus Flensburg.«

»Oha.« Wiebke wusste um das schlechte Verhältnis ihres langjährigen Partners zu den Kollegen aus der Fördestadt. Sie nahm einen kalten Schluck Tee aus der Tasse mit dem verwaschenen Logo der Polizeigewerkschaft. »Was wollen sie?«

»Dass wir ihre Arbeit machen«, stöhnte Petersen. »Was sonst?«

»Fakten, Jan, ich will Fakten.« Manchmal war ihr Kollege etwas anstrengend, fand Wiebke.

»Es geht um eine Vermisstenmeldung. Dana Franz aus Husum.«

»Franz?« Bei Wiebke klingelte etwas. »Hat die was mit dem Windkraftanlagen-Hersteller zu tun?«

»Jo.« Petersen nickte. »Sie ist die Tochter.«

»Und der Vater hat sie …«

»Nee, der Freund, ein gewisser Paul Weber, wohnhaft in Husum, hat wohl Sehnsucht.«

»Ist sie aufgetaucht?«

»Jo.«

»Na prima. Dann können wir den Fall doch abschließen.«

»Nee, leider nicht.« Petersen schüttelte den Kopf. »Es geht um die Mordserie an der Ostküste. Drei Frauen hat es bisher getroffen.«

»Nee, oder?«

»Doch, Wiebke.« Petersen betrachtete sie mit einem stoischen Blick. »Dana Franz ist eines der Opfer, und wir haben die ehrenvolle Aufgabe, uns um ihr Umfeld zu kümmern. Und die Angehörigen vom Tod der Vermissten zu unterrichten.«

»Ich hasse es, Todesbotschaften zu überbringen«, murmelte Wiebke. »Aber wat mutt, dat mutt.«

»So sieht es aus.«

»Dann statten wir Paul Weber mal einen Besuch ab.« Wiebke war froh, dass die Schreibtischarbeit warten musste. Sie liebte es, unterwegs zu sein. Das Schreiben von Berichten und Dokumentationen konnte warten. Nur die Vorstellung, dass sie gleich eine Todesnachricht überbringen musste, dämpfte die Freude.

»Ich druck uns alles schnell aus.« Petersen klickte sich durch das Menü, kurz darauf begann der Drucker in der Ecke des Büros zu rattern.

»Lass, Jan, wir haben doch alles auf dem Tablet.«

»Nee – ich brauch Papier, wenn ich anständig arbeiten soll.« Petersen war Polizist der alten Schule, obwohl er gerade erst Mitte 40 war.

»Von mir aus.« Wiebke nahm die leichte Jacke von der Stuhllehne und schlüpfte hinein. Nachdem sie das Holster zurechtgerückt hatte, schnappte sie ihr Handy und klatschte in die Hände. »Hopp, hopp, alter Mann, wir wollen die Kollegen doch nicht warten lassen.«

»Das hat mir gerade noch gefehlt.« Mühsam erhob sich Petersen. »Hab ich schon gesagt, dass ich Hunger hab?« Er marschierte zum Garderobenhaken, an dem sein alter Bundeswehrparka auf ihn wartete. Wiebke beobachtete Petersen lächelnd. Manchmal erinnerte ihr Partner sie an den vor einigen Jahren verstorbenen Schauspieler Jan Fedder. Seine stoische nordische Ruhe und der treue Blick seiner braunen Augen kamen der von Petersen sehr nahe. »Unterwegs hauen wir uns aber noch ein Fischbrötchen zwischen die Kiemen, sonst hab ich schlechte Laune«, brummte Petersen. »Ist schon weit nach Mittach.« Er trat an den Drucker und entnahm dem Ausgabeschacht die Unterlagen, die sie benötigten. Wiebke betrachtete ihn. Seit ihrer Einstellung war Petersen ihr Partner. Mitunter etwas schrullig, aber eine grundehrliche Haut und nie darum verlegen, auch unangenehme Dinge anzusprechen. Seine Stimme klang immer, als käme er gerade aus einer Hamburger Hafenkneipe. Dabei rauchte er schon viele Jahre nicht mehr, und auch den Rum ließ er weg. Wenn er trank, dann ab und zu mal ein Feierabendbier aus Flensburg.

»Wie sieht's aus?«, fragte Wiebke, nachdem sie das Holster mit der Dienstwaffe angelegt und das Smartphone eingesteckt hatte. Sie nahm den Autoschlüssel aus der Schublade ihres Schreibtisches und beobachtete Jan Petersen, wie er gerade die Ausdrucke des Vorgangs mit spitzen Fingern in einen Klemmordner schob.

»So«, sagte er mit einem schiefen Grinsen. »Denn man los.«

»Essen muss warten«, bestimmte Wiebke, während sie in die Jacke schlüpfte. Sie war froh, endlich an die frische Luft zu kommen.

*

Flensburg, 14.15 Uhr:

Kristin blieb nicht verborgen, dass Lars etwas zu beschäftigen schien. Er wirke zeitweise in sich gekehrt und nachdenklich. Seine innere Anspannung lag sicher nicht daran, dass gleich das große Meeting begann. »Wo drückt der Schuh?«, fragte sie schließlich und betrachtete ihn von der Seite. Ein paar Minuten blieben ihnen noch bis zur großen Runde, und sie wollte vorher wissen, was Lars bewegte. Da sie sich gerade alleine in ihrem Büro befanden, nutzte sie die Gunst des Augenblicks.

Lars druckste herum. Seine Kiefer mahlten, während sein Blick ins Leere glitt. »Es ist … wegen letzter Nacht«, sagte er schließlich, ohne sie anzusehen.

Kristins Herz schlug schneller. Die Gedanken schossen durch ihren Kopf wie ein Feuerwerk der Emotionen. *Gleich sagt er mir, dass es ein Ausrutscher war, dass wir die letzte Nacht am besten vergessen sollten – dass ich einer seiner One-Night-Stands war, dass er mich zwar mag, aber nicht liebt, oder so etwas.*

»Was war letzte Nacht?«, wagte sie schließlich zu fragen.

Sein Kopf ruckte herum, er betrachtete sie mit ausdruckslosem Blick und seufzte. »Das von letzter Nacht«, begann er schließlich. »Es … es war traumhaft schön.«

»Aber es sollte bei dem einen Mal bleiben?«, sprach sie ihre schlimmsten Befürchtungen aus.

»Bloß nicht!« Er schüttelte den Kopf. »Wie kommst du darauf?« Als sie nicht gleich antwortete, fuhr er fort. »Hat es dir etwa doch nicht gefallen?«

»Doch, das hat es«, erwiderte sie mit belegter Stimme. Sie ärgerte sich, weil ihr die richtigen Worte nicht einfallen wollten. »Aber es ist zu schade für einen One-Night-Stand«, fügte sie rasch hinzu. »Es war so intensiv, Lars.«

»Das habe ich auch so empfunden.« Er schien erleichtert über Kristins Offenheit zu sein. »Aber ich …«

»Du willst es nicht fortsetzen?« Sie trommelte unruhig auf der Schreibtischplatte herum und spürte, wie ihr das Blut in den Kopf schoss.

»Was?«, fragte er verwirrt. »Wovon redest du?«

»Dass du es nicht mehr willst?«

»Unsinn.« Er lachte. »Ganz im Gegenteil. Die letzte Nacht hat mir die Augen geöffnet, deine Nähe zu spüren, hat mir gezeigt, was mir in der Vergangenheit so sehr gefehlt hat.«

»Du hattest genügend Affären, glaube ich.« Kristin ärgerte sich, dass ein unterschwelliger Vorwurf in ihrer Stimme mitschwang. Es stand ihr nicht zu, ihm Vorhaltungen zu machen.

»Allerdings.« Lars nickte. »Es waren flüchtige Bekanntschaften, mit denen ich im Bett gelandet bin, um ein paar Stunden Leidenschaft zu genießen. Im Augenblick fühlt es sich toll an, aber danach … ist es wie der Geschmack von einem schalen Bier, wenn du verstehst, was ich meine.«

»Nein.«

»Jedes Mal empfand ich danach eine Leere. Etwas fehlte mir. Und das letzte Nacht, das mit uns …« Er machte eine Pause und suchte nach den richtigen Worten. »Das mit uns war anders. Du bewegst mich, Kristin, ich empfinde mehr für dich als für all die anderen Frauen, mit denen ich …« Wieder brach er mitten im Satz ab. »Du weißt schon.«

»Ja«, nickte sie. »Ich weiß schon.« Es fühlte sich eigenartig an, wenn er so offen über seine sexuellen Eskapaden mit ihr sprach.

»Gut.« Er seufzte und nahm ihre Hand. »Und das war anders zwischen uns. Nein, es *ist* anders.«

»Das fand ich auch«, sagte sie spontan, ohne großartig über die Bedeutung ihrer Worte nachzudenken.

»Ich empfinde etwas für dich, Kristin.« Jetzt lächelte er verlegen.

»Aber?«

Wieder seufzte er. »Es gibt kein Aber. Ich wollte dir nur sagen, dass ich verstanden habe, was du mir sagen wolltest, als wir an der Stelle gestanden haben, an der die Frau auf der kleinen Seebrücke in Eckernförde starb. Du findest es blöd, dass ich meine Bekanntschaften online kennengelernt habe.«

»Flüchtige Internet-Bekanntschaften, um eine gemeinsame Nacht miteinander zu verbringen. Freundschaft-Plus, oder, wie sagt man neudeutsch? Man führt eine ... Situationship? Man trifft sich zum Sex ohne Verpflichtungen?«

»Ja, so nennt man das wohl.«

»Und?«

»Was willst du hören?«

»Ich weiß es nicht«, gestand Kristin ihm.

»Gut, ich möchte dir nur sagen, dass das zwischen uns anders ist, dass es tiefer geht und ich Herzklopfen bekomme, wenn du in meiner Nähe bist, Kristin.«

»Gleich werde ich rot«, grinste sie verlegen.

»Du bist schon knallrot.«

»Egal. Was bewegt dich?« Kristins Ungeduld wuchs, und sie fragte sich, ob es ihr jemals gelang, sich ihre Ungeduld abzugewöhnen.

»Ich möchte dir mitteilen, dass ich nachgedacht habe. Und diese App habe ich von meinem Smartphone gelöscht.«

»Du hast was?«

»Die App, diese Dating-App, über die ich die anderen Frauen kennengelernt habe. Ich habe sie gelöscht, weil ich sie nicht mehr brauche.« Er lächelte Kristin befreit an, und ihr schien es, als würde eine zentnerschwere Last von seinen Schultern fallen.

»Du hast sie ... wegen mir ... gelöscht?«

Lars nickte. »Ja, ich möchte nicht, dass du ein schlechtes Gefühl hast. Ich denke, das mit uns, das wird was Ernstes, Kristin.« Er sah sie mit einem treuen Hundeblick an und seufzte. »So wie letzte Nacht habe ich schon lange nicht mehr gefühlt.«

»Geht mir auch so.« Sie nickte und dachte kurz an ihren Ex-Freund. Mit Felix war das anders gewesen damals. »Normalerweise lasse ich mir mehr Zeit mit einem Freund, bevor ich ...« Sie brach ab, weil ihr die richtigen Worte nicht in den Sinn kamen. »Du weißt schon.«

»Ja.« Er nickte. »Ich weiß. Es ging schnell, aber ich werte das als ein gutes Zeichen für uns.«

»Ich auch«, stimmte Kristin ihm zu. Die Zweifel vom Morgen waren wie weggeblasen, und dennoch schämte sie sich noch ein wenig dafür, so schnell schwach geworden zu sein. Der Gedanke daran allein genügte schon, um sie erröten zu lassen.

Kristin war trotzdem erleichtert, dass Lars die Dating-App gelöscht hatte. Wohin ihre gemeinsame Reise führte, ließ sich zum jetzigen Zeitpunkt noch nicht sagen, aber bisher fühlte sich alles richtig an. »So«, sagte sie und atmete tief durch. »Jetzt sollten wir weitermachen, bevor es ein neues Mordopfer gibt.«

»Sicher.« Lars nickte mit einem verlegenen Lächeln. Er nahm ihre Hand und drückte sie. »Jetzt sollten wir weitermachen, Beck und den Staatsanwalt möchte ich nicht warten lassen.«

KAPITEL 29

Husum, 14.25 Uhr:

Das Klingeln der Türglocke riss ihn jäh aus seinen Träumen. Er musste eingeschlafen sein. Mit klopfendem Herzen fuhr er auf und lauschte in das leere Haus.

Jemand legte den Finger auf die Klingel und ließ das Ding schrillen, bis ihm ein Schauer den Rücken herunterrieselte. Der erste Schrecken verwandelte sich in Wut. Wer wagte es, ihn hier zu stören?

Eine knorrige Stimme rief immer wieder seinen Namen. »Bist du zu Hause? Dann mach die verdammte Tür auf!«

Draußen stand Fiete Nissen, sein Nachbar. Seitdem er nicht mehr zur See fuhr, plagte den alten Mann die Langeweile. Und so hing er den ganzen Tag am Fenster und beobachtete die Nachbarschaft. Mit dem Tod seiner Frau Irene vor vier Jahren war das nicht besser geworden.

Fiete Nissen war ein echtes Original – er hatte Salzwasser in den Adern und kannte jede Sandbank zwischen Büsum und Dänemark. Er hatte da draußen so manchen Sturm überlebt und sang seit 40 Jahren immer donnerstags im Shantychor. An manchen Tagen durfte er mit einem der Husumer Krabbenkutter rausfahren, um seine Sehnsucht nach dem Meer ein wenig zu stillen.

Und jetzt stand Fiete Nissen vor seiner Tür, um ihn zu nerven. »Ich weiß, dass du zu Hause bist«, rief er und trommelte wie besessen gegen das Holz der Tür.

Verpiss dich, du alte Nervensäge, dachte er wütend. Fiete

Nissen wohnte in einem kleinen heruntergekommenen Reetdachhaus nebenan. Seit dem Tod seiner Frau war nichts mehr an dem windschiefen Kasten gemacht worden, er verkam zusehends, doch der Alte weigerte sich, in ein Altenheim zu ziehen. Und jetzt stand er auf der Matte und ging ihm auf die Nerven. Nissen hatte ihm gerade noch gefehlt. Blöd wie er war, würde der Alte ihm noch Ärger machen.

»Hallo? Mach auf, ich muss dir was sagen!« Nissen trommelte gegen die Holztür, dass das Holz dröhnte.

Leck mich am Arsch. Er spürte, wie seine Zornesader anschwoll, und ballte die Hände zu Fäusten.

»Ich weiß, dass du da bist!«, rief der Nachbar jetzt erneut.

Na und? Am liebsten hätte er die Tür aufgerissen und ihm gesagt, wie er ihn nervte. Doch noch musste er seine Fassade aufrechterhalten. »Bleib locker«, rief er in freundlichem Ton zur Tür. »Ich komm ja schon!«

»Denn man los.«

Auf der Stelle kehrte Ruhe ein. Hastig fuhr er sich mit gespreizten Fingern durch das zerzauste Haar, sprang vom Sofa auf und zupfte sich die ausgebeulte Jogginghose zurecht. Mit weit ausladenden Schritten durchquerte er die dunkle Diele, dann stand er an der Haustür. Einmal noch atmete er tief durch, bevor er die Tür mit einem Schwung aufriss und in das knautschige Gesicht seines Nachbarn blickte. Fiete Nissen war fast zwei Köpfe kleiner als er, trug ein blau-weiß gestreiftes Matrosenhemd zu einer braunen abgewetzten Cordhose und einer verwitterten Prinz-Heinrich-Mütze mit einer grauen Kordel auf dem Kopf. Seine blauen Augen funkelten ihm entgegen. »Hast du gepennt, oder was war da los?«

»Geht dich das was an?«

»Sicher.« Fiete nickte. »Mensch, ich kenn dich, seit du ein kleiner Hosenschieter warst, und jetzt behandelst du mich wie einen Aussätzigen.« Der Alte grinste schief.

»War nicht so gemeint.« Kurz überlegte er, wie alt sein neugieriger Nachbar sein mochte. Er hatte schon im Nebenhaus gelebt, als dies noch das Haus seiner Eltern gewesen war. Fiete war Ende 70, vielleicht sogar auch Anfang 80.

»Also – was willst du?«, fragte er Fiete und rang sich ein schiefes Grinsen ab.

»Wissen, wo du dich rumtreibst. Wenn ich mir deinen Briefkasten angucke, warst du wochenlang nicht zu Hause.«

»Geht dich das was an?«

»Sicher. Wir sind Nachbarn und wir passen aufeinander auf.«

»So.« Er seufzte und betrachtete den alten Mann. »Ich war unterwegs. Beruflich.«

»Macht das Arbeitsamt jetzt schon Betriebsausflüge?« Fiete lachte meckernd. »Seit wann hast du denn Arbeit?«

»Geht dich nichts an. Also – war's das?«

Fiete betrachtete ihn mit zusammengekniffenen Augen. Seine buschigen Augenbrauen bildeten eine durchgehende Linie. »Du bist komisch«, fand er. »Irgendwas stimmt bei dir nicht, Junge.« Der alte Mann trat näher und schnüffelte vor seinem Gesicht herum. »Hast du gesoffen?«

»Und wenn schon. Geht dich nichts an. Ist noch was?«

»Junge, was ist bloß aus dir geworden?« Fiete Nissen schüttelte den Kopf. »Wenn deine Eltern das wüssten, würden sie sich im Grab umdrehen.«

»Sie hatten eine Seebestattung, schon vergessen?«

»Nee, hab ich nicht. Ich habe ihre Urnen ja rausgebracht damals und die Schiffsglocke ein letztes Mal für sie geläutet.« Der alte Mann tippte sich an die Schläfe. »Trotzdem stimmt was mit dir nicht.«

»Nun werd' mal nicht frech.« Er nahm eine bedrohliche Haltung an. »Und jetzt lass mich pennen. Ich bin müde.«

»Ist klar.« Sein Nachbar lachte meckernd. »Von der Arbeit.«

»Verschwinde, wenn du fertig bist«, rief er wütend und wollte dem alten Mann die Türe vor der Nase zuknallen. Dieser schob jedoch geistesgegenwärtig seinen Fuß zwischen Tür und Rahmen. »Nu warte mal, du Döspaddel.«

»Was ist denn noch?«

»Da war einer, der wollte zu dir.«

Er öffnete die Tür wieder weiter. »Was?«

»Da war einer, der hat nach dir gefragt.«

»Wer war das?«

»Was weiß ich? Hat sich mir nicht vorgestellt, nur nach dir gefragt. Wo du wärst und wann du wiederkommst. Hab ihm gesagt, dass du dich bei mir nicht abgemeldet hast und dass er verschwinden soll.« Fiete Nissen zuckte mit den Schultern. »Aber er hat gesagt, dass er wiederkommen will.«

»Na denn«, murmelte er in gespielter Gleichgültigkeit. »Dann will ich mal abwarten. Nützt ja nichts.«

»Nee.« Fiete Nissen schüttelte den Kopf. »Nützt nichts.«

»Hat der Besucher nach Dana gefragt?«

»Wie?« Nissen runzelte die Stirn. »Ach nee, wegen der Deern. Ist wohl nicht aufgetaucht, keine Ahnung.«

Siedend heiß fiel ihm ein, dass Fiete ein lästiger Zeuge war. Er hing ständig am Fenster und war immer dabei, wenn man sich in der Nachbarschaft das Maul über ihn zerriss. Und wenn die Spur, die er gelegt hatte, schon zu ihm führte, war Eile geboten.

»Was guckst du mich so blöd an?«, fragte Fiete. »Ja, ich bin noch klar im Kopf.«

»War nicht so gemeint.« Er grinste.

Planänderung, schrie alles in ihm. Wozu war er ein Meister der Improvisation? Mit einer einladenden Geste bat er den Nachbarn ins Haus. »Wir haben schon ewig kein Bier mehr zusammen getrunken.«

»Und?«

»Komm rein, oder hast du was vor?« Er wunderte sich selber über die Freundlichkeit, die er an den Tag legen konnte, wenn es sein musste.

»So früh? Um halb drei?« Fiete Nissen zögerte. »Was soll das jetzt?«

»Nichts. Einfach nur so.«

»Na denn.« Fiete setzte einen Fuß über die Türschwelle. Er trug ausgelatschte Hausschuhe aus grauem Cord. »Geht doch.« Jetzt grinste er. »Hast du denn was kalt?«

»Klar.« Nachdem der Alte im Haus stand, drückte er die Tür hinter seinem Besucher ins Schloss. »Komm in die Stube, ich hol uns ein Bier.«

»Büsch'n Klönschnack und Bier«, freute sich Fiete und schlurfte gebückt an seinem Gastgeber vorbei. Vergnügt rieb sich der Alte die Hände. »Klingt gut.« Wie selbstverständlich marschierte er in die kleine Stube mit der niedrigen Decke, um seufzend in den Sessel zu fallen. »Mann, Mann«, stöhnte er und sah sich um. »War ich lange nicht mehr hier. Früher hab ich mit Vaddern immer hier gesessen und über Gott und die Welt geschnackt.« Er lachte meckernd, schlug die knorrigen Beine übereinander und blickte aus dem Fenster in den Garten. »Ohaua, haua ha«, machte er. »Musst mal 'n büsch'n Zeit in den Garten investieren, Junge.«

»Ich weiß.« Mit einem gespielt schuldbewussten Nicken wandte er sich ab und ging in die Küche. Um seine Maske aufrechtzuerhalten, klimperte er am Kühlschrank herum und nahm zwei Flaschen *Flens* heraus. Dann bückte er sich in einen der Unterschränke, dorthin, wo seine Mutter ihre Backutensilien aufbewahrt hatte. Da er seit dem Tod seiner Eltern nichts an der Einrichtung verändert hatte, fand er das alte Nudelholz zwischen unzähligen Kuchen- und Weihnachtsbackformen. Mit einem zufriedenen Grinsen nahm er die hölzerne Walze hervor und wiegte sie in den Händen wie einen Baseballschläger.

»Mutters Hausordnung«, so hatte Vaddern das Nudelholz immer mit einem breiten Grinsen genannt. »Das Ding ist eine Waffe.«

Wie recht er hatte, dachte er. Es würde funktionieren, da war er sicher. Mit einer Hand nahm er die Bierflaschen, mit der anderen versteckte er das Nudelholz seiner Mutter hinter seinem Rücken. Auf dem Weg zur Stube hielt er es so, dass Fiete es nicht sehen konnte.

»Musstest du noch zur Brauerei fahren?« Fiete grinste, nachdem er sich schwerfällig zu ihm umgedreht hatte.

»So ähnlich.« Er rang sich ein freundschaftliches Lächeln ab und reichte dem alten Mann eine der beiden Flaschen. Fiete griff dankbar zu, ließ den Bügelverschluss ploppen und trank gierig.

Das war seine Chance. Er trat mit einer gleitenden Bewegung einen halben Schritt zurück, stand nun schräg hinter Fiete Nissen, der gerade die Flasche absetzte und lautstark rülpste. Über das Geräusch amüsiert, kicherte der alte Mann. Dann setzte er an und trank einen weiteren Schluck.

Währenddessen stand er regungslos hinter Fiete Nissen und wartete auf seinen Einsatz. Im richtigen Augenblick riss er die Hand, mit der er das massive Nudelholz hielt, in die Höhe.

Nissen schien etwas bemerkt zu haben, möglicherweise eine Bewegung in seinem Augenwinkel. Er setzte die Flasche ab und wandte sich zu ihm um. Mit weit aufgerissenen Augen sah er die drohende Gefahr. Doch er war zu träge, um noch reagieren zu können. So ließ er sich zur Seite fallen und sackte mit einem dumpfen Laut auf den Lippen auf die Armlehne des Sessels.

Er kannte kein Erbarmen. Der Alte war zur Gefahr geworden und musste aus dem Weg. Bevor er sich versah, landete das Nudelholz auf seinem Hinterkopf. Ein heiserer Schrei aus Entsetzen und Schmerz entrang sich seiner Kehle. Panisch riss er die Arme hoch, um den Angriff wenigstens halbwegs abzuwehren. Dabei ließ er die Bierflasche fallen, die polternd zu Boden fiel. Der goldgelbe Inhalt ergoss sich auf den Teppich und bildete dort einen unansehnlichen Kranz.

Als das Nudelholz den Kopf des alten Mannes traf, drang das hässliche Knacken des Schädels an die Ohren seines Peinigers. Er machte ein angewidertes Gesicht und sah Blut, das aus der Wunde von Fiete Nissen sickerte. Leblos sackte der alte Mann vom Sessel und kam hart auf dem Fußboden auf.

Zufrieden atmete er tief durch. Fiete war keine Gefahr mehr. Er würde nicht mehr plaudern und jemandem etwas verraten können. Jetzt musste er nur noch weg von hier.

*

Er hatte ihn nicht totgeschlagen. Beruhigt stellte er fest, dass der Alte noch lebte. Allerdings hatte er eine ziemliche Sauerei angerichtet, denn alles war voller Blut. Fiete Nissen musste weg von hier. Sollten die Bullen ihm auf die Schliche kommen, würden sie mit einem Durchsuchungsbeschluss auf der Matte stehen, und dann würde es für ihn zappenduster werden. So weit wollte er es nicht kommen lassen.

Er muss verschwinden.

Vielleicht konnte er den Alten noch gebrauchen. Ihn irgendwo ins Meer zu werfen, wäre eine Option gewesen, doch möglicherweise leistete Nissen ihm noch einen wertvollen Dienst. Immerhin, so triumphierte er, hatte er jetzt wieder eine Geisel in seiner Gewalt. Einen alten klapprigen Mann zwar, aber immerhin. Sie würden ihm nichts antun, solange er Nissen bei sich hatte. Kurz überlegte er, ob er ihn brandmarken sollte. Vielleicht später, denn jetzt galt es, ihn so schnell wie möglich von hier wegzubringen. Lange musste er nicht überlegen, wie er es anstellen sollte. Hastig schob er den schweren Sessel zur Seite, hob den niedrigen Tisch an und trug ihn zur Wand, sodass er jetzt Platz hatte. Er ging neben dem alten Mann in die Hocke, legte ihn so zurecht, dass er in den Teppich passte und machte sich daran, Nissen einzurollen. Dazu hatte er die Arme eng an den Körper gelegt, die Beine lang ausgestreckt. Um sicherzugehen, dass er sich nicht befreien konnte, klebte er die Teppichrolle mit Panzerband zusammen, das er aus der Werkzeugschublade seines Vaters in der Küche holte.

Immer wieder unterbrach er seine Arbeit und hielt inne, um sich zu vergewissern, dass Nissen noch lebte. Ohne Eile nahm er den zusammengerollten Teppich vom Boden und schulterte die schwere Rolle. Durch die Küche gelangte er in den Garten. Hier parkte sein alter Wagen unter dem wurmstichigen Carport, den sein Vater vor zig Jahren errichtet hatte. Während er Nissen im Teppich zum Auto bugsierte, fingerte er mit der freien Hand den Schlüssel aus der Hosentasche und drückte die Fernbedienung. Er öffnete die Heckklappe und schob den Teppich in den großen Kofferraum. Sorgfältig zog er die ausgeleierte Hutabdeckung zurück und schlug die schwere Klappe zu. Der Alte war schwerer als erwartet gewesen. Kurz hielt er inne und atmete ein paar Mal tief durch. Dann machte er sich auf den Weg ins Haus. Es galt, die Blut- und Bierspuren zu beseitigen. So wie es aussah, waren ihm die Bullen schon auf den Fersen. Er durfte keine Zeit verlieren und musste von hier verschwinden. Doch bei aller gebotenen Eile galt es, noch ein paar Vorkehrungen zu treffen.

KAPITEL 30

Flensburg, Bezirkskriminalinspektion, 14.30 Uhr:

Beck und Sievert hatten Wort gehalten und eine Mordkommission ins Leben gerufen, die sich mit vollen Kräften der drei ungeklärten Tötungsdelikte widmete. Entsprechend voll war der lange Tisch im Besprechungsraum des K1. Gegen Mittag hatten der Erste Kriminalhauptkommissar und der Staatsanwalt zum Meeting gerufen. Marianne Dierks, Becks rechte Hand, hatte Gebäck, Kaffee, Tee und kalte Getränke bereitgestellt.

Kristin war überrascht – sah sie doch zum ersten Mal während ihrer Zeit in Flensburg das »große Besteck«, wie es im Kommissariat genannt wurde. So galten den Kieler Kollegen die neugierigen Blicke aller am Tisch versammelten, als Beck die Runde eröffnete und dabei nicht versäumte, die Unterstützung aus der Landeshauptstadt zu begrüßen. Es waren insgesamt fünf zusätzliche Teams, die nun damit beauftragt wurden, Befragungen im Umfeld der Opfer durchzuführen. Beck hatte angekündigt, auch Kollegen aus weiteren Revieren hinzuzuziehen, sollte das nötig werden.

Kristin begegnete dem Beschluss ihres Vorgesetzten mit gemischten Gefühlen, war sie doch ehrgeizig genug, um die ihr anvertrauten Fälle eigenständig zu lösen.

»Manchmal ist es besser so«, raunte Lars ihr ins Ohr. Offenbar war ihm nicht verborgen geblieben, wie Kristin über die neue Situation dachte. Sie musste schmunzeln und wunderte sich darüber, wie gut er sie doch schon kannte. Es entging ihr auch nicht, dass Sven Sievert ihn immer wieder mit misstrauischen Blicken bedachte. Sie beschloss, Lars bei passender Gelegenheit zu fragen, welche Fehde die Männer miteinander ausfochten.

»Ich habe für heute Nachmittag eine Pressekonferenz angekündigt«, eröffnete Sievert den Anwesenden gerade. »Man verlangt von mir erste Ermittlungsergebnisse.« Der Staatsanwalt machte eine Pause, wohl, um seine Worte wirken zu lassen. »Was mich zu der Frage kommen lässt – wie weit sind wir?«

Kristin sah ihm an, dass er unter enormem Druck stand. Kein Wunder, wenn man bedachte, dass es im ansonsten friedlichen Schleswig-Holstein drei Tote innerhalb von 24 Stunden gegeben hatte.

Sievert stierte auf seinen Notizblock und trank schwarzen Kaffee. Obwohl er adrett wie immer gekleidet war – das hellblaue Hemd korrespondierte zu seiner dunkelblauen Krawatte und dem grauen Jackett, wirkte er übernächtigt. Dunkle Ringe lagen unter seinen Augen, der Bartschatten war nicht zu übersehen und ließ sein attraktives Gesicht älter wirken, als es war.

Für die neu hinzugekommenen Ermittler fasste Beck die letzten Stunden zusammen. »Inzwischen sind drei Todesopfer zu beklagen, alle wurden an Ostseestränden aufgefunden. In zwei Fällen war der Auffindeort nicht gleich Tatort, nur in einem Fall hat es sich anders verhalten. Allesamt sind mit einem Brandzeichen im unteren Bereich des Rückens, etwa auf Höhe der Lendenwirbelsäule, versehen, mit den Worten ›Free JP‹– wer oder was immer das auch sein mag. In allen Fällen haben wir es mit unterschiedlichen Modi Operandi zu tun.« Beck sah Kristin an. »Möchtest du weitermachen?«

»Gern.« Kristin sammelte sich kurz. »Beim ersten Opfer handelt es sich um die 31-jährige Julia Böhm aus Eckernförde.

Da sie und ihr gesellschaftliches Umfeld von dort stammen, sitzt unser Kollege, Kriminalhauptkommissar Lars Reimers, mit am Tisch.« Sie lächelte Lars zu, er nickte in die Runde, während Kristin weitersprach. »Er leitet die Ermittlungen in Eckernförde – aufgefunden wurde die Tote am Strand von Steinberghaff, also in unserem Zuständigkeitsbereich, weshalb wir überregional kooperieren. Zurück zum Opfer: Die Todesursache ist Einwirkung durch einen stumpfen Gegenstand, so wie es aussieht, starb sie an den Folgen eines Sturzes auf den Bürgersteig vor ihrer Haustür. Die näheren Umstände sind dokumentiert. Hier gehen wir davon aus, dass die Frau wegen unterlassener Hilfeleistung starb und post mortem gebrandmarkt und an den Auffindeort gebracht wurde. Die Gründe sind völlig unklar.« Sie legte eine kurze Pause ein, um den neuen Kollegen am Tisch die Gelegenheit zu geben mitzuschreiben. »Das zweite Opfer, Ina Thomsen, wurde heute Morgen unweit ihres Arbeitsplatzes, einem kleinen Bistro am Strand von Westerholz, tot aufgefunden. Diesmal wurde die Frau stranguliert, somit können wir von vorsätzlichem Mord ausgehen. Sie wurde am Ort des Geschehens getötet und bildet damit eine Ausnahme.«

Thierse hob die Hand, Kristin nickte ihm zu.

Der Kriminaltechniker räusperte sich, bevor er ansetzte: »Inzwischen wissen wir, dass die Frau mit einem Strick erdrosselt wurde. Der Beschaffenheit nach zu urteilen handelt es sich um ein Material, das in der Schifffahrt zum Einsatz kommt. Die Ermittlungen zur Herkunft des Tatwerkzeuges laufen noch.«

»Danke.« Kristin nickte. »Wir haben die Befragung des Ex-Freundes vorgenommen, eines gewissen Malte Schäfer, der sich vor einigen Wochen von Ina Thomsen getrennt hat.« Die Anwesenden horchten auf. »Angeblich hat er sie wegen einer alten Jugendliebe verlassen. Brisant ist allerdings, dass Malte

Schäfer vor knapp zehn Jahren Mitglied einer Sekte war, die Frauen missbraucht hat.« Kristin wandte sich an Uwe Sattler. »Möchtest du fortfahren?«

»Gern.« Sattler erhob sich und stellte sich den neuen Kollegen vor. »Bis gestern habe ich für die *Cold-Case-Unit* im LKA gearbeitet, deshalb konnte ich auf kurzem Dienstweg Informationen zu dieser Sekte zusammentragen.« Er berichtete in wenigen Sätzen, was er über *Love and Pain* herausgefunden hatte. »Auffällig ist, dass Schäfers Mitstreiter eine Haftstrafe verbüßen, während seine Strafe auf Bewährung ausgesetzt wurde. Warum, ist nicht ersichtlich.«

»Ich werde Akteneinsicht beim zuständigen Richter beantragen, dann können wir den alten Fall aufrollen«, bot Sievert an. »Hat eine Befragung von Malte Schäfer stattgefunden?«

Reimers nickte. »Kristin und ich haben ihn auf seinem Boot besucht. Von den damaligen Vorwürfen wollte er nichts mehr wissen. Interessant ist, dass die gefügig gemachten Frauen bei *Love and Pain* ebenfalls mit Brandzeichen versehen worden sind.«

»Hört, hört«, rief Paulsen und schlug mit der flachen Hand auf den Tisch. Einige schreckten auf und warfen Paulsen böse Blicke zu.

»Allerdings kam damals ein Brandeisen zum Einsatz, während die drei toten Frauen mit einem sogenannten *Cautery Pen* gebrandmarkt worden sind«, erörterte Kristin. »Doch der Reihe nach: Unser drittes Opfer wurde ebenfalls heute in den Morgenstunden tot am Strand, diesmal in Norgaardholz, aufgefunden. Auch sie trägt das bekannte Brandmal am Rücken. Die Obduktion soll im Laufe des Tages stattfinden – erstem Anschein nach wurde sie mit einer schweren Glasflasche erschlagen.«

Thierse hob die Hand, Kristin erteilte ihm das Wort. »An der Flasche haben wir keine verwertbaren Fingerspuren sichern können, was uns zu dem Schluss kommen lässt, dass der Täter

Handschuhe trug.« Der Leiter des Sechsten setzte sich, als niemand eine Frage hatte. Kristin dankte ihm.

Einer der neu hinzugekommenen Kollegen, ein untersetzter Typ Anfang 40 im marineblauen Hoodie, hob nun auch die Hand. »Wenn ich das richtig verstehe, verfolgt ihr derzeit zwei Theorien: Entweder es handelt sich um einen Serienmörder, wobei wir jederzeit mit dem nächsten Mordanschlag rechnen müssen, oder ihr geht von mindestens einem Trittbrettfahrer aus, korrekt?«

Die Kollegen der Flensburger Dienststelle tauschten Blicke und nickten unisono.

»Das ist doch alles Bullshit«, rief Paulsen, der desinteressiert auf seinem Stuhl lümmelte. »Wir haben es garantiert mit einem einzigen Täter zu tun, der nichts Besseres zu tun hat, als uns zum Narren zu halten.« Beifall heischend blickte er in die Runde. Als er sich streckte, war die Aufschrift auf seinem hellblauen T-Shirt zu lesen. »Zu geil für diese Welt« stand dort in knallroten Buchstaben.

»Warum sollte er das tun?«, wollte Beck wissen, der sichtlich angestrengt um einen sachlichen Tonfall bemüht war.

»Damit wir Zeit verschwenden, um beide Theorien zu verfolgen und er seine Narrenfreiheit noch länger genießen kann.« Grinsend verschränkte Paulsen die Hände hinter dem Kopf.

»Es wäre durchaus denkbar, dass er uns bewusst auf eine falsche Fährte locken will«, räumte Jens Beck ein. »Was haben wir noch?«

Birthe meldete sich. »Beim dritten Opfer habe ich anhand der Vernarbungen festgestellt, dass der Frau die Brandmarke zu Lebzeiten zugefügt wurde, anders also mutmaßlich als bei den ersten Opfern.«

»Woher willst du das wissen?«, fragte Paulsen abschätzend.

»Ich bin zwar keine Rechtsmedizinerin, jedoch haben wir es mit einer anderen Art der Vernarbung zu tun, so, als hätte die Frau geblutet, denn man erkennt eine Verkrustung rund um das Brandmal. Das lässt darauf schließen, dass sie noch lebte, als der Täter ihr das Branding zufügte.«

»Wir sollten auf die Expertise der Rechtsmedizin warten«, empfahl Beck. »Die vermeintlich kleinen Unterschiede zwischen den Fällen sind trotzdem prägnant.«

»Kein Wunder«, meldete sich Paulsen zu Wort. »Der Killer will uns verarschen.« Er blies die Luft zwischen den Lippen aus. »Ich bleibe dabei, dass es sich um einen einzigen Mörder handelt, Leute.«

»Das ist eine Theorie«, gab Sievert zu bedenken. »Da die Modi Operandi sich aber stark voneinander unterscheiden, gibt es, abgesehen von den Brandings, keine Parallelen zwischen den Taten und somit Grund zu der Annahme, dass es sich um einen Trittbrettfahrer handeln könnte. Um jemanden, der um jeden Preis Aufmerksamkeit erzielen will.«

»Wir sollten beide Möglichkeiten im Auge behalten«, meinte Beck und machte sich Notizen.

»Die kurzen zeitlichen Abstände zwischen den Taten bereiten mir Sorgen«, fügte der Staatsanwalt hinzu. »Die Öffentlichkeit erwartet Ergebnisse von uns, und heute Nachmittag muss ich auf der Pressekonferenz erste Ergebnisse unserer Arbeit vorlegen können.«

Jens Beck kam noch einmal auf das Branding zu sprechen. Mit fragendem Blick wandte er sich an Thierse und Birthe. »Kann man schon bestimmen, um welche Art von Brandmarkung es sich bei den Opfern handelt?«

Birthe wechselte einen kurzen Blick mit ihrem Vorgesetzten, der ihr mit einem Nicken das Wort überließ. Sie räusperte sich, drückte den Rücken durch und sah in die Runde. »Es gibt zwei Arten von Brandmarken, zum einen gibt es Brandings, die durch ein sogenanntes Brandeisen aufgebracht werden. Beim klassischen Brenneisen handelt es sich um eine

Art Stempel, der aus einem Messingfuß gefertigt wird. Daran befindet sich ein eiserner Stiel mit Kork- oder Holzgriff.« Sie projizierte ein Foto, das ein Brenneisen zeigte, auf das digitale Whiteboard. »Das untere Ende wird vor der Benutzung im Feuer erhitzt, das kann ein paar Minuten dauern.«

»Zeit, die ein Mörder unter Umständen nicht hat«, brummte Gunnar Feistel.

»Brenneisen kommen dort zum Einsatz, wo sie eher selten genutzt werden.« Birthe nickte zustimmend. »Und deshalb kommt bei ihm ein sogenannter *Cautery Pen* zum Einsatz – oder schlicht ein geschliffener Nagel oder ein ähnlicher eiserner Gegenstand, der erhitzt wird.«

»Was ist so ein *Cautery Pen*?« Sievert legte seinen Kugelschreiber auf den Block, lehnte sich zurück und verschränkte die Arme vor der Brust.

Birthe tippte auf ihrem Tablet herum. Am Whiteboard erschien ein Gegenstand, der Kristin stark an einen Lötkolben erinnerte. Als sie sich vorstellte, dass man damit Menschen brandmarkte, rieselte ihr ein Schauer den Rücken herunter.

»Der Pen wird in der Brandingszene gern genutzt. Er wird von einem Akku oder mit Batterien betrieben und kann quasi überall eingesetzt werden. Ursprünglich stammt der Kauterisationsstift aus dem medizinischen Bereich. Hier wird er genutzt, um unerwünschtes Gewebe zu zerstören. So werden beispielsweise kleinere Blutungen gestoppt oder gutartige Wucherungen wie Warzen entfernt. Dabei ist es relativ einfach, ein solches Gerät zu beschaffen. Zahlreiche Seiten im Internet bieten Kauterisationsstifte an. Diese Werkzeuge erreichen Temperaturen von bis zu 1.200 Grad Celsius.«

»Wenn das mal nicht heiß ist«, grinste Paulsen.

»Die Schriftzüge sehen in allen drei Fällen aus wie von Hand geschrieben«, warf Kristin ein, nachdem sie den vorlauten Kollegen mit einem vernichtenden Blick bedacht hatte.

Sie projizierte die drei Fotos der Brandmale der Frauen an das digitale Whiteboard. Die Kieler Kollegen betrachteten die Bilder mit regungslosen Mienen.

»Das sieht nicht aus wie mit einem Brenneisen gesetzt«, fand ein sportlicher Endzwanziger, der eine modische Sonnenbrille mit grünem Rand zu einem froschgrünen Hemd trug. »Sonst dürften die Brandings gleichmäßiger sein.«

Kristin nickte. »In der Tat unterscheiden sich alle Brandzeichen in Details. Es hat den Anschein, als wären die Brandzeichen handschriftlich, verzeiht mir den Vergleich, gesetzt worden.«

»So ist es.« Thierse nickte bedächtig. »Also suchen wir nach jemandem, der einen derartigen *Cautery Pen* besitzt und der uns damit etwas mitteilen möchte.«

»Setz doch mal einen Graphologen darauf an«, empfahl Paulsen. »Dann kann die Handschrift des Täters analysiert werden.«

Beck winkte ab. »Das führt zu weit.«

Birthe wandte sich an Uwe Sattler, der ihr am langen Tisch gegenübersaß. »Wie war das damals bei dieser Sekte? Womit haben die gearbeitet, nachdem sie ihre Opfer gefügig gemacht haben?«

Sattler schüttelte den Kopf. »Nicht mit einem *Cautery Pen*. Damals kam ein klassisches Brenneisen zum Einsatz. Die Frauen haben es übrigens als eine Ehre empfunden, dass sie gebrandmarkt wurden.«

»Pervers«, fand Paulsen. Diesmal widersprach ihm niemand.

»Es ist sicherlich sinnvoll, wenn wir die Frauen, die damals zu Opfern gemacht worden sind, befragen – und natürlich alle männlichen Mitglieder dieser obskuren Sekte«, schlug Sievert vor.

»Eine Sisyphus-Arbeit.« Paulsen stöhnte und warf Gunnar Feistel einen vielsagenden Blick zu.

»Möglicherweise erhalten wir so einen wertvollen Hinweis«, hoffte Beck.

»Und vielleicht verschwenden wir Zeit und Manpower, was unserem Mörder in die Karten spielt«, konterte Paulsen.

»Dann haben wir wenigstens nichts unversucht gelassen«, entgegnete Sievert unterkühlt. »Also – ich schlage vor, dass Sie«, er deutete auf Uwe Sattler, »mit einem Team der Kollegen aus Kiel sich an die Arbeit machen und *Love and Pain* neu aufrollen.«

Uwe nickte. Er schien es gewohnt zu sein, sich um mühsame Aufgaben zu kümmern, die nur in den seltensten Fällen zum gewünschten Erfolg führten.

»Was können wir inzwischen tun?« Birthe wirkte etwas unzufrieden mit dem Verlauf.

»Die Fahrzeuge von Ole Christensen und Jørn Petterson befinden sich in der KTU«, erinnerte Thierse sie. »Wir könnten die Autos noch einmal unter die Lupe nehmen.

»Apropos Tatverdächtige«, sagte Kristin und wandte sich an Max Paulsen. »Habt ihr schon das Alibi von Jørn Petterson überprüft?«

»Sicher.« Paulsen richtete sich auf und sah mit bedeutungsschwangerer Miene in die Runde. »Tatsächlich hat Petterson im betreffenden Zeitraum die Dienste einer Prostituierten in Anspruch genommen.«

»Dann ist er wohl raus«, mutmaßte Reimers.

»Nicht wirklich.« Paulsen schüttelte den Kopf. »Er hat die Dame des horizontalen Gewerbes zwar gebucht und war auch vor Ort, allerdings nur, um ihr das Honorar zu übergeben. Danach sei er, so berichtet sie, unverrichteter Dinge wieder verschwunden. Und sie musste nicht einmal die Beine breit machen.«

Jemand in der Runde stöhnte gequält auf.

»Sorry«, murmelte Paulsen, als er den strafenden Blick des

Staatsanwaltes bemerkte. »Das war für die Dame wohl schnell verdientes Geld. Fakt ist aber, dass er sie nicht für die Dienste, die sie sonst anbietet, gebucht hat.«

»Also nur, um ein Alibi zu haben«, schlussfolgerte Kristin.

Paulsen zuckte die Schultern. »Angeblich hat er bei der Dame des horizontalen Gewerbes keinen hochbekommen und ist vorzeitig verschwunden – wohin auch immer. Bei der Befragung hat er angegeben, anschließend planlos durch die Gegend gefahren zu sein. Leider spielt ihm der Zufall nicht in die Karten und er wurde nicht irgendwo geblitzt, um seine Aussage zu untermauern.«

Kristin dachte nach. »Also steht Petterson wieder ganz oben auf unserer Liste.«

»Leider nur für die erste Tat, fürchte ich.« Beck machte eine unzufriedene Miene. »Als Opfer zwei und drei ums Leben kamen, saß er bereits in U-Haft.«

»Außerdem ... warum sollte er sich selber mit dem Zusatz ›free‹ auf dem Rücken seines Opfers verewigen?«

»Um den Verdacht von sich abzulenken«, überlegte Paulsen. »Vielleicht sind die Morde geplant gewesen, und mit den Brandmarken will er uns ablenken von den eigentlichen Taten.«

»Wir sollten dennoch ein Augenmerk auf das eingesetzte Brennwerkzeug richten«, fand Sievert. »Also müssen wir Malte Schäfer wohl noch einmal befragen.«

»Ich kann das übernehmen«, bot Kristin an. Lars nickte ihr zu. Er war dabei. Kurz trafen sich ihre Blicke, er zwinkerte ihr zu.

»Sollte Malte Schäfer etwas damit zu tun haben, würde er sicher auch ein derartiges Werkzeug einsetzen«, schätzte Gunnar Feistel. Er lehnte sich zurück und kratzte sich im Nacken. »Wer stellt solche Brenneisen her, wer vertreibt diese Pens und könnte es sein, dass Schäfer sich einen *Cautery Pen* beim Händler seines Vertrauens besorgt hat?«

»Um die Herkunft des Kauterisationsstiftes könnte sich ein Team aus Kiel kümmern«, schlug Beck vor. Zwei Kollegen, die offensichtlich ein Team bildeten, hoben die Hände.

»Wer auch immer die Brandings aufgebracht hat«, brummte Thierse, »der hat keine Flamme bei sich, mit der er das Brenneisen mühsam erhitzen muss. Ich könnte mir vorstellen, dass er in Eile ist und deshalb den Pen einsetzt.«

»Das ist doch eine Milchmädchenrechnung«, behauptete Paulsen. Er schüttelte den kahlen Schädel. »Ob ich jetzt lange warte, bis das Eisen die gewünschte Temperatur hat, oder ob ich mir die Zeit nehme, meine Opfer mit einer persönlichen Widmung zu signieren. Beides dauert, wenn ich es eilig habe, viel zu lange.«

»Was willst du uns damit sagen?« Beck warf ihm einen vorwurfsvollen Blick zu. Kristin sah ihm an, dass ihm die ständige Mäkelei von Paulsen gegen den Strich ging.

»Dass der Typ seine Opfer vielleicht markiert, *bevor* er sie irgendwo drapiert. Der ist doch geil auf Öffentlichkeitswirkung des Gesamtkunstwerkes, da nimmt er sich nicht die Zeit, sie erst noch am Auffindeort zu branden.«

»Sondern?« Sievert betrachtete Paulsen mit strengem Blick.

Kristin schüttelte den Kopf. »Im Fall von Julia Böhm und der Unbekannten von Norgaardholz mag das stimmen, aber Fakt ist doch, dass Ina Thomsen hinter dem Bistro überfallen und getötet wurde. Und dass der Mörder ihr das Branding vor Ort gesetzt hat.«

»Damit fällt er aus der Reihe«, gab Reimers ihr recht. »Also haben wir es im Fall von Ina Thomsen möglicherweise mit einem Nachahmer zu tun, während das erste und das dritte Opfer von unserem Serientäter gebrandmarkt wurden?«

»Es wäre denkbar.« Staatsanwalt Sievert rieb sich nachdenklich den Nasenrücken. »Heute Abend treffen weitere

Kollegen des LKA ein, ich denke, dann können wir unsere Ermittlungen ausweiten.«

»Wir sollten alle drei Leichen auf DNA-Spuren untersuchen lassen«, schlug Kristin vor.

Beck runzelte die Stirn. »Das gehört zu jeder Leichenschau, Kristin – ich dachte, du wüsstest das.«

»Natürlich – aber wir haben noch keinen Vergleich des gesicherten DNA-Materials angestrengt, oder?« Es nervte sie, wenn ihr Chef sie für unterbelichtet hielt, und so kämpfte sie um ihre Fassung.

Beck und Sievert warfen sich einen Blick zu, beide zuckten mit den Schultern, dann entspannte sich die Miene von Jens Beck. »Sicher hast du recht, nichts für ungut, unsere Nerven liegen gerade blank. Also – wir sollten in der Rechtsmedizin einen Vergleich der an den Opfern gefundenen Spuren anstrengen.«

»Danke.« Kristin nickte und machte sich Notizen. »Zumindest im Fall von Ina Thomsen wissen wir mit großer Wahrscheinlichkeit, dass es vorher ein Handgemenge gegeben hat. Derzeit gehen wir davon aus, dass der Täter sie von ihrem Fahrrad geworfen hat, um sie zu überwältigen. Sicher ließ sie das nicht ohne Widerstand über sich ergehen.«

Sievert nickte und schenkte ihr ein zufriedenes Lächeln. »Wohl wahr. Ich werde gleich nach dem Meeting mit Doktor Mabuse telefonieren und sie bitten, sämtliche an den Opfern gefundenen DNA-Spuren abzugleichen.«

»Apropos Vergleich.« Benno Thierse trommelte auf dem Tisch herum. »Ich kann noch etwas zu den Reifenspuren sagen.« Alle Blicke waren auf den Abteilungsleiter des Sechsten gerichtet. »Es kann Zufall sein, aber bisher haben wir an allen drei Schauplätzen dieselben Spuren eines Fahrzeugs gefunden.«

»Ha – Zufall, das glaubst du doch selbst nicht.« Paulsen klatschte in die Hände. »Da haben wir das Schwein doch!«

»Langsam mit den jungen Pferden.« Thierse hob beschwichtigend die Hände. »Der Reifentyp und die Größe haben nichts zu bedeuten. Wir untersuchen gerade die Prints miteinander und suchen nach gleichen Merkmalen.«

»Kann doch nicht so schwer sein.« Paulsen schüttelte abwertend den Kopf. »Was ist da zu tun?«

Thierse ließ sich nicht aus der Ruhe bringen, nur der Blick, den er Paulsen zuwarf, sprach Bände. »Wenn ein Fahrzeug beispielsweise defekte Stoßdämpfer hat, weist das Reifenprofil recht schnell sogenannte Auswaschungen auf. Oder eine Schraube im Reifen, mit der man wochenlang herumfährt und sich wundert, warum man ständig Luft nachfüllen muss. Solche Merkmale könnten Indizien sein, die uns unter Umständen zum Fahrzeughalter führen.«

»Aber der Halter muss nicht auch der Fahrer sein«, gab Paulsen zu bedenken.

Kristin wandte sich an den Jüngsten in der Runde. »Lukas«, sagte sie gedehnt, »du hattest angeboten, dir Gedanken über die rätselhafte Botschaft zu machen.«

»Richtig.« Lukas Lange errötete. »Auch hier habe ich einen Denkansatz, den ich euch mit auf den Weg geben möchte.«

Sekundenlang herrschte gespanntes Schweigen im Raum, dann holte Lukas Lange tief Luft. »Im Jahr 1993, also lange vor meiner Geburt, gab es in den USA einen recht erfolgreichen Kinofilm.«

»Verschon uns jetzt mit irgendwelchen Gangsterkomödien«, warnte Paulsen.

»Bei dem Film, von dem ich spreche, geht es nicht um Gangster und Cops. Es ging um einen Wal, der in die Freiheit entlassen werden sollte.«

»*Free Willy*«, kam es über Kristins Lippen. »Ich habe den Film geliebt und im Kino heimlich geheult.« Sie errötete, als sie sich bewusst darüber wurde, dass sie sich vor den Kollegen am Besprechungstisch geoutet hatte. Zu ihrer Erleichterung stellte sie fest, dass niemand am Tisch lachte.

»Leute«, rief Paulsen unbeeindruckt. »Wie herzallerliebst. Reden wir jetzt ernsthaft über irgendwelche Tierfilme, die im letzten Jahrhundert über die Leinwand geflimmert sind?«

»Halt endlich den Sabbel«, zischte Thierse ihm zu, dessen Geduld jetzt offensichtlich am Ende war.

Paulsen zuckte die Schultern und sank in seinem Stuhl ein.

»Ein Junge will einen Wal aus der Gefangenschaft retten und riskiert dafür so einiges«, fuhr Lange fort. »Der Film hatte damals den Untertitel *Der Ruf der Freiheit* und brachte den Inhalt auf den Punkt.«

»Was uns zu der Frage kommen lässt, wer ist der Junge, und wer ist der Wal?« Beck nickte verstehend. Lukas Lange schien ihm zu gefallen.

»Wir reden also von einem Zeitgenossen, der jemanden aus der Gefangenschaft befreien will«, überlegte Kristin und drehte ihren Kugelschreiber in der Hand. »Offensichtlich handelt es sich um einen Inhaftierten, der auf diese Art freigepresst werden soll.«

Reimers schlug sich vor die Stirn und nickte. »Warum sind wir da nicht früher drauf gekommen?«

»Die Frage ist doch, wer Interesse daran hat, dass jemand auf freien Fuß gelassen wird«, schaltete sich Birthe ein. »Vielleicht eine Mutter, die davon ausgeht, dass ihr Sohn zu Unrecht im Knast sitzt.«

»Eine Mutter würde wohl diese Morde nicht begehen«, brummte Paulsen.

»Dann eben ein Vater.« Birthe zog eine Augenbraue hoch.

Uwe Sattler meldete sich zu Wort. »Wir sollten mal in den Justizvollzugsanstalten des Landes nachfragen, ob sich jemand mit den Initialen JP in Haft befindet.«

»Das werden viele sein«, stöhnte Paulsen.

»Es wäre ein Lösungsansatz, den wir weiterverfolgen sollten«, fand Beck. »Dann übernimm du das bitte, Max. Und vergiss nicht, bei den Kollegen in Dänemark nachzufragen.«

Paulsen rollte mit den Augen. »Danke für nichts.«

Auf der Stirn von Staatsanwalt Sievert lag eine steile Sorgenfalte. »Wir sollten bei allem Einfallsreichtum Acht geben, uns nicht in einer einzigen Idee zu verrennen«, gab er zu bedenken. »Ich möchte, dass wir nach wie vor alle Möglichkeiten in Betracht ziehen.«

»Worauf du dich verlassen kannst«, versicherte Beck ihm, bevor er die Ergebnisse der Runde zusammenfasste und jeder wusste, was er zu tun hatte.

*

Eine halbe Stunde später betrat Thierse das Büro von Kristin und Sattler. »Es gibt Neuigkeiten«, verkündete er. »Ich habe Rückmeldung aus Kiel erhalten. Demnach wurden an allen drei Tatorten identische Reifenspuren festgestellt. Der Abgleich hat ergeben, dass wir es mit einem alten Mercedes Kombi E-Klasse, Baujahr 2003, zu tun haben.«

»Also fährt unser Täter einen Mercedes.« Kristin spielte mit einem Kugelschreiber und warf Reimers, der ihr an Sattlers Schreibtisch gegenübersaß, einen raschen Blick zu. »Kann man die Suche eingrenzen, damit wir die infrage kommenden Halter befragen können?«

»Kann man sicher, aber das wird dauern. Aufgrund der Vielzahl der Fahrzeuge im Register des Kraftfahrtbundesamtes wird das die Suche nach der Stecknadel im Heuhaufen, Leute. Bei dem gesuchten Auto handelt es sich um ein sehr robustes und langlebiges Modell. Theoretisch könnte unser Mörder auch Taxifahrer sein.« Thierse rang sich ein schiefes Grinsen ab. »Jedenfalls war immer derselbe Wagen an den

Auffindeorten der toten Frauen. Jetzt müssen das Profil und seine Eigenheiten nur noch dem richtigen Fahrzeug zugeordnet werden.«

»Na super«, stöhnte Kristin und hatte Mühe, ihre Enttäuschung zu verbergen. »Wo können wir ansetzen?«

»Schwer zu sagen«, bedauerte Thierse. »Von diesem Modell wurden im Jahr 2003 mehr als 308.000 Einheiten gebaut, darunter Kombis und Limousinen. Womit wir es im vorliegenden Fall zu tun haben, lässt sich anhand der Reifenspuren leider nicht sagen. Wie viele Fahrzeuge noch im deutschsprachigen und dem angrenzenden dänischen Raum unterwegs sind, weiß wohl nur das KBA.« Thierse zuckte die Schultern. »Der einzig zuverlässige Weg wäre es, alle Halter ausfindig zu machen und sie zu befragen, gegebenenfalls ihre Alibis zu überprüfen und und und. Aber das wird Wochen und Monate dauern, bis wir ein brauchbares Ergebnis haben.«

»Mist.« Kristin warf den Kugelschreiber auf die Tischplatte.

»Immerhin haben wir einen Hinweis«, versuchte ihr Lars Mut zu machen.

»Wir sollten die Öffentlichkeit einschalten«, fand Kristin. »Forschen, ob es Zeugen an den drei Auffindeorten gab, die einen Mercedes der passenden Baureihe gesehen haben. Vielleicht kommen wir so über das Kennzeichen an den Halter.«

»Denkt an die Videoüberwachungskameras rund um die Auffindeorte«, erinnerte Thierse sie. »Zahlreiche Geschäftsleute haben im Außenbereich ihrer Ladenlokale Kameras installiert, immer mehr Privatpersonen überwachen ihre Häuser und Grundstückseinfahrten – *Smart Home* lässt grüßen.« Der Kriminaltechniker grinste schief.

»Das klingt nach viel Arbeit«, stöhnte Reimers.

»Wendet euch in dem Aufruf an alle Personen, die in den betreffenden Zeiten an sämtlichen drei Schauplätzen etwas Auffälliges beobachtet haben könnten«, fuhr Thierse fort.

»Sobald sich jemand meldet, wertet das Bild- und Filmmaterial aus. Sicher taucht der Mercedes unseres Täters irgendwo auf. Heutzutage ist niemand mehr unsichtbar, Kollegen.« Damit ließ er Lars und Kristin zurück.

»Und jetzt?«, fragte Kristin etwas ratlos.

»Die Pressekonferenz«, schlug Reimers vor. »Sie soll doch gleich stattfinden. Ein guter Anlass, um auf unsere Suche nach dem Mercedes hinzuweisen.«

Kristin nickte. »Ich werde das mit Jens abstimmen und mir sein Einverständnis holen. Unsere IT-Leute können sicherlich auf den Kanälen in den sozialen Netzwerken einen Post mit der Suche veröffentlichen.«

Reimers nickte. »Ich hätte nie gedacht, dass dieser ganze digitale Kram mal nützlich sein könnte.«

»Sagt der, der sich seine Bettbekanntschaften im Internet gesucht hat«, konterte Kristin.

»Hat«, nickte Reimers mit einem säuerlichen Gesichtsausdruck. »Er *hat* das getan, aber das ist vorbei.«

Kristin holte tief Luft, denn irgendwie klang das Versprechen, das Lars ihr gegeben hatte, aussichtsreich.

KAPITEL 31

Rödemis, 14.35 Uhr:

Das unauffällige Backsteinhaus von Paul Weber lag in einer ruhigen Seitenstraße im Husumer Süden. Wiebke parkte den Wagen gleich vor der Tür und betrachtete das Haus, in dem Paul Weber lebte, durch die Windschutzscheibe. »Typischer Mittelstand«, murmelte sie. »Bisschen runtergekommen.«

»Mein windschiefes Traufenhaus ist mir lieber«, brummte Petersen, während er den Sicherheitsgurt löste, die Unterlagen aus dem Handschuhfach fischte und sich aus dem Beifahrersitz wuchtete.

»Dein Traufenhaus wirst du schon noch früh genug sehen heute Abend. Und nun mal recht freundlich, immerhin sind wir die Überbringer einer traurigen Botschaft. Da ist deine schlechte Laune fehl am Platze, Jan.«

Petersen winkte ab. »Ich hasse es, für die Flensburger die Drecksarbeit übernehmen zu müssen. Außerdem hatte ich noch kein Fischbrötchen und der Magen hängt mir in den Knien.«

Wiebke ersparte sich eine Antwort. Seite an Seite stapften sie auf das Haus zu, in dem Paul Weber lebte. Nach einem Blick auf das Klingelschild legte sie einen Daumen auf den Knopf. Drinnen schlug eine schrille Klingel an. Petersen zog eine Grimasse, als hätte er nichts anderes erwartet.

Im Innern des Hauses tat sich etwas. Schritte schlurften heran, ein Schlüssel wurde im Schloss gedreht, dann öffnete sich die Tür. »Ich kaufe nichts, und ich möchte nicht mit Ihnen über Gott sprechen.«

Der Mann, der die Tür geöffnet hatte, war groß und muskulös. Wiebke schätzte ihn auf Anfang 40. Sein stechender Blick fiel ihr sofort auf. Ihr Gegenüber war etwas ungepflegt, der Dreitagebart von grauen Stellen durchzogen, dunkle Ringe lagen unter seinen Augen, und die Falten um die Mundwinkel waren tief eingegraben. Zu einer ausgebeulten Jogginghose trug er ein marineblaues T-Shirt mit »Husum«-Aufdruck in Hellblau, dazu weiße Socken in Badelatschen.

Ein Sympathieträger sieht anders aus, dachte Wiebke.

»Wir möchten nicht über Gott sprechen«, nahm Petersen den Faden auf und präsentierte ihm den Dienstausweis mit dem Landeswappen von Schleswig-Holstein.

»Kripo?« Der Mann verengte die Augen zu Schlitzen und betrachtete erst Petersen, dann Wiebke. Für einen winzigen Augenblick wirkte er verunsichert, hatte sich aber schnell wieder unter Kontrolle.

»Kriminalhauptkommissar Petersen«, Jan deutete mit dem Daumen lässig auf Wiebke, »und meine Partnerin, Kommissarin Ulbricht von der Kripo Husum.«

»Und Sie sind Paul Weber?«, fragte Wiebke, der das Begrüßungsritual eindeutig zu lange dauerte.

»Jo.« Weber nickte. »Ist was mit Dana? Habt ihr sie?«

Wiebke wechselte einen raschen Blick mit Petersen, dann wandte sie sich an Weber. »Dürften wir vielleicht einen Moment reinkommen?«

»Sicher.« Seine Hände zitterten, als er den Eingang freigab. In der Diele schlug ihnen ein muffiger Geruch entgegen. Auf einem kleinen Schuhregal stand ein Paar einst weiße Stoffturnschuhe und schwere Lederstiefel, an denen sich getrockneter Matsch befand. Im Vorbeigehen warf Wiebke einen Blick in die Küche. Dort standen zwei Flaschen Bier, eine leere Milchflasche und eine Papiertüte der *Bäckerei von Allwörden* auf der Arbeitsplatte. Die Bananen in der Obstschale waren schrumpelig und tiefbraun, eine pelzige Schimmelschicht überzog die drei Orangen daneben. Gesunde und abwechslungsreiche Ernährung sah anders aus. Die Stube war klein und quadratisch, das Mobiliar hoffnungslos altmodisch und abgelebt. Das braune Ledersofa war an den Lehnen abgewetzt, über der Sitzfläche hatte Weber eine Wolldecke ausgebreitet. Der flache Tisch wies eine ovale Form auf und bildete mit dem Sofa und einem Sessel am Fenster eine Sitzgruppe wie aus den 1980er-Jahren. Der klobige altdeutsche Wohnzimmerschrank in Eiche rustikal rundete das Bild ab. Die Decke war niedrig, die Tapeten vergilbt. Es fiel Wiebke schwer, sich vorzustellen, dass Paul Weber sich hier wohlfühlte.

»Es ist das Haus meiner verstorbenen Eltern«, kommentierte er mit einem matten Lächeln, als er Wiebkes Blicke verfolgte. »Irgendwann mache ich es mir schön, mein Elternhaus.« Er machte eine Handbewegung. »Nehmen Sie doch Platz.«

»Danke, ich stehe lieber.« Petersen schüttelte den Kopf. Wiebke ließ sich auf das Sofa sinken, Weber setzte sich in den Sessel. So unauffällig wie möglich blickte sich Wiebke um. Etwas gefiel ihr hier in der Stube nicht, doch sie konnte nicht sagen, was es war, das ihr Unbehagen bereitete.

»Also schießen Sie los.« Webers Stimme klang belegt, das Lächeln wirkte gekünstelt. »Sie haben Dana gefunden.«

»Ja.« Petersen nickte. »Das könnte man so sagen.« Er fing sich von Wiebke einen vernichtenden Blick ein und überließ ihr das Reden.

»Sind Sie die einzige Bezugsperson für Ihre Freundin? Ich meine, gibt es weitere Angehörige?«

»Eltern, aber die sind ziemlich abgehoben. Danas altem Herrn gehört die Fabrik für Windkrafträder. Seitdem alle von Energiewende sabbeln, verdient ihr Alter sich eine goldene Nase und hat keine Zeit mehr, sich um Dana zu kümmern. Aber – so what – sie ist erwachsen und muss den Hintern nicht von Papa gepudert bekommen.« Mit der flachen Hand fuhr er sich über das unrasierte Kinn. Die Bartstoppeln raschelten vernehmlich.

»Deshalb haben Sie sich berufen gefühlt, die Vermisstenanzeige aufzugeben?«

»Jo.« Weber nickte mit ernster Miene. »Bei ihr zu Hause war ich schon. Die Wohnung ist verlassen, der Briefkasten quillt über, aber keine Spur von Dana. Das Handy scheint sie abgeschaltet zu haben, es meldet sich beim ersten Klingeln die Mailbox. Oder man hat es ihr abgenommen.«

»Sie gehen also von einem Gewaltverbrechen aus?« Wiebke schürzte die Lippen und strich sich eine widerspenstige Haarsträhne aus der Stirn.

»Was heißt, ich gehe davon aus?« Weber rollte mit den Augen. »Es ist der einzig logische Schluss, denn wir hatten keinen Stress und sie hat keinen Anlass, mich zu ghosten.«

Wiebke holte tief Luft. Sie hatte vorerst genug gehört. »Herr Weber, wir müssen Ihnen mitteilen, dass Ihre Freundin einem Gewaltverbrechen zum Opfer gefallen ist.«

»Sie … sie ist tot?« Die Stimme ihres Gegenübers war nur ein Hauch. Seine Augen schimmerten feucht, er schüttelte ungläubig den Kopf. »Das glaube ich nicht.«

»Leider ist es wahr.« Petersen trat näher, schlug den mitgebrachten Klemmhefter auf und zeigte ihm ein Foto von Dana Franz. »Das ist sie doch, oder?«

Die Antwort war ein stummer Fingerzeig auf eines der Bilder an der Wand. Es zeigte Dana Franz neben Paul Weber, offensichtlich im Urlaub und unter Palmen. Beide wirkten sehr glücklich. »Ja«, sagte Weber mit belegter Stimme. »Das ist sie.« Er seufzte und barg das Gesicht in den Händen. Am Zucken seiner Schultern erkannte Wiebke, dass er lautlos weinte. »Weiß man schon … wissen Sie, wie Dana … ich meine …«

»Darüber dürfen wir aus ermittlungstaktischen Gründen nichts sagen«, antwortete Petersen an Wiebkes Stelle.

»Ist sie diesem Irren zum Opfer gefallen?« Weber sah mit angriffslustigen Blick zu Petersen auf. Sein Gesicht hatte eine tiefrote Färbung angenommen.

»Wovon reden Sie?«, fragte er und schlug den Klemmhefter zu.

»Na dieser Killer, von dem man in den Medien hört. Steckt er dahinter?«

Petersen wiegte den Kopf. »Es hat den Anschein. Die Ermittlungen liegen bei den Kollegen in Flensburg.«

Weber nickte stumm. Er stierte auf den fleckigen Teppich am Boden und hing einen Augenblick lang seinen Gedanken nach. »Wie viele Frauen müssen denn noch sterben?«

»Die Ermittlungen laufen auf Hochtouren«, versicherte Wiebke ihm.

»Bullshit«, rief Weber. »Das sagen Sie doch immer! Drei unschuldige Frauen sind schon gestorben, und Sie kommen her und sagen, dass das Schwein noch immer frei herumläuft?«

»Das haben wir nicht gesagt«, berichtigte Wiebke ihn. »Wir sagten, dass die Ermittlungen laufen.«

»Das heißt das Gleiche.«

Wiebke musste ihm insgeheim recht geben, kommentierte seine Behauptung aber nicht.

»Wir wollten heiraten im nächsten Jahr.« Paul Weber schluchzte und betrachtete seine Besucher mit Tränen in den Augen. »Wir wollten zusammen alt werden. Und jetzt … jetzt ist sie diesem irren Killer in die Arme gelaufen und musste das mit dem Leben bezahlen.«

»Wann haben Sie Ihre Freundin zum letzten Mal gesehen?«, fragte Wiebke.

»Steht alles da drin«, erwiderte Weber und deutete mit dem Kinn auf die Unterlagen in Petersens Hand.

»Gab es in letzter Zeit Auffälligkeiten bei Ihrer Freundin? Hat sich ihr Verhalten verändert, gab es neue Bekannte in ihrem Umfeld?«

»Nee … ist mir nicht aufgefallen.«

Wiebke blickte sich um. »Hat Ihre Freundin hier gelebt?«

»Nein, sie hat Wert darauf gelegt, ihre eigene Wohnung in der Neustadt zu behalten, war aber die meiste Zeit hier bei mir.«

Wiebke nickte verstehend. Weber erhob sich und trat in die Diele. Kurz darauf kehrte er mit einem Schlüssel zurück. Er warf ihn Wiebke zu, sie fing ihn geschickt auf. »Was ist das für ein Schlüssel?«

»Von ihrer Wohnung, mein Zweitschlüssel für Notfälle.« Er nannte den Polizisten die Adresse, Wiebke schrieb mit.

»Also haben Sie sich schon bei ihr umgeschaut, nachdem Dana Franz verschwunden ist?«

»Hab ich doch gesagt. Alles war wie immer. Dana war pingelig und reinlich, kein Staubkorn, die Kissen auf dem Sofa immer mit einem Knick in der Mitte, keine Falte in den Gardinen und so.« Jetzt grinste er. »Ganz anders als ich. Aber so war sie halt. Was mir aufgefallen ist, war, dass ihr Laptop weg ist.« Weber seufzte. »Habe ich Ihren Kollegen aber schon gesagt, als ich die Vermisstenanzeige aufgegeben habe.«

»Smartphone?«, fragte Petersen.

»Hatte sie natürlich bei sich.«

»Natürlich?« Wiebke horchte auf.

»Klar, sie hat es nirgendwo liegenlassen, fast habe ich gedacht, dass sie Geheimnisse vor mir hat … hatte.« Weber machte einen zerknirschten Gesichtsausdruck. »Vielleicht hat das was mit ihrem Verschwinden zu tun.«

»Glauben Sie, dass Sie ihren Mörder kannte?«, fragte Wiebke.

»Möglich, ich weiß es nicht.«

Wiebke fiel auf, dass Weber zwischen den Extremen schwankte. War er in einem Moment von Trauer und Verzweiflung beherrscht, so wirkte er in der nächsten Sekunde sachlich und abgeklärt. »Sie sollten ihre Daten auswerten lassen, vielleicht werden Sie da fündig«, empfahl er ihnen. »Und die Bankkarte, ob es da Auffälligkeiten gab in letzter Zeit.«

»Sie scheinen sich auszukennen«, stellte Petersen fest.

Jetzt grinste Weber. »Ich gucke Krimis.«

»Na denn.« Petersen nickte verstehend.

Paul Weber sackte im Sessel in sich zusammen. »Ich kann das alles nicht glauben«, schluchzte er. »Dana soll tot sein ... Ich glaub das nicht ... wir hatten noch so viel vor.«

»Es tut uns leid«, sagte Wiebke mitfühlend. »Dürfen wir uns in der Wohnung Ihrer Freundin umsehen?«

»Klar, deshalb habe ich Ihnen ja den Schlüssel gegeben.«

»Erlauben Sie mir eine Frage?« Wiebke richtete sich auf und betrachtete Weber mit eindringlichem Blick.

»Schießen Sie los.«

»Wo waren Sie in der Zeit von gestern Abend, 21 Uhr, bis heute früh um 9 Uhr?«

»Wollen Sie mich verarschen?«

»Beantworten Sie bitte meine Frage.« Wiebke hielt seinem Blick stand.

»Hier«, erwiderte Paul Weber und breitete die Arme aus.

»Alleine, nehme ich an?« Petersen trat einen Schritt näher.

»Klar, Dana war ja nicht hier.« Webers Stimme triefte vor Hohn. »Aber wenn Sie einen Zeugen brauchen: Gestern hatte ich Besuch von meinem Nachbarn. Wir haben Fußball geguckt und ein paar Bier getrunken.«

»Also können wir ihn fragen?«

»Sicher.« Weber hatte keine Einwände. »Tun Sie das. Fiete, also Fiete Nissen wohnt gleich nebenan, das Haus auf der anderen Seite der Einfahrt.« Er holte tief Luft, dann schossen ihm wieder die Tränen in die Augen. Er schluchzte, schüttelte ungläubig den Kopf. Obwohl Wiebke wusste, dass sich trauernde Angehörige nach dem Überbringen einer Todesbotschaft unterschiedlich verhielten und mitunter skurriles Verhalten an den Tag legten, wirkte Webers Auftreten eigenartig. Der Mann durchlebte ein Wechselbad der Gefühle, er schwankte im Sekundentakt zwischen Wut und Trauer.

»Herr Weber, sollen wir Ihnen einen Psychologen vorbeischicken?«, fragte sie, nachdem er sich beruhigt hatte.

»Nee«, antwortete Weber kopfschüttelnd. »Ich muss das mit mir alleine ausmachen.«

»Wie Sie meinen.« Wiebke hatte genug gehört. Sie nickte Petersen zu, erhob sich und legte eine Visitenkarte auf den Wohnzimmertisch. »Hier«, sagte sie und schob das Kärtchen so hin, dass Weber einen Blick darauf werfen konnte, »wenn Ihnen noch etwas einfällt oder Sie Hilfe benötigen, rufen Sie mich jederzeit an.«

»Mach ich.« Weber machte Anstalten, sich zu erheben.

»Danke, wir finden alleine heraus«, brummte Petersen.

Draußen angekommen, betrachtete er Wiebke mit einem fragenden Blick. »Was hältst du von ihm?«

»Ich weiß es nicht.« Sie beobachtete eine getigerte Katze, die durch einen Rhododendronbusch streifte und zuckte die Schultern. »Er hat sich komisch verhalten.«

»Tun das nicht alle Trauernden?«

»Das habe ich auf der Polizeischule in Eutin auch so gelernt, aber Weber ist eigenartig, finde ich.«

»Dann lass uns den Nachbarn besuchen.« Petersen deutete mit dem Kinn auf ein kleines unscheinbares Haus, das gleich gegenüber lag. Der Vorgarten war von einer Rosenhecke umgeben, in einem Beet blühten Tulpen und Primeln um die Wette. Auf dem kurz geschnittenen Rasen leuchteten die letzten Krokusse dieses Frühlings in der milchigen Nachmittagssonne. Ein schmaler, mit Platten belegter Weg führte zum Eingang des kleinen Hauses.

»Der Stubentiger passt auf«, grinste Petersen, als ihnen die getigerte Katze von eben mit einem Buckel um die Füße strich, bevor sie sich in die Büsche schlug.

Wiebke nickte, warf einen Blick auf das Namensschild an der Tür und drückte den Klingelknopf. Der Name »Nissen« war in geschwungenen Lettern auf die Messingplatte darunter eingraviert worden. Drinnen schrillte eine Glocke. »Dann wollen wir mal.«

»Jo.« Petersen wippte von den Fußballen auf die Zehen und atmete tief durch. Lauschend legte er den Kopf schräg, doch im Haus tat sich nichts. »Nicht da.«

»Hm.« Wiebke klingelte erneut, doch auch diesmal öffnete niemand. »Wir werden wiederkommen müssen«, seufzte sie, als auch ihr dritter Versuch nicht von Erfolg gekrönt war. »Dann los. Sehen wir uns in der Wohnung von Dana Franz um.«

*

Er stand hinter der Gardine des Küchenfensters, das zur Straße hinaus zeigte. »Da werdet ihr keinen antreffen«, murmelte er, als er beobachtete, wie die Polizisten erfolglos bei seinem Nachbarn klingelten. »Fiete ist nicht zu Hause. Ihr seid zu spät.« Die Polizisten zogen unverrichteter Dinge ab, stiegen in den Wagen und warteten einen Moment, bis der Motor gestartet wurde.

Vom Fenster aus sah er ihnen hinterher, bis der Wagen um die nächste Straßenecke verschwunden war. »Endlich«, kam es über seine Lippen. »Verpisst euch, ich habe zu tun.« Ruckartig wandte er sich vom Fenster ab und machte, dass er weiterkam. Höchste Zeit, sich um Fiete zu kümmern.

KAPITEL 32

Eckernförde, 17.05 Uhr:

Kristin war froh, dass sie bei der Pressekonferenz, die am Nachmittag stattfand, nicht anwesend sein musste. Sievert und Beck stellten sich den Fragen der Medienvertreter und waren bemüht, nicht allzu viele Ergebnisse ihrer bisherigen Ermittlungen preiszugeben. Sie war mit Lars zurück nach Eckernförde gefahren, wo sich Ole Christensen im Polizeigebäude an der Gerichtstraße noch in Untersuchungshaft befand. Langsam gingen dem Staatsanwalt die Argumente aus, den Ex-Freund von Julia Böhm länger in U-Haft zu belassen, denn inzwischen stand fest, dass am Tatort am Steinberghaff keine verdächtigen Reifenspuren festgestellt wurden, die von seinem schweren Pick-up stammten. Und bei den anderen beiden Taten schied er ebenfalls aus, da er sich zu diesem Zeitpunkt bereits in der Arrestzelle befunden hatte. Es blieb der Vorwurf der unterlassenen Hilfeleistung mit Todesfolge. So ließen sie Ole Christensen noch einmal in den Befragungsraum des altehrwürdigen Backsteingebäudes bringen.

»Kann ich gehen?«, fragte er und legte die Unterarme auf den Tisch, der sie trennte. Ole Christensen wirkte übermüdet. Offensichtlich hatte er nur wenig Schlaf in der unbequemen Arrestzelle gefunden. Sein Gesicht wirkte eingefallen, seine Haut war aschgrau.

»Nee«, antwortete Reimers. »Solange die Rechtsmedizin nicht festgestellt hat, ob der Sturz Ihrer Ex-Freundin und die unterlassene Hilfeleistung todesursächlich waren, darf ich Sie nicht laufen lassen.«

»Was wollen Sie dann von mir?«

»Sicher hatten Sie in der Zelle genügend Zeit zu überlegen, ob Ihnen das Kürzel JP etwas sagt«, sagte Kristin.

»Alles was ich weiß, habe ich schon gesagt.«

»Kennen Sie jemanden, der einen Mercedes fährt?« Reimers beugte sich vor. »E-Klasse, Baujahr 2003?«

Christensen dachte nach. »Nee«, brummte er schließlich. »Keine Ahnung. Habt ihr Reifenspuren gefunden, die zu 'ner alten E-Klasse gehören?«

»Bitte beantworten Sie einfach unsere Fragen«, entgegnete Kristin distanziert. »Hatte Ihre Ex-Freundin einen Bekannten oder jemanden in der Familie, der ein solches Fahrzeug fährt?«

Wieder antwortete Ole Christensen mit einem Kopfschütteln. »Nee. Keine Ahnung.«

»Nee, oder keine Ahnung?«, hakte Reimers nach.

»Keine Ahnung. Die Autos von Julias Freunden interessieren mich nicht. Aber 'ne alte E-Klasse, das ist doch ein Klassiker. Wäre mir sicher aufgefallen.«

Reimers seufzte. »Wenn Ihnen noch etwas einfällt, sagen Sie es den Beamten.«

»Versprochen.«

Reimers gab dem uniformierten Beamten, der schweigend in der Ecke gewartet hatte, ein Zeichen. Er führte Ole Christensen zurück in den Zellentrakt der Dienststelle.

»Langsam wird es eng«, bemerkte Kristin, »die Gründe, ihn in Haft zu lassen, gehen uns aus.«

»Nicht solange wir nicht wissen, woran Julia Böhm wirklich gestorben ist und ob ihr Tod hätte verhindert werden können.«

*

Flensburg, Norderhofenden, 17.10 Uhr:

»Thomas hat neulich mit mir gesprochen.« Während die Pressekonferenz lief, hatte Birthe das Büro von Uwe Sattler aufgesucht. Eigentlich wollte sie mit ihm über dienstliche Dinge sprechen, doch das Gespräch am späten Abend des Vortages beschäftigte sie schon seit Stunden. »Hab ich dir gestern gar nicht erzählt.«

Er blickte verwundert auf. »Und?« Uwe saß an seinem Schreibtisch und war in die Arbeit vertieft gewesen, als sie angeklopft hatte. Kristin war mit Reimers unterwegs, deshalb waren sie alleine im Büro. Draußen senkte sich gerade die Dunkelheit über die Förde, und er hatte die Schreibtischlampe eingeschaltet. »Was wollte er wissen?« Er lehnte sich in seinem Bürostuhl weit zurück und verschränkte die Hände hinter dem Kopf.

Birthe zog sich einen Stuhl heran und setzte sich neben seinen Schreibtisch. »Ob es vorbei ist.«

»Ist es vorbei?« Sattler fuhr sich durch das dunkle Haar und betrachtete sie interessiert.

»Ich … ich weiß es nicht.« Birthe sah ihn mit einem nachdenklichen Lächeln an. »Kann das, was uns verband, je vorbei sein?«

»Nein.« Er lachte leise. »Vermutlich nicht.« Ein Seufzen kam über seine Lippen. »Eigentlich dürfte ich gar nicht hier sein. Meine Frau ist in größter Sorge, ich weiß nicht, wie ich mit dir umgehen kann, und fühle mich ständig, als wäre ich auf der Flucht.«

»Warum?« Sie zog mit einem Lächeln die linke Augenbraue hoch. »Hast du Angst, dass du schwach wirst?«

»Vielleicht.« Er griff zu seiner Teetasse und trank einen Schluck. »Und das darf nicht passieren.«

»Nein.« Birthe war ernst geworden. »Das darf nicht passieren.«

»Bist du denn glücklich mit Thomas? Läuft es wieder gut bei euch?«

Sie schüttelte stumm den Kopf. »Wir streiten nicht mehr. Ich glaube an manchen Tagen, dass wir uns einfach unserem Schicksal fügen. Wir leben in einer Zweckgemeinschaft zusammen, nicht mehr und nicht weniger. Und ich werde ihn nicht verlassen.«

»Weil er Pfarrer ist?«

»Vielleicht.« Birthe nickte. »Vielleicht will ich seinen Ruf nicht schädigen. Wie würde es denn in der Gemeinde aussehen, wenn sich die Frau des Pfarrers von ihm trennt?« Ein leises Lachen kam über ihre Lippen. »Das geht doch nicht.«

»Nein.« Sattler schüttelte den Kopf. »Das geht nicht.« Er seufzte. »Sicher bist du nicht gekommen, um darüber mit mir zu sprechen?«

»Doch ... tatsächlich wollte ich es einfach mal loswerden. Wie geht ihr damit zu Hause um?«

»Wir schweigen die Affäre tot«, antwortete Sattler. »Ob das gut ist, weiß ich nicht. Irgendwie schwebt immer etwas wie ein unsichtbares Damoklesschwert über uns.«

»Hast du denn das Gespräch gesucht?«

»Öfters, wie gesagt.« Er nickte. »Aber es bringt nichts. Britta wird unsachlich, sie beschimpft und verflucht mich.«

»So was würde Thomas nie tun.«

»Nein – er ist Pfarrer.«

Kurz war die Stimmung zwischen ihnen gelöst. Sie lachten gemeinsam, bevor Birthe ernst wurde. »Also«, sagte sie. »Hattest du bereits die Gelegenheit, dich um dieses obskure JP-Brandmal zu kümmern?«

»Ich habe die alten Vorgänge rausgesucht«, nickte Sattler und streckte den Rücken durch. Sein Blick huschte über den Monitor. »Und Paulsen war auch nicht untätig und hat mir vor fünf Minuten seine Liste gebracht. Tatsächlich gibt es mehrere Strafgefangene in Schleswig-Holstein, zu denen die Initialen passen.«

Birthe seufzte. »Verstehe. Stecknadel und Heuhaufen?«

»Ganz so schlimm ist es nicht.« Sattler schüttelte den Kopf. »Zwei, drei verurteilte Häftlinge kommen in die engere Auswahl.«

»Die überlasse ich gerne Kristin«, grinste Birthe. »Ich bin Kriminaltechnikerin und frage aus purer Neugier.« Er musste nicht wissen, dass ihre Frage nur ein Vorwand gewesen war, um ungestört mit ihm reden zu können. »Also?«

»Unter anderem gibt es einen gewissen Jörn Porsgaard, der in der JVA Lübeck eine mehrjährige Haftstrafe absitzt.«

»Ein Däne ist in einem deutschen Gefängnis inhaftiert?«

»Er gehört der dänischen Minderheit in Flensburg an«, erklärte Sattler und scrollte sich durch das Menü. »Zahlreiche Raubdelikte, Körperverletzungen, Diebstahl und räuberische Erpressung.«

Birthe dachte nach. »JP – Jörn Porsgaard.« Sie überlegte, ob sie den Namen des Täters schon mal gehört hatte. »Und warum soll er nun freigelassen werden?«

»Keine Ahnung.« Sattler zuckte die Schultern. »Ich habe nur die alten Akten gelesen.« Er gähnte. »Vielleicht kann sich Kristin morgen darum kümmern. Das soziale Umfeld und so weiter abklopfen.«

»Ja.« Birthe erhob sich. Mit gemischten Gefühlen trat sie an die Tür, um sich von ihm zu verabschieden. »Ich werde Lukas berichten, dass seine Idee der Nachrichten auf den Körpern unserer Opfer von Erfolg gekrönt ist.« Sie lächelte sanft. »Er wird sich freuen.«

*

Eine halbe Stunde nach Abschluss der Pressekonferenz in der Bezirkskriminalinspektion Flensburg brach das Chaos aus. Unzählige Zeugen meldeten sich per Telefon, über die sozialen Netzwerke oder per Mail, die den gesuchten Mercedes gesehen haben wollten. Thierse und seine Leute und drei Teams der IT-Abteilung waren damit beschäftigt, das zur Verfügung gestellte Bild- und Filmmaterial auszuwerten.

Benno Thierse ließ es sich nicht nehmen, alle Hinweise zu katalogisieren. Als Nächstes würden für die Fahrzeuge, deren Kennzeichen dokumentiert worden waren, die Halter ausfindig zu machen sein, um sie zu befragen.

»Wundert ihr euch?« Paulsen lümmelte auf einem Stuhl in Thierses Büro und kaute lässig auf einem Zahnstocher herum. »Ich sag nur: ›die Geister, die ich rief‹. Ist doch klar, dass jeder Hinz und Kunz was gesehen haben will.« Er tippte sich an die Stirn. »Der Aufruf ist ein gefundenes Fressen für alle, die unter Profilneurose leiden, Benno.«

»Besser, als wenn wir noch mehr Zeit verlieren und das Schwein weiter Frauen umbringt.«

»Das wird ihm auch bald langweilig werden«, behauptete Max Paulsen. »Ich glaub, ich mach Feierabend für heute. Das wird hier doch nichts mehr.«

»Schnapp dir ein Telefon und bearbeite die eingehenden Hinweise – unsere Leitungen glühen schon.« Thierse deutete auf einen freien Arbeitsplatz.

»Ungern.« Paulsen druckste herum. »Ich habe da eine neue Bekanntschaft, mit der ich mich heute treffen wollte.«

»Du bist im Dienst«, erinnerte Thierse ihn. »Wenn du in meinem Team wärst, würde ich dir was anderes erzählen, wenn du die Kollegen für dich arbeiten lässt.«

»Gut, dass Jens mein Vorgesetzter ist.« Paulsen erhob sich und streckte sich. »Ich bin raus für heute.« Er tippte sich mit zwei Fingern an die nicht vorhandene Hutkrempe und ließ Thierse alleine zurück.

»Arschloch«, brummte der Abteilungsleiter des Sechsten, nachdem sich die Tür hinter Max Paulsen geschlossen hatte.

*

Er hätte nicht gedacht, dass er noch einmal hierher zurückkehren würde. Manchmal kam es anders. Bevor er in den schmalen Pfad einbog, der zu seinem Rückzugsort führte, schaltete er die Scheinwerfer aus. Die Finsternis umfing ihn, doch er kannte sich hier blind aus. Niemand sollte die Polizei rufen, weil nach Einbruch der Dunkelheit ein Auto durch den alten Park fuhr. Während der Kombi durch tiefe Schlaglöcher rumpelte, legte er sich die nächsten Schritte zurecht. Äste kratzten hässlich über den Lack, dann hatte er den Unterstand erreicht. Rückwärts rangierte er den Wagen in die kleine Lücke zwischen dem Grün und schaltete den Motor ab. Stille umfing ihn. Ob der Alte im Kofferraum noch lebte? Nachdem er einen Moment in das Nichts gelauscht hatte, stieß er die Tür auf. Ein kühler Abendwind wehte in den Wagen und kühlte sein vor Aufregung erhitztes Gesicht. Er wartete einen Augenblick und lauschte in das Dickicht des verwilderten Parks, bevor er den Kofferraum öffnete. Fiete lag regungslos in der Teppichrolle. Erst als er sich weit zu ihm herabbeugte, vernahm er ein rasselndes Atemgeräusch. Erleichterung ergriff ihn. Eigentlich hatte er Fiete Nissen nur außer Gefecht setzen wollen, doch mehr aus Versehen hatte er ihm ganz schön eins übergebraten. Lebend war er noch zu gebrauchen, aber wenn Nissen erst ins Gras gebissen hatte, war es zu spät und eine Chance verspielt. Hastig zog er die Rolle aus dem Kofferraum. Der Alte im Innern des Teppichs stöhnte leise auf, wagte aber wohl nichts zu sagen.

Er schulterte die Rolle und stapfte durch das Dickicht des dunklen Parks. Nach wenigen Metern schon erhob sich der dunkle Kasten aus dem Nichts. Abweisend wie eine Festung ragte der Bau in den Nachthimmel über der Förde. Irgendwo in den knorrigen Zweigen der Bäume ertönte der schauerliche Ruf eines Käuzchens.

Inzwischen hatte er den versteckten Eingang erreicht. Mit seiner Fracht auf der Schulter musste er höllisch aufpassen, um nicht auf den ausgelatschten Stufen auszurutschen. Ein gebrochenes Bein hätte ihm gerade noch gefehlt.

Doch mit Geschick erreichte er das Gewölbe im Inneren des Gemäuers. Der modrige Geruch, der hier in der Luft hing, hatte schon etwas Vertrautes. *Ein wenig ist es, wie nach Hause zu kommen*, dachte er grinsend und schleppte den Alten in das Gefängnis, in dem er die Frauen aufbewahrt hatte. Er legte die Teppichrolle auf den nackten Steinboden und zog am Ende. Nissen purzelte förmlich aus seinem Gefängnis heraus. Wieder kam ein ächzender Laut über seine spröden Lippen. Seine Augenlider flatterten im Licht der altmodischen Stalllaterne, die er aufgestellt hatte. Der grelle Schein prügelte die Schatten auch aus der hintersten Nische des Gewölbes. Eine Ratte huschte davon.

Nissen schlug die Augen auf und sah sich mit panischem Blick um. »Es riecht nach Pisse«, stellte er fest. »Wo hast du mich hingebracht, Junge?«

»An einen sicheren Ort, Fiete.«

»Lass den Scheiß, du hättest mich fast totgeschlagen.«

»Das kann ich noch nachholen.«

»Du bist krank im Kopf, Junge.«

»Sag das nicht, das macht mich traurig.«

»Was hast du jetzt mit mir vor?« Der Alte versuchte, sich hochzurappeln. »Offenbar hast du alles gründlich vorbereitet«, murmelte er, als er die Matratze, den Eimer und die Wasserflasche gesehen hatte. Die Kamera auf dem Stativ in der Ecke hatte er noch nicht entdeckt.

»Hab ich wenigstens Vollpension?«

Er lachte. »Ich liebe deinen Humor, Fiete.«

»Das ist Galgenhumor.« Der alte Mann schüttelte den Kopf, zog aber sofort eine schmerzverzerrte Miene. »Wie lange muss ich hierbleiben?«

»Ein paar Tage vielleicht, mal sehen, wie schnell sie uns auf die Spur kommen. Jedenfalls bist du meine Lebensversicherung, Fiete.«

»Du spinnst. Ich bin ein alter Sack.«

»Wie dem auch sei.« Er nahm die Stalllaterne und wandte sich zum Gehen. Es gab viel zu tun, um den nächsten Schritt vorzubereiten. »Ich muss telefonieren. Es ist geschäftlich.« Ohne die Antwort des Alten abzuwarten, verließ er das Gewölbe. Die rostige Eisentür schlug mit einem ohrenbetäubenden Knall ins Schloss. Nachdem er abgeschlossen und den Riegel unter einem markerschütternden Quietschen vorgeschoben hatte, durchquerte er den Gang und suchte seinen Unterschlupf auf. Hier hatte sich nichts verändert. Offenbar waren die Jugendlichen von neulich nicht noch einmal aufgekreuzt. Gut so, sie hatten es nicht gewagt. Nachdem er das Tablet aus dem Rucksack gezogen hatte, betrachtete er das Bild, das ihm die Kamera aus dem Verlies lieferte. Nissen rappelte sich mühsam auf und kroch in eine Ecke, um sich anlehnen zu können. Offenbar wollte sich der alte Mann umsehen, so gut es die Lichtverhältnisse zuließen.

Er wandte sich von dem Bild ab und hockte sich auf die Sofakante, zog das vor einigen Tagen gekaufte Prepaid-Handy aus der Tasche und wählte die Nummer des Polizei-Notrufes. Höchste Zeit, das Tempo zu erhöhen und Druck aufzubauen.

KAPITEL 33

Eckernförde, 21.05 Uhr:

Es war spät geworden. Kristin hatte keine große Lust, noch zurück nach Flensburg zu fahren. Nach der letzten gemeinsamen Nacht würde sie die Einsamkeit der Wohnung erdrücken. Sie hatte Lars angeboten, ihn nach Hause zu bringen. Nicht ganz ohne Hintergedanken, wie sie sich eingestehen musste.

»Bleib hier heute Nacht«, bot Lars ihr an, als sie zum Parkplatz gingen, wo Kristins Dienstwagen zwischen den Streifenwagen parkte.

»Meinst du?«

»Sicher.« Lars nickte mit ernster Miene.

Kristin antwortete nicht gleich und stieg ein. Lars sank in den Beifahrersitz und reichte ihr den Rucksack, den er für sie getragen hatte wie ein echter Gentleman. Sie bedankte sich, warf den Ranzen auf die Rücksitzbank und startete den Motor. Langsam ließ sie den Kombi vom Hof der Dienststelle rollen. Im Licht der Scheinwerfer zirkelte sie den Wagen durch die malerischen Gassen des Städtchens.

»Schön habt ihr es«, bemerkte sie, während sie langsam an den verwinkelten Fischerhäusern vorbeirollten.

»Ich bin hier aufgewachsen und kann mir nur schwer vorstellen, woanders zu leben.« Reimers lächelte ihr zu.

»Du liebst es, dein Ecktown, was?« Kristin musste schmunzeln.

»Tatsächlich, ja. Ich könnte nicht in der Einöde leben, aber auch nicht in einer anonymen Großstadt wie Kiel oder Flensburg. Hier ist es überschaubar, man kann viele Wege mit dem Rad oder zu Fuß zurücklegen, und jeder kennt jeden.«

»Das hat Vor- und Nachteile«, gab sie schmunzelnd zu bedenken.

»Die Vorteile überwiegen – wenn man sich benimmt.« Reimers streckte den Arm aus. »Da vorne rechts, vor dem Haus kannst du nicht parken.«

»Wer sagt denn, dass ich parken will?«, fragte Kristin kokett.

Für einen kurzen Augenblick fühlte sich Reimers ertappt. »Willst du doch nicht bleiben? Ich dachte, wir besprechen noch einmal die Ereignisse des Tages?«

»Ach so.« Kristin lachte. Es war nicht leicht, in den engen Straßen einen geeigneten Parkplatz zu finden, und so mussten sie ein Stück des Weges zum Haus von Lars Reimers zu Fuß zurückgehen. Diesmal hatte Kristin ihren Rucksack selbst geschultert.

Mit Einbruch der Dunkelheit war es kühl geworden. Kristin ärgerte sich, keine Jacke mitgenommen zu haben.

»Du frierst«, stellte Reimers fest.

»Ein wenig.«

Reimers streifte sich den Windbreaker ab, um ihn ihr über die Schultern zu legen. Sie ließ es zu und schenkte ihm ein dankbares Lächeln. In den Gassen herrschte zu später Stunde kaum noch Betrieb. Die Menschen hatten es sich längst in ihren Häusern gemütlich gemacht. Während sie nebeneinanderher liefen, hatte Kristin mehrmals das Gefühl, dass Reimers versucht war, ihre Hand zu nehmen. Sie hätte es nicht schlimm gefunden, ganz im Gegenteil.

»So«, sagte er unvermittelt, »da wären wir.«

»Schön.« Kristin blieb stehen und wunderte sich, als er ihr plötzlich näherkam, um an seiner Jacke herumzuzupfen. Gerade als sie fragen wollte, was er da tat, zog er mit einem jungenhaften Grinsen seinen Schlüsselbund aus der Jackentasche, die über ihren Schultern lag.

»Hier«, sagte er und hielt den Haustürschlüssel hoch, »damit kommen wir rein.«

»Ach so.« Sie musste lachen. »Na denn.«

Er öffnete die Tür, machte einen halben Schritt vor und wischte mit der Hand über die Wand der Diele, um das Licht einzuschalten. »Da wären wir.« Er machte eine einladende Geste. »Nach Ihnen.«

Reimers folgte ihr, drückte die Tür zu und schob den Schlüssel ins Schloss. »Also«, sagte er. »Einen Tee, oder möchtest du lieber ein Glas Wein?«

»Wenn ich Wein trinke, fahre ich kein Auto mehr«, erwiderte Kristin mit geröteten Wangen.

»Dann musst du wohl hierbleiben.«

»Hatte ich sowieso vor.« Sie spürte, wie ihr Herz schneller klopfte.

*

Flensburg, Einsatzzentrale Norderhofenden, 22.10 Uhr:

»Wenn Sie verhindern wollen, dass weitere unschuldige Frauen sterben, dann hören Sie mir genau zu.«

Janine Heinrichs stockte der Atem. Die junge Streifenbeamtin kam frisch von der Polizeischule in Eutin und war eingeteilt, um die nach der Pressekonferenz eingehenden Anrufe entgegenzunehmen. Mit zitternden Fingern schaltete sie den Lautsprecher der Telefonanlage ein, sodass die anwesenden Kollegen der Notrufzentrale mithören konnten.

»Die toten Frauen tragen ein Brandmal«, fuhr der geheimnisvolle Anrufer fort. »›Free JP‹, so steht es auf den Rücken der drei bedauernswerten Kreaturen.« Der Anrufer sprach mit einem Stimmverzerrer. Seine Stimme schnarrte, als stamme sie von einem veralteten Computer. Seine Worte klangen unheimlich und bedrohlich, denn die junge Polizeimeisterin ahnte sofort, dass es sich bei dem Anrufer um den gesuchten Mörder handelte.

»Woher wissen Sie …«, setzte Janine Heinrichs an und brach ab.

»Sicher wissen Sie schon, was es bedeutet?«

»Die Ermittlungen laufen, ich darf dazu aber keine Auskunft geben«, antwortete Janine Heinrichs.

Der Anrufer an anderen Ende der Leitung lachte.

»Ich fordere mit der Botschaft die Freilassung von Jörn Porsgaard. Er sitzt in Lübeck hinter Gittern und sollte entlassen werden.«

»Das kann ich nicht veranlassen«, stammelte Janine Heinrichs. Ein älterer Kollege, der das Telefonat mitgehört hatte, trat hinter sie und nahm ihr das Headset vom Kopf.

»Polizeihauptmeister Fredrichsen hier, mit wem spreche ich?«

Der Anrufer lachte heiser. »Als wenn ich das verraten würde. Lassen Sie Porsgaard frei, am besten noch heute Nacht, sonst wird es wieder jemanden erwischen, und das wollen Sie sicher nicht, oder?«

»Wer sind Sie?«, fragte Fredrichsen unbeeindruckt.

»Sie hören mir nicht zu.« Wieder lachte der Mann am anderen Ende der Leitung. »Ich erwarte, dass Porsgaard auf freien Fuß kommt, bevor die Sonne aufgeht, sonst könnt ihr schon wieder in einem Mordfall ermitteln.«

»Das kann ich nicht so einfach …«, setzte Fredrichsen an, brach aber ab, als er wahrnahm, dass der Anrufer die Verbindung unterbrochen hatte.

Janine Heinrichs sah mit offenem Mund zu ihm auf. Fredrichsen war Schichtleiter und trug die Verantwortung. »Was machen wir denn jetzt?«, fragte sie und war mit der Situation überfordert.

»Ortung«, rief Fredrichsen in den Raum, »ich will diesen Anruf orten, und dann Zugriff. Den schnappen wir uns.«

*

Eckernförde, 22.40 Uhr:

Lars betrachtete Kristin mit einem verliebten Blick. Kurz blieb er im Rahmen der Küchentür stehen, um sie zu beobachten. Sie saß in einem seiner Lieblings-T-Shirts im Schein der kleinen Lampe am Küchentisch und war in die Dokumentation des Falls versunken. Das Tablet hatte sie hochgestellt, um besser lesen zu können.

Nachdem sie ihn in sein Haus begleitet hatte, war sie im Bad verschwunden, um sich nach dem langen Tag frisch zu machen. Kurze Zeit später war er wie selbstverständlich zu ihr unter die Dusche gestiegen. Unter den prickelnden Wasserstrahlen hatten sie sich leidenschaftlich geliebt. Danach war er in seinen Bademantel geschlüpft, während Kristin sich an die Arbeit gemacht hatte. Sie fand keine Ruhe und gab ihrem Gefühl nach, dass sie irgendetwas Wichtiges übersehen haben könnte.

Lars löste sich vom Türrahmen und durchquerte die Küche, die im anheimelnden Zwielicht dalag. Kristin sah kurz von der Arbeit auf, um ihm zuzulächeln. Er machte sich an der Arbeitsplatte zu schaffen, stellte zwei langstielige Gläser bereit und entkorkte gekonnt eine Flasche seines geliebten Gewürztraminers. Lars füllte die Gläser, nahm sie und kehrte zu Kristin an den Tisch zurück. Nachdem er ihr Glas hingestellt hatte, trat er hinter sie, um seine Hände auf ihre Schultern zu legen. Sanft begann er sie zu massieren. Kristin schloss die Augen, legte den Kopf in den Nacken und stöhnte wohlig auf.

»Arbeitest du noch?«, fragte er leise, mehr, um einfach etwas zu sagen.

Kristin nickte. Sie sah zu ihm auf. Er liebte das Funkeln in ihren blauen Augen. »Unzählige Zeugenhinweise sind nach der Pressekonferenz eingegangen. Die Kollegen in Flensburg filtern das Material gerade und schicken mir die Hinweise, die uns helfen könnten, weiter.«

»Und?« Lars nahm einen Schluck Wein und setzte sich zu ihr auf die Eckbank. Er warf einen Blick auf das kleine Display.

»Es gibt ein dänisches Ehepaar, das sich am Nachmittag vor dem Tod von Ina Thomsen im Strandbistro aufgehalten hat. Ihnen ist ein Mann aufgefallen, der sich stundenlang dort aufgehalten und die Kellnerin beobachtet haben soll.«

»Es könnte sich um einen Taucher oder um einen Kitesurfer handeln, der sich im Bistro aufgewärmt hat«, gab Lars zu bedenken.

»Leider nein.« Kristin schüttelte den Kopf. »Das Paar berichtet, dass der Mann in einem alten Mercedes vorgefahren ist. Bei ihrer Abfahrt stand das Fahrzeug noch in der hintersten Ecke des Parkplatzes.«

Lars nickte verstehend. »Von der aus man den Personaleingang des Bistros beobachten kann«, bemerkte er grimmig.

»So ist es«, bestätigte Kristin. »Und die Kollegen haben das Paar gebeten, ihnen bei der Anfertigung eines Phantombildes zu helfen. Ich denke, wir haben das Bild innerhalb der nächsten Stunde. Die älteren Herrschaften sind bereitwillig zu später Stunde aus dem heimischen Kollund nach Flensburg gekommen.«

»Lobenswert.« Lars dachte nach. »Eine Überwachungskamera am Bistro gibt es nicht?«

»Nein, das haben wir heute Morgen nicht übersehen, Lars.« Kristin lächelte. »Aber vielleicht kommen wir ja so schon weiter.«

»Das Kennzeichen haben sich die beiden Dänen nicht zufällig gemerkt?«

»Nein, dazu war der Mann ihnen nicht auffällig genug. Aber die Kollegen haben sie schon darauf angesprochen, sie glauben, dass sie NE oder NF auf dem Nummernschild gesehen haben.«

»NE wäre Neuss, eine Stadt in Nordrhein-Westfalen«, stöhnte Lars. »Das liegt 600 Kilometer von hier entfernt.«

»Und NF steht für den Kreis Nordfriesland, und damit liegt es geografisch näher«, ergänzte Kristin.

»Wer sagt denn, dass der Täter aus unserer Region kommt? Womöglich kommt er her, um seine Taten zu verüben und dann wieder in die ferne Heimat zu verschwinden.«

Kristin seufzte. »Möglich ist es, mein Bauchgefühl sagt aber, dass wir uns um die Halter aus dem Kreis Nordfriesland kümmern sollten.«

»Dann stell eine Anfrage beim Kraftfahrtbundesamt oder der örtlichen Zulassungsbehörde in Husum.«

Kristin zuckte zusammen. »Moment«, rief sie aufgeregt. »In Husum sitzt das Straßenverkehrsamt für Nordfriesland?«

»So ist es.« Lars nickte. Manchmal vergaß er, dass Kristin erst seit Kurzem in Schleswig-Holstein wohnte. Er musste nicht lange überlegen, um Kristins Gedankengänge zu verfolgen. »Augenblick«, rief er, »du denkst an Dana Franz? Sie lebte in Husum.«

»Und ihr Freund hat die Vermisstenanzeige aufgegeben.«

»Meinst du ...« Er stutzte.

»Da fällt mir ein, dass ich von den Kollegen noch keine Rückmeldung bekommen habe.« Kristin erhob sich, um ihr Smartphone aus dem Rucksack zu holen, der in der Diele stand.

Lars blickte ihr nach und schmunzelte. Sie sah unglaublich süß aus in seinem T-Shirt, das ihr viel zu groß war. Barfuß tappte sie über den kalten Terrakottaboden und eilte wieder zum Tisch zurück. Sie entsperrte das Smartphone und rief die Nummer der Polizeidirektion in Husum auf.

*

Ostenfeld bei Husum, 22.50 Uhr:

Wiebke Ulbricht hatte es sich mit einem Buch auf dem Sofa ihrer kleinen Dachgeschosswohnung gemütlich gemacht, als ihr Telefon klingelte. Mit einem Blick auf das Display stellte sie fest, dass es sich bei dem Anrufer um ihre Flensburger Kollegin Kristin Voss handelte. Obwohl sie sich noch nie persönlich begegnet waren, wusste Wiebke, dass die Kommissarin die Ermittlungen in der Mordserie leitete. »Kristin«, sagte sie, nachdem ihr Daumen über das grüne Feld gestrichen war. »Was kann ich für dich tun?«

»Entschuldige die späte Störung, aber die Ereignisse überschlagen sich gerade.« Kristin klang trotz der Uhrzeit putzmunter. Mit wenigen Sätzen berichtete sie Wiebke, was sich zwischenzeitlich an der Ostküste ereignet hatte.

Während sie sprach, erinnerte sich Wiebke daran, dass ihr beim Besuch von Paul Weber in Rödemis auch etwas aufgefallen war, etwas, das sie nicht gleich beschreiben konnte. »Wir haben nach dem eigenartigen Gespräch mit Weber versucht, uns sein Alibi von dessen Nachbarn bestätigen zu lassen – ein gewisser Fiete Nissen, der war jedoch nicht anzutreffen.«

»Seltsam«, fand Kristin. »Könnt ihr eine Streife vorbeischicken und noch mal versuchen, ob der alte Herr jetzt zu Hause ist?«

»Und wenn nicht – meinst du, Weber hat etwas mit seinem Verschwinden zu tun?« Wiebke legte das Buch auf den

Wohnzimmertisch und richtete sich auf. Auf Socken wanderte sie durch ihre Wohnung.

»Es ist nicht auszuschließen. Wir haben recherchiert und herausgefunden, dass Weber bereits polizeibekannt ist. Der angeblich trauernde Ex-Freund war nämlich vor ein paar Jahren in eine Raubserie auf Juweliere in ganz Schleswig-Holstein verwickelt und hat bis vor vier Monaten eine Haftstrafe abgesessen. Nun ist er auf freien Fuß, und wir verdächtigen ihn, dass er etwas mit der Mordserie zu tun haben könnte.«

»Warum das?«

»Weil er die brutalen Überfälle auf die Juweliere gemeinsam mit einem gewissen Jörn Porsgaard durchgeführt hat – der noch in der JVA Lübeck inhaftiert ist.«

Wiebke nickte, was Kristin am anderen Ende der Leitung nicht sehen konnte. »JP«, murmelte sie leise. »›Free JP‹, das wurde den Opfern doch eingebrannt. Meinst du, dass Weber die Freilassung seines Partners erpressen will?«

»Uns drängt sich der Verdacht auf«, antwortete Kristin. »Und jetzt kommt noch etwas: Ich habe mir die Datenbanken der nordfriesischen Straßenverkehrsbehörde angesehen und festgestellt, dass Paul Weber einen alten Mercedes fährt.«

»Einen, wie ihr ihn sucht?« Wiebke hatte den Zeugenaufruf gelesen.

»Exakt.« Kristin holte tief Luft. »Es kommt aber noch besser: Eben gab es in Flensburg einen Erpresseranruf, der die Freilassung von Porsgaard beinhaltete. Wir gehen davon aus, dass Weber dahintersteckt. Wir haben ihn gerade schon zur Fahndung ausgeschrieben, nachdem eure Kollegen vom Streifendienst ihn nicht in seinem Haus in Rödemis angetroffen haben.«

»Dann ist er untergetaucht.«

»Und weil Fiete Nissen als neugieriger Nachbar womöglich ein lästiger Zeuge ist, hat er ihn schlimmstenfalls mitgenommen – wohin auch immer.«

»Scheiße«, murmelte Wiebke. »Was kann ich tun?«

»Forscht noch mal in Webers Umfeld, ob jemand weiß, wo er sich aufhält. Was hat überhaupt die Wohnungsdurchsuchung von Dana Franz ergeben?«

»Nichts Außergewöhnliches, sonst hätte ich mich schon gemeldet. Wir haben keine digitalen Endgeräte finden können, keine Nachrichten, keine handgeschriebenen Notizen oder Hinweise auf ihr Verschwinden. Zahnbürste, Deo und so weiter befanden sich an ihrem Platz im Bad, nichts deutet auf eine im Vorfeld geplante Reise hin.«

»Also steckt Weber tatsächlich dahinter. Dann hat er sie gekidnappt und wohl auch getötet, um seine Forderung durchzusetzen.«

»Wie krank muss man sein, wenn man seine eigene Freundin tötet, um einen Mithäftling freizupressen?« Wiebke war mit dem Telefon in der Halsbeuge in der Küche angelangt. Ihre Hand wischte über den Lichtschalter, sie trat an den Kühlschrank und nahm eine Wasserflasche heraus, um einen Schluck zu trinken. Sie setzte sich an den kleinen Tisch unter der Schräge und dachte nach. »Ich werde gleich alles Nötige veranlassen«, versprach sie Kristin. »Was ist mit seinem Handy?«

»Die Abfrage beim Provider läuft«, erwiderte Kristin. »Blöderweise komme ich erst morgen an den Verbindungsnachweis. Die Ortung hat ergeben, dass er das Smartphone zuletzt an seiner Meldeadresse genutzt hat. Danach hat er es offensichtlich deaktiviert, sodass wir ihm nicht folgen können.«

»Ich gehe davon aus, dass es sich mit seiner EC-Karte ähnlich verhält?«

»Leider ja. Ich habe eben herausgefunden, dass er heute noch Bargeld an einem Automaten der *Nord-Ostsee Sparkasse* an der Großstraße in Husum abgeholt hat, danach hat er mit der Karte seine Tankfüllung bezahlt, ebenfalls in Husum, und einen Einkauf in einem Supermarkt an der Siemensstraße im Industriegebiet Ost.«

»Seiner Spur nach zu urteilen, hat er die Stadt in östliche Richtung verlassen«, überlegte Wiebke.

»Dann ist er unterwegs zu uns«, spann Kristin den Faden weiter.

Wiebke erhob sich und stellte die Wasserflasche zurück in den Kühlschrank. Mit dem Telefon wanderte sie in das Schlafzimmer, das sich am Ende der Diele befand. Sie warf einen Blick in den Ankleidespiegel. So, mit der Jogginghose und dem Mickymaus-T-Shirt würde sie unmöglich das Haus verlassen können. »Ich hole Jan ab und fahre mit ihm nach Rödemis.«

»Wenn er unterwegs an die Ostküste ist?«

»Und wenn wir uns irren?«

Kristin schnaubte. »Vielleicht hast du recht und er will uns wieder an der Nase herumführen.« Sie schien keine Einwände mehr gegen Wiebkes Vorschlag zu haben. »Dann lasst euch von einer Streifenwagenbesatzung begleiten«, empfahl Kristin. »Ich werde jetzt einen Durchsuchungsbeschluss beantragen, euch ein SEK schicken, und dann stellt ihr Webers Wohnung auf den Kopf, ob er da ist oder nicht.«

»Einverstanden.« Wiebke zog einen warmen Fleecepulli und Jeans aus dem Schrank und schlüpfte hinein. Nachdem sie sich von Kristin Voss verabschiedet hatte, rief sie ihren Partner an. Wiebke war sicher, dass Petersens Freude sich in Grenzen halten würde, wenn sie ihm erzählte, dass sie im Auftrag der Flensburger Kollegen noch einmal ausrücken mussten. Doch solange ein dreifacher Mörder auf freiem Fuß war, konnten sie die Hände nicht untätig in den Schoß legen.

*

Rödemis, 0.05 Uhr:

»Da brennt Licht.« Jan Petersen streckte eine Hand aus, als sie sich von der Straße aus dem Haus von Paul Weber näherten. Die schwarzen Limousinen mit Kieler Kennzeichen und den Magnetblaulichtern auf den Dächern deuteten darauf hin, dass das Spezialeinsatzkommando des LKA Kiel bereits vor Ort war, um die Lage zu observieren.

»Also ist er zu Hause?« Wiebke folgte dem ausgestreckten Zeigefinger ihres Kollegen und sah, dass in einem Zimmer eine kleine Lampe brannte.

Petersen wiegte den Kopf. »Vielleicht hat er auch nur eine Zeitschaltuhr installiert, um den Eindruck zu erwecken, dass er zu Hause ist.«

»Möglich.« Wiebke besprach sich mit den uniformierten Kollegen vom Streifeneinsatzdienst. Sie wurden bereits von einem sechsköpfigen Sondereinsatzkommando des LKA Kiel erwartet. Die Männer waren schwer bewaffnet und trugen schusssichere Kleidung, Sturmhauben, einen Sichtschutz und ballistische Helme. Sie wirkten martialisch, und wenn Wiebke nicht wüsste, dass sie sich nichts vorzuwerfen hatte, würde sie furchtsam zu den Kollegen aufblicken. Sie beriet sich mit dem Einsatzleiter des SEK, Marten Hansen. Bei ihm handelte es sich um einen breitschultrigen Hünen mit kurz geschorenem blondem Haar. »Wir setzen auf einen Überraschungsangriff«, flüsterte er ihr zu. »Ihr bleibt draußen, bis wir alle Räume durchsucht und sauber vorgefunden haben.«

»'ne Wahl haben wir sowieso nicht«, griente Petersen mit in den Parkataschen versenkten Händen.

»Richtig, du hast es begriffen«, grinste Hansen. »Also dann: los?«

»Gerne nach euch.« Petersen machte eine einladende Geste. Hansen gab seinen Leuten das Zeichen zum Einsatz. Die Männer zogen ihre Sturmhauben übers Gesicht, klappten die Visiere nach unten und checkten ihre Funkgeräte. Hansen drückte Wiebke ebenfalls ein Funkgerät in die Hand, sodass sie von draußen mithören konnten, was sich im Haus ereignete. Keine Minute später brach im beschaulichen Rödemis die Hölle los.

Marten Hansen rief »Zugriff« in sein Funkgerät, dann stürmten zwei Männer mit einer Türramme los, um sich gewaltsam Zutritt zu Webers Haus zu verschaffen. Wenige Meter von Wiebke und Petersen entfernt setzte das Inferno ein. Männerstimmen gellten durch die Nacht, Kommandos wurden gerufen, und immer wieder war der Name von Paul Weber zu hören.

»So möchte ich aber nicht geweckt werden«, raunte Petersen Wiebke zu. Sie nickte und konnte nicht verhindern, dass sie vor Aufregung zitterte. Solch spektakuläre Einsätze hatte sie während ihrer mehrjährigen Dienstzeit in der Husumer Polizeidienststelle noch nicht oft erlebt.

Im Haus flammte das Licht auf, Wiebke und Petersen konnten durch die Fenster beobachten, wie die Kollegen des SEK mit vorgehaltenen Waffen das Haus durchsuchten. Keine fünf Minuten später war der Spuk schon wieder vorbei. Marten Hansen trat kopfschüttelnd zu Wiebke und Petersen. »Der Vogel ist ausgeflogen«, teilte er ihnen mit. »Es besteht keine Gefahr, ihr könnt jetzt rein und ihm die Bude auf den Kopf stellen.«

*

Eckernförde, 0.35 Uhr:

»Wo hält sich Weber auf?« Kristin fand nicht in den Schlaf. Sie lag neben Lars in dessen französischem Bett und hatte sich an ihn geschmiegt. Zärtlich kraulte er ihr Haar.

»Wir werden die Ergebnisse der Fahndung abwarten müssen«, erwiderte Lars ins Dunkel des Schlafzimmers. Er betrachtete Kristins Gesicht im Widerschein des Handydisplays.

»Ich hasse es zu warten.« Kristin richtete sich im Bett auf, als ihr Handy, das auf dem Nachtschränkchen lag, vibrierte. Sie hatte eine Textnachricht erhalten. »Nichts«, murmelte sie.

Lars setzte sich ebenfalls aufrecht hin und warf ihr einen fragenden Blick zu. »Was?«

»Das Spezialeinsatzkommando und die Kollegen aus Husum haben Webers Haus auf den Kopf gestellt. Im Kleiderschrank fehlen ein paar Sachen – jedenfalls hatte es so den Anschein, ansonsten keine Auffälligkeiten. Keine fehlenden Hygieneartikel oder Reisetaschen, die darauf hindeuten, dass Weber einen Aufenthalt an einem anderen Ort vorbereitet hat. Sogar seine Dreckwäsche lag noch im Bad herum.«

»Also doch warten.« Lars seufzte ins Dunkel. Gerade als er etwas hinzufügen wollte, klingelte das Handy in Kristins Hand.

»Wiebke«, sagte sie und nahm das Gespräch an.

»Da war noch etwas, du erinnerst dich vielleicht, dass ich dir sagte, etwas habe mir bei unserem Besuch am Nachmittag nicht gefallen.«

»Stimmt.«

»Ich glaube jetzt zu wissen, was es war.« Wiebke schien an einer Landstraße zu stehen, denn ab und zu waren vorbeifahrende Fahrzeuge zu hören. »Das Haus ist altmodisch eingerichtet, er hat das damit begründet, in seinem Elternhaus zu leben, das er aber bei nächster Gelegenheit modernisieren will. Trotzdem ist mir etwas komisch vorgekommen.«

Kristin wurde ungeduldig. »Mach es nicht so spannend.«

»Schon gut – also: Die Stube mit dem Mobiliar der 80er-Jahre ist schon ziemlich abgewohnt. Und eben ist mir eingefallen, dass dort kein Teppich liegt.«

»In vielen alten Häusern gibt es nur die nackten Dielen«, entgegnete Kristin. »Das ist *Hygge*, hab ich mal gehört.«

»Das war es aber nicht. Bei unserem ersten Besuch ist es mir zwar aufgefallen, aber eben im grellen Licht habe ich die Umrisse der Stelle gesehen, an der sich sonst der Teppich befindet: Ein runder Teppich von gut zweieinhalb Metern Durchmesser, der wohl viele Jahre lang unter dem Wohnzimmertisch lag, ist verschwunden. Das konnte ich an den Verfärbungen der Dielen erkennen.«

»Dann weiß ich, wie er seine Opfer transportiert hat«, antwortete Kristin. »Er hat die Frauen in den Teppich eingerollt.«

»Wie in einem schlechten Film.«

»Ja.« Kristin nickte. »Wie war es nebenan bei Fiete Nissen?«

»Alles ruhig und dunkel.«

»Okay.«

Lars räusperte sich neben Kristin. »Wie hoch ist die Wahrscheinlichkeit, dass er in der leer stehenden Wohnung seiner toten Freundin untergekommen ist?«

»Wir werden nachsehen«, versprach Wiebke. »Noch sind die Jungs vom SEK vor Ort.«

»Dann veranlasse das. Die nötigen Formalitäten erledige ich morgen früh in der Dienststelle«, versprach Kristin und bat die Kollegin, sich nach der Durchsuchung der Wohnung von Dana Franz zu melden.

KAPITEL 34

Kaum, dass sie am nächsten Morgen die Dienststelle betraten, liefen sie Jens Beck in die Arme. Die leere Tasse in seiner Hand deutete darauf hin, dass er gerade auf dem Weg in die Teeküche war. »Es gibt Neuigkeiten«, sagte der Erste Kriminalhauptkommissar anstatt einer Begrüßung. Der Abteilungsleiter wirkte übernächtigt, nur das frische blassblaue Hemd und der aufgetragene Herrenduft deuteten darauf hin, dass er in der Nacht kurz zu Hause in Glücksburg gewesen sein musste. Kristin sog die Luft durch die Nase ein, denn ihr Vorgesetzter duftete gut. *Signature Blue* von *Bugatti*, ordnete sie den Duft ein. Noch in der Nacht hatte sie mit ihm telefoniert, um das weitere Vorgehen der Kollegen an der Westküste abzustimmen.

»Moin, Jens.« Sie grinste.

»Moin.« Beck nickte. Er registrierte offensichtlich, dass sie sich in der Begleitung von Lars befand, kommentierte das aber nicht. »Habt ihr eine Minute?«

»Auch zwei.« Reimers nickte. »Wir wollten sowieso mit dir sprechen.« Sie folgten dem Leiter des K1 in dessen Büro. Das Fenster war weit geöffnet, um frische Luft in den Raum zu lassen. Beck stellte die immer noch leere Tasse auf seinen Schreibtisch und nahm Platz. Reimers und Kristin setzten sich auf die beiden Besucherstühle vor seinem Schreibtisch.

»Also«, sagte er gedehnt, »dann schießt los.«

»Gegen 2 Uhr morgens hat Wiebke gemeldet, dass sie die Wohnung von Dana Franz verlassen vorgefunden hatten.«

Reimers räusperte sich. »Weber ist auf der Flucht – er ist

an einem uns unbekannten Ort untergetaucht. Die Fahndung hat nichts ergeben.«

»Da kann ich vielleicht helfen.« Beck grinste, als er in die überraschten Gesichter von Kristin und Reimers sah. »Jugendliche haben eine außergewöhnliche Beobachtung gemacht.« Jens Becks Stimme klang aufgeregt. »Sie haben sich Zutritt ins ehemalige Marinelazarett Mürwik verschafft.«

»Das kenne ich nicht«, eröffnete Kristin ihm. »Wo soll das sein?«

Beck erhob sich und trat an den Stadtplan von Flensburg, der an einer Wand des Büros hing. Er tippte auf eine Stelle am nordöstlichen Ufer der Flensburger Förde. »Ein stillgelegtes Krankenhaus, gleich neben der Marineschule, das später zu einer städtischen Klinik wurde, bevor man es in den 80er-Jahren endgültig schloss. Irgendwann sollten dort Flüchtlinge untergebracht werden, die Pläne hat die Stadt aber wieder verworfen. Das gesamte Areal und das Ensemble der Gebäude hat man sich selbst überlassen. Nachdem sich Vandalen dort aufgehalten und Schäden angerichtet haben, wurde das Betreten verboten – das Verbot hält aber nur wenige Zeitgenossen fern.«

»Und?«

»Immer wieder gibt es Neugierige, die da *Lost-Place*-Videos für *Youtube* drehen, es finden Mutproben statt, und selbst ernannte Teufelsanbeter und Geisterjäger hoffen, dort auf finstere Mächte zu treffen.«

Reimers nickte. »Nicht ganz ungefährlich, denn die Gebäude sind einsturzgefährdet. Wer dort verunglückt, wird niemals gefunden – selbst Hilferufe gelangen nicht bis an die Zivilisation.«

»Woher willst du das wissen?« Kristin betrachtete ihn.

»Ich kenne das Grundstück natürlich nur vom Hörensagen«, behauptete Reimers.

»Natürlich.« Kristin nickte. Sie wandte sich an ihren Vorgesetzten. »Also – was ist mit den Jugendlichen?«

»Sie haben einen Mann gesehen, der sich im ersten Obergeschoss des Haupttraktes herumgetrieben hat. Die Halbwüchsigen, zwei 15-jährige Jungen und ein gleichaltriges Mädchen, haben den Schein einer Taschenlampe beobachtet und Schreie aus dem Gemäuer vernommen.« Beck blätterte in seinen Unterlagen.

»Schreie?«, wiederholte Kristin.

»Ja, die Schreie einer Frau.«

»Und sie haben keine Hilfe geholt?« Reimers konnte es nicht fassen.

»Sie haben sich nicht getraut.« Beck fuchtelte mit der Hand herum. »Darum kümmern wir uns später. Denn sie haben noch eine Beobachtung gemacht.«

»Mach es nicht so spannend.« Kristin hibbelte auf ihrem Stuhl herum.

»Das Krankenhaus liegt in einem alten Park, der längst zugewuchert ist. In den letzten Jahrzehnten hat sich die Natur das Terrain zurückerobert. Und auf dem Weg zum Hauptgebäude des ehemaligen Lazaretts haben sie ein Auto gesehen, das so geparkt war, dass es nicht auf Anhieb entdeckt werden konnte.«

»Einen alten Mercedes«, vermutete Kristin.

»Exakt.« Beck nickte. »Einen Kombi. Was sagt uns das also?«

»Dass wir in 30 Minuten mit Verstärkung dorthin ausrücken und den alten Kasten auf den Kopf stellen.« Kristin gab Lars ein Zeichen. Er erhob sich. An der Tür angekommen, wandte sie sich zu Beck um. »Veranlasst du alles Nötige?«

Der Erste Kriminalhauptkommissar nickte. »Kann sofort losgehen, das SEK aus Kiel ist schon im Anmarsch. Sie kommen mit Drohnen und einem Helikopter, um das Gelände aus der Luft zu überwachen. Sollte sich Weber dort aufhalten, kann er uns nicht entkommen.«

KAPITEL 35

Mürwik, 9.35 Uhr:

Die Szenerie, die sich Kristin und Reimers bot, erinnerte an einen schlechten amerikanischen Actionfilm. Rund um das weitläufige Gelände hatten sich schwer gepanzerte Einsatzkräfte des SEK postiert. Alle Frauen und Männer trugen Waffen im Anschlag.

Aus dem Himmel ertönte das dumpfe Rattern der Rotorblätter eines Hubschraubers, das Surren von unzähligen Drohnen hing wie das Brummen eines Hornissenschwarmes in der Luft. Das Gelände war durch einen Großeinsatz des Streifendienstes hermetisch abgeriegelt. Der Einsatz war gerade schon in den Radionachrichten ein Thema gewesen. Die weiträumige Sperre hatte in Mürwik für ein Verkehrschaos gesorgt. Entlang der Absperrlinien hatten sich Schaulustige versammelt, die immer wieder von den Streifenbeamten fortgeschickt wurden.

Marten Hansen hatte sich Pläne der Gebäude kommen lassen, die er gewissenhaft studierte. Er unterwies seine Mitarbeiter in einem eindringlichen Ton, dann wandte er sich an Reimers und Kristin, die mit Beck, Paulsen und Feistel an einem schwarzen Van lehnten.

»Ihr bleibt hier«, beschied Marten Hansen, der Leiter der Spezialeinheit, sie. Wie sie von ihm erfahren hatten, war er bereits bei der nächtlichen Hausdurchsuchung in Rödemis dabei gewesen.

»Träum weiter.« Kristin winkte ab. »Wir sind dabei, schließlich haben wir die Vorarbeit geleistet.«

Auch Paulsen schüttelte den Kopf. »Leck mich, das lasse ich mir von dir nicht verbieten. Wir gehen da jetzt rein und holen ihn uns.«

»Wenn er überhaupt da ist«, gab Gunnar Feistel zu bedenken.

»Wo soll er sonst stecken, wenn nicht in diesem Rattenloch?« Max Paulsen zog eine Grimasse. »Können wir dann?«

Hansen wollte etwas entgegnen, doch Jens Beck winkte ab. »Wir gehen mit.« Seine Stimme duldete keinen Widerspruch.

»Hier macht langsam jeder, was er will«, stöhnte Hansen. »Alles geht auf eigene Verantwortung, Leute, damit das klar ist.«

»Sicher.« Kristin zwinkerte Reimers zu. Sie hatten schusssichere Westen angelegt und trugen ebenfalls Waffen. Beck drückte ihr ein Megafon in die Hand. Marten Hansen wandte sich ab und koordinierte seine Leute per Funk.

»Dann los«, rief er unvermittelt und gab das Zeichen zum Einsatz. Kristin und Reimers hängten sich an zwei Einsatzkräfte des SEK und folgten ihnen dichtauf. Dahinter marschierten Feistel und Paulsen, beide mit der Dienstwaffe im Anschlag. Sie huschten in geduckter Haltung durch das Dickicht des Parks. Vom Rattern des Helikopters und den Drohnen abgesehen, herrschte eine gespenstische Stille, die nur vom Knacken der Äste, auf die sie traten, unterbrochen wurde.

Wenige Minuten später, in denen sich die Mitglieder des SEK immer wieder per Funk verständigten und gegenseitig die nächsten Schritte abstimmten, standen sie vor dem Hauptgebäude des ehemaligen Lazaretts. Abweisend wie eine Trutzburg ragte der Backsteinbau in den heute fast wolkenlosen Himmel über Flensburg. Kristin konnte verstehen, dass dieser Ort auf Jugendliche eine große Faszination ausübte. Sie kamen hierher, um die Geheimnisse des leer stehenden

Hauses zu ergründen – und rechneten nicht damit, dass sie womöglich einem mehrfachen Mörder in die Arme liefen. Sie beschloss, mit den Heranwachsenden, die sich gemeldet hatten, zu reden, sobald der Spuk hier vorüber war. Doch jetzt galt es, Weber aufzufinden und ihn festzunehmen. Kristin hoffte, dass sie nicht zu spät kamen und Fiete Nissen noch lebte, sollte er sich in der Gewalt von Weber befinden. Zwei Einsatzkräfte rammten gerade die Sperrholzplatten vor dem Haupteingang ein. Knarrend brach das einfache Holz, die Splitter flogen durch die Luft, dann konnten sie das Gebäude betreten. Es roch nach Schimmel und Verwesung. Kristin verzog angewidert das Gesicht und atmete flach. Es dauerte einen Moment, bis sich ihre Augen an das hier herrschende Zwielicht gewöhnt hatten, dann setzte sie ihre Schritte in den Teil, in dem sich der Empfang der Klinik befunden hatte. Eine Treppe führte nach oben, rechts und links zweigten lange Korridore ab. Dort schien es zu den ehemaligen Krankenzimmern zu gehen. Eine weitere Treppe im hinteren Bereich führte nach unten. Offenbar war das Gebäude unterkellert.

Auf ein Zeichen des SEK-Beamten vor sich hob sie das Megafon vor die Lippen. »Herr Weber, hier spricht die Polizei.« Sie legte eine Pause ein, um in die Stille zu lauschen. Täuschte sie sich oder knackte oben etwas? Näherten sich Schritte?

»Das Spiel ist aus, das Gebäude ist umstellt. Sie haben keine Chance, uns zu entkommen«, fuhr sie fort. Ihre Stimme kam verzerrt und hohl aus dem Trichter des Megafons.

Wieder ertönte ein Geräusch, doch diesmal schien es aus den Tiefen des Gemäuers zu kommen. Es klang, als würde jemand einen Stein werfen. Sekunden des Wartens erschienen wie Stunden, und Kristin wurde sich einmal mehr darüber klar, wie ungern sie wartete. Es herrschte eine unheimliche Stille, alle schienen den Atem anzuhalten. Ihre Nerven waren zum Zerreißen angespannt. »Herr Weber – melden Sie sich!«, unternahm sie einen weiteren Versuch.

Plötzlich vernahm sie Schritte.

»Ihr solltet mich nicht erschießen.«

»Warum nicht, du Kasper?«, gellte Paulsens Stimme durch die Halle. Ein Mann kam aus dem Kellergeschoss. Er war groß und breitschultrig, hätte bei seiner Statur gut American Football oder gar Rugby spielen können. Seine Kleidung war schwarz, die Stiefel verliehen ihm ein martialisches Aussehen. Am oberen Treppenabsatz blieb er breitbeinig stehen.

»Weil der alte Mann sonst stirbt.«

»Wo ist Nissen?«, fragte Wiebke, die registrierte, dass Weber offenbar nicht bewaffnet war.

»In seinem Versteck. Und da bleibt er auch, denn wenn ihr mich jetzt tötet, wird ihn niemand finden. Er wird elendig verrecken.«

»Unterschätzen Sie uns nicht«, warnte Reimers ihn.

»Ich komme jetzt zu Ihnen, und Sie heben die Hände und leisten unseren Anweisungen Folge«, sagte Kristin. Sie stellte das Megafon auf dem Boden ab und zog die Handfesseln aus dem Gürtel. Langsam näherte sie sich Paul Weber. Mit jedem Schritt, den sie tat, stieg ihre Anspannung. Sie blickte ihrem Gegenüber tief in die Augen und achtete auf jede Bewegung. Noch stand er da wie angewurzelt. Seine Miene war zu einer Fratze verzerrt, in der Verzweiflung und Wut, aber auch Angst lagen. Schweißperlen glänzten auf seiner Stirn.

»Bleib, wo du bist«, zischte er. »Verschwindet und lasst Jörn endlich frei. Er hat es verdient.«

»Warum sollten wir einen Räuber aus der Haft entlassen?«, fragte Kristin in ruhigem Ton. Sie hoffte, dass er ihr die Anspannung nicht anmerkte, und trat einen weiteren Schritt vor. Die Handfesseln hob sie dabei an.

»Weil es sonst weitergeht. Ich werde Frauen töten, ich werde den alten Mann in seinem Verlies verrecken lassen. So lange, bis ihr Jörn entlasst.«

»Warum sollten wir Porsgaard entlassen?«, wiederholte Kristin.

»Weil er es nicht verdient hat, im Knast dahinzuvegetieren. Er gehört an die frische Luft, in Freiheit, ist das so schwer zu kapieren?«

»Er wird seine Haftstrafe absitzen.« Kristin schüttelte den Kopf. »Daran ändert auch Ihre Aktion nichts, Herr Weber. Also – nehmen Sie die Hände hoch. Ich komme jetzt, um Sie festzunehmen.«

»Du bleibst auf der Stelle stehen, sonst passiert ein Unglück!«, gellte Weber. Bevor jemand der Anwesenden reagieren konnte, riss er eine Pistole aus dem Hosenbund und richtete den Lauf auf Kristin. Sie fand keine Zeit, sich zu fragen, wie er an die Waffe kam. Ohne jede Vorwarnung gab er einen Schuss ab. Das Mündungsfeuer blitzte auf. Kristin wurde hart von hinten an den Schultern gepackt und zur Seite gerissen. Unsanft kam sie auf dem Boden auf. Mit einem Schmerzenslaut auf den Lippen registrierte sie, dass Reimers sie aus der Schusslinie gebracht hatte. Schützend beugte er sich über sie. »Sorry«, murmelte er mit einem verunglückten Grinsen, als sich die Ereignisse plötzlich überschlugen.

»Waffe weg!«, gellte eine Stimme durch das Treppenhaus.

Weber riss den Arm hoch und krümmte den Zeigefinger um den Abzug der Pistole. Den Lauf hatte er auf die am Boden liegende Kristin gerichtet. Bevor Weber abdrücken konnte, heulte ein zweiter Schuss durch das alte Lazarett.

Ein Schrei ertönte, jemand war getroffen. Aus dem Augenwinkel sah Kristin, dass Weber unter einem dumpfen Schmerzensschrei zu Boden ging. Er ließ die Waffe fallen und presste sich beide Hände auf eine blutende Wunde am Oberkörper.

»Zugriff!«, brüllte einer der SEK-Beamten. Sie stürmten zu der Stelle, an der sich eben noch Paul Weber befunden hatte. Als Kristin sich hochrappelte, schmerzte ihre rechte Schulter.

»Was ist mit Weber?«, fragte Kristin. Die Männer vom Spezialeinsatzkommando versperrten ihr die Sicht. Es hatte den Anschein, als hätten sie Weber überwältigt. Sie sah, dass er stöhnend am Boden lag. Dann kehrte Stille ein. Der Schütze rührte sich nicht mehr. Mit weit aufgerissenen, leblosen Augen starrte Weber zur Decke des Eingangsbereiches hinauf. Ein feiner Blutfaden rann aus seinem Mundwinkel. Jemand schrie nach einem Arzt, doch einer der vermummten SEK-Beamten schüttelte den Kopf. »Exitus«, sagte er leise, dann erhob er sich und wandte sich zu den anderen um. »Weber ist tot.«

»Wer hat den Schuss abgegeben?«, fragte Kristin. Im Fallen hatte sie ihre eigene Waffe losgelassen. Die Antwort ließ einen Augenblick auf sich warten, dann trat Paulsen vor. Er hielt die Waffe noch in der Hand.

»Das war dann wohl ich.« Er seufzte. »Der Typ wollte dich erschießen, Kristin.«

»Ja.« Sie ließ sich von Reimers auf die Füße helfen. Ihre Knie waren weich. »Woher hatte er die Waffe?«

»Das wird sich klären«, versprach Reimers ihr. Er legte den Arm um sie und betrachtete sie besorgt. »Geht es dir gut?«

»Bis auf die Schulter schon.« Sie nickte. Es fiel ihr immer noch schwer zu glauben, dass Paulsen ihr das Leben gerettet hatte. Kreidebleich wandte sie sich zu ihm um. »Danke«, sagte sie. »Jetzt hast du was gut bei mir.«

KAPITEL 36

Epilog

Rund um den Hafen waren die Lichter angegangen. Es war ein milder Abend, und niemanden schien es nach Hause zu ziehen. Morgen war Samstag, viele hatten frei und konnten ausschlafen. So auch Kristin und Lars, die sich nach Dienstschluss auf den Weg zu *Bens Fischbude* gemacht hatten, wo sie die Kollegen in der langen Schlage antrafen, die sich vor der Hütte gebildet hatte. Jens Beck hatte sie nach Abschluss des Falls zu einem Fischbrötchen am Museumshafen eingeladen, und selbst Jan Petersen, der mit seinen Flensburger Kollegen auf Kriegsfuß stand, hatte es sich nicht nehmen lassen mitzukommen. Kristin hatte von Wiebke erfahren, dass der nordische Brummbär für ein gutes Fischbrötchen fast alles tat.

»Geht das nicht schneller?«, maulte Petersen, nachdem er sich mit knurrendem Magen in der Reihe der Wartenden angestellt hatte.

»Wer zu Ben will, muss einfach in der Schlange stehen«, bemerkte Birthe mit einem wissenden Lächeln. Sie hielt schon ein Matjesbrötchen in der Hand und hatte sich auf einer Holzbank mit Blick auf die Förde niedergelassen. »Das ist Kult.«

»Ich habe Hunger«, entgegnete Kristin.

»Und niemand will sie schlecht gelaunt erleben«, grinste Paulsen, der sich zur Verwunderung aller anderen der Gesellschaft angeschlossen hatte. Mit einem alkoholfreien *Flens* hockte er auf einem Poller.

»Du musst es ja wissen«, entgegnete Kristin und zog den Reißverschluss ihrer Fleecejacke hoch.

»Mal langsam«, rief er beschwichtigend, »heute Morgen hatte ich noch was gut bei dir.«

»Stimmt.« Kristin nickte. Ungern erinnerte sie sich an den Moment, als Paul Weber seine Waffe auf sie gerichtet hatte. Damit hatte niemand gerechnet, und Paulsen hatte schneller als die Kollegen vom SEK reagiert und Kristin mit einem finalen Schuss auf Weber gerettet. Nachdem man sich um ihn gekümmert hatte, waren die Einsatzkräfte aufgebrochen, um Fiete Nissen zu retten. Der alte Mann war schwer verletzt in ein Krankenhaus eingeliefert worden. Wahrscheinlich würde er überleben. Gegen Mittag hatte Kristin in Begleitung von Reimers die Jugendlichen aufgesucht, die sich an der Ruine herumgetrieben hatten. Sie reagierten verschämt, als sie ihnen erklärt hatte, dass sie besser gleich die Polizei verständigt hätten. Vielleicht wäre Dana Franz dann noch zu retten gewesen.

Jørn Petterson hatte man am frühen Nachmittag aus dem Polizeigewahrsam entlassen. Er musste jetzt mit seiner Frau klären, warum er sie mit Julia Böhm betrogen hatte. Nur Ole Christensen saß noch in Untersuchungshaft. Wahrscheinlich würde die Staatsanwaltschaft ihm einen Prozess wegen unterlassener Hilfeleistung mit Todesfolge an seiner Ex-Freundin machen. Eine Tragödie für beide Seiten. So waren es gemischte Gefühle, die Kristin an diesem Abend bewegten. Der Abend in lockerer Runde sollte für die nötige Zerstreuung im Team sorgen.

Gerade gesellte sich Jens Beck zu Wiebke und Petersen, die an der Kaimauer standen und den Blick über die friedlich daliegende Förde streichen ließen. Der Salondampfer *Alexandra*, das bekannte historische Dampfschiff, mit dem Ausflugsfahrten angeboten wurden, lief gerade aus. An Bord schien es eine Feier zu geben, denn die Musik schallte über das Wasser. Der Kapitän ließ das Horn aufheulen und winkte den Menschen an der Kaimauer zu.

»Sagt mal, wollt ihr nicht bei mir anheuern?«, fragte Beck die Husumer Kollegen zwischen einem Schluck Bier und einem Bissen von seinem Fischbrötchen.

Petersen lachte, als hätte der Erste Kriminalhauptkommissar ihm einen guten Witz erzählt.

»Mein Ernst.« Beck ließ sich nicht beirren. »Ich brauche immer gute Leute hier. Zufällig sieht mein Personalschlüssel noch zwei freie Planstellen vor.«

Petersen schüttelte den Kopf. »Hab ich 'ne Macke, oder was?«

»Warum nicht? Ich mag Flensburg«, bemerkte Wiebke, die sich nichts aus Fisch zu machen schien. Sie hatte sich für eine Portion Pommes frites entschieden und stocherte kauend in der Papiertüte herum.

»Lass mich bloß nicht im Stich, Mädchen«, brummte Petersen und biss in seinen Backfisch. »Flensburg und ich – das passt einfach nicht.« Er schüttelte den Kopf.

»Das ist sehr bedauerlich«, erwiderte Beck. »Aber wenn ich wieder Arbeit in Husum habe, dann …«

»Machen wir gern wieder deine Drecksarbeit«, beendete Petersen den Satz und griente schief. »Schon klar, mien Jung.« Damit war für den knurrigen Kommissar aus der Grauen Stadt das Thema beendet. Er wandte sich demonstrativ ab und blickte kauend auf die Förde hinaus. Wiebke zuckte peinlich berührt die Schultern.

Kristin und Reimers tauschten einen Blick. Gegen Verstärkung hätten sie nichts einzuwenden gehabt, denn am Montag würde Lars wieder in Eckernförde seinen Dienst verrichten, während Kristin in Flensburg stationiert war. Aber nach Feierabend würden sie sich bestimmt sehen können. Der

Gedanke daran, dass sie tagsüber voneinander getrennt sein würden, fühlte sich für Kristin ungewohnt an.

»Sag mal, seid ihr jetzt eigentlich ein Paar?« Birthe wagte es, die Frage auszusprechen, die alle anderen schon in den letzten Tagen zu bewegen schien. Auf der Stelle verstummten die Gespräche der anwesenden Kollegen. Alle Blicke waren auf Kristin und Reimers gerichtet.

Sie spülte den Fisch mit einem Schluck Bier herunter, dann tauschte sie einen Blick mit Lars, der unmerklich mit den Schultern zuckte.

»Wer weiß?«, sagte sie und hakte sich bei Lars unter. Er ließ die Nähe zu und schmiegte sich an sie. »Noch nicht, aber was nicht ist, das kann ja noch werden.«

ENDE

Weitere Titel finden Sie auf den folgenden Seiten und im Internet:

WWW.GMEINER-VERLAG.DE

Andreas Schmidt im Gmeiner-Verlag:

Kommissarin Kristin Voss ermittelt:

1. Fall: DeichSühne

ISBN 978-3-8392-0570-9

2 Fall: FördeGrauen

ISBN 978-3-8392-0758-1